Amor y conveniencia

RAQUEL ARBETETA

Amor y conveniencia

Grijalbo

Papel certificado por el Forest Stewardship Council®

Primera edición: febrero de 2023

Travessera de Gràcia, 47-49. 08021 Barcelona

Printed in Spain – Impreso en España

ISBN: 978-84-253-6343-6
Depósito legal: B-22.338-2022

Compuesto en La Nueva Edimac, S. L.

Impreso en Black Print CPI Ibérica
Sant Andreu de la Barca (Barcelona)

GR63430

A mis amigas,
el amor de mi vida

Prólogo

Londres, 1837

Una vez más, Hope apoyó la frente en la ventana y exhaló una bocanada de vaho hacia el cristal solo para dibujar un corazón. Enseguida lo borró con la mano. Si la veía su madre, que andaba merodeando por el salón, seguro que la reprendía.

—La prima Annabelle celebrará su puesta de largo la próxima temporada —susurró en voz alta sin volverse—. ¿Cuándo será la mía?

—¿A qué viene tanta prisa? —le respondió la vizcondesa, en un tono seco y severo acorde con su expresión, aunque Hope no la viese—. ¿Acaso crees que estás preparada?

—¿Cómo voy a estarlo si nunca vamos a ningún sitio?

Hubo un momento de silencio.

—Aún eres muy pequeña.

Iba a cumplir quince años. No lo era. No más que sus primas y el resto de las conocidas de la familia con las que compartía edad. Aunque no todas hubieran sido presentadas en sociedad, a menudo visitaban otras casas, tomaban el té en reservados, compraban vestidos a la última moda, paseaban acompañadas por las plazas y los parques de Londres e incluso viajaban a la costa sur de Inglaterra en la temporada de verano. Hope Maude no hacía ninguna de esas cosas y, por más que su madre tratase de ocultarlo, sabía bien la razón: Patrick Maude, lord Loughry.

Hacía tiempo que Hope había decidido dejar de llamarlo «padre».

Porque una señorita de su posición, la honorable hija mayor de un vizconde ni más ni menos, no debería refugiarse en casa para reducir gastos y que nadie contemplara su ropa desgastada, con evidentes huellas del paso del tiempo. Por si fuera poco, todavía vestía como una niña: con vestidos cortos y poco entallados, sin corsé, y trenzas con lazos blancos que le caían sobre los hombros.

Nunca llevaba joyas. Hacía tiempo que las habían empeñado casi todas. Solo conservaban las que podía lucir su madre cuando esta se veía obligada a asistir a acontecimientos sociales ineludibles. Como el collar de perlas que llevaba en ese momento, único toque de lujo en todo aquel cuadro siniestro que era el salón principal.

Hope no escuchaba los rumores del resto de la aristocracia de Londres, era imposible que lo hiciera, pero a veces le parecía que atravesaban los muros de piedra de la fría mansión palladiana y conseguían llegar hasta sus oídos.

«El vizconde los arrastrará en su caída».

«Están completamente arruinados».

«Apenas les queda dignidad para ostentar el título».

Los sentía resonar desde la calle, más allá del jardín delantero, como cuchicheos llenos de veneno y compasión a partes iguales por esa niña vestida de muñeca que veía la vida pasar desde las ventanas.

Sin embargo, lord Loughry parecía incapaz de oírlos. No era sordo, aunque Hope hubiera llegado a creer que sí, porque no escuchaba a su propia mujer, ni a su primogénita, ni a su hijo pequeño, el heredero del título (y probablemente de nada más), ni a los escasos amigos que le quedaban, ni siquiera a sus acreedores. Y estos últimos cada vez eran más y reclamaban más alto y más fuerte.

«Es imposible que no los oiga», pensaba Hope. «Pronto nos ahogarán y él seguirá apostando como si nada, ajeno a nuestras miserias».

—Hope. —La chica dio un respingo al oír a su madre—. Apártate de la ventana. ¿Cuántas veces te lo tengo que decir?

La chica suspiró y se alejó del cristal.

—Y siéntate bien.

—¿Para qué? —Sonrió—. Si no me ve nadie.

—Podría verte el servicio.

—¿Quieres decir Gladys y su marido?

—Siéntate bien. Ya.

Resopló y obedeció. No pudo evitar empezar a taconear con el pie derecho en la alfombra.

—Hope, basta.

—¡Pero si no hago nada!

—El pie.

Con otro bufido, decidió levantarse. Sin pretenderlo, se vio dando pequeñas vueltas sobre sí misma mientras paseaba por el salón. Antes estaba repleto de cuadros, incluido uno suyo, pero los habían empeñado. Imaginaba que su retrato estaría adornando alguna casa ajena en la que se preguntarían quién era aquella chica de ojos tristes. «O bien les ha servido para avivar la chimenea».

Se entretuvo rozando el lomo de un libro aquí, una cortina por allá o una figurita de porcelana, antes de hacer alguna que otra floritura de baile cuando su madre no miraba. Beatrice Maude, lady Loughry, había decidido sentarse en uno de los desgastados sillones a coser. No labores decorativas, como el resto de las damas de su posición, sino remiendos de prendas que, por el tamaño, debían de pertenecer a Henry, el hermano pequeño de Hope. La dama parecía frustrada y levantaba de vez en cuando la vista para amonestar a su hija con la mirada.

Hasta que Hope comenzó a tararear una canción y la quinta nota fue la gota que colmó el vaso.

—Hope Clementine Beatrice Maude, de verdad, estate quieta. Ya no eres una niña.

—Mamá, déjamelo claro, ¿lo soy o no lo soy? —Dio una palmada en el aire—. Porque parece que ya no soy una niña para lo que os interesa, que ya no puedo bailar y dibujar lo que quiera, pero tampoco soy una adulta para salir a conocer a otras personas, a hacer amigas y a... —titubeó, y notó que se le sonrojaban las mejillas— a enamorarme.

—¿Enamorarte? —La vizcondesa se rio con sorna, sin apartar del hilo y la aguja aquellos ojos verdes que heredara su hija—. Si eres tan ingenua, me temo que sí: sigues siendo una niña boba.

—¿Qué quieres decir?

—¿Qué crees que buscan los hombres, querida Hope? —La aguja se hundió en la tela y desapareció—. Porque poco importa la respuesta que des, no posees ninguna de esas cosas.

Hope se quedó muy quieta. Se alisó la tela del vestido viejo color crema y se miró las manos. Tenía las uñas de la mano derecha mordidas y rastros de carboncillo en la izquierda, la que usaba para dibujar a escondidas toda clase de criaturas de cuento.

Sabía que no era especialmente hermosa, porque leía las revistas que le dejaba su prima y solía observar con atención a Annabelle, la beldad más prometedora de la familia. En comparación, ella apenas brillaba. No tenía el pelo rubio y domable, sino castaño y ligeramente encrespado. Su cuerpo aún no parecía el de una mujer y tenía la nariz algo ancha, cubierta de pecas irlandesas. Sus ojos verdes eran la parte de su cuerpo que más le gustaba, pero tenía que compartirlos con su madre, para que incluso ese rasgo estuviera manchado de cierto resquemor.

Lady Loughry tenía razón: no era bonita. Sin embargo, había creído que su entusiasmo y su vitalidad harían suspirar a algún buen hombre que la sacara de aquella casa, le comprara bonitos vestidos con los que bailar y le regalara una estancia llena de luz para dibujar tranquila, rodeada de niños a los que malcriaría. Tal vez no con lujos, pero sí con amor. Lo único que podía permitirse su familia y que, aun así, se resistía a regalarle.

—¿Es que no tengo ningún valor? —se aventuró, esta vez sin la rebeldía de antes, sino con cierta sumisión.

Su madre pareció meditarlo durante un momento, el tiempo justo para alimentar las esperanzas de Hope y derribarlas después.

—El poder del título y las influencias de tu padre, quizá —masculló al fin—. Si no acaba por destruirlo todo, claro.

Hope se dispuso a contestar cuando oyeron un estruendo procedente de la entrada. La vizcondesa se giró con rapidez y dejó la labor a un lado. A continuación se levantó y alzó una mano hacia ella.

—Quédate ahí, Hope. ¡Gladys! Gladys, ¡¿qué ha sido eso?! ¿Henry está bien?

Hubo unos segundos de silencio antes de que el estruendo se repitiera y unos fuertes pasos resonaran en el corredor. Se oyó un bramido de sorpresa que mutó en dolor. Era Gladys, la vieja sirvienta, una de las pocas leales a la familia y que había sido la otra madre de Hope. La chica ahogó una exclamación a juego con la del ama de llaves antes de que la puerta del salón se abriera de par en par.

Eran tres hombres. Hope nunca había visto a tipos así. No por las ropas, que eran bastas y oscuras, más bien comunes, sino por la enormidad de los cuerpos y la agresividad que destilaban sus movimientos. Las armas también ayudaban. Todos portaban porras y modernas pistolas al cinto. En un par de zancadas se plantaron frente a lady Loughry, que se había quedado paralizada.

—¿Y su querido esposo? ¿Está en casa? Tiene unas cuentas por las que responder.

El acento era cerrado, algo confuso, y la voz muy ronca, pero Hope lo entendió a la perfección, y su madre también. Beatrice abrió la boca para responder, solo para cerrarla al segundo. Los labios, secos y gruesos, vibraban en un grito mudo, tratando de conformar una contestación acorde a tamaña grosería. Tres desconocidos armados en el salón de la vizcondesa Loughry; era tan impensable que la dama se había quedado sin habla. Parecía incapaz de sostenerse, como si estuviera en medio de una pesadilla. Se hizo evidente cuando uno de los hombres se aproximó un paso más y la dama se tambaleó hacia un lado y estuvo a punto de caer contra el sillón.

—¿Está al tanto de cuánto le debe su marido a nuestro jefe? Porque, si hemos llegado hasta aquí, damita, sabrá que hemos agotado el resto de las posibilidades. Y estamos algo cansados.

Debía de ser el líder. Al menos eso pensó Hope, de pie en medio del salón, igual de inmovilizada que su madre, aunque más despierta. Solo cuando uno de los tres hombres se dio la vuelta y se aproximó a una estantería para tirar uno a uno los libros, la chica se adelantó.

—¡Aquí no hay nada de valor!

No supo de dónde le salió la fuerza. En cualquier caso, consiguió que el hombre más grande la mirase. Y sonriera. «Tal vez sí sea una niña boba».

—Yo creo que sí que hay algo valioso, pequeña.

El matón se volvió y alargó el brazo con el que no sostenía el arma hacia su madre. No, hacia su madre, no. Se cernió sobre el collar de perlas que la mujer conservaba en el recto cuello y que no se quitaba nunca, ni siquiera de noche. Hope sabía la razón: en cuanto lo dejase en el tocador, el vizconde lo acercaría a alguna casa de empeños para después dilapidar la pequeña fortuna en las casas de apuestas, los clubes de juego o cualquier otro lugar sórdido y tenebroso de la imaginación de Hope. Y se desharía como la ceniza de la chimenea.

—¡No toque a mamá!

Como un torbellino, Hope salvó la distancia que la separaba del hombre que forcejeaba con una lady Loughry débil por la sorpresa. Los otros dos tipos estaban demasiado ocupados registrando el salón y metiéndose en los bolsillos toda clase de objetos, así que Hope agarró el brazo de la pistola del líder y lo zarandeó.

—¡Niña estúpida! ¡Suelta!

—¡Deje a mamá! ¡Deje las perlas de mamá!

El ama de llaves, que había guardado un sospechoso silencio hasta entonces, gritó de nuevo en el pasillo. Después, Hope oyó que se abría la enorme puerta de la entrada y más gritos que se alejaban hacia el jardín delantero, hacia la cochera con Robert, el único mozo que les quedaba, hacia la calle. Lejos, muy lejos.

—¡Hope, para! —consiguió articular su madre—. ¡Déjalo!

—¡Fiera de niña!

El hombre la empujó contra el suelo al tiempo que tiraba

del collar, y la joya no resistió el envite. Las perlas saltaron por los aires en todas direcciones. El líder gruñó, frunció el ceño con enojo y agarró a la vizcondesa del codo violentamente.

—¡Díganos dónde tiene el resto de las joyas!

—No... no hay más —balbuceó Beatrice—. N-no hay más.

—¡Mentirosa!

La apuntó con el arma y la dama se echó a llorar. Hope nunca la había visto así. No alcanzaba a comprender cómo no se había desmayado ya.

Desde el suelo, la chica se mordió el labio inferior y vio de reojo que uno de los hombres agarraba una cajita lacada en pan de oro de la estantería. Su preferida. Antes, cuando aún tenían algo de dinero, solía estar llena de dulces. A esas alturas ya no encerraba nada. Y, si no hacían algo, no quedaría nada en toda la casa. Ni siquiera estaría mamá, porque el hombre no había bajado el cañón del arma.

«Esto no puede estar sucediendo».

El ruido de los dos hombres tirando los objetos y el llanto de Beatrice Maude llenaban el salón. El contraste horripilante con el habitual silencio de la mansión hizo que a Hope se le erizase el vello. El de los brazos, el de las piernas, el de la nuca. Una fuerza cálida que la recorrió y despertó. Supo entonces que, a falta de otro, tendría que actuar como el caballero que salvase a la dama.

Se levantó de un salto, sirviéndose de esa energía que siempre le reprochaba su madre, y se abalanzó de nuevo hacia el hombre que apuntaba a lady Loughry. Era obvio que no tenía las de ganar, pero no importaba. Lo único que importaba era plantar cara y que aquello terminase.

El tipo ni siquiera tuvo tiempo de gritar antes de forcejear con la chica. Antes de resistirse y de que, en un descuido, apretara el gatillo.

El estruendo hizo que el tiempo se detuviera.

Logró que se interrumpieran los ruidos, que el polvo del hogar quedara suspendido en el aire, que las expresiones se congelaran en un rictus de sorpresa y de dolor.

Hope cogió aire, gritó y se desplomó. Contra el suelo, dejó caer la cabeza a un lado y agarró con los dedos el pelo corto de la alfombra que estaba harta de ver. Igual que su vestido, la tela empezó a empaparse de caliente sangre roja que se derramaba sin descanso a su alrededor. Lo dominó todo: la vista, el olfato, el tacto.

Hasta el sabor del aire era metálico.

—¡Hope! —exclamó su madre.

El hombre que había disparado tardó en reaccionar. Solo cuando uno de sus compañeros le agarró del cuello de la camisa y tiró de él, consiguió moverse y echar a correr hacia la puerta.

—¡Volveremos si el vizconde no paga! —se oyó.

Fue una amenaza poco intimidante. Las mujeres del salón hicieron caso omiso. La mayor, que seguía llorando, se había arrodillado junto a su hija y movía los ojos a un lado y a otro de manera frenética. De la puerta a la chica, de las perlas del suelo a la sangre que las engullía. Retorcía las manos temblorosas, un segundo sobre el rostro de Hope y al siguiente sobre el suyo propio, húmedo de lágrimas y sudor.

—Hope, ¿por qué te has obcecado así? ¡Niña tonta, tonta, tonta!

Su pequeña no podía hablar. La bala en la pierna izquierda dolía como si fuera acero candente, la despedazaba y le tironeaba de los músculos desgarrados, del hueso roto y de la sangre que fluía.

Hope no gritaba porque su pierna ya lo hacía por ella.

Aquel líquido rojo parecía huir de ella como lo habían hecho todas las cosas que había conocido a lo largo de su vida: su padre, su madre, el dinero, las amistades… Sus posibilidades de enamorarse. Hasta su propio amor, el afecto que se debía a sí misma y hacia lo que valía. Sus esperanzas. Todo aquello que existía para ella se vertía como lo hacía su sangre.

Y, por mucho que cerrasen la herida, la chica sabía que se habían perdido para siempre.

1

Londres, 1844

Una vez más, Hope paseó la mirada por el espléndido salón lleno de parejas y suspiró. Aquellos bailes la hacían sentirse miserable, sobre todo porque, en cuanto ponía un pie en ellos (sin importar si era el metálico o el de carne y hueso), deseaba regresar a casa. Precisamente a esa casa que era la razón por la que hacía de tripas corazón y acompañaba a regañadientes a su prima Annabelle a aquellas interminables veladas.

Quería escapar de su propio hogar. Quería salir volando de aquellas paredes heladas, del desprecio de su madre, la ausencia de su padre y la despreocupación de un hermano demasiado pequeño para entender los problemas familiares.

Deseaba volar, pero la pierna de metal pesaba demasiado.

El marido de su prima se acercó a ellas y extendió la mano hacia su joven esposa con intención de sacarla a bailar. Annabelle se giró un instante hacia Hope, aunque esta le dirigió una leve sonrisa de comprensión.

—No te preocupes, Annabelle. Baila por mí.

No la odiaba. La envidiaba, que era algo infinitamente peor. Le gustaba observar cómo daba vueltas e imaginar que era ella. Que era bonita y deseada, que no llevaba un vestido gris que ya había usado en cien ocasiones, que se había casado y alejado de las miserias de un hogar vacío y pobre. Pobre, aunque fingía no serlo. La Iglesia aseguraba que mentir era pecado, pero no decía nada sobre qué hacer si el propio hogar constituía una gran farsa con más de una década de antigüedad.

Volvió a suspirar e hizo amago de levantarse de la butaca para dar una vuelta por los jardines. Tampoco le importaría a nadie si lo hacía sola.

Fue entonces cuando se dio cuenta de que se le había soltado el lazo de la media, que amenazaba con descender hasta enredarse en el tobillo de la pierna izquierda. Aunque, evidentemente, no sentía nada de rodilla para abajo (porque no había piel), sí que notaba el roce de las puntas de la tira de tela en el muslo, en una muda advertencia.

No tenía doncella propia. Su madre y ella compartían los servicios de Lily, la sobrina de Gladys, así que se había tenido que vestir prácticamente sola. Lo raro era que el vestido no se hubiera ido desabrochando a cada paso cuando había hecho su aparición y que no se le hubiera aflojado el corsé en mitad de la fiesta.

Se levantó, esta vez con menos ímpetu, y se encaminó con pasitos cortos hacia las puertas abiertas que daban acceso al salón. Lo hizo casi pegada a la pared, tratando de camuflarse con el papel pintado de flores. Nadie pareció advertir su salida y, por una vez, se alegró de ser invisible.

Se dirigió hacia el tocador rezando porque el lazo aguantase y la media no bajara. Podría tropezar o renquear todavía más que de costumbre. La pierna, como todo lo demás sobre su cuerpo, no era de la mejor calidad. Su madre había utilizado las perlas ensangrentadas de aquel collar roto para pagar la primera prótesis y, a medida que Hope crecía, la familia fue empeñando pequeños tesoros para costear reemplazos básicos de bajo precio, a veces incluso de segunda mano. Resultaba complicado encontrar uno que le valiera, porque no era habitual que una dama necesitase piezas así. Normalmente eran hombres (militares, en su mayoría) quienes requerían esas prótesis, y la familia del vizconde no podía sufragar una a medida. Costaban demasiado, y tanto lord como lady Loughry le habían dejado claro a Hope que ella no valía tanto.

Aun así, Beatrice Maude se empeñaba en lanzarla a los lobos de la sociedad londinense ataviada con torpeza, a ver si de casualidad cazaba a uno bobo que quisiera pagar las deudas de su padre y volver a colocarlos en el lugar que les correspondía.

«Para ser tan miserable y poco cristiana, bien que confía mi madre en los milagros», pensó Hope.

Y es que ¿quién iba a querer a una pobre tullida sin un chelín en el bolsillo?

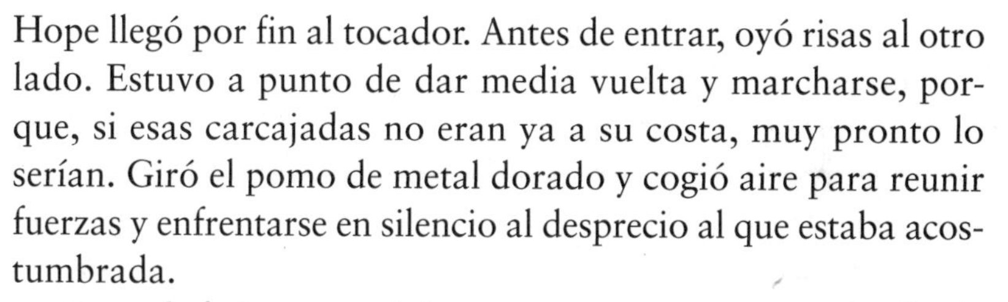

Hope llegó por fin al tocador. Antes de entrar, oyó risas al otro lado. Estuvo a punto de dar media vuelta y marcharse, porque, si esas carcajadas no eran ya a su costa, muy pronto lo serían. Giró el pomo de metal dorado y cogió aire para reunir fuerzas y enfrentarse en silencio al desprecio al que estaba acostumbrada.

Pero al abrir comprobó que, por una vez, no era de ella de quien se burlaban.

—¡Es de la empresa de mi primo, Cayden Dagger! ¡Es lo último de lo último! —exclamaba una joven con un leve acento francés.

No parecía enfadada, solo frustrada, lo que hacía reír todavía con más ímpetu a las dos damas frente a ella, que ocultaban sin éxito las sonrisas sardónicas tras los abanicos.

—Y, aparte de cómodos —añadió—, ¡sientan estupendamente!

Debía de tener unos dieciocho años y era rubia, aunque no como Annabelle. El pelo de aquella joven no era claro ni fino, sino grueso y oscuro. Brillaba como la miel de romero hendida por la luz. A pesar de llevarlo peinado a la moda, con tirabuzones a ambos lados y decorado con lazos y perlas, tenía volumen. Mucho. Uno que no podía ocultar y que se extendía a su cuerpo. El corsé acentuaba una cintura estrecha e imposible en una silueta generosa, de líneas marcadas y, además, de corta estatura. Hope no era precisamente alta, pero debía de sacarle al menos media cabeza.

A la joven no parecía importarle su pequeñez física. Blandía como si fuera un arma un zapato rosa a juego con el vestido. Hope no entendió por qué hasta que la muchacha accionó una pequeña palanca y el tacón del zapato se redujo a la mitad.

Las damas se echaron a reír con más fuerza, por lo que la exclamación de sorpresa de Hope quedó relegada a un segundo plano. Sin embargo, pareció llegar a oídos de la desconocida rubia, que abrió mucho los ojos y la boca. Se acercó cojeando hasta ella, procurando no tocar el suelo con el pie descalzo, hasta colocarle el calzado a Hope justo bajo la nariz.

—¡¿A que tú lo ves?! ¿A que es una idea estupenda?

Hope no supo qué contestar, así que sonrió y asintió. Ella odiaba los zapatos, en general. El pie de metal solía ser diferente del derecho, así que debía modificarlos o bien resignarse a llevarlos dispares. Cualquier invento que redujera la tortura que suponía andar con tacones con una pierna ortopédica era bienvenido.

—¿Veis? ¡Aquí hay alguien con visión de futuro! —resopló la desconocida con una sonrisa, sin una gota de maldad—. Ya lo dice mi padre: el mundo no está preparado para los genios.

—¿Es que los genios calzan tacones? —preguntó con mordacidad una de las damas.

—Querida, como ves, ya no.

Lo comentaron entre sí tras los abanicos, pero se las escuchó a la perfección y el veneno que contenían sus palabras se paladeó con claridad. Hope adivinó enseguida las intenciones de la chica del zapato rosa, que parecía decidida a lanzarles aquel extraño invento a la cara, y la agarró del brazo. Todas se quedaron mudas de pronto.

—Déjelas. No merece la pena.

Hope lo dijo en un susurro, pero bastó para que las otras dos damas se pusieran tensas y se dirigieran con altanería a la puerta. Al pasar, murmuraron:

—Señorita Boulanger, pruebe a ponerle su zapato endemoniado a esta. Se llevará una buena sorpresa.

Las risas se hicieron tenues en el pasillo. El tocador, de pronto bajo un extraño hechizo, continuó en silencio. Hope se dio cuenta de que todavía tenía bien agarrado el brazo de aquella joven rubia que parecía no conocer ningún tipo de recato y la soltó. Hizo una leve inclinación de disculpa y se encaminó al espejo. No podía subirse las faldas delante de una desconocida, así que esperaría a que se marchara o bien trataría de hacerse la lazada por encima de la falda...

—¿Por qué cojeas?

Hope se quedó inmóvil frente al espejo y miró a la otra chica en el reflejo. Tenía la cara ovalada, la piel rosada y tersa, y unos ojos azules límpidos que no encerraban ninguna malicia, tan solo una curiosidad vivaz y despierta. Le recordó a ella misma cuando era una niña.

No, a ella misma antes del accidente.

—No tengo pierna. Es decir, sí, pero es... de metal.

Sabía que no debería haber contestado así, pero era la primera vez que se enfrentaba a esa pregunta. La mayoría de las personas con las que se relacionaba eran sirvientes que no se atrevían a formular una cuestión semejante o nobles que ya sabían de su pasado.

«¿De dónde ha salido esta chica?».

—Vaya —susurró la desconocida con sorpresa. Su sonrisa se desvaneció y el azul de su mirada se empañó con una dulce lástima—. Lo siento mucho. ¿Puedo verla?

Hope se volvió y arqueó una ceja.

—Eso es de mala educación, ¿lo sabía?

—*Dieu.* Dios, ¡es verdad! Huy. He dicho «Dios». Bueno, perdón. ¡Perdón también a Dios! —La rubia alzó los ojos al cielo (más bien al techo) y se santiguó—. Deja que me explique: he pensado que si cojeas es porque debes de tener algo mal ajustado y quizá pueda ayudarte. Mi primo Cayden sabe de estas cosas. Es un empresario del sector del transporte muy importante, ¿sabes? Se dedica sobre todo al ferrocarril, pero también crea, compra y vende toda clase de máquinas de vapor, de motores... e invierte en inventos como este. —Volvió a alzar el zapato antes de ponérselo en el pie—. Así que tal vez podría ayudarte.

—No lo creo, pero... —Hope titubeó, aunque acabó por sonreír—. Gracias, de corazón.

Las mejillas de la desconocida se tiñeron de un súbito color rojo y, avergonzada, se acercó hasta Hope con lentitud (lo que resultaba antinatural en ella). Le acarició con cariño y timidez la manga abullonada del vestido.

—No, yo debo darte las gracias a ti. Esas mujeres se estaban riendo de mí, ¿verdad?

—Bueno... —Esa chica parecía alérgica a las sutilezas, así que Hope asintió y añadió, tuteándola a su vez—: De cualquier forma, no les hagas caso. Creo que eres una recién llegada, así que ya te darás cuenta, pero aquí no se limitan a valorar las virtudes de una dama, sino que se ceban en sus defectos, especialmente en los más excéntricos e inevitables.

—¡Y por lo visto yo tengo muchos de esos! —Puso los brazos en jarras para un segundo después taparse la boca—. ¡El primero es que soy una maleducada! ¡Tienes razón! A ver, permíteme hacerlo como es debido. —Dio un paso atrás para hacer una pomposa reverencia—. Me llamo Evelyn Geneviève Boulanger. Puedes llamarme Evelyn. O Eve, ¡así me llama mi familia! *Enchantée!*

Al incorporarse, sonrió de oreja a oreja, igual que una estudiante que hubiera terminado con éxito su tarea, lo que provocó que Hope no pudiera aguantar la risa. Aquello estaba fuera de lugar y, por supuesto, alejado de cualquier estricta norma social. Esa extraña Evelyn era una lección andante de lo que no debía hacer una dama inglesa de bien.

«Claro que yo tampoco lo soy».

—Encantada, Evelyn. Soy Hope Maude —dijo imitando la reverencia—. Puedes llamarme Hope.

Eve le sonrió antes de volver a acercarse.

—Ahora que sé tu nombre, dime, ¿me dejarías ayudarte? —Extendió ambas manos como si fueran una ofrenda—. Hope, ¿qué puedo hacer por ti?

Al principio no supo qué decir. No recordaba la última vez que le habían preguntado algo similar. Normalmente la ignoraban o bien centraban las miradas en su cojera. Otras veces cuchicheaban acerca de su escasa fortuna o los devaneos con el juego y las deudas de su padre, como si ella no se diera cuenta. Era eso o la sangrante compasión. Annabelle la usaba con ella a todas horas, lo cual era mejor en comparación, pero no dejaba de producirle una sensación agridulce. Necesitaba que la mirasen como si fuera una joven cualquiera. Tal y como hacía Evelyn.

No logró impedir que se le humedecieran los ojos, pero se apresuró a pestañear y a agachar la cabeza. Tiró de la falda del vestido hacia arriba, tan solo un palmo.

—Se me ha desatado la liga y…

—Oh, ¿conque es eso? ¡Qué sencillo, haberlo dicho antes! ¡Déjame a mí! A ver, ¡súbete la falda!

En el preciso instante en que Evelyn se arrodilló en el suelo y Hope obedeció, la puerta del tocador se abrió y una joven vestida de rojo se detuvo en el umbral.

Ninguna de las tres dijo nada, hasta que, cómo no, Evelyn se apresuró a barbotear con entusiasmo:

—Encantada, ¡soy Evelyn Geneviève Boulanger! —Señaló a la otra desde el suelo—. Y ella es Hope Maude, a la que estoy ayudando con un problemilla. ¿Sería tan amable de cerrar la puerta, esto, señora…?

La nueva joven cambió con rapidez la expresión de sorpresa por un ceño fruncido de molestia. Fue entonces cuando Hope la reconoció. No pudo evitar soltar la tela, encoger los dedos del pie bueno y morderse el labio inferior.

—No soy señora de nadie. Soy lady Alisa Chadburn —respondió con gravedad—. Levántese del suelo, señorita Boulanger. Sea cual sea el problema, no creo que sea tan arduo como para que no podamos resolverlo sin mancharnos las enaguas.

2

Y tu prima, Dag?

—¿Qué?

—Tu prima Evelyn. —Ezra levantó la copa de vino y señaló el salón—. ¿No habías venido con ella?

Cayden Dagger, manteniendo la compostura, recorrió con la mirada el salón de punta a punta. Sin moverse del sitio, se limitó a fruncir el ceño.

—No me lo puedo creer —se rio Ezra—. ¿La señorita Evelyn Boulanger se te ha vuelto a escapar?

—¿Cómo lo hace? —Cayden entrecerró los ojos—. Y mira que es llamativa...

—¿Vestido rosa, pequeña y bonita? Sé que es tu prima, Dag, pero el salón está lleno de debutantes como ella.

—No. Como ella, no.

Ezra MacLeod cabeceó y se rellenó la copa en la mesa de bebidas que tenía a la espalda.

—Así que no solo se te escapan las nobles a las que persigues... ahora también te rehúyen las mujeres de tu propia familia.

—Ah, ojalá —dijo Cayden en voz baja—. Eve no ha dejado de insistir en que la trajera a uno de estos bailes. Mi tía Bess casi me amenaza a punta de navaja para que accediera. No he tenido más remedio que traerla. Y ahora va y desaparece.

—Tiene casi dieciocho años, ¿no es así? Entonces no me sorprende. Además, me aventuro a afirmar que no tienes nada que temer. Si ha escapado de ti, es sin duda la más lista de la familia Dagger.

—Teniendo en cuenta que te elegí como amigo, desde luego que yo no lo soy.

Ezra volvió a reírse al escuchar el tono desprovisto de emoción de Cayden. Ambos permanecían de pie en una esquina del salón, el primero con una copa y el segundo con las manos a la espalda, oteando con frialdad a todos los hombres y mujeres de la aristocracia que se movían y cuchicheaban a su alrededor.

Los dos amigos no podían ser más distintos, lo que contrastaba con la facilidad con la que se habían relacionado y la confianza que habían construido. Físicamente, Cayden era rubio, más alto y moreno debido a las horas que pasaba trabajando fuera de casa, en la construcción de las vías ferroviarias y en la supervisión de sus fábricas. Ezra tenía el pelo negro y era un poco más bajo y robusto, con la piel pálida de quien disfruta solo de los placeres nocturnos.

Cayden Dagger representaba la nueva clase social que ascendía en el escalafón no por título, sino por dinero, amparándose en los beneficios de la nueva industria, mientras que Ezra MacLeod era el clásico joven de buena cuna que no se había cuestionado su futuro ni posición durante toda una vida sin privaciones.

Era normal que a la alta sociedad le sorprendiera su amistad, si hasta a ellos mismos los dejaba perplejos.

—Y dime, Dag —volvió a tomar la palabra Ezra—. Ahora que ya no estás haciendo de guardián de la señorita Evelyn Boulanger… ¿vas a retomar tu misión?

Sin moverse un ápice, Cayden lo fulminó con la mirada.

—No te burles —siseó.

—Ni se me ocurriría. En realidad, te admiro. No hay misión que me dé más pavor que la tuya: intentar que una dama acepte tu mano. Uf. —Ezra miró el vino de su copa como si de repente fuera veneno—. *Matrimonio.*

—Pensaba que te aterrorizaba más tener una ocupación.

—¿Y no implica eso el matrimonio? Aunque el casarse es peor que un empleo: ni en casa puede uno librarse de él.

—Pero si tú ni siquiera trabajas.

—Por eso tampoco me ataré a las cadenas de ningún santo sacramento. —MacLeod sonrió—. Trabajaré sola y exclusivamente por la persona a la que más aprecio.

—Tú mismo.

—Exacto: yo mismo.

Despacio, Cayden negó con la cabeza y continuó oteando el salón. La última vez que había visto a Evelyn, esta le había dicho que iba al tocador. Quizá siguiera allí.

«¿Debería ir a echar un vistazo?».

Pero era un hombre, ir a buscarla allí estaría fuera de lugar. Además, seguro que Eve volvería. No tenía miedo de lo que le pudiera pasar. Su prima siempre había sido muy resuelta.

«Más bien, los que deben temblar son todos los demás. Con mi prima libre por los salones ingleses, es la sociedad británica la que está en serio peligro».

Mientras registraba la sala, a Cayden le llamó la atención una figura. Era una dama sentada en la fila de butacas del fondo, una más entre el sinfín de mujeres que esperaban una pareja de baile. Se abanicaba con lentitud, aburrida.

Cayden había memorizado los nombres y las caras de los aristócratas más importantes, así que la reconoció enseguida. Lady Mary Gardener no era especialmente bella ni interesante. No le producía ninguna reacción.

Pero era noble, y eso bastaba a sus propósitos.

—Ahora vuelvo —murmuró.

—¡Oh, oh, oh! —Ezra sonrió con gesto sardónico—. ¡Dag ataca de nuevo!

—Si sigues así voy a pegarte una paliza, te lo advierto.

—Es mañana cuando tenemos sesión de esgrima, pero si deseas adelantarla... Deja que me tome una copa más y estoy listo.

—Por tu bien y el mío, no bebas más —rezongó Cayden—. Como te decía: ahora vuelvo.

Recorrió todo el salón con andar decidido, aunque en el fondo estuviera preparado para recibir otra negativa.

Sin embargo, ¿cuándo había frenado eso a un Dagger?

Parecía que la recién llegada al tocador acababa de salir de uno de los retratos del vestíbulo. Incluso si se hubiera vestido con harapos (o con la ropa anticuada de Hope), habría sido evidente que pertenecía a la aristocracia.

Y así era. Hope la reconoció enseguida. Alisa Chadburn era una de las hijas del marqués de Dorsetshire. Sus andares y aires hacían honor al título de su padre: eran tan sofisticados y dignos que hicieron que Hope se retorciera de envidia, y Evelyn, de vergüenza.

Era la antítesis de la francesa: toda altura, esbeltez y palidez en contraste con el pelo negro y liso que enmarcaba un rostro alargado, del color de la nata. Todo el conjunto acentuaba una belleza clásica. También altanera. Hope nunca se había atrevido a hablarle, a pesar de que ambas no dejaban de coincidir temporada tras temporada y conocían el gran secreto de la otra.

Como toda la sociedad, en realidad, aunque nadie comentara nada de forma directa.

—Cuénteme, señorita Maude, ¿qué le ocurre?

—Se me ha... se me ha desatado un lazo que...

—Déjeme ver —la cortó.

No llegó a arrodillarse como Evelyn, sino que se agachó y le levantó la falda por la parte izquierda, lo justo para introducir la mano entre las telas. Hope dio un leve respingo cuando sintió que los dedos envueltos en seda le rozaban el muslo. Se perdieron después en el inicio de la prótesis.

—He encontrado el problema —dijo Alisa—. Por favor, no se mueva. La ataré más arriba para que se ajuste bien. No puede llevarla tan baja o se enredará en el metal.

—¡Tal vez esa sería la clave! —canturreó Evelyn, que, ya incorporada, se sacudía la falda rosa—. Es decir, que tuviera un enganche en la prótesis. ¡Sería de lo más práctico!

Alisa se quedó en silencio unos instantes con los labios fruncidos, hasta que al fin asintió.

—Bien, eso podría ser. Aunque no es necesario gritar de esa manera para aportar una solución.

—¡¿Que yo grito?!

Lo preguntó en un tono demasiado agudo, y Hope sonrió cuando Evelyn se dio cuenta, se llevó las manos a los labios y soltó una risita.

—¡Lo siento! Es mi primera temporada y todavía no tengo a nadie de buena familia que me haga de valedora y casamentera. Me han enviado al baile con mi primo, pero lo he esquivado porque es muy aburrido...

—¿Su primo? —preguntó Alisa.

No obstante, Evelyn siguió hablando.

—Mi madre es inglesa, pero no pertenece a la alta sociedad, así que no tiene ni idea. Y mi padre es rico, sí, solo que todos sus contactos se encuentran en Francia y no tiene la menor influencia en Inglaterra. —Suspiró, tirándose de uno de los rizos rubios y enroscándolo en el índice—. Allí las cosas son más fáciles. Cómo decirlo, son menos... menos...

—Rígidas.

Fue Hope quien completó la frase. Aquel gesto le valió la mirada aprobatoria de Alisa y una palmada de júbilo de Evelyn.

—¡Eso es! ¡Ay, Hope, siempre tienes la palabra perfecta en el momento exacto! Eres una persona muy inteligente.

—Ninguna de nosotras es muy inteligente si está perdiendo el tiempo aquí en el tocador —bufó Alisa. Se acercó al espejo para arreglarse, aunque Hope no entendía por qué. Estaba perfecta de la cabeza a los pies—. Las tres deberíamos estar en el baile.

—Calentando la silla, ¿no? —se rio Evelyn, que se acercó y tomó la mano de Hope. A esta la cogió por sorpresa aquel gesto tan íntimo y no supo reaccionar—. Te he visto antes al fondo del salón. No te has movido en toda la noche.

—Ah, es cierto —reconoció Hope, y sonrió resignada—. Es porque nadie me saca a bailar. Resulta evidente por qué, así que...

—No. —Evelyn ladeó la cabeza—. ¿Por qué?

—Por su pierna, señorita Boulanger —murmuró Alisa—. Los hombres quieren muñecas perfectas y, al contrario que los animales, solo se abalanzarán sobre las mejores presas. Tomarán a las crías y a los sujetos enfermos si no les queda otro remedio, no antes. —Se acarició el escote del vestido rojo y lo subió un par de centímetros—. ¿Es que no sucede lo mismo en Francia? Pensaba que la superficialidad era un pecado universal.

Evelyn se puso colorada y balbuceó algo que no parecía inglés. Hope apretó los dedos entorno a su mano para tranquilizarla.

—En cualquier caso —comentó Hope, más valiente—, no soy la única. Tengo la sensación de que ninguna se ha levantado de su silla esta noche excepto para venir aquí, ¿verdad?

Evelyn le respondió con rapidez que sí, mientras que Alisa la miró de reojo. No lo negó.

—Entonces las tres tenemos el mismo problema —continuó Hope—: no somos apetecibles.

—Qué horrible suena eso, ¡ni que fuéramos pastelitos! —Evelyn se rio. De inmediato, arrugó la nariz y se llevó una mano a la cintura—. Además, yo creo que sí lo somos. Las tres somos bonitas y agradables, ¡¿qué problema tienen estos ingleses?!

Hope se disponía a contestar, pero pareció pensarlo mejor y permaneció callada. Tras unos segundos de silencio, fue Alisa quien respondió sin desviar un ápice la mirada de su reflejo sin defectos.

—Se lo diré, señorita Boulanger, ya que por desgracia conozco a la perfección los problemas de «estos ingleses». En primer lugar, los vizcondes Loughry, los padres de la señorita Maude, tienen ciertos apuros económicos. Una muchacha sin dote es difícil de casar, pero si encima tiene algún defecto físico... —No fue un comentario hecho con maldad. Hope entendió que Alisa se limitaba a constatar un hecho—. Y, en segundo lugar, está usted, señorita Boulanger.

—¿Yo? ¿Yo soy un problema?

—Para ellos, sí —prosiguió Alisa—. No es sencillamente una recién llegada, sino que no parece comprender en absoluto ni la etiqueta inglesa ni las buenas costumbres de sociedad, lo que la convierte en un hazmerreír. Nadie quiere como pareja de baile a una extranjera deslenguada que se comporta como una chiquilla, así que menos aún la querrán como esposa.

—¡Madre mía! —Evelyn se inclinó hacia Hope—. Tiene toda la razón. Cómo nos ha calado, ¿eh?

—No es nada extraordinario —dijo Alisa—. Era bastante evidente. —Acompañó aquellas palabras con un grácil encogimiento de hombros.

—¿Y usted, lady Chadburn? —Evelyn le sonrió al reflejo, todavía con las mejillas teñidas de un suave tono rosa—. ¿Qué problema tiene? Porque tampoco la he visto bailar en toda la noche. ¿Es que no le gustan los hombres?

Hope se mordió el labio de nuevo. Debería haberla detenido antes de que soltara esa barbaridad. Solo habían bastado unos instantes para saber por dónde iría aquella excéntrica medio francesa, y no parecía muy buena idea molestar a la hija del marqués de Dorsetshire.

Sin embargo, y contra todo pronóstico, Alisa se echó a reír, con lo que la máscara de seria arrogancia se desmoronó. Hope no pudo evitar sonreír con ella. Aquel humor resignado, fruto de la desgracia, resultaba contagioso.

—No es que no me gusten. De hecho, en el pasado cometí el error de que uno de ellos me gustase demasiado... Uno que no hizo las cosas que se le suponían como caballero —murmuró la morena al recobrar la compostura—. Así que no tengo lo que se dice muy buena reputación.

—¿Se fugó con un noble? —Evelyn enrojeció todavía más—. ¡Qué romántico!

—No, no llegué a eso —la corrigió Alisa—. Fue solo un beso. Nos descubrieron. Así que, para evitar un escándalo, me hizo una promesa de matrimonio. Solo que luego no tuvo escrúpulos en romperla y abandonarme. Quedé mancillada para siempre.

—P-pero eso no puede ser —balbuceó Evelyn—. ¡Si es usted bellísima!

«Y rica», añadió Hope para sí.

—Muchas gracias, señorita Boulanger, pero eso poco importa. El resto de mis hermanas ya se han casado y yo sigo soltera. —Sonrió de medio lado—. Pasé un tiempo lejos de la sociedad... El año que viene cumpliré veinticinco e iniciaré mi cuarta temporada, por lo que será mi última oportunidad. Una desperdiciada, desde luego. —Encogió con soltura un hombro—. Preferiría estar recorriendo Inglaterra o cualquier otro país con mi vieja tía Juliet a aguantar una más de estas odiosas fiestas, en las que me miran como si fuera un insecto del jardín que se ha colado en el salón.

—Así que ¿no se quiere casar?

Hope apretó la mano de Evelyn para que se callara y dejara de preguntar. Aunque, a juzgar por la expresión de Alisa, no parecía que su entrometimiento le hubiera molestado demasiado.

—No es que no quiera casarme, sino que soy escéptica en la búsqueda de un hombre bueno. —Puso los ojos en blanco—. Basándome en mi experiencia, dudo que sea fácil de encontrar...

—¿Eso quiere? ¿Se conformaría con un hombre bueno como marido?

Alisa pareció pensarlo con detenimiento, hasta que por fin asintió con gravedad, como si fuera la respuesta a una de las preguntas más importantes de su vida.

—Sí. Sí, desde luego. No me importan otras cuestiones, siempre que sea un hombre honorable.

«Y precisamente esos son quienes no la buscan», se dijo con tristeza Hope. «Se rumorea que son muchos los hombres que solo la desearían como amante, no como esposa. Porque está corrompida a ojos de todos».

—¿Y tú, Hope? —Evelyn le sonrió, y la chica se sintió bendecida por ser la razón de esa luminosa sonrisa—. ¿Qué tipo de hombre querrías como esposo?

—¿Existe siquiera alguno tan desesperado para desear serlo?

Vio de reojo como Alisa le sonreía con complicidad. Sin embargo, la llama en los ojos claros de Evelyn pareció reacia a aceptar aquello como respuesta.

—¡Vamos, Hope!

—La verdad, no lo sé —reconoció—. Un hombre que sea capaz de pagar las deudas de mi familia, supongo.

—¿Solo eso? ¡Eres preciosa y buena! Venga, Hope, tiene que haber algo más.

—Puestos a pedir... no me vendría mal otra pierna. —Se levantó la falda para enseñarla, aunque solo fuera un poco, consciente de que era la primera vez en toda su vida en sociedad que se atrevía a hacer algo así—. Una... una hecha a medida.

Las otras dos jóvenes abrieron mucho los ojos, sorprendidas al contemplar la prótesis.

—Te lo mereces, ¡desde luego! —exclamó Evelyn con convicción.

—Y tal vez un marido que me permita ser...

Se calló. Los ojos oscuros de Alisa parecieron comprender, pero la más pequeña tiró de la manga de Hope para exigir una explicación mayor.

—Una pareja que me permita ser yo misma.

Las tres se quedaron en silencio. Era un deseo compartido.

En mitad de la repentina quietud, les llegaron amortiguados los sonidos del baile: el cuarteto de cuerda, los pasos de los bailarines, el tintineo de las copas, las conversaciones en voz alta de los hombres y los susurros de las damas tras los abanicos.

Todo ese mundo parecía irreal, como si las tres chicas estuvieran envueltas en una nube solitaria a leguas de allí, ajenas a aquellas mentiras disfrazadas y brillantes.

—Yo al parecer necesito todo lo contrario —musitó Evelyn—.

Necesito *no ser yo* en absoluto. ¡Vaya tres! Deberíamos fundar un club de damas desafortunadas... Pájaros del mismo plumaje se estrellan juntos, ¿no decís eso en Inglaterra?

Alisa y Hope se miraron directamente a los ojos antes de estallar en carcajadas. Pronto se les unió Evelyn. La muchacha lo hizo sin contenerse, agarrándose la cintura mientras reía una gracia que no llegaba a comprender del todo.

Así las encontró la siguiente pareja de damas que trató de entrar en el tocador. Ambas huyeron espantadas al contemplar a aquellas tres mujeres tan diferentes y a la vez tan compenetradas. Era tan extraño que hubieran coincidido en un punto que pensaron que debía de haberlas unido alguna razón escabrosa.

—Entonces, lo haremos así, ¿me ayudaréis a no ser tan... tan *yo*?

—No es que dejes de ser tú —la corrigió Hope con cariño.

—Es solo que no puedes tutear a quien no conoces ni hablar tan alto ni de cualquier cosa —añadió Alisa. Como las demás, había adoptado el tuteo entre ellas—. No puedes mantener conversaciones sobre ciertos temas, como máquinas o caballos. Tampoco puedes quitarte los zapatos en público ni ser quien solicite los bailes. No debes sonreír abiertamente a los hombres, ni a nadie, ni reír en voz alta...

—Lo que decía, que no puedo ser yo.

Alisa resopló con exasperación, como lo haría una hermana mayor ante alguna travesura de su hermana pequeña, y Hope se mordió el labio para no reír.

—¿Quieres que te ayudemos o no, Evelyn?

—¡Sí, sí que quiero! Pero vosotras también necesitáis ayuda, ¿no es así? Aquí todas deseamos tener nuestra propia casa, ser mujeres independientes...

—Creo que no sabes lo que significa ser una mujer independiente —replicó Alisa—. Como esposas, perteneceremos a nuestro marido.

—¡Eso ya lo veremos! —farfulló Evelyn con cabezonería—. El caso es que no solo yo necesito una casamentera, ¡sino las tres!

Fue entonces cuando a Hope se le ocurrió. Acababan de salir del tocador y caminaban con lentitud de vuelta al salón de baile. Habían decidido sentarse juntas, ya que parecía lo único a lo que aspirarían en toda la noche.

—¿Y si eso es lo que hacemos? —preguntó en un susurro—. ¿Y si nos convertimos en nuestras propias casamenteras?

Las otras dos se volvieron hacia ella. Hope se sonrojó al recibir una atención a la que no estaba acostumbrada.

—¿Qué quieres decir? —le preguntó Evelyn.

—Se me ha ocurrido, porque... yo estoy en mi cuarta y última temporada —empezó a decir—. Todos han asumido que el año que viene seré una solterona. Alisa está en su tercera y le aguarda el mismo destino. Y Evelyn, si sigues así, no te invitarán a ningún acontecimiento más. Sin embargo, las tres juntas somos más fuertes. Entre todas, conocemos a multitud de gente diferente: nobles de todo tipo —miró a Alisa— y nuevos ricos —Evelyn le sonrió—. Además, tres mentes piensan mejor que una sola. ¿Qué os parece?

Evelyn enseguida soltó una risita de entusiasmo. Alisa apoyó la mano enguantada en la mejilla antes de ladear la cabeza en señal de aprobación.

—No tenemos nada que perder, desde luego. Y todas queremos huir de la horrible compasión de esa gente, ¿no?

Las tres intercambiaron una mirada, aunque Hope sabía que las otras dos chicas estaban pensando en su pierna. Siempre era así. A veces le daban ganas de arrancársela, porque parecía que era lo único de sí misma que importaba a ojos de los demás. Por eso había dejado de intentar mostrarse tal y como era. La prótesis empañaba cualquier característica que guardase en su interior, por mucho que tratara de mejorar. Qué importancia tenía, si nadie reparaba en la joven que la llevaba puesta.

—¡Yo acepto! —exclamó Evelyn, y extendió una mano con la palma hacia abajo.

Hope apoyó con timidez la suya sobre la de la otra chica.

Las dos miraron a Alisa, que, con un bufido, también apoyó su mano.

Se quedaron así durante un segundo, hasta que Hope se atrevió a enlazar los dedos con los de ellas. Formaron un nudo de guantes de seda, un lazo que la chica deseó que fuera irrompible.

No tenía amigas de verdad. La alta sociedad británica no creía posible que las mujeres tuvieran relaciones demasiado profundas entre ellas. A pesar de no haber experimentado nunca una conexión similar, Hope intuía que no era cierto. Algo le decía que sí era posible. Que estaba cerca de conseguirlo.

«Ojalá esta amistad sea real... y tan fuerte como el acero».

Déjame que lo adivine: ¿te han vuelto a rechazar?

Su amigo lo dijo con una sonrisa maliciosa, así que Cayden ni se molestó en contestar.

—No sé por qué sigues empeñado —comentó Ezra ensanchando la sonrisa—. Te costaría menos convertir a alguna dama en tu amante que sacarla a bailar. De hecho, te recuerdo que has recibido unas cuantas propuestas para calentar muy nobles camas...

—No quiero ninguna amante —le cortó Cayden con sequedad—. Ni tampoco una esposa, pero la necesito. Necesito contactos. Y además...

—Ya, ya, ya me sé la historia —rezongó Ezra al tiempo que agitaba una mano enguantada en el aire—. Pero te recuerdo que has ascendido mucho en poco tiempo y a nadie le gustan los advenedizos. Los empresarios exitosos despiertan envidias en los hombres y temor en las mujeres. Aunque puedan fantasear contigo, no aceptarán tu anillo en su dedo.

—Ni un triste vals, al parecer.

Ezra se rio entre dientes.

—No te preocupes tanto, Dag. Eres joven, y mi padre, no: cuando muera, ascenderé y no tardaré en formar parte de la Cámara de los Lores. Y allí podré ayudarte en todo lo que necesites.

—A saber cuándo ocurrirá eso —murmuró Cayden—. Bicho malo nunca muere, ¿no es lo que dicen? Y me has hablado lo bastante del mal carácter del conde de Northum para dudar de su buena salud.

—Te concedo que mi maldito padre no parece tener muchas ganas de irse al más allá, la verdad. Qué mal gusto —se rio Ezra mientras se llevaba la copa a los labios—. Aunque tampoco es que yo arda en deseos por ostentar el título. En cuanto él fallezca, habré de ocuparme del condado.

—Trabajar —comentó el otro poniendo los ojos en blanco—. Menudo horror.

La ironía provocó que Ezra volviera a reír. Si no le conociese desde hacía años, Cayden habría jurado que estaba borracho. Pero sabía que tenía mucho aguante con el alcohol. Lo que más le crispaba era que, si Ezra estuviera de verdad ebrio y se comportara de la peor manera posible, aquella sociedad le perdonaría al instante. En contraste, él siempre había mantenido las formas y jamás había sido maleducado con nadie, y a pesar de ello no se le abrían demasiadas puertas.

En el terreno económico, la empresa Dagger iba bien, muy bien. Acababa de firmar la construcción de una nueva línea de ferrocarril hacia Edimburgo y los prototipos de varios vehículos eran prometedores. También tenía acciones en la mayoría de las compañías que fabricaban maquinaria industrial, locomotoras y barcos. Pero necesitaba el apoyo de la buena sociedad para ir más allá. Requería apoyo político para ampliar sus proyectos, y eso solo lo conseguiría si se congraciaba con hombres poderosos que tuvieran influencia en la Cámara. Incluso en palacio.

Y, para ello, necesitaba una mujer que le acercara a ese mundo. No bastaba con ser amigo del hijo holgazán de un conde. Si formaba una familia vinculada con la aristocracia, le resultaría más fácil avanzar.

—Vaya, vaya. Mira qué tres pichoncitas están revoloteando juntas —comentó Ezra con las cejas alzadas.

Cayden siguió la dirección que le indicaba su amigo hasta ver a tres jóvenes que entraban en el salón y se sentaban en las butacas del fondo, las que estaban dispuestas para que las casaderas esperasen con tibia esperanza una pareja de baile.

Una de ellas era Evelyn, la hija de su tía Bess. La quería como a una hermana, así que no dudó en lanzar una mirada de advertencia a Ezra. Era de sobra conocido en la alta sociedad lo mujeriego que era. Tentador e incorregible, sobre todo a la hora de romper corazones. Cayden le había visto en acción demasiadas veces.

—Ni se te ocurra acercarte a mi prima.

—¡Pero si no he dicho nada, Dag! —Sin embargo, no borró la sonrisa ladina de la cara—. ¿Sabes quiénes son las otras dos?

Cayden había estudiado hasta el último detalle de cada una de las personas que estaban en el salón, centrándose en las de mayor rango. Por eso sabía que la otra joven que acompañaba a Evelyn era Alisa Chadburn, la hija del marqués de Dorsetshire. En el pasado se había visto envuelta en un escándalo al ser repudiada por el hombre que debía casarse con ella. Era de buena familia y ningún noble parecía muy dispuesto a cortejarla, así que Cayden le había pedido un baile en alguna ocasión, pero ella se había negado siempre con aire arrogante.

La otra era una joven delgada de cabello castaño y mirada gacha. Cayden no recordaba su nombre. La había visto en más ocasiones y era aristócrata, por supuesto, pero nunca parecía demasiado complacida de estar allí y solía escabullirse en mitad de las fiestas.

Llevaba un vestido sin duda pasado de moda que no se ajustaba bien a su cuerpo. Era, además, de un color gris que la deslucía. Al lado del vestido rosa encendido recién llegado de París de su prima Evelyn y del elegante terciopelo rojo del de Alisa Chadburn, parecía estar apagándose de manera literal, como si fuera una pequeña vela.

No se había dado cuenta del tiempo que había permanecido con la atención fija en ella hasta que la joven alzó la vista. Lo miró directamente a los ojos. Eran enormes, verdes, de un tono vivo que se oscurecía en los bordes. Transmitían una fuerza tan sobrecogedora que le dejaron sin respiración por un momento, como si acabasen de cazarle haciendo algo incorrecto. Pensó que, igual que el resto de las damas que le despreciaban por su origen, la chica desviaría la mirada enseguida, pero aguantó hasta que tuvo que ser él quien la retirase. Parpadeando por la sorpresa, Cayden se giró hacia Ezra. Acababa de recordar su nombre.

—Alisa Chadburn y Hope Maude.

—¡Has hecho los deberes! No esperaba menos de ti —canturreó Ezra—. Dime, ¿te atreves a intentarlo otra vez con alguna de ellas?

Cayden devolvió la vista al trío de jóvenes. Parecían divertirse mientras cuchicheaban y sonreían.

—La esperanza es lo último que se pierde —contestó.

El corazón todavía le latía con fuerza, empeñado en desobedecerla.

Menos mal que el desconocido del fondo del salón había desviado la mirada, porque ella habría sido incapaz. Al verlo se había quedado prendada de él, paralizada como una cervatilla en mitad del camino.

«¿Quién será?», se preguntó Hope. «¿Le he visto antes?».

Lo dudaba. Se acordaría de él. Aunque era cierto que en los últimos tiempos no prestaba demasiada atención a las nuevas incorporaciones masculinas de la temporada... Sus esperanzas de atrapar a un hombre eran tan escasas que prefería no hacer de perro del carnicero, viendo la carne sin dar bocado.

—Hope, ¿qué propones para iniciar nuestro maravilloso plan? ¡Ha sido idea tuya!

Se volvió hacia Evelyn. Quizá con esas dos chicas lo tendría más fácil.

«Casarme pasará de ser imposible a poco probable».

—Ah, sí, el plan. Veamos... —meditó Hope—. ¿Qué os parece elaborar una lista? De los candidatos más adecuados a los menos adecuados.

—¿Y si a alguna le gusta el mismo pretendiente que a otra?

—No creo que eso suceda, Evelyn... Intuyo que tenemos gustos muy distintos —le respondió Alisa con practicidad—. Además, yo no soy una romántica. Rechazaré al que sea en beneficio vuestro.

—¡Qué buena eres, Alisa!

—No debes llamarme así en público —la corrigió en voz baja—. Al menos, no hasta que os presente a mi familia.

—¿Eso quiere decir que lo harás?

—Por supuesto. Mañana podéis venir a mi casa.

—¡Y al día siguiente a la mía! —ofreció Eve.

Hope sonrió con suavidad, tratando de contener sus ilusiones. No sabía qué le emocionaba más, si verse entre dos jóvenes preocupadas por su felicidad (¿cuándo había sido la última vez?) o el desconocido que la había mirado desde el otro lado del salón.

No podía quitárselo de la cabeza. Parecía el hombre de sus sueños: atractivo, de aire misterioso y aparentemente interesado en ella. Sí, reconocía que sus expectativas no eran muy altas, pero que despertara la curiosidad de un hombre tampoco era habitual.

«En realidad, nada de lo que está sucediendo esta noche lo es».

—Podríamos empezar por los que deben aparecer los últimos en la lista —propuso Alisa—. Caballeros que es mejor evitar como la peste.

—¿Como quiénes?

Alisa señaló con la cabeza hacia el fondo de la sala. A Hope se le encogió el estómago al imaginar que se refería al caballero rubio que la había mirado.

—Ezra MacLeod.

Suspiró de alivio.

—Sí —le concedió—, tienes toda la razón.

—¿Por qué? —quiso saber Evelyn—. Es un buen amigo de mi primo... ¿Qué le ocurre?

—Es un mujeriego —respondió Hope.

—Es un idiota —añadió Alisa—. No es de los que se casan si no es a punta de pistola. Tampoco tiene ninguna virtud evidente, exceptuando el hecho de que posee la lista de amantes más larga de todo Londres.

Evelyn se sonrojó y se apresuró a apuntar aquel nombre en su carnet de baile. Todas las mujeres solteras tenían uno atado a la muñeca. Servía para anotar las parejas con las que se comprometían a bailar durante la noche.

Como era obvio, el de las tres estaba vacío.

—Bien, último en la lista: Ezra MacLeod —asintió Evelyn—. ¿Quién más?

—Déjame pensar. —Alisa entrecerró los ojos—. ¿El que le acompaña no es Cayden Dagger?

En cuanto lo dijo, Hope contuvo el aliento. «Entonces ¿el desconocido de antes es...?».

—¡Mi primo! —Evelyn se llevó las manos a la cintura—. ¡A ver qué vas a decir de él! Lo quiero como a un hermano y...

—No es noble —comentó Alisa sin pasión—. Es un advenedizo.

—¡Pues como yo!

—Estamos hablando de candidatos poco ideales para el matrimonio, Evelyn. No tenemos nada en contra de él... teóricamente.

—¡Tiene mucho dinero! —insistió.

—El dinero no lo es todo —aseveró Alisa.

«Eso solo lo afirman quienes siempre lo han tenido de su parte», caviló con tristeza Hope.

—Posee muchas otras virtudes —continuó diciendo Evelyn—. Es alto y atractivo, ¿eh? Ese punto no me lo negaréis...

—Virtud completamente prescindible en la búsqueda de un buen marido —terció Alisa.

—Pero si no es un mujeriego como lord MacLeod... —tanteó Hope— eso sería un punto a su favor.

—Ah, ¿no lo es? —se extrañó Alisa—. Pues no hay día que no avasalle a un buen puñado de damas.

—¡Porque está desesperado por un poco de contacto! Es frío como el hielo y muy torpe en cuestiones sociales. —Evelyn bufó por la nariz ante el silencio de las otras dos—. Bien, acepto que no esté el primero en vuestras listas, pero ¡me niego a que lo pongáis el último!

—Mejor lo decidimos después —medió Hope—. Porque se está... se está acercando, ¿no?

—Ah, sí. —Alisa alzó ambas cejas—. Viene hacia aquí. Es un absoluto incordio —resopló—. Como os he dicho, no deja de pedir un baile tras otro, sin importar lo mucho que le rechacen. No se cansa jamás.

Evelyn iba a replicar cuando Hope la agarró de la mano. Se la apretó hasta conseguir que permaneciera callada.

Al cabo de unos segundos, Cayden Dagger llegó por fin adonde estaban las tres chicas.

Rondaría los veinticinco años y era alto, mucho más que Ezra, y eso que el noble debía de medir metro ochenta. Tenía el pelo igual de rubio que Evelyn y los ojos del mismo tono azul, aunque los suyos eran mucho más fríos y apagados. Su color no tenía nada que ver con el del cielo límpido de verano. Era más cercano al brillo de una daga afilada.

«Sin duda, hacen honor a su apellido».

Hope no estaba acostumbrada a ese tipo de miradas tan directas y sintió un repentino escalofrío. Porque, ya a un paso de ella, la contemplaba de la misma forma que antes. Como si pudiera ver más allá de su fachada. O, al menos, como si quisiera hacerlo. Igual que un cazador meticuloso, dispuesto a atraparla en cuanto bajase la guardia. Y, a la vez, su semblante no revelaba nada. Al estudiar su expresión reservada, Hope no pudo asegurar que estuviera alegre y tampoco negar que pareciese aburrido.

—¡Hola, Cay! —saludó Evelyn con una sonrisa exultante—. Justo estábamos hablando de ti. —Aquello le valió una rápida mirada de fuego de Alisa. Enseguida se corrigió—: Quiero decir, que habíamos observado que venías. ¿Quieres que te presente a mis amigas?

—¿Sois amigas?

Tenía la voz grave, un poco ronca. Además, Hope dio un

respingo al percibir pequeñas notas de un acento londinense cerrado, una mezcla entre *cockney*, el habla de los barrios bajos, y el deje típico de los hombres de negocios. Estaba claro que era un empresario, un advenedizo, como lo había llamado Alisa, un recién llegado a ese mundo de títulos y apariencias.

Se fijó con más atención; era cierto que no encajaba en el ambiente: aunque su traje estaba bien confeccionado y seguía la moda, se notaba que era más directo que los hombres que le rodeaban. Sus ademanes eran demasiado prácticos, sin florituras. Tenía una complexión fuerte, los hombros anchos, la piel bronceada por el sol.

«Está acostumbrado a trabajar y a conseguir lo que quiere», se dijo Hope.

No había conocido a muchos hombres así. Las ocupaciones de su padre se reducían a cobrar por las tierras que no atendía y gastarse el dinero en los clubes de juego.

—Sí, lo que oyes: somos amigas —le respondió Evelyn—. Acabamos de conocernos, pero ya las quiero, así que ¡pórtate bien! —le advirtió con las mejillas coloradas—. Señoritas, él es mi primo Cayden Dagger. Ella es Alisa Chadburn. Perdón, *lady* Alisa Chadburn. Y ella, Hope Maude.

—Honorable, ¿no? —la corrigió él.

Evelyn frunció el ceño sin comprender. Como Hope tardó en reaccionar, fue Cayden quien se lo explicó.

—Deberías llamarla la Honorable señorita Hope Maude. Su padre es vizconde, ¿verdad? —Ante el silencio, Cayden añadió—: El vizconde Loughry, si no me equivoco.

—Ah, sí —susurró Hope avergonzada—. Sí, así es, mi padre es vizconde.

«Por Dios, qué idiota. ¡Da la impresión de que no sé ni hablar!».

Sin embargo, el señor Dagger no se inmutó por su timidez. Al contrario, se cuadró y le tendió la mano.

—Honorable señorita Maude, ¿me concedería este baile?

Hope se quedó inmóvil.

—¿Un... baile?

—Sí —dijo él con paciencia—. El siguiente vals.

¿Seguro que esa noche no era un sueño del que iba a despertar en cualquier momento? O tal vez se parecía más a una pesadilla, al menos en ese instante. Los latidos del corazón no dejaban de resonarle en los oídos, recordándole que tenía que responder.

«Me temo que no puedo bailar con usted, señor Dagger. Ni siquiera puedo moverme sin escuchar cómo el resto cuchichea por detrás "Ahí va la Coja Loughry"».

«Lo siento mucho, primo de Evelyn. Por mucho que me muera por bailar, si accediera le expondría al ridículo, y es lo último que desearía».

«Ojalá pudiera decirle que sí, Cayden Dagger, pero soy incapaz de bailar al mismo ritmo que los demás. Sin embargo, es usted el hombre más guapo que me ha dirigido la palabra en toda mi vida, así que ¿podríamos cambiar el baile bochornoso por una conversación lejos de esta fiesta? Le juro que sin nadie que me mire soy capaz de articular dos palabras seguidas».

Ja. Ni en mil vidas podría decir nada parecido.

Paralizada, no supo qué hacer hasta que notó que Evelyn le apretaba los dedos con cariño.

—Lo siento, yo... —alcanzó a decir—. No. Gracias.

Aunque Cayden no hizo ningún movimiento brusco, Hope todavía tenía los ojos clavados en los suyos y percibió en ellos la llama de una pequeña decepción.

No duró mucho.

—No se preocupe —dijo él en un tono gélido, al tiempo que se inclinaba—. Siento haberla molestado.

—No me ha molestado y... no es que no quiera —se apresuró a aclarar Hope.

—Entonces ¿sí quiere?

No se mostraba convencido de su honestidad.

—La verdad es que no puedo —siguió ella—. Sería una terrible pareja de baile.

—¿Por qué?

En ese momento se percató de lo mucho que se asemejaban

los dos primos. Ambos tenían cierto aire de sinceridad, a pesar de que Cayden no compartía ni una pizca del entusiasmo arrebatador de Evelyn. Además, intuía que él sí que podía saber la razón por la que ella no quería salir a bailar y avergonzarse delante de todos. Debía de ser el tipo de empresario que estudiaba hasta el menor detalle de sus adversarios, y seguramente actuaba del mismo modo en las fiestas, como si todos los demás fueran competidores.

Incluso las mujeres.

—Yo... —empezó a balbucear Hope—. Es que, a mí... Tengo...

—Le ha dicho que no puede —contestó Alisa por ella. Ladeó la cabeza con educación y tomó la otra mano de Hope—. Señor Dagger, le ruego que no insista. Tampoco se tome esta negativa como algo personal.

Cayden no se giró hacia Alisa al contestar.

—Nada es personal en estos bailes, ¿verdad? Y, en el fondo, todo lo es.

Volvió a inclinarse al segundo siguiente y, despacio, se dio la vuelta para marcharse. Unos instantes después, estaba de nuevo junto a su amigo al otro lado del salón. Las tres observaron estupefactas como Ezra MacLeod sonreía con malicia y levantaba la copa de vino en su dirección.

—¿Ponemos entonces al señor Dagger al final de la lista? —preguntó Alisa con un suspiro.

Hope no contestó.

4

En la entrada a la mansión, bajo el tejadillo que los protegía de la lluvia nocturna, Cayden se giró hacia Ezra con cara de fría incomprensión.

—¿De verdad vas a ir al East End? ¿Ahora?

—¿A qué viene esa pregunta, Dag? Pensaba que fabricabas relojes para ver la hora... ¡No son ni las tres!

—Sé la hora que es, por eso te lo pregunto. Allí no vas a encontrar más que peleas y la peor calaña de la ciudad.

—Exacto. —MacLeod sonrió—. Voy a reunirme con mis verdaderos congéneres. Vamos, no me dejes ir solo. Tú conoces esa zona a la perfección... Sé buen amigo y acompáñame.

—Buenas noches, Ezra.

El noble no discutió. Se limitó a encogerse de hombros antes de bajar la escalinata de piedra de la casa, saltar a la acera y subirse al carruaje que le esperaba. Este le llevaría al barrio con los pubs, burdeles y clubes de juego más famosos (y peligrosos) de toda la capital. Cayden conocía aquella zona demasiado bien, por eso se cuidaba de no poner un pie allí a menos que fuera estrictamente necesario.

Una adolescencia en la miseria era suficiente para toda una vida.

—¡Primo, estabas aquí! —Evelyn se arrebujó en la capa, colocándose a su lado—. ¿No podías haberme esperado en el vestíbulo?

—Hacía demasiado calor.

—¡En absoluto!

—Y había demasiada gente.

—De verdad, eres de lo que no hay...

Evelyn le agarró el brazo a la vez que suspiraba por la nariz.

—En cualquier caso, no importa lo maleducado que seas hoy. ¡Nada empañará la que se ha convertido en mi mejor noche en Londres!

—Si no fueras tan exagerada, hasta te preguntaría por qué.

—Sé que te mueres por saberlo, así que vas a tener que aguantarte las ganas.

Cayden ocultó una sonrisa y abrió el paraguas que llevaba para que pudieran descender las escaleras sin mojarse. Desde el pescante, su cochero les hacía señas para que entraran en el último carruaje de cuatro caballos que había salido de la fábrica Dagger. No tenía ni una semana. Al empresario le animó ver como las damas y los nobles de la fiesta se giraban para observarlo.

Ayudó a su prima a subir al coche y dio dos golpecitos en el techo para que arrancaran.

—¿Vienes a casa? —preguntó Evelyn mientras se quitaba el sombrero.

—Así es. Quiero comentarle unas cuantas cosas a tu padre.

—Si no supiera del insomnio de papá, te prohibiría que le molestases a estas horas.

—Si no tuviera insomnio, para empezar no le molestaría.

La chica se cruzó de brazos e hizo un mohín con los labios.

—Por cierto, lo que has hecho en la fiesta ha sido muy desagradable.

—¿El qué?

—Cómo te has comportado después de que Hope te dijera que no podía bailar.

Intentando no reflejar lo que sentía en realidad, Cayden imitó a su prima y se cruzó de brazos con aire distraído.

—¿Quieres decir después de que esa dama me rechazara?

—¡No tienes ni idea! —exclamó Evelyn, despegándose del respaldo del asiento—. ¡No sabes por qué te ha dicho que no!

—Claro, porque le he preguntado por qué y no me ha contestado.

Evelyn abrió la boca, dispuesta a responder, pero al instante la cerró y volvió a recostarse con aire digno.

—No creo que sea cosa mía airear los secretos de otros —murmuró la joven con solemnidad—. Tú más que nadie deberías respetar a quienes no desean revelar parte de su pasado... Además, seguro que ya conoces el secreto no tan secreto de Hope. ¡Eres el gran empresario Dagger! ¡Lo sabes todo, al parecer!

—En absoluto —dijo con voz queda—. Pero es mi trabajo intentarlo.

El interior del coche se sumió en el silencio, excepto por la lluvia que impactaba sin piedad contra la carrocería. Cayden contó los segundos hasta que su prima rompió de nuevo la quietud.

«Un nuevo récord: solo cuatro». Sonrió para sus adentros. Evelyn era incapaz de soportar la calma absoluta.

—Me gustan —dijo la chica—. Esas dos señoritas.

—Me alegro —murmuró él, dirigiendo la mirada a la ventanilla.

—Bien, pues no hagas nada que las ponga en mi contra.

—Eve, dudo mucho que nada de lo que haga las ofenda... No soy nadie para ellas —replicó con tranquilidad—. Creo que me atribuyes más poder del que poseo.

—Claro que lo hago. Soy mujer, cualquier hombre tiene más poder que yo. Incluido uno como tú.

Con un parpadeo asombrado, Cayden tuvo que morderse la lengua.

—¡Me encanta hacer eso! —se rio Evelyn—. En el fondo resulta muy fácil vencerte. ¡Qué dirían tus socios si te vieran derrotado por una debutante del tamaño de un poni!

—Si te conocieran, seguramente me darían la enhorabuena por sobrevivir.

La joven soltó otra carcajada. No le había rebatido, así que era verdad que estaba contenta; hacía tiempo que Cayden no la veía tan animada.

La conocía desde hacía años, cuando su tía Bess y Dominique, su marido, habían llegado de París con ánimo de empezar una nueva vida. Llevaban consigo el equipaje más escandaloso y estridente que había visto nunca: una niña que parecía una bola rosa y dorada que insistía en subírsele a la espalda. Desde ese momento, los tres habían ocupado el vacío de la familia que había perdido. Con su hermano mayor en el frente, ya no le quedaba nadie.

Los Boulanger no solo le dieron el cariño que le faltaba, sino que le rescataron de las calles y le sacaron de la fábrica donde trabajaba. Con el tiempo, hasta le proporcionaron los medios para levantar la suya propia.

Dominique Boulanger era un hombre afable que le había enseñado a prosperar, ser un buen patrón, mover grandes cantidades de dinero y administrarlo. Cayden tenía buenas ideas, pero necesitaba a alguien con más ingenio que él, así que se había rodeado de reputados inventores e ingenieros, hasta que se topó con un diamante en bruto. El joven Brooks había sido clave en los últimos años. Le había encontrado igual que su tío a él, en la calle. Había querido actuar de la misma forma, devolver el favor que el destino le había concedido. Porque, en el fondo, eso era lo que buscaba: soñaba con ver la empresa Dagger allanando el camino hacia un inevitable futuro tecnológico. Uno que podría mejorar las condiciones de vida de miles de ingleses.

Un futuro que los aristócratas se empeñaban en ignorar.

«Y lo ignoran porque continúan sujetando la sartén por el mango», caviló. «Así que necesito meterme en la misma cocina y arrebatársela para lograr lo que quiero».

—Mañana he prometido visitar a lady Alisa Chadburn —dijo Evelyn. Cayden se dio cuenta entonces de que, mientras estaba sumido en sus pensamientos, su prima no había dejado de parlotear—. Aunque antes iré a recoger a Hope a su casa. ¡Creo que vive en un buen barrio! Tendré que comportarme ante sus horribles padres, que al parecer no entienden nada de moda...

—Seguro que estarán encantados de que los instruyas.

—¡Eso mismo pienso yo! Espera, ¡¿lo dices de verdad o estás siendo sarcástico?!

El coche se detuvo. Uno de los criados de la casa Boulanger les abrió enseguida la portezuela para que corrieran hasta la entrada. Por fin dentro de la mansión, se quitaron con rapidez la capa y el abrigo mojados para entrar en calor.

—Así que... —tanteó Cayden— ¿irás primero a casa de la señorita Hope Maude?

—Sí, ¡ya te lo he dicho! ¿Me estabas prestando atención o no?

—Solo quería confirmarlo —dijo en tono quedo—. Si es así, mañana te enviaré mi coche hasta aquí para que lo uses.

Evelyn, con las manos ocupadas en reducir el tacón de sus zapatos rosas, se quedó inmóvil. Fue solo un instante, antes de alzarse del suelo con un pequeño salto.

—¡¿Bromeas?! ¿Me prestas el modelo «galgo»?

—Deja de llamarlo así... —Cabeceó—. Pero sí, me refiero a ese.

—¡Oh, primo, gracias! —Evelyn le rodeó la cintura con los brazos. Un segundo después, se apartó de él—. Espera... ¿Tú, amable porque sí? ¡¿Qué estás tramando?!

—Solo hago lo que me pediste: intento ser agradable.

—Lo dije sin pensar, si te soy sincera... En tu caso, no imaginé ni que fuera posible.

—Muy graciosa. —Arqueó las cejas—. ¿Es que no quieres que lo sea? Antes has dicho que te gustaban esas señoritas.

—Sí, pero...

—¿Qué señoritas?

Los dos primos se giraron hacia Dominique Boulanger. Allí, en medio del vestíbulo, el señor de la casa los observaba con una leve sonrisa de orgullo paternal. Lo hacía como siempre: de pie, en bata y pijama de seda, sosteniendo una pipa encendida en la mano izquierda.

—¡Papá, no sabes qué noche he pasado! —Evelyn corrió a besar a su padre—. ¡He conocido a dos jóvenes de alta cuna encantadoras!

—Aristócratas encantadoras... —resopló Cayden—. Dos conceptos tan incompatibles que dudo que sea cierto.

—Oh, cállate, ¡han sido genuinamente amables! ¿Qué podrían querer de mí, a ver?

—¿Dinero? —contestó él al instante.

—Bueno, si es así, no importa. —El señor Boulanger sonrió—. De eso tenemos de sobra.

—¡Así se habla, papá! Además, no sé por qué Cayden se escandaliza. No entiendo cómo espera atraer a nadie si no es por medio de libras... —se mofó Evelyn, lo que provocó las risas de su padre—. Aunque hoy le perdono. ¡Me ha dejado su coche más nuevo para mañana!

Dominique Boulanger dirigió una mirada interrogativa a su sobrino, que enseguida apartó la suya avergonzado.

—¿Es eso cierto? —preguntó con suspicacia—. Entonces ¿no serás tú quien quiere congraciarse con esas jóvenes nobles?

—¿Yo? Nada más lejos.

Esta vez fue Evelyn quien le escudriñó con curiosidad maliciosa.

—Así que ¿es eso, Cay? ¡Sinvergüenza! Y de ser así, ¿quién te gusta? ¿Alisa? ¿O es Hope?

Cayden compuso una expresión de indiferencia. La mala suerte (y los años pasados juntos) provocaron que ninguno de los presentes la considerara sincera.

—Ninguna de ellas me interesa.

Dominique sonrió al tiempo que su hija, los dos con la misma expresión pícara.

—Vaya, sobrino, hasta ahora jamás te había considerado un mentiroso.

—Yo no...

—¡Espero que sea Hope! —canturreó Evelyn—. ¡Sería perfecta para él!

—Qué nombre tan sugerente —asintió su padre—. Y dime, hija mía, ¿por qué sería perfecta para nuestro hombre de hielo?

—Es muy bonita y dulce, ¡le suavizaría un poco el carácter! —Cayden refunfuñó, sin llegar a replicar antes de que su prima continuara—. Si es Alisa, lo lleva claro, ¡no le puede ni ver! —Bajó la voz al dirigirse solo a su padre—. En realidad, esa dama no puede ver a nadie... ¡La adoro!

En medio de una divertida conversación, padre e hija se alejaron cogidos del brazo. Con un suspiro exasperado, Cayden los siguió.

No necesitaba estar allí y aguantar sus burlas. Tenía su propia casa en Belgrave Square. Era más moderna y cómoda que la de los Boulanger, solo que también resultaba demasiado silenciosa. Constituía su refugio cuando quería escapar de todo el mundo, recrearse en su soledad, trabajar en paz. Sin embargo, a menudo hasta él deseaba algo que rompiera la calma asfixiante, que hiciera trizas esa sensación de no encajar en ninguna parte.

Y no podía dejar de pensar en alguien que esa noche, desde el otro lado del salón, parecía buscar lo mismo.

Hope se despidió de su prima Annabelle y bajó con prisa del carruaje. Para no mojarse, recorrió lo más rápido que pudo el jardín delantero y, cuando atravesó la puerta de casa, Gladys le dio la cálida bienvenida de siempre.

Solas en el vestíbulo, la vieja ama de llaves se permitió el lujo de comportarse como lo haría una madre. Tras ayudarla a quitarse la capa y el sombrero empapados, tomó las manos de la chica. Al comprobar lo frías que estaban, comenzó a frotarle los brazos para que entrase en calor.

—¿Qué tal ha ido, señorita?

—Bien —se limitó a contestar.

—Parece contenta. —La anciana sonrió con dulzura—. No es habitual. ¿Qué ha cambiado?

Hope pensó primero en el zapato rosa. Después en los chismorreos y comentarios que la habían entretenido toda la noche.

—Creo que he tenido un golpe de suerte.

Era feliz. Por una vez. Había decidido ocultar ese sentimiento para que no se estropeara, pero no había contado con que Gladys lo adivinara con tanta facilidad.

—¡Oh! Ya entiendo. Por fin uno de esos hombres ha resultado ser listo y se ha fijado en usted, ¿eh? ¡Ya sabía yo que no todos podían ser tan necios ni estar tan ciegos!

Hope se rio en voz baja. Estuvo a punto de negarlo, como siempre que Gladys insinuaba algo parecido (la buena de Gladys, que habría jurado que era la londinense más bonita incluso con cinco ojos en la cara), pero se detuvo antes de hacerlo.

Se acordó de él. Cayden Dagger.

Nunca había recibido la atención de un hombre así.

Primero se alegró. Luego se compadeció de sí misma. Si se emocionaba por tan poca cosa, es que estaba más desesperada de lo que creía.

—Gladys, si tuviera razón y estuvieran ciegos, ya habría atrapado a alguno —comentó al final con un guiño.

Sabía que con eso la haría reír. Después le dio un beso en la frente y, cansada, se dirigió lentamente hacia las escaleras.

—Espere, señorita, antes de irse, su madre… —La joven se detuvo en seco—. Lady Loughry me ha ordenado que le pidiese que fuera a su habitación en cuanto llegase.

Hope asintió sin volverse y continuó subiendo las escaleras. Tragó saliva mientras recorría el pasillo que la conducía al dormitorio más grande de toda la casa. Al llegar allí, golpeó la puerta con los nudillos y esperó inmóvil. Al cabo de unos segundos, recibió un escueto permiso para pasar.

Su madre estaba sentada en una butaca junto al fuego. Hope sintió un escalofrío de placer al notar el calor procedente de las llamas. La economía de la casa dependía de la suerte de su padre en el juego. Debido a la mala situación actual, restringían el uso de las chimeneas, así que Hope llevaba más de una semana durmiendo sin leña. La poca que había iba a parar a ese cuarto, o como mucho al de su hermano pequeño.

—¿Qué tal está Hen…?

—Durmiendo —la cortó Beatrice antes de que terminara—. Nos ha costado que lo hiciera, estaba empeñado en esperarte. Se cree ya un hombrecito.

—Acaba de cumplir doce años...

—Y está igual de insoportable que con once.

«Porque está deseando ir al colegio con los otros chicos de su edad y no estudiar en casa», añadió para sí Hope. Sufragar un colegio inglés de su categoría costaba demasiado.

Por supuesto, no dijo ni una palabra en voz alta.

—En fin, no deseo que me entretengas. Dime, ¿cómo ha ido la noche, niña?

A pesar de que había sido ella quien la había mandado llamar, Beatrice Maude la miró de arriba abajo. Lo hizo del mismo modo que a una sirvienta de la cocina que se hubiera colado de improviso en sus aposentos.

—Bueno, yo... —titubeó Hope—. Lo cierto es que he conocido a dos jóvenes que...

—¡¿Has conseguido una proposición de matrimonio?!

Hope estuvo a punto de echarse a reír. ¿Qué se creía su madre? ¿De verdad confiaba en que un desconocido se enamorase de ella y quisiera hacerla su mujer en solo una noche?

«Me pregunto de qué se habría quedado prendado. ¿De mi labia, de mi andar grácil o de mi increíble figura?».

—No —se limitó a contestar—. Nadie me ha hecho ninguna propuesta.

La vizcondesa resopló con exasperación y se arrebujó en su grueso chal.

—Vas a cumplir veintidós años, hija. ¿Has considerado lo que te dije la última vez? —La joven bajó la cabeza, pero aun así sintió los ojos de su madre fijos en ella—. Ya sabes que existen caballeros a los que, en lugar de repugnarles, podría gustarles precisamente tu *problema*.

Hope apretó los puños, aunque los ocultó tras la falda del vestido.

—Madre, no voy a convertirme en la amante de nadie —murmuró.

«Y menos de un fetichista repulsivo».

—Entonces, hija mía, ¿prefieres ser un parásito?

Contuvo el aliento.

«¿Yo, un parásito?».

Ella, que no era la responsable de la ruina de su familia. Ella, que había hecho lo imposible por ser útil o, al menos, poco molesta. Ella, que solo deseaba agradar a la persona que tenía delante.

Permaneció largo rato en silencio, hasta que su madre carraspeó.

—Ya puedes retirarte.

Obedeció, marchándose con lentitud. Al llegar a su cuarto, se tiró en la cama sin desvestirse. A los pocos segundos, se dio cuenta de que cada vez que respiraba expulsaba una sutil bocanada de vaho y que tenía todos los músculos entumecidos. Excepto los de la pierna.

Se mordió el dorso de la mano para no llorar.

Este de Londres, 1834

En esa zona de la ciudad, ni siquiera la niebla matutina podía ocultar la suciedad de la calle. El humo, el polvo, los vómitos, la sangre... Los cuerpos.

A esa hora, mientras el sol comenzaba a iluminar perezosamente los tejados, en el barrio solo había una silueta despierta.

El chico emergió de la niebla como un fantasma. Empujaba una carretilla con expresión seria, en apariencia ajeno a la miseria de su alrededor. Iba silbando, aunque no una tonadilla alegre. Más bien resultaba una melodía retorcida y siniestra. Con el pelo rubio y esos ojos tan claros, era la imagen opuesta a la muerte.

Y, a la vez, lo más cercano a ella.

Miró en derredor y, seguro de que nadie le veía, retiró la manta que cubría la carretilla de metal. Con cuidado, dejando claro que lo había hecho decenas de veces antes, la dejó en el suelo y se acercó sin titubear a una de tantas figuras que habían amanecido en la calle. El hombre se encontraba semidesnudo, con los bolsillos vueltos del revés y una pequeña botella rota en la mano. Estaba sentado y apoyado contra el muro de piedra semiderruido del edificio a su espalda.

La humedad de la mañana y el fuerte olor a sal y podredumbre llenaban el aire. El chico se sacó un pañuelo del bolsillo del chaleco. Lentamente, se lo ató a la nuca para ocultarse la boca y la nariz. Ya solo se le veían los ojos. Unos ojos fríos, casi sin chispa de vida, como el futuro de quienes decidían internarse en esas calles sin estar lo bastante preparados.

Ese parecía el caso del hombre contra la pared. El chico se agachó junto a él y, despacio, le llevó dos dedos al cuello. Nada.

En ese momento, Cayden Dagger todavía era un adolescente, pero ya era alto y fuerte. Lo primero era herencia de su padre (de lo poco que los Dagger le otorgaron en vida). Lo segundo, fruto de la pura supervivencia.

Aunque le costó levantar el cuerpo del suelo, no tardó mucho en depositarlo en la carretilla encima del otro, ocultar ambos con la manta y empujar la carreta para alejarse. Desde luego, había sido más fácil que la primera vez. Solo que nunca dejaba de resultarle debilitante. Como si, con cada muerto que llevase a sus clientes, también le arrebatasen a él algo de vida.

Recorrió el barrio hasta Whitechapel. Se acercaba a la famosa casa de puerta verde, encastrada entre dos burdeles, cuando vio a una mujer en el umbral de un edificio. Su maquillaje excesivo y la tela roja en el corpiño destacaban entre la bruma. Al ver que la prostituta levantaba dos dedos, Cayden se detuvo.

—¿Qué llevas ahí, pequeño Dag?

—Es para el señor Clyde —se limitó a contestar—. Por cierto, Rose, ya lo hice. Anoche.

—¿Sí? —A la mujer se le iluminaron los ojos. Aparentaba cuarenta años, a pesar de que Cayden sabía que contaba muchos menos—. ¿Sufrió?

—Lo suficiente —dijo él—. Ese malnacido ya no os molestará ni a ti ni a las chicas.

—Gracias —murmuró ella. De pronto, se mostraba avergonzada. Clavando la vista en el suelo, ladeó la cabeza y añadió—: La verdad es que la situación está peor que mal. No podemos pagarte tanto como creíamos, pero…

—No importa —la cortó—. Me guardo el favor.

—Oh, ¿eso es lo que quieres? ¿Un favor?

Aunque se puso colorado, le alegró que aquello lograra sacarle a Rose una sonrisa.

—No, no me refería a ese tipo de favor —balbuceó. Se irguió, recuperando la expresión taciturna de antes—. Pero gracias.

—Gracias a ti.

Con un gesto de la cabeza, se despidió de ella y continuó su camino. Al cabo de un rato, llegó a la casa de su cliente más fiel. A esa maldita puerta verde que solo le traía recuerdos desagradables.

Llamó con dos golpes en la madera. Enseguida se descorrió una mirilla rectangular. Apareció un ojo inyectado en sangre, de pestañas cortas, que se entrecerró al fijarse en él.

—¡Por atrás!

—La última vez, atrás no solo me esperaba usted —dijo el chico. Calmado y sin inflexión en la voz, agregó—: Entrégueme el dinero prometido ahora o me los llevo.

—¡Pequeño bastardo!

—Pequeño o no —mascullo, estirándose—, ser un bastardo es lo que me ha traído a su puerta.

El hombre gruñó antes de cerrar la mirilla e internarse de nuevo en la casa. Volvió a abrir pasados unos minutos.

—Toma. —Lanzó dos monedas al aire—. Ahora, por atrás.

El portazo no logró que Cayden se inmutase. Se apresuró a recoger las monedas del suelo para luego tratar de limpiarlas contra la manga de la camisa. Al verlas después sobre su palma, se percató de lo sucias que seguían estando. ¿No habría una manera de ganarlas sin tener que degradarse tanto?

Cuando fuera lo bastante mayor, tal vez podría seguir los pasos de su hermano Cole y unirse al ejército.

«Si es que sobrevivo hasta entonces».

Se arremangó la camisa antes de coger de nuevo la carretilla y dar la vuelta a los edificios. El último día, en ese patio había recibido el dinero de parte del cliente, sí, pero menos de lo esperado y, de propina, unos puñetazos. Aunque ya sabía pelear, seguía sin poder hacer frente a más de tres hombres adultos a un tiempo.

Por suerte, en el patio solo le aguardaba el señor Clyde.

«Aunque "señor" sea demasiada consideración para esta escoria».

Mientras el hombre inspeccionaba los cuerpos bajo la manta, Cayden se cruzó de brazos y dirigió una mirada aburrida al cielo encapotado.

—¿Para qué los quiere exactamente?

El señor Clyde soltó una risilla entre dientes.

—Oh, hay unos señoritingos interesados.

—¿Nobles? —Cayden arrugó las cejas y bajó la vista—. ¿Para qué?

—Medicina, supongo. No pregunto. Tú, tampoco.

Tras unos segundos, se encogió de hombros. ¿Por qué le interesaba? No era lo peor que le habían encargado ni lo peor que había hecho. «Ni mucho menos visto».

Odiaba a los tipos como el señor Clyde, pero los aristócratas eran todavía peores. Los criminales del este de Londres se habían visto empujados al mal porque no tenían más opciones. Los que habían nacido entre algodones se aprovechaban de ellos sin piedad.

«Jamás tendré nada que ver con ellos».

De repente le sacudió un presentimiento horrible, seguido de una punzada en el estómago. No era fruto del hambre. Conocía a la perfección esa sensación.

Dirigió la mirada hacia la casa del señor Clyde y entonces la vio. En su interior, junto a la ventana, había una chica un poco menor que él. No, no era una chica, sino el retrato de una. Parecía tan joven... y, aunque tenía una mirada triste, apretaba los labios como si estuviera soportando la tempestad más fuerte sin rechistar.

La nariz era algo ancha. El pelo, ondulado. Los ojos, verdes. Se parecía a...

No, no lo parecía.

Era ella.

Cayden se despertó empapado en sudor, con las manos temblorosas. Las usó para ocultar su rostro y trató de controlar la respiración.

Hacía años que no tenía una pesadilla relacionada con aquella época. Esa horrible adolescencia que había pasado antes de que los Boulanger lo rescataran. No obstante, lo que más le extrañaba era haber incluido una novedad.

«Ella».

Por supuesto, no conocía a Hope Maude por aquel entonces. Y tampoco había visto a nadie así. ¿Sería verdad que había descubierto un retrato semejante en la casa del señor Clyde? Lo dudaba. Había conocido y se había relacionado con muchas mujeres, todas prostitutas, pobres madres y criminales que le pedían trabajar para él, contratarle para defenderlas, cobrar deudas o dar una lección a alguien.

Si hubiera visto a Hope... la recordaría.

«Sin duda alguna».

Apoyó el antebrazo contra los ojos. ¿Por qué la había relacionado con su pasado? No podían haber tenido vidas más diferentes. Antes de dormir, había revisado las notas que, gracias a sus investigaciones, había recopilado sobre los miembros de la aristocracia. De esa manera sabía que, a pesar del accidente, Hope había vivido entre algodones, en una casa respetable y alabada por la sociedad. Él, por su parte...

Se levantó de la cama.

«Yo», pensó, «me acercaba más a esos hombres que fueron a su casa y dispararon contra ella».

¿Era eso lo que pensaría Hope?

«Seguramente».

¿Por qué entonces había albergado la ridícula esperanza de que aceptara un baile con él, siendo como era?

«Porque soy imbécil».

Echó un vistazo a su alrededor, al reflejo de la vida acomodada que se había ganado tras años de esfuerzo y dedicación. Sin embargo, en el fondo seguía siendo el mismo. No podía borrar las atrocidades que le habían obligado a cometer ni la sangre que había ignorado. Por mucho que detestase a la mayoría de los aristócratas, él no era mejor que ninguno de ellos. Y, desde luego, no se merecía a nadie como Hope.

«Basta». Se pasó la mano por el pelo, alborotándoselo. «Nada de pensar en ella».

Porque sería un esfuerzo inútil; Cayden Dagger se había acostumbrado a perseguir lo que ansiaba hasta lograrlo, y en este caso era evidente que no tenía las de ganar.

Hope volvió a leer la nota. Por culpa de lo mucho que la había manoseado, el pedazo de papel estaba tan arrugado que apenas se entendía nada.

Una vez más, se colocó el mensaje de Evelyn sobre el pecho y alargó el cuello hacia el tráfico de la calle.

—¿De quién es eso?

No se dio la vuelta para contestar.

—Ya se lo dije, madre. La señorita Boulanger va a recogerme para visitar a lady Alisa Chadburn.

—¡Con menudas dos has ido a parar! —oyó el bufido—. Más te vale que sirva para algo.

Tampoco se molestó en replicar. Sobre todo porque justo en ese momento un bocinazo provocó que ambas se sobresaltaran. Un extraño carruaje se había detenido justo en la puerta de la verja exterior.

—Debe de ser ella —dijo con admiración.

—¡Qué sonido tan horrible! —Beatrice Maude hizo un mohín asqueado—. Dile que la próxima vez no vuelva a avisar así de su llegada. ¡Estas clases bajas no tienen la más mínima educación!

Hope se rio para sus adentros mientras se dirigía al vestíbulo y se ajustaba la capa. Lamentó que su pierna no le permitiera correr con más rapidez hacia la acera, donde Evelyn esperaba con la puerta abierta del coche y una sonrisa deslumbrante.

—¡Vámonos! —exclamó al verla.

—¿Ya? Está bien, otro día me presentas a tu familia... ¡Qué casa tan señorial!

—Es horrible —la cortó Hope cuando subía al interior del carruaje—. Al contrario que este coche. ¡Es magnífico, Evelyn!

La otra la abrazó al tiempo que pegaba un chillido.

—¡Sabía que tú lo apreciarías! ¡Cayden me lo ha prestado para usarlo hoy! Es un nuevo modelo que ha construido su empresa. Brooks es el mejor ingeniero de la Dagger y ha hecho muchos cambios. Es un tipo rarísimo... solo que lo compensa con una mente brillante. ¡Mi primo lo conoció, costeó sus estudios y le dio trabajo! Cayden podrá ser muchas cosas, pero... sabe reconocer el oro cuando lo ve.

Hope no se dio cuenta de la mirada apreciativa que le dirigió Evelyn ni de su insinuación. Estaba demasiado ocupada descubriendo cada una de las innovaciones que se habían hecho en el interior del vehículo.

No era la primera vez que subía a un carruaje lujoso, pero no había visto nada así en toda su vida. Por fuera tenía una forma distinta, más afilada y brillante, y notaba que se movía con una rapidez inusitada por la ciudad. Había intentado averiguar lo máximo posible acerca de la empresa Dagger («pura curiosidad, sencillamente...»), pero ni Gladys ni mucho menos su madre habían resultado de gran ayuda. Una vez dentro de uno de esos famosos coches que las clases altas tanto ansiaban, se sentía una privilegiada.

Los asientos, enfrentados y similares a los de un carruaje convencional, se recostaban hacia atrás y hacia abajo según el gusto del pasajero. Estaban además tapizados con suaves cojines de terciopelo rojo, cálidos al tacto, como si hubiera brasas justo debajo, y contenían numerosos compartimentos en la parte inferior.

Evelyn abrió uno de ellos con el simple roce del pie. La puertecilla se deslizó de forma automática, e Eve sacó del hueco de madera una manta que colocó sobre los hombros de Hope. Después, una botella con dos pequeñas copas talladas.

—Tienes mal aspecto, Hope. ¿Has dormido bien?

El poco tiempo que había compartido con Evelyn le había enseñado que la chica nunca decía nada con mala intención, así que no pudo ofenderse y se esforzó en sonreír.

—No es nada, solo mi apariencia habitual. —Asintiendo sin mucha convicción, Evelyn le tendió una de las copas—. ¿Qué es esto? ¿Alcohol?

—Es vino francés. Y no, ¡no está rebajado con agua! —La chica se llevó el vaso a los labios con un deje orgulloso—. Tendré que consentir que Alisa y tú me eduquéis en la etiqueta inglesa para conseguir un marido, pero, *pour l'amour du ciel*, ¡no pienso cometer ningún sacrilegio contra esta ambrosía!

Hope casi se atragantó al reír.

—¿Sabes, Evelyn? Alisa te mataría si supiera que bebes a escondidas.

—¡Lo sé! ¿No lo hace eso más emocionante?

Esta vez, Hope se rio sin contenerse.

—¡Sin duda! Pero, tranquila, no le diré una palabra.

—¿Será nuestro pequeño secreto?

—Será nuestro pequeño secreto.

Evelyn soltó una risita y se apresuró a brindar con ella. La manta, el carruaje y el vino llenaron a Hope de una calidez que consiguió que dejara de temblar.

—Ya que estamos desvelando secretos… —empezó Eve—. Cuéntame tú uno.

—No tengo secretos —reconoció Hope con suavidad—. Mi vida no es ni mucho menos tan emocionante como la tuya.

—¡Si tú supieras…! ¡Si sigo sin bailar ni besar tras los rosales a unos cuantos duques, moriré de aburrimiento!

—Yo no he bailado ni besado a ningún duque tras los rosales.

—Ah, ¿no? —boqueó Evelyn con una expresión de profunda lástima—. ¿Lo que he leído entonces sobre esas historias románticas entre la nobleza inglesa es mentira?

—No sé qué historias has leído, pero desde luego no soy la más indicada para protagonizarlas. —Hope sonrió.

—¡Qué rabia! ¿Ni un besito? ¿Ni uno pequeño y casto? —Divertida, Hope negó con la cabeza—. ¡Qué tragedia! Qué poco has aprovechado el tiempo desde tu puesta de largo, amiga...

—No te lo discuto —se rio—. Desde luego lo he aprovechado mucho menos de lo que lo aprovecharás tú.

—Aún estás a tiempo —dijo Evelyn con una sonrisa maliciosa—. Te recuerdo que Alisa y yo hemos prometido ayudarte a cazar un marido.

—No es educado hablar de «cazar» un...

—Uno bueno, ¡bien rico! Y, a poder ser, locamente enamorado de ti.

—Una tarea del todo imposible, aunque te lo agradezco.

Evelyn se apoyó en el asiento, con la copa de vino oscilando en las manos.

—Nada es imposible para los Dagger... y yo llevo su sangre. Mi madre es una Dagger. ¡Una muy testaruda!

—¿Y te pareces a ella?

—Como dos gotas de agua. —Eve sonrió—. Estoy deseando presentártela.

Hope acusó una repentina punzada de celos. Ojalá pudiera sentirse tan orgullosa de su madre como Evelyn parecía estar de la suya.

—Me encantará que lo hagas —se limitó a decir.

—Y también me gustaría presentarte en mejores circunstancias a mi primo —siguió Evelyn—. Te prometo que Cayden es menos mentecato de lo que fue en el baile. Un poco, al menos.

Esquivando la mirada, Hope se preguntó si el problema residía en que sus expectativas eran demasiado bajas, porque no había visto nada tan malo en el comportamiento del señor Dagger. Al contrario, le daba la sensación de que la había tratado de la misma forma implacable con la que trataba a cualquier otra dama. A cualquier ser humano ajeno a su familia, en realidad.

«Y eso ya es una novedad en una vida en la que media sociedad me ignora».

—¿Y bien? —insistió Evelyn—. ¿Vas a contarme algún secreto?

—No sé cuál...

—¿Tienes algún amor frustrado? —Evelyn amplió su sonrisa—. ¿Alguien que sospeches que sueña contigo?

Hope observó el vino en la copa y, en un impulso, se lo bebió de un trago.

—Sinceramente —murmuró después—, dudo que exista alguien así.

—Por mucho que hayas soñado con ella —siguió Ezra—, dudo mucho que la señorita Hope Maude estuviera en el East End por esa época. Ni ella ni ningún retrato suyo.

—Yo también lo creo —asintió Cayden—. Solo me resultó... curioso.

—A quien quizá recuerdes haber visto es a su padre —terció el noble—. El vizconde Loughry debía de tener a unas cuantas mantenidas por ahí, ya me entiendes.

—Ya.

No hacía falta que Ezra se lo aclarase; durante aquellos años, había visto desfilar a no pocos pares del reino por los peores burdeles y antros que copaban las calles. Resultaban tan comunes como las pobres almas en desgracia que habían tenido la mala fortuna de nacer allí.

Los dos se alejaron del salón en el que, hasta ese momento, habían estado practicando esgrima. En la antesala contigua, comenzaron a quitarse la indumentaria de lucha.

—Así que andas teniendo sueños tórridos con muchachitas nobles y vírgenes... —Ezra se echó a reír—. Qué poco habitual en ti, Dag. Me tienes anonadado.

—No fue tórrido —replicó serio—. Más bien inquietante.

—Eso sí que es más propio de ti. —MacLeod sonrió—. ¿Y qué crees que puede significar?

Sentado en uno de los bancos de madera, Cayden se quitó las botas negras y se encogió de hombros.

—Una advertencia de mi mente, supongo —susurró—. Fue antinatural verla allí. Igual que...

Dejó de hablar. Ezra pareció comprender y asintió.

—Así que ¿eso habías hecho? ¿Imaginar que la hija de un vizconde y tú...? —resopló por la nariz, con la mirada puesta en el techo—. Pensé que su rechazo en el baile del otro día habría bastado para frenar tu interés.

—Y lo hizo —se apresuró a confirmar Cayden—. No sé por qué he sacado el tema. Olvídalo.

Ezra se desabotonó la chaqueta blanca con ademán tranquilo. Ni siquiera modificó su habitual expresión de diversión contenida.

Precisamente fue su aparente falta de interés lo que puso en guardia a Cayden.

—¿Qué ocurre?

—Nada, Dag. No te preocupes. No hablaremos de este asunto más...

—Gracias.

—Porque ya sé lo que te sucede.

Se quedó inmóvil.

—Ah, ¿sí? —espetó con mordacidad—. Ilumíname.

—Crees que puedes atrapar a esa ratoncilla sosa, pero que supondría un reto complicado —dijo en tono burlón—. Y eso es más atractivo para ti que el que una dama se te ponga en bandeja de plata.

Resoplando, Cayden se quitó la chaqueta a su vez y tensó los músculos de los brazos.

—No seas idiota —mascullló—. No me interesa para nada. Apenas sé cómo se llama... Y sigo necesitando a una noble, sí, pero para conseguirla solo he de ser paciente. La temporada apenas acaba de comenzar. Cuando los mejores candidatos vayan cayendo... alguna dama desesperada terminará por concederme su mano.

—Impresionante demostración de romanticismo. —Ezra puso los ojos en blanco—. Aunque me temo que tu meticuloso plan no saldrá como esperas.

—¿Por qué? —Cayden se levantó del banco, quitándose la camisa—. Ya sabes que siempre consigo lo que quiero.

—Lo sé, Dag... —Ezra sonrió—. Por eso estoy en lo cierto.

La expresión de frustración de Cayden solo consiguió que el noble ampliara todavía más su sonrisa sardónica.

—Gracias por esta apasionante conversación, Ezra, pero he de irme ya.

—¿A trabajar? ¿Después de la paliza que me has dado? —Se llevó una mano al pecho—. No tienes corazón. ¿Seguro que Cayden Dagger es humano?

—Debo ir a casa de mi tío Dominique —dijo el otro sin inmutarse—. Y sí, para trabajar.

—Estás enfermo. —Hizo una pausa—. Y sé cuál es el remedio: necesitas un buen revolcón y no tanta esgrima.

—Qué curioso. A juzgar por la cantidad de veces que pierdes contra mí, tú necesitas lo contrario: más práctica y menos revolcones.

—¡¿Menos?! Si llevo célibe desde... ayer. —Esta vez, fue Cayden quien puso los ojos en blanco—. De verdad, sería un auténtico detalle hacia nuestra amistad que pasaras por la cama de alguna afortunada. Aunque no los de la dama en cuestión, desde luego mis músculos te agradecerían un descanso... Y puede que ya hayas encontrado a una buena candidata.

Cayden ni siquiera terminó de abrocharse la ropa para salir del vestuario, dejando atrás la carcajada victoriosa de su amigo.

6

Al llegar a casa de los Chadburn, Alisa dio la bienvenida a Evelyn y a Hope con educada hospitalidad. Las acompañó al salón principal de la planta baja y allí les presentó a su madre, Eloise, un mudo reflejo de sí misma con cuarenta años, y a su vieja tía Juliet.

Ya les había hablado de esta última en la fiesta. En concreto, la había descrito como una auténtica «dragona». De un solo vistazo, las dos chicas entendieron a la perfección a qué se refería. La anciana de pelo blanco era oronda e imponente. La mandíbula cuadrada y las cejas gruesas y fruncidas le otorgaban un aspecto masculino y autoritario. Vestía de riguroso luto y fumaba en una pipa de nácar con indolencia, envuelta en una nube de humo.

—Así que estas son tus nuevas amistades, Alisa...

—Así es, tía.

—Usted sé quién es, señorita Maude —dijo, señalando con la pipa a Hope. Luego se dirigió a Evelyn—. A usted no la he visto en toda mi vida.

—¡Normal, *madame*! ¡Soy una recién llegada a la vida social! Evelyn Geneviève Boulanger. —La chica hizo una ostentosa reverencia—. ¡Para servirla a usted, señora, y a la reina Victoria!

Juliet abrió mucho los ojos por la sorpresa antes de liberar una poderosa carcajada.

—Ay, jovencita, me recuerda a mi querida amiga Rowena...

—¿Eso es bueno o malo?

—Depende de a quién pregunte —contestó la anciana con una sonrisa esquiva—. Rowena era un auténtico demonio para todos y un espléndido ángel para mí, aunque uno que se había caído aparatosamente del cielo. —Tenía la voz cascada por el humo y la edad, y la bajó aún más al continuar—: Alisa, niña, ¿por qué no las llevas al salón azul?

—Pero... —balbuceó su sobrina— ese es tu salón privado.

—Oh, ¿no me digas? No tenía la menor idea. —Hope se mordió el labio para no reír con su sarcasmo—. Hazme caso, querida mía: allí estaréis más cómodas.

Acostumbrada a la acidez de su tía, Alisa se limitó a asentir. Luego hizo una reverencia y, con un gesto, guio a las chicas hasta la sala, situada en la planta superior.

—Sí que es una dragona... —murmuró Evelyn al oído de Hope mientras recorrían la casa.

—Solo la había visto de lejos en los bailes —respondió la otra—. A mi prima Annabelle y a mí nos inspiraba tanto miedo que jamás nos acercamos a menos de tres metros.

—Cobardicas. ¡Yo estoy deseando que me convierta en su protegida!

Llegaron hasta un arco y, haciéndose a un lado, Alisa les pidió que pasaran y llamó al servicio para pedir el té. Evelyn enseguida se repantingó en el sofá más grande, mientras que Hope se quedó de pie, admirando boquiabierta todo lo que la rodeaba.

Las paredes de la estancia se hallaban cubiertas de espléndidos paneles de palisandro y tapices azules con motivos florales. Los muebles revestidos de ricas telas de color ámbar y cobalto brillaban con la luz de la primera hora de la tarde. En el techo, las molduras conformaban exquisitas formas talladas con toques dorados.

Después de dar una vuelta sobre sí misma, Hope se obligó a bajar la vista y colocarse junto a Evelyn, a la que ya había reprendido Alisa por su forma de sentarse.

—Tu tía Juliet da miedo, pero parece muy lista —dijo Eve.

—Precisamente te inspira miedo porque es muy lista. —Hope sonrió.

—¿Podría ser ella mi madrina?

—Mi tía ya casi no asiste a fiestas, y no la culpo —resopló Alisa—. Pero sí, junto a nosotras podría ayudar a tu presentación en sociedad y a que no te aparten de ningún círculo.

—¿En serio?

—Siempre que obedezcas.

Evelyn dio unas palmaditas entusiasmada. Unos minutos más tarde apareció un sirviente con té y dulces. Al ver la bandeja repleta de comida, una ola de tristeza golpeó a Hope. Aquel día ni siquiera había probado bocado, y ser testigo de toda esa opulencia le hacía recordar lo que había perdido. Ella también había nacido con todos esos lujos, aunque hubieran durado tan poco.

Cuando Alisa le pasó la taza de té, Hope se percató de que se demoraba más de la cuenta en apartarse y que le acariciaba el dorso con el pulgar. Alzó la vista y sostuvo la mirada de oscuros ojos de la otra chica. Daba la impresión de que podía ver a través de ella y sus quebraderos de cabeza. Con vergüenza, notó que se ponía colorada.

—Evelyn, ¿qué te parece si en nuestro plan de casamenteras nos centramos primero en Hope? —propuso Alisa—. Tanto tú como yo estamos a gusto en casa, pero imagino que no sucede lo mismo en todas partes…

—¡Magnífica idea! —Evelyn se metió en la boca un trozo entero de bizcocho de nata—. Alisa, tienes mucha razón. ¡Solo hay que verla! —Con aire resuelto, tragó el bocado y se dirigió a Hope—: Tu madre debe de ser una auténtica bruja si te deja vestir así. Ese color no te favorece nada. ¡Y esas formas! No sé si es normal en Londres, pero en París se consideraría un atentado al buen gusto.

Ese día, Hope llevaba un vestido de color vainilla al que había cosido unas flores de tela en los puntos más rozados, para disimular el paso del tiempo. Con un encogimiento de hombros, sonrió con resignación.

—Sí, puede ser…

—¡Ya sé! ¡Yo tengo miles de vestidos que puedo dejarte! —continuó Evelyn—. Alisa es más delgada y alta que nosotras, pero en mi caso solo tendrás que ajustarlos un poco. ¡Así brillarás como mereces!

Lentamente, Hope negó con la cabeza.

—Lo lamento, Evelyn, pero no puedo aceptarlo...

—¡Oh, no te vas a escapar! ¡Por supuesto que lo aceptarás! ¡Te obligaré! A mí me sobran, ¡en serio! —Evelyn se apresuró a pellizcarle la mejilla—. Tómatelo como un pago por lo que vosotras dos y la tía Juliet me ayudaréis. ¡Hoy por ti y mañana por mí!

Pero Hope titubeó, poco convencida.

—Aunque lo aceptara, que no lo haré, no sé si con eso bastará para...

—Bastará. —Alisa la tomó de la mano—. Créeme, no será por los vestidos. No existe mayor atractivo en una mujer que la seguridad en sí misma.

—¡Qué bonita frase! —exclamó Evelyn—. Y, una vez más, a Alisa no le falta razón: tú ya eres bonita, Hoppie, solo necesitas *enseñarte*.

—Eso no suena muy apropiado.

—Ah, ¿no? —quiso saber la otra con inocencia—. ¿Por qué no, Ali?

—¡¿Ali?! ¿Qué es ese apelativo horrible? ¡Ni se te ocurra llamarme así!

Mientras las dos se enzarzaban en una encendida conversación, Hope vaciaba ilusionada su taza de té. «En cualquier momento», pensó, «me despertaré».

Empeñadas en seguir a rajatabla su plan de casamenteras, las tres decidieron ir esa misma tarde a casa de Evelyn.

—Y si vaciamos mi armario, tendré una buena excusa para volver a llenarlo. —Sonrió.

Al comenzar el viaje, Alisa no se mostró tan entusiasmada como Hope por el moderno carruaje del señor Dagger, aunque tampoco se quejó. Tomó asiento frente a las otras dos y, en mitad del trayecto, Hope la cazó suspirando de placer al sentir el calor procedente de los cojines.

Una vez en su casa, Evelyn las condujo como un vendaval a su habitación, saludando a los sirvientes con los que se cruzaban. Según Alisa, eso no era nada apropiado, pero a la medio francesa le dio igual.

—Mis padres no están, se han ido a dar un paseo por los Jardines de Kensington. Se adoran. —Suspiró con aire soñador—. ¡Quiero lo que ellos tienen! Se conocieron y cayeron rendidos el uno por el otro. Mi madre no poseía una gran dote, pero él tenía dinero por los dos.

—El cuento perfecto —ironizó Alisa.

—¡Eso mismo digo yo! —exclamó Evelyn—. Mi padre es francés, así que se trasladaron a París hasta que mis tíos, o sea, el hermano de mamá y su mujer, murieron de escarlatina. Desgraciadamente nos enteramos unos años después, pero vinimos enseguida para ayudar a mis primos. —Abrió una de las puertas de madera de pino y las hizo pasar a su dormitorio—. El mayor es Cole. ¡Es militar! La casaca roja le queda como un guante. Ahora anda por ahí con el regimiento. Y luego está Cayden.

—¿Así fue como el señor Dagger consiguió el dinero para abrir su empresa? —preguntó Hope con curiosidad—. ¿Se lo dio tu padre?

En aquel momento, Evelyn rebuscaba en el vestidor anexo a la habitación, así que no pudo ver que se ruborizaba. Sin mirarla, canturreó:

—¡Exacto, fue la primera inversión! Por eso Cay le está tan agradecido a papá. Pero ya nos lo ha pagado con creces: devolvió todo el préstamo en tres años. Tiene pocos talentos, y uno de ellos consiste en ganar y ganar dinero. Ahora es a lo que se dedica. A veces creo que tiene una bola de cristal para los negocios... ¡o un huerto en el que cultiva libras!

—Una señorita no debe hablar tanto de dinero, Evelyn —la reprendió Alisa.

—¿Qué? ¿Y eso por qué? ¡Menudo disparate! ¿Hay acaso algo más importante?

En vez de amonestarla, Alisa se echó a reír.

—Me rindo. ¡Habla de lo que quieras! —Cuando Evelyn se dio la vuelta cantando victoria, se apresuró a aclarar—: Cuando estemos *solas*.

Las dos se dedicaron a elegir los vestidos que mejor le sentarían a Hope para «atraer los suspiros de algún buen hombre con los bolsillos llenos» y ella se dejó hacer. También seleccionaron sombreros y complementos, aunque tuvieron que descartar los zapatos. Evelyn tenía unos pies diminutos, y estaba el problema añadido de la prótesis.

—Esto es más que suficiente, Evelyn —le dijo Hope con una sonrisa—. De verdad, no sé cómo agradecértelo.

—Oh, pierde cuidado, ya te lo digo yo: cuando te cases, invítame. Una boda siempre llama a otra boda, ¿no es lo que dicen?

Antes de que su amiga pudiera replicar, Evelyn dio un saltito alegre y tiró de la campanilla del servicio. Enseguida un par de doncellas aparecieron para colocar todo en un enorme baúl que enviarían a casa de Hope.

Mientras las criadas trabajaban, las tres amigas se entretuvieron cotilleando, cada una a su manera. Evelyn de pie, revoloteando de un lado a otro. Hope recostada en el suelo con la pierna extendida. Y Alisa, sentada con finura en el borde de la cama.

Y así fue como las encontró Cayden.

Desde el despacho de su tío, había escuchado voces procedentes del dormitorio de Evelyn. Apenas le extrañó; no sería la primera vez que su prima hacía teatros en los que ella era la única actriz. Acababa interpretando a todos los personajes, hombres y mujeres, y desde niña se había hecho una experta en imitar voces. Sin embargo, caminando por el pasillo rumbo al vestíbulo, Cayden advirtió que esas voces no podían ser fruto del talento de Evelyn. Una de ellas tenía un deje altanero difícil de replicar. El otro, un timbre bajo y algo ronco que le puso la piel de gallina.

Se sorprendió al identificarlo inmediatamente con el de Hope Maude.

Dado que compartía la misma curiosidad de Evelyn, le resultó inevitable asomarse por la puerta entornada. Así descubrió a las tres amigas hablando. Asombrado, se detuvo unos segundos más en la joven que estaba medio tumbada en el suelo.

Relajada, sin la presión de un baile ni la presencia de nadie que la juzgase, Hope mantenía una expresión de libertad irresistible. La boca ancha formaba una sonrisa incontenible y las pecas marrones espolvoreadas sobre la nariz relucían más a la luz de la tarde. Algunos mechones de pelo ondulado se le habían soltado del recogido y le enmarcaban el rostro como una aureola. La falda del vestido estaba colocada de cualquier forma y se adivinaban perfectamente sus curvas. Con las manos apoyadas en el suelo y los brazos extendidos a la espalda, manteniendo todo el peso, en vez de encogida como en el baile, Hope sacaba pecho. Cayden apreció entonces que también su escote estaba salpicado de pecas. Se imaginó que, en realidad, todo su cuerpo estaba cubierto de ellas y se removió incómodo.

No tendría que estar pensando en ese tipo de... imágenes. De hecho, ni siquiera sabía cómo enfrentarse a ellas. Nunca lo había hecho.

Sí había deseado otras cosas antes. Un fuego ante el que calentarse, comida que aplacara el hambre de su estómago, dinero, un techo seguro bajo el que cobijarse, una familia, un amigo. Poder.

Pero nunca una mujer.

«Y esta es una que no puedo tener».

En ese momento, Hope acababa de reírse de un chiste de Evelyn, y la piel entre sus clavículas se tiñó de súbito de un suave color rojo.

Cayden tragó saliva. Ese debía ser el aspecto de una dama cuando no había nadie presente que la incomodase. Y él, por desgracia, solía ejercer ese efecto en la gente.

«¿Debería molestarlas?».

La respuesta era más que obvia. Sus ganas de hacerlo, también. Así que, abriendo del todo la puerta del dormitorio, arqueó una ceja.

—¿Qué es esto, Eve? Los tíos no me dijeron que traerías visita.

En cuanto oyó su voz, con ese deje áspero *cockney* tan característico, Hope sintió que un escalofrío le recorría la columna. Se percató de lo informal que era su postura y se incorporó, cubriéndose del todo las piernas.

—¡Qué insolente, Cay! —le soltó Evelyn con la barbilla alzada. El gesto era una imitación del de Alisa y tanto esta como Hope sonrieron al darse cuenta—. Además, ¡la pregunta debería hacértela yo! Esta es mi casa, por si lo has olvidado. ¿Qué haces *tú* por aquí?

Cayden alzó una ceja y un brazo al mismo tiempo. Debajo llevaba una carpeta de piel marrón de la que sobresalían varios papeles.

—¿Por qué iba a estar aquí? Tu padre me pidió que supervisara unos contratos. Y ahora, responde.

—Uf. Como quieras, ¡te lo diré porque pareces morirte por saberlo! Estamos haciendo de hadas madrinas —contestó Evelyn—. No añadiré nada más.

—¿No añadirás nada más? ¿Tú?

—Sí. Yo. —Alisa bendijo aquella seca respuesta con un asentimiento de cabeza—. Como hombre, no lo entenderías.

Hope no había dejado de observar a Cayden, así que lo pilló tratando de ocultar una sonrisa tras el puño que usó para cubrirse al toser.

—Supongo que no —susurró después.

Hasta aquel momento, la había ignorado igual que si fuera un mueble más, pero en ese instante la miró. O, más bien, recorrió con estudiada atención todo su cuerpo. Desde las curvas que se adivinaban bajo su vestido hasta lo alto del pelo castaño.

Trató de peinarse con apuro algunos mechones sueltos. «Tal como me mira, seguro que tengo un aspecto horrible». Luego se mordió el labio, indecisa, aunque acabó por dirigirse a su amiga.

—Alisa, tal vez debamos retirarnos ya, ¿no crees? Va a hacerse de noche.

—Tienes razón —la ayudó la otra—. Esta visita ha durado demasiado. Debemos estar molestando al señor Dagger.

—No me molestan, lady Chadburn —dijo él con aspereza—. De hecho, ya me iba... Y por eso te buscaba, Eve. He visto mi coche fuera. He venido a pie y ahora no deja de llover, ¿te importa que lo use para ir al club?

—¿Cómo podría negarme? Es tuyo, al fin y al cabo. —Evelyn pareció caer en algo y sonrió con picardía—. Pero, si no te importa, conduce también a Alisa y a Hope a sus casas. No será fácil que consigan un coche de alquiler a estas horas, y ya que las he arrastrado hasta aquí...

Cayden dudó. ¿Viajar a solas con una altiva aristócrata que evidentemente le detestaba y otra que lo había rechazado hacía menos de veinticuatro horas?

«Ni hablar».

—Claro, Eve —dijo en cambio—. Sin problema.

Luego esperó con expresión hermética a que las dos chicas se despidieran de Evelyn para acompañarlas hasta la entrada.

Como había dicho Cayden antes, caía una fuerte cortina de lluvia. Desde la puerta de la casa, Alisa se colocó la capucha de la capa para evitar mojarse y corrió hacia la puerta del vehículo, donde el lacayo de los Boulanger la ayudó a subir. Hope se disponía a seguirla cuando reparó en que su vieja capa le quedaba demasiado corta. Además, la capucha no la cubría por completo y con la pierna caminaría más despacio.

Vaciló en el umbral. Con la tromba que caía, se empaparía entera. De vuelta a la fría mansión Loughry, como poco le esperaría un resfriado.

Antes de que pudiera decidir qué hacer, sintió una presencia a su lado. Se dio la vuelta a tiempo de comprobar como, de un movimiento, Cayden transformaba su bastón negro en un paraguas. Sin pronunciar palabra, lo abrió y se lo tendió.

Hope se quedó muda por la sorpresa.

—Tómelo —dijo él en voz baja—. Es para usted.

Tragando saliva, Hope hizo una pequeña reverencia.

—Gracias.

Después, cogió el paraguas del puño sin poder evitar rozar los dedos con los de él. Si bien los dos llevaban guantes, aun así notó el calor que emanaba su piel a través de la tela.

Como si les hubiera alcanzado un rayo, ambos se quedaron repentinamente inmóviles.

Hope sabía que era una reacción estúpida, pero se imaginó habiendo tomado su mano la noche anterior. Habría bailado pegada a él y, quién sabe, tal vez a Cayden no le hubiera importado que se moviera más despacio. Quizá habría acompasado el ritmo del vals al suyo... y habría retado a quien fuera a decir nada malo sobre ellos. Solo había que fijarse en la mirada protectora que le dedicaba a su prima Evelyn siempre que estaba presente. Seguro que en el salón hubiera fulminado con esos ojos implacables a cualquiera que hablase mal de su pareja de baile.

Claro que todo eso solo era una fantasía. No le conocía absolutamente de nada.

«Y, para arreglar eso, puede que ahora me toque a mí acercarme».

—Señor Dagger, dígame, para cruzar el camino, ¿se va a colocar a mi izquierda o a mi...?

La voz se fue apagando poco a poco. Ni siquiera llegó a terminar la pregunta. Porque en cuanto abrió la boca, Cayden soltó el paraguas y echó a correr hacia el coche.

7

Hope pestañeó varias veces con asombro. Después arrugó los labios en una mueca.

Quizá Alisa tenía razón con su mala opinión sobre el señor Dagger. Acababa de hacer lo mismo que en el baile: dedicarle un gesto de buena educación y después uno descortés. Solo había que sumar dos y dos; ese comportamiento impropio de un caballero se traducía en que no era amable porque le interesase ella, sino porque era un extraño nuevo rico sin modales.

«Me pidió un baile como podría habérselo pedido a cualquier otra».

Una vez dentro del carruaje, Alisa y ella hablaron con complicidad mientras Cayden, delante de las dos, permanecía cruzado de brazos. Mantenía los ojos azules fijos en la ventanilla, en un silencio que ya resultaba inherente a su nombre.

Tras escuchar el grito de un peatón, Hope también miró a través del cristal. Sintió un nudo en el estómago al constatar que se aproximaban a Mayfair.

El conductor se había dirigido primero a casa de los Chadburn.

—Vaya, el cochero ha debido de equivocarse —comentó Alisa al comprobar también adónde iban—. Le diré que continúe hasta tu casa y así…

—No te preocupes —se apresuró Hope—. Sería una molestia para ti. Además, estamos a corta distancia y el señor Dagger es… un caballero. —Sonrió—. No pasará nada.

Sin replicar, Cayden se limitó a mirarlas de reojo. Alisa no pareció convencida, pero bajó del coche cuando este se detuvo.

—Envíame una nota en cuanto llegues a casa —dijo, alzando la voz de forma deliberada—. Concretaremos otra visita, ¿de acuerdo? Para mañana mismo.

Hope sonrió con ilusión como única respuesta. Después, y antes de cerrar la puerta del vehículo, Alisa le dirigió una mirada de amenaza a Cayden.

Hasta aquel momento, a Hope no le había molestado la apariencia imperturbable del primo de Evelyn. En ese momento la aterrorizaba. Estaban uno frente al otro y fue consciente por primera vez de lo que le imponía su presencia.

Aunque Cayden había corrido hasta el carruaje, no había podido evitar que en el camino se le empapase la chaqueta y parte del pelo rubio. El calor del coche había comenzado a secárselo, pero algunos mechones aún conservaban una humedad que los oscurecía como el oro viejo y que ensombrecía sus rasgos. Continuaba de brazos cruzados, lo que acentuaba su complexión atlética, con la camisa blanca mojada pegándose a él como una segunda piel.

No seguía el patrón de belleza de la aristocracia, ese que preferían las damas: el de un hombre estilizado, delgado y elegante. Aunque se esmeraba en mantenerse recto, Hope intuyó que no disfrutaba permaneciendo quieto ni ocioso.

De pronto y sin girar la cabeza, Cayden movió los ojos hacia ella. La había cazado espiándole.

Con vergüenza, Hope bajó rápido los suyos. Al verse a sí misma, cayó en que había imitado sin querer su postura; para una dama, era muy inapropiado cruzarse de brazos, así que entrelazó las manos sobre el regazo.

«Piensaenalgoquedecirpiensaenalgoquedecirpiensaenalgo».

—Evelyn le aprecia mucho —comentó por fin—. Habla muy bien de usted y de su trabajo…

—Eve habla mucho en general.

Se quedó callada por la abrupta respuesta y, de nuevo, dejó vagar la vista por la calle repleta de tráfico.

Guardaron silencio durante varios minutos. A Hope se le antojaron eternos. A cada segundo, la tensión se hacía más evidente. Entre ellos había empezado a palpitar una muda electricidad. Esa sensación creció hasta que a Hope empezó a hormiguearle la piel allí donde se unía al metal, como si condujera la corriente. El cosquilleo le llegó a las puntas de los dedos.

Reconocía esa emoción: tenía ganas de dibujarle. Necesitaba papel y lápiz, carbón o pintura. Cualquier cosa. Pero necesitaba plasmar en el papel esa expresión misteriosa, los hombros anchos, la nariz recta y afilada, las manos grandes de dedos largos...

Los ojos que acababan de taladrarla sin piedad.

—Señorita Maude.

Saltó en el asiento como un ratón.

—¿Sí?

—¿Ha estado alguna vez en Whitechapel? —Hope observó como Cayden tensaba los músculos de la espalda—. En el pasado.

—¿Yo? No, que yo recuerde. —La joven dudó antes de añadir—: ¿Por qué?

—Por nada. Era una tontería.

Whitechapel era uno de los barrios preferidos de su padre. O al menos lo había sido cuando ella era pequeña. En busca de los placeres del juego y la carne, el vizconde Loughry saltaba del West al East End sin reparos. Esos barrios le habían visto más la cara que sus propios hijos.

—¿Y usted? —le preguntó con un hilo de voz—. ¿Ha estado allí?

Con la misma expresión reservada, Cayden asintió.

—Alguna vez, sí.

—¿Cómo es?

—Diría que el infierno, pero eso fue antes de asistir a un baile de sociedad.

Sin querer, a Hope se le escapó la risa. Se le cortó enseguida al ver cómo él alzaba las cejas asombrado.

—Lo siento, ¿he dicho algo inadecuado?

—Desde luego, pero no por ello deja de ser acertado —reconoció ella—. Aunque dudo que esos barrios y los grandes salones sean el mismo tipo de infierno.

—No lo son. Los salones están más limpios... en apariencia.

Esta vez se contuvo para no soltar otra carcajada.

—Así que, ¿nos teme, señor Dagger? ¿Le preocupa menos enfrentarse a los criminales del East End que a nosotros, los aristócratas?

Supo que había cometido un error al verle apretar la mandíbula.

—Supongo que sí, ya que me siento más cercano a los primeros que a los segundos.

«Idiota», pensó enseguida. «Cree que le considero inferior a mí... De una clase distinta».

¿Cómo podía explicarle que no lo era sin resultar inapropiada? No estaba acostumbrada a hablar con hombres. ¿Lo había hecho con alguien que no fuera su padre, Henry o el marido de Annabelle? Y su hermano era tan solo un niño.

Si fuera Alisa o Evelyn, seguro que sabría encontrar las palabras exactas.

«Pero soy yo. Un parásito».

Se retorció las manos mientras daba vueltas de nuevo a qué decir. Al advertir que el coche se detenía, suspiró de alivio. No estaba segura de poder aguantar más tiempo esa extraña tensión electrizante. Parecía que el calor bajo los asientos había aumentado. Sudaba, sentía que el corazón le latía de manera irregular, el sonido maldito de su pulso en los oídos, y tenía la sospecha de que, si continuaba en su presencia, acabaría por hacer el ridículo. «Todavía más».

—Nos vemos, señor Dagger —susurró—. Y... gracias.

—¿Gracias? —se extrañó—. ¿Por qué me da las gracias?

—Por el coche. Sé que es de su empresa y que se lo ha prestado a Evelyn para ir a buscarme. Es magnífico. —Sonrió con franqueza—. Ojalá todos fueran así.

Él pareció desconcertado, aunque aquella sensación se evaporó rápidamente. Enseguida la sustituyó una calmada indiferencia.

—Quién sabe —dijo él—. Tal vez algún día lo sean.

—Si es tan obstinado como su prima, estoy segura de que así será —apostilló Hope con suavidad. Al no obtener respuesta, tomó el tirador de la puerta y carraspeó—: Buenas tardes...

Cuando iba a salir por fin del coche, notó que él la agarraba del brazo.

Fue tan de improviso que se quedó paralizada. Al darse la vuelta, vio que Cayden le tendía su bastón.

—No me dé las gracias otra vez —le pidió él con rudeza—. Tampoco lo rechace. Si no lo usa, acabará empapada, e Eve me mataría.

Hope asintió, algo decepcionada. «Naturalmente, solo lo hace porque su prima me aprecia». En cualquier caso, no dejaba de ser un buen gesto, y no iba a rechazarlo. Pero, en cuanto cogió el paraguas, Cayden se echó hacia atrás en un gesto brusco, como si no soportase tocarla de nuevo. Después se apoyó contra el respaldo del asiento, girando otra vez la cabeza hacia la ventanilla.

—Devuélvaselo a Eve cuando la vea mañana —dijo sin girarse—. A fin de cuentas, parece que ahora es usted su cenicienta personal.

«¡¿Su cenicienta?!».

Quiso rebatirle, plantarle cara y hacer que se tragase sus palabras, pero se contuvo cuando comprobó que Cayden, de medio lado, parecía esbozar una sonrisa.

«Juro que no entiendo a este hombre en absoluto».

Bajo el refugio del paraguas, Hope regresó a casa. Por una vez, no le hubiera importado que la lluvia cayera sobre ella y le refrescara la piel caliente de las mejillas.

—Dag, ¿dónde estabas?

—Pero si ya te lo dije: trabajando. ¿Te sorprende?

—No me sorprende, lo que prefiero es no imaginármelo. Ya sabes que me mareo solo de pensar en todo lo que te mueves.

Cayden no pudo evitar sonreír al sentarse delante de Ezra. Como siempre que practicaban esgrima, ambos habían quedado más tarde en uno de los pocos clubes lujosos de caballeros que permitían la entrada al empresario. Por mucho que la buena sociedad quisiera ignorarlo, Cayden Dagger era ya demasiado rico para hacerlo, por lo que algunos accedían de mala gana a tolerar su presencia. Aun así, le seguía estando vetada la posibilidad de ser miembro. Había ciertos círculos a los que solo se accedía teniendo relación familiar directa con la aristocracia.

Observó como Ezra pedía una copa de oporto para él e insistía en que le rellenaran la suya. Tras el primer trago y mientras charlaban, Cayden oteó el resto de las mesas. Divisó al fondo a un hombre que se revolvía el pelo castaño canoso. Bromeaba con el resto de los jugadores, pero era evidente que aquella noche no era la suya. Sudaba en exceso y los rizos oscuros se le apelmazaban sobre las entradas de la frente.

—¿Ese no es el vizconde Loughry?

—¿Quién? —Ezra se dio la vuelta sin disimulo—. Ah, sí. Vaya, parece que le han vuelto a dejar entrar. Había oído que le negaron el ingreso al club, así que habrá saldado la deuda. Hace poco solo se le veía el pelo por los peores antros.

—Y eso lo sabes por…

—… porque yo también los visito —completó MacLeod. Se llevó la copa a los labios con una mueca vanidosa—. Ya me conoces, tengo que huir de cuando en cuando de estos aburridos clubs. A veces me revienta tanto comedimiento y necesito más acción. Pero dime, ¿a qué viene tanto interés? ¿Con él también has soñado?

—No es interés —contestó Cayden con un encogimiento de hombros—. Solo he preguntado.

—Si cualquiera diría que te cobran por palabra, Dag —se burló Ezra—. Tú no dices nada por casualidad. ¿Qué pasa con el vizconde? ¿Es que quieres sacarle el dinero? No creo que sea muy buena idea desplumar a un gallo moribundo…

—Solo me preguntaba qué hace gastando tanto si en su casa van tan mal las cosas —se apresuró a aclarar.

—¿Y cómo sabes eso?

En esta ocasión, fue él quien se llevó la copa a los labios. Se bebió todo el licor de un trago, lo que le valió un silbido de admiración de Ezra.

—¿Es que tu prima Evelyn te ha dicho algo sobre cómo andan los Loughry? —insistió el aristócrata—. En la fiesta del otro día parecía muy amiguita de la hija del vizconde.

—¿De quién?

—Dag, nos conocemos demasiado para que me tomes por imbécil. Haz el favor de comportarte. —Ezra alzó con picardía las dos cejas—. Aunque esté borracho, no se me ha olvidado nuestra conversación de esta tarde. Si quieres disimular, adelante, pero sé la memoria que te gastas. Sabes a la perfección de qué dama hablo.

Hope Maude. No: la Honorable Hope Maude. Al ser hija de un vizconde, ese era su título. Uno que decía poco y que, sin embargo, encajaba bien con ella.

A ojos de Cayden, dentro de aquella criatura tímida palpitaban un honor y una valentía innatas. Escondía bien esas virtudes tras una máscara de inseguridad, pero tras tantos años trabajando con hombres de todo tipo y condición, sabía leer bien a las personas.

Por eso le ponía tan nervioso. Había algo más que ocultaba bajo esos ojos verdes, una extraña fuerza que brillaba cuanto más se resistía a mostrarse vulnerable.

No sabía bien por qué, quizá avivado por su sueño, pero no había dejado de darle vueltas desde esa noche. Tal vez porque, al contrario que el resto de las mujeres de la aristocracia, Hope Maude no le había despreciado por su origen. O era la mejor actriz del mundo o de verdad pareció decepcionada por no bailar con él. Como si realmente lo hubiera hecho de tener la posibilidad.

«Como si yo fuera su igual».

Solo que eso era imposible. Las damas de la alta sociedad podían llegar a divertirse con los de su clase, pero al final solo deseaban atraer a otros tipos de buena cuna.

—¿Es cierto lo de la hija? —quiso saber.

—A ver, un poco de contexto —se rio Ezra—. ¿A qué te refieres?

—A Hope Maude. A lo de su pierna. —Hizo una pausa—. Ya sabes que, antes de la temporada, investigué los trapos sucios de todos los aristócratas, pero en su caso... no estoy seguro del todo.

MacLeod titubeó por vez primera. Llamó al camarero y le pidió directamente que les llevara la botella de coñac entera.

—Me temo que sí, Dag. ¿Por qué? ¿Te la ponen dura esas cosas? —Arqueó una ceja con una mueca burlona—. No serías el primero y no voy a señalarte, que conste. Aquí cada uno con lo suyo.

—No seas imbécil.

Aunque sabía que el tono había sido demasiado grosero incluso para lo que era habitual en ellos, no se disculpó. No sabía por qué, pero el mero hecho de imaginarse a alguien detrás de Hope por su pierna le producía escalofríos. Y unas ganas tremendas de pegarse con ese maldito alguien.

En cuanto llegó la botella, Ezra sirvió para ambos en un silencio tenso.

—Dime que no te he ofendido —le pidió. Cayden, en silencio, negó sin levantar la vista—. Mentiroso. En fin, lo siento. ¡A veces se me olvida que en el fondo eres más noble que yo! —El otro sonrió con un bufido—. Venga, ¿por qué de repente te interesan tanto el vizconde y su hija? Ella es adorable, sí, pero no es tan hermosa. Y él, menos. —Cayden ignoró su tono cínico—. Insisto, ¿de verdad quieres hacerte el príncipe azul al rescate con una familia arruinada? —Frunció el ceño ante su silencio—. Vamos, deja de hacerte de rogar y suéltalo: ¿en qué estás pensando?

—En nada.

—Te juro que cuando te pones así de cabezota me vuelves loc...

—Me voy. —Cayden alzó la copa para brindar con su amigo y volvió a bebérsela de un trago. A continuación, la dejó sobre la mesa y relajó el tono al levantarse—. Por mucho que quisiera, que no quiero, no puedo emborracharme todas las noches contigo, Ezra. Algunos tenemos que madrugar para apoyar al Imperio.

—Por favor, no te pongas patriótico o me provocarás una resaca aún peor.

Se sonrieron con complicidad y Cayden le hizo un gesto cordial con el sombrero de copa al despedirse.

Antes de atravesar la puerta del salón para marcharse, echó un vistazo por encima del hombro a la mesa de juego del fondo. El vizconde Loughry continuaba riendo, a pesar de las pocas fichas que se amontonaban junto a sus cartas.

8

Gladys parpadeó extrañada al ver el enorme baúl en medio del vestíbulo.

—¿Y esto, señorita?

—Es un préstamo —le respondió Hope, aunque Evelyn hubiera insistido mil veces esa tarde en que era un regalo—. ¿Dónde está Robert, en la cocina? Necesito que el mozo me ayude a subirlo a mi habitación.

—Parece pesado —observó Gladys—. No haga esfuerzos. Deje que busque también a mi marido y los dos lo dejarán en su cuarto en un santiamén. —La mujer bajó la mirada—. ¿Y ese paraguas? ¿De dónde lo ha sacado? Resulta singular.

Hope sonrió con suavidad.

—Es único.

Solo cuando la anciana no miraba, pulsó el botón en la empuñadura plateada para transformarlo de nuevo en un bastón. Después lo usó para seguir a los dos hombres y al ama de llaves hasta la planta de arriba, empujada por una ilusión que todavía vibraba en su estómago.

Una vez sola, se arrodilló y abrió el baúl. Sacó el primer vestido, uno de color celeste con ribetes de encaje blanco que acarició y aspiró con los ojos cerrados. Olía a limpio. A nuevos inicios.

Al abrir los ojos de nuevo, dio un respingo. Desde la puerta abierta, Beatrice Maude la observaba con una expresión impasible.

—¿Qué es eso?

—Evelyn Boulanger me ha cedido algunas ropas para... —Se detuvo. En realidad, a su madre no parecían importarle demasiado las razones, solo el brillo de las perlas y del satén que sobresalían del baúl—. En resumen, para que tenga más posibilidades de casarme.

—¿Crees que vistiendo la caridad de otras conseguirás un marido, querida niña? —bufó con sorna—. Tan solo disfrazarás lo que todos saben ya.

Hope se apretó el vestido contra el pecho.

—Es posible. Nunca he llevado nada parecido, así que en realidad no sé lo que pasará si lo hago.

—Me enternecen tus esperanzas... Aunque yo prefiero que mantengas algunas más realistas.

—¿Qué quiere decir?

—¿No te parece que tu cuarto está más... luminoso?

Hope tensó la mandíbula y miró en derredor. En una de las mesillas de su cama había un jarrón con flores. Todas eran rojas. Había rosas, flores de Santiago y lirios, pero entre todas destacaba una enorme gardenia púrpura.

El significado del ramo estaba claro para quien conociera aquel misterioso lenguaje de la aristocracia: hablaba de la pasión que envuelve un amor secreto. Y era evidente que insinuaba uno fuera del matrimonio.

Era la propuesta de un hombre para que una mujer fuera su amante.

Se giró hacia su madre sin comprender.

—¿De quién son?

—Tuyas. —Beatrice se acercó a pasos cortos hasta situarse frente a ella—. De un admirador.

El corazón empezó a latirle con fuerza, hasta que se dio cuenta de que era imposible que vinieran de su parte. Se rio de su absurda fantasía. «No me imagino al señor Dagger yendo a una floristería ni borracho».

—No sé quién podría...

—Yo tengo alguna idea —la cortó la vizcondesa. Luego se

agachó y le quitó el vestido de las manos. No lo hizo con violencia; Hope lo soltó en cuanto su madre tiró un poco de él—. Vaya, este tiene un escote muy pronunciado. Después de todo, quizá sí sea útil usar estas ropas en el próximo baile para recibir algo más que flores...

Tuvo un escalofrío. De un salto, se levantó y cojeó hasta la mesilla. Había una pequeña nota asomando entre los pétalos rojos.

—«Querida mía, estaba arrebatadora en el baile» —leyó en voz alta—. «Si en el próximo no está tan ocupada, espero poder bailar con usted. En el salón... o fuera de él. S». —Con una mueca desagradable, Hope se giró hacia su madre—. ¿S? ¿Quién podrá ser?

—Oh, ¡quién sabe! —Sonrió con aire misterioso—. Parece que por ahora tu admirador prefiere permanecer en el anonimato, pero seguro que en el próximo baile de la temporada se aventura a proponerte algo que nos beneficie a todos. —Su hija tragó saliva—. Y si no tienes éxito, siempre podemos vender unos cuantos de estos. —Beatrice empezó a rebuscar en el baúl—. Tampoco es que necesites tanta ropa, si apenas has tenido armario en...

Hope se aproximó a su madre lo más rápido que pudo y le quitó el vestido azul de un tirón. Después empujó la tapa hacia abajo con un empellón. Con el gesto, a punto estuvo de atraparle los dedos.

—¡¿Qué se supone que haces?!

—No pienso vender nada de lo que hay ahí —susurró con la voz quebrada—. Si lo intenta, los devolveré. Preferiría quemarlos para tener lumbre.

«Juro que lo haré antes de dejar que lord Loughry se los gaste en la mesa de juego».

La vizcondesa entrecerró los ojos y soltó un bufido mientras se acariciaba las manos.

—Hija mía, estás loca —dijo después—. No te preocupes, no los tocaré. ¡Dios me libre! Proceden de una mujer de baja cuna, al fin y al cabo. No tienen la elegancia que se les supone.

—Entonces son perfectos para mí.

Beatrice arqueó una ceja antes de levantarse del suelo y alejarse hacia la puerta.

—¿Sabes, Hope? No eres la única que sueña. Yo también tengo esperanzas. Y las más grandes no tienen nada que ver contigo.

La chica no pudo evitar cerrar los ojos. Sabía que su madre la despreciaba, pero no imaginaba que llegaba hasta ese punto.

—Si tú te marchas por fin con algún buen amante que te mantenga —siguió la vizcondesa— y tu padre muere pronto, y rezo porque así sea, controlaré las rentas familiares. Lo haré hasta que Henry tenga la capacidad de hacerlo. Podría hasta apalabrar un matrimonio ventajoso para él si se diera el caso. Todo saldría a la perfección. Sin desprecios ni estrecheces de ningún tipo. Sin quejas ni ensoñaciones de niñas desagradecidas. —Hope supo por el tono de voz que sonreía—. Buenas noches, querida niña. Disfruta del perfume de las flores. Tu admirador las ha seleccionado tan esperanzado como deseoso de que las aceptes.

Solo se atrevió a abrir los ojos después de oír que la puerta se cerraba.

Le temblaban las piernas. Se dejó caer al suelo, envuelta en una seda azul que agarraba con todas sus fuerzas. Le pareció el saliente de un precipicio al que aferrarse.

Cayden sabía que encontraría a Brooks en casa, trabajando en su caótico despacho, de igual forma que sabía que Ezra se mantendría ocupado hasta altas horas de la noche. Seguramente con su amante del momento. Una baronesa viuda, si no recordaba mal. Era difícil seguir el ritmo de conquistas de MacLeod. ¿Cómo se llamaba? ¿Lady Collins? Ezra le había insinuado a Cayden que podría tentarla para que le aceptase en matrimonio, siempre que siguiera manteniéndole a él en la cama.

—No es requisito que quiera a mi esposa —le dijo Cayden en su momento—. Pero desde luego que no te mantendré a ti como el holgazán que le calienta las sábanas.

Lo recordaba porque a continuación Ezra había soltado una de sus más potentes carcajadas.

Dando vueltas (desgraciadamente) a la posibilidad (absurda) de calentar otras sábanas, Cayden llamó a la puerta de la casa de Brooks, un sencillo apartamento en Bedford Square. Enseguida le abrió la puerta la señora North, la única criada (y cocinera, sirvienta, doncella, ama de llaves y dictadora suprema) que Brooks había consentido contratar, solo bajo unas condiciones salariales dignas de los más altos empleados de la banca.

Cayden no le había disuadido. Al fin y al cabo, la señora North era una antigua empleada de los Boulanger y hacía unas tartas maravillosas.

También le inspiraba un miedo terrible, aunque no fuera a admitirlo jamás.

—Señorito Dagger, ¿qué hace aquí a estas horas?

Haciendo acopio de todo su valor, Cayden no se amilanó ante su tono severo.

—¿Y usted? ¿Sabe Brooks que sigue aquí? —Se sacó el reloj del chaleco—. Ya debería haber vuelto a casa con su marido.

—Tenía un mal presentimiento y aquí lo tengo: usted. ¡Mi jefe ya trabaja de sol a sol para la Dagger como para que le importune a estas horas! ¡Apenas duerme!

—Sé lo que es, yo tampoco lo hago demasiado. —Carraspeó, quitándose el sombrero—. Pero da la casualidad de que *yo* soy su jefe. Solo deseo preguntarle una cosa, será un minuto.

La señora North pareció meditarlo antes de hacerse a un lado y dejarle pasar. Para demostrarle que no se quedaría mucho, Cayden subió las escaleras hasta el despacho de Brooks sin quitarse el abrigo.

Llamó a la puerta por deferencia, porque sabía que Brooks, concentrado en su trabajo, ni siquiera lo oiría. Hacía mucho que lo conocía, y a pesar de que había cumplido diecinueve años, su mejor empleado seguía teniendo ese entusiasmo infantil por crear, sin preocuparse de la hora, la comida o su propio cansancio.

—¿Brooks? —Abrió la puerta del despacho y no le extrañó verle inclinado sobre el escritorio, ante unos planos, con una única vela como fuente de luz—. ¿En qué estás trabajando?

—Lo último —dijo el chico atropelladamente. Los rizos le caían por la frente y soltó un resoplido rápido para apartarlos, sin dejar de dibujar—. Lo de la compresión.

Cayden asintió. Tras tanto tiempo, había aprendido a descifrar lo que quería decir en base a frases inconexas.

—No deseaba molestarte. He venido a pedirte un favor.

—¿Favor?

—Un encargo para una dama.

Brooks se detuvo. Rápidamente, se giró con los ojos abiertos como platos. Uno, azul. El otro, verde.

—¿Una dama…? ¿E-es para la señorita Boulanger? —Tragó saliva—. ¿Q-q-q-qué clase de favor, señor Dagger?

Cayden se contuvo para no sonreír.

—No es para Evelyn.

Brooks pestañeó un par de veces antes de relajar los hombros.

—Ah —boqueó—. Ya veo, ya veo, ya veo. ¿Para qué dama, entonces?

—La dama no importa. —Cayden tosió—. Quiero decir, sí importa, pero… No la conoces.

—Ah. Entiendo.

—Necesito que busques algo —dijo, dando vueltas al sombrero—. Unos trabajos que hiciste el año pasado.

—¿Cuáles? Hice muchos trabajos el año pasado, señor Dagger.

—El encargo para los Franklin.

Brooks miró hacia un lado. Tras unos segundos, asintió con la cabeza varias veces.

—Sí, sí, sí, ya lo recuerdo. La pierna…

—Sí, eso mismo —le interrumpió—. ¿Sigues conservando los esquemas? ¿Se podría fabricar de nuevo una igual?

—Por supuesto, sí. Sí, sí. Lo conservo todo.

Cayden se giró para echar un vistazo al caos que reinaba en el despacho. Papeles, libros, reglas, lápices, cajas, platos, vasos, pañuelos manchados de aceite de motor, velas a medias...

«No puedo reprocharle nada», pensó. «Mi despacho no tiene mejor aspecto».

—Supongo que necesitarás tiempo para encontrarlo —comentó—. No corre prisa.

—¿Seguro, señor? Puedo dejar lo que estoy haciendo para ponerme con ello. Sobre todo si la dama es alguien a quien quiere impresionar o bien...

—No —le cortó—. Solo necesito que lo tengas a mano. —Hizo una pausa—. Por si acaso.

—Sí, señor, sí. Entendido.

Incómodo, Cayden volvió a colocarse el sombrero. Brooks lo tomó como una señal de que la conversación había terminado y se inclinó de nuevo sobre los planos, moviendo frenético el lápiz de un lado al otro. Sin embargo, su jefe no iba a marcharse todavía. Recogió unas cuantas de las velas menos consumidas del suelo, las encendió y las colocó en el escritorio. Solo entonces salió al pasillo, donde se dio de bruces con la señora North.

—Señorito Dagger, ¡ha dicho un minuto! —le reclamó la mujer.

—Y usted le dijo a mi tía Bess que dejaría de fisgonear detrás de las puertas —la acusó Cayden.

—Eso era cuando trabajaba para ella —dijo en voz baja—. Desde que trabajo para el señorito Brooks, no me pide otra cosa.

Aguantando la risa, Cayden soltó un resoplido por la nariz y empezó a bajar las escaleras.

—Buenas noches, señora North.

—¡Señorito Dagger! ¡Espere! ¿Para qué dama es ese favor tan urgente? —En cuanto lo dijo, él frenó en seco en mitad del escalón—. ¡Oh, vaya! ¿He dado en el clavo...?

Cayden la miró por encima del hombro.

—Váyase a casa de una vez, señora North, o hablaré con Brooks...

—¡No me venga con amenazas de hombre importante! ¡Le conozco desde crío! —la oyó gritar mientras se volvía para continuar caminando—. ¡Usted verá! Aunque no me lo diga, ¡su tía y su prima averiguarán quién es esa misteriosa dama!

Ya fuera de la casa, Cayden rezó porque la señora North se equivocara. Si Evelyn se enteraba de que albergaba un interés (pequeño, por supuesto; minúsculo, irrelevante... y muy poco noble) por una de sus nuevas amigas, seguro que su vida se convertiría pronto en un infierno peor que el East End y los salones de baile juntos.

Era el baile de los Makepeace. De eso estaba segura. Reconocía el salón a la perfección. También la butaca en la que estaba sentada; era normal, si tenía en cuenta la cantidad de horas que había perdido los últimos años calentando el cojín, en ese baile y en otros tantos.

Cuatro temporadas. Cuatro años pasando desapercibida. Y solo en el último había tenido una propuesta, y había sido para un estúpido baile que se había visto obligada a rechazar. Si no fuera por la prótesis...

«Espera», advirtió. «¿Qué ha ocurrido con ella?».

Era un sueño, evidentemente. Uno que, al parecer, era capaz de controlar. Porque, asombrada al sentir de nuevo el suelo bajo sus pies, se levantó de la silla con una sonrisa exultante.

Si era una fantasía, su fantasía, y podía modificarla a placer... quizá lograra hacerle aparecer. Nunca tendría a Cayden Dagger en la realidad, pero podía imaginárselo. ¿Qué daño haría? Sería su pequeño secreto. Moriría como una solterona, pero fantasearía a escondidas con él sin que nadie lo supiera.

Al girarse hacia el fondo del salón, igual que en el baile de verdad, le vio. De pie, entre las siluetas desdibujadas de los fantasmas que copaban su sueño, su figura parecía enorme y amenazadora. Pero Hope no le tenía miedo. Sabía que no era el Dagger real.

Y podía hacer lo que quisiera sin temor a las consecuencias.

Cruzó el salón hasta plantarse delante de él. Su memoria le regaló dibujar a la perfección sus rasgos, su cuerpo musculoso e impresionante frente a ella, su expresión reservada, y esos ojos helados que parecieron derretirse al verla.

—¿Bailamos? —le ofreció.

Él sonrió. Era la sonrisa de un auténtico diablo. Ni escandaloso ni de una crueldad descarnada, sino perverso de un modo más sutil. Sensual, le prometía calmar la sed que había sentido desde que había estado delante del Cayden de verdad.

—Bailemos.

Pero en realidad deslizó un brazo hasta rodearle la cintura, y Hope se dio cuenta de que no iban precisamente a dar vueltas por el salón. En su lugar, Cayden se inclinó para morderle el labio inferior. Sintió el regusto de la sangre, y luego la caricia de su lengua bebiendo de ella. Enseguida tomó su boca con un ímpetu que la hizo gemir. Le echó los brazos al cuello y se pegó contra él. No sabía cómo hacer que continuara, que la llevara más lejos, que la desnudase, que cubriera con su boca cada pedazo de piel que ardía ante su contacto.

El señor Dagger no tenía un corazón de hielo. Al menos no en ese sueño. Y Hope quiso pensar que así sería estar con él también en la realidad. Se dejarían llevar por un deseo salvaje, intensificado por lo mucho que ambos lo habían estado conteniendo.

«Si fuera así, si me deseara pero se obligase a no tenerme, ¿qué haría al poder sucumbir al placer?».

El Cayden de su sueño le respondió bajándole el vestido hasta enredarlo bajo su pecho. De esa manera, estaba atrapada. No podía mover los brazos con las mangas bajadas, y él sonrió al ver cómo se resistía, exponiendo su pecho todavía más, como si en realidad se le ofreciera.

La besó tras la oreja, descendió con su boca hasta el hueco de la garganta, y más abajo, hasta cubrir uno de sus pechos. Hope gimió de nuevo, se revolvió en sus brazos, le suplicó que siguiera.

—¿Quiere que continúe? —Ella asintió—. ¿Cómo se pide?

—Por favor.

—Qué dama tan bien educada.

Volvió a torturarla. Esta vez, con una de sus manos descendiendo desde su nuca hasta su ombligo. Mientras le acariciaba el cuello de nuevo con los labios, le recorría furtivamente el muslo con la mano. Hope no pudo evitar separar las piernas, arqueando la espalda para rozarse de forma más íntima contra él.

Hasta que, de pronto, Cayden se detuvo.

—Me temo, señorita Maude, que esto debe terminar —le susurró al oído. Sintió un mordisco en el lóbulo de la oreja que le arrancó otro gemido—. No puedo estar con usted si ya está comprometida.

Hope se separó de él sin comprender.

—¿Qué? —preguntó confusa—. ¿Con quién?

—La convirtió en su amante, ¿no lo recuerda? S.

De repente, el deseo se había transformado en pánico. Cuando empujó a Cayden hacia atrás, comprobó que todos los fantasmas del salón se habían vuelto hacia ella. No tenían cara, pero sabía que la juzgaban. Se avergonzó por estar medio desnuda, por haberse atrevido a hacer todo eso delante de ellos, y trató de ocultarse.

No serviría de nada. Todos sabían que estaba deshonrada... y que tenía un amante.

Estaba sola.

Estaba rota.

Estaba...

Abrió los ojos de golpe. Alguien la zarandeaba. Despertó confundida y tardó unos segundos en comprender que era su hermano Henry quien estaba inclinado sobre ella con cara de absoluto terror.

—¿Qué pasa, Henry? —Le empujó—. ¿Q-qué haces aquí?

—Papá y mamá discutían, he venido a dormir contigo y... —Parecía aterrorizado—. No despertabas. No parabas de gemir, como si algo te doliera. Tampoco dejabas de repetir no-sé-qué sobre una daga... No, algo de un tal Dagg...

Se incorporó para taparle la boca con ambas manos. Luego se giró avergonzada hacia la puerta abierta de su cuarto, aunque pronto comprendió que su miedo era absurdo; no creía que su madre estuviera espiándola a esas horas.

Su hermano protestaba contra la mordaza de sus dedos, más enfadado y confuso que asustado. Hope le soltó y, con un suspiro, retiró las mantas de su cama a un lado.

—Venga, métete en la cama. Pero ya no deberías venir aquí, ¿eh? Eres mayor...

—¡Lo soy! Pero están discutiendo muy fuerte, Hope, ¡de verdad! —Se metió junto a ella entre las sábanas—. Ojalá me lleven pronto al colegio. ¿Cuánto crees que faltará para que vaya a Eton?

Hope no quería mentir a su hermano, así que se decidió por una verdad a medias.

—No lo sé, Henry. Espero que pronto.

—Cuando sea mayor y vaya a la universidad... Conseguiré una ocupación. Seré uno de esos vizcondes con trabajo, ¿sabes? Ganaré muchas libras. Te compraré un montón de joyas. Hasta podrías venir a vivir conmigo.

Con una sonrisa tierna, Hope le arropó.

—¿Vivir contigo?, ¿dónde?

—Compraré una casa mejor que esta —afirmó Henry con los ojos cerrados—. Me llevaré a Gladys y a ti. Viviremos los tres allí.

—¿Eso querrías?

—Tendrás un cuarto enorme para pintar y Gladys un jardín lleno de rosales. —Henry se acurrucó bajo las mantas, sonriente en medio de su ensoñación—. Y si quieres, puedes traerte a ese Dagger del que hablabas en sueños...

—¡Henry!

Ruborizada, entendió enseguida que su hermano le había tomado el pelo. El niño sonrió una vez más, se dio la vuelta y se durmió en apenas un minuto. Hope, enternecida por los deseos de su hermano, le acarició el pelo antes de salir de la cama.

Caminó por el pasillo muy despacio. No quería hacer ruido. Aunque esta vez no era necesario tanto cuidado. Sus padres seguían discutiendo a voz en grito. Apenas necesitó acercarse a la puerta del dormitorio principal para oírlos.

—¡No le queda más remedio! —Esa era su madre—. Suerte que sigue interesado...

—No me gusta. —Ese era su padre—. ¿No tuvo suficiente en el pasado?

—Desea a tu hija, y no es una oferta que Hope pueda permitirse rechazar.

—Que *tú* puedas permitirte rechazar.

—¿Y de quién es la culpa, Patrick? ¡Si estamos así es por ti!

—Dile a ese lord que espere. Esta es la cuarta temporada de Hope, tal vez...

—Tal vez el año que viene ya sea tarde. Sabes que tu hija no va a conseguir una proposición, al menos no una que resuelva nuestros problemas. No puede decirle que no.

—¿Y cómo pretendes que acepte?

Se le hizo un nudo en la garganta al oír la respuesta de su madre.

—Porque no tendrá más remedio. ¿Qué otra opción crees que le queda? Y ella lo sabe, Patrick. En el fondo, lo sabe.

9

A la mañana siguiente, de nuevo en casa de los Boulanger, Evelyn y Alisa llevaban tiempo enzarzadas en una discusión sobre el baile siguiente. Se celebraba al cabo de cuatro noches y ambas tenían grandes planes para salir victoriosas: conseguirían que alguien adecuado (o, al menos, *decente*) las levantase de la silla para bailar, costase lo que costase.

Las dos se contentarían con ganar aquella pequeña escaramuza. Hope se habría conformado con lo mismo si no hubiera sido por el ramo y la nota que había recibido el día anterior. Y la discusión entre sus padres.

Se había despertado tras una noche repleta de pesadillas y, al contemplar las malditas flores rojas de su mesilla, había entendido del todo el mensaje.

Si no aceptaba a aquel hombre que la deseaba como amante, su madre acabaría por empujarla hasta que no tuviera más remedio que acceder. Mancharía su reputación para que aquella fuera su única salida, más tarde o más temprano. Los planes con Evelyn y Alisa acabarían siendo lo que, en el fondo, siempre había temido: castillos en el aire.

No podía esperar, necesitaba salir de su casa antes de que lady Loughry actuara. Y eso solo lo lograría uniéndose a alguien con más poder legal sobre ella que sus padres.

«Tengo que encontrar un marido. Ya».

—Hope —la llamó Alisa, y ella alzó la cabeza para enfrentarse a su incisiva mirada—, estamos pensando en completar mañana la lista que empezamos el otro día, para usarla en el próximo baile. Tú eres nuestra prioridad, así que aunaremos fuerzas para buscarte una buena pareja.

—¡Y que empiece el cortejo! —exclamó Evelyn.

Hope aceptó con un asentimiento, aunque se mordió el labio cuando la más joven volvió la atención hacia la mesa de té llena de dulces.

No tenía tiempo para cortejos que durasen meses. Si no conseguía huir de la mansión Loughry enseguida, acabaría en una situación peor que la de un matrimonio concertado. Y, además, sola. No era sensato esperar que las familias Boulanger y Chadburn permitieran la amistad entre las tres si se convertía en la amante desesperada de ese tal S.

Mientras cavilaba, supo que Alisa la estaba observando. Aquellos ojos oscuros eran incapaces de dejar escapar nada de lo que sucedía a su alrededor, como si fuera un ave rapaz al acecho. No quería preocuparla, así que Hope cogió el bastón de Cayden, que había llevado consigo para devolvérselo a Evelyn, y se encaminó hacia el escritorio de roble a un lado de la sala. Allí tomó papel y pluma, y tosió para llamar la atención de las otras dos.

—¿Qué os parece si en vez de mañana completamos hoy mismo esa lista de candidatos?

—Qué ganas tienes, ¿eh? —se rio Evelyn. Luego agitó en el aire una galleta—. ¡Me encanta, trae esa hoja aquí! Iremos por orden alfabético. ¡Empezaremos eligiendo a los solteros que sean más ideales para ti!

De nuevo en el sofá, y tras pasarle el papel a Eve, Hope advirtió que Alisa se aproximaba a ella. Aunque fuera imposible, por un segundo creyó que podía leerle la mente. Lo confirmó en el momento en que Alisa se inclinó hacia su oído y, mientras Evelyn repasaba nombres de caballeros en voz alta, le susurró:

—¿Problemas en casa?

No sabía si podía confiar en Alisa. Jamás había tenido una sola amiga que no la abandonara o que no estuviera unida a ella por lazos obligados como los de la sangre o la compasión. Le habían enseñado que confiar en los hombres era un error. En otra mujer, un paso en falso que siempre la había conducido a la decepción.

«Pero, si no confío en ella, ¿quién me queda?».

Sin mirarla, Hope asintió.

—¿Más problemas que de costumbre? —insistió Alisa.

—Puede.

—Si no aguantas más —bajó todavía más la voz—, solo tienes que decirlo. Puedes venir a vivir conmigo a Mayfair.

—Sabes que no puedo. —Tragó saliva—. Mi presencia enturbiaría la imagen de tu familia y no podría obligaros a cargar con ello. Además, conociendo a mis padres, seguro que ambos me repudiarían, y no volvería a ver a mi hermano Henry.

—Entonces, en la próxima fiesta…

—Tal vez no pueda conformarme con un simple galanteo en el próximo baile —musitó Hope—. Quizá necesite algo más. Cuanto antes.

—Sea lo que sea, dímelo sin ambages.

Tenía que confesárselo. Tenía que confiar en ella.

Aspiró entonces una profunda bocanada de aire y continuó:

—En mi casa, la situación es insostenible, pero podría serlo todavía más. Necesito una salida rápida para poder escapar de algo peor que el matrimonio.

—¿Qué hay peor que el matrimonio? —En cuanto Hope alzó las cejas, Alisa cogió aire y aseveró—: Tus padres no serían capaces de empujarte a ser la mantenida de un caballero casado.

—No los conoces…

—¿Y qué necesitas para escapar?

Hope hizo una pequeña pausa. Mientras tanto, Evelyn seguía parloteando sin parar.

—Una llave.

—¿A qué te refieres con una llave?

—Una en forma de anillo en el dedo.

Tenía la vista fija en el regazo, sobre el que reposaban sus manos. La izquierda sujetaba el bastón negro de Cayden. La derecha estaba convertida en un puño. De repente, la de Alisa apareció en su frente de visión y deshizo el puño tembloroso al entrelazar sus dedos con los de ella.

—Te juro que, en el próximo baile, lo tendrás.

—¿Qué tendrá Hope, Alisa? —preguntó Evelyn—. A ver, ¡¿estáis cuchicheando o me estáis escuchando?!

—Sí, tranquila, te escuchamos —dijo Alisa, volviéndose hacia ella con calma—. Habías llegado a la letra C, ¿no?

—¡Exacto! ¡Menos mal que estabais atentas! Si no, parecería una loca hablando aquí yo sola... —Eve alzó el papel hasta colocárselo justo delante del rostro—. Ahora vienen los caballeros apellidados con D. —Se inclinó hacia la izquierda para que le vieran la cara. La sonrisa ladeada que le dedicó a Hope hizo que esta arqueara las cejas—. D como...

De pronto oyeron una fuerte bocina, aunque solo Alisa y Hope dieron un respingo. Se giraron en el sofá y contemplaron a través de la ventana como un moderno vehículo frenaba justo en la acera frente a la casa.

—¡Hablando del rey de Roma! Creo que mi primo tiene una reunión aquí con mi padre, Brooks y lord MacLeod —canturreó Evelyn—. No os preocupéis, ¡no nos molestará! A menos que queramos, claro...

Esquivando la mirada provocadora de su amiga, Hope apretó la empuñadura del bastón. Estaba alterada por el sueño que había tenido con el señor Dagger la noche anterior, eso era todo. No era que le importase su presencia.

En absoluto.

Pero procuró alisar las arrugas invisibles de su falda. En esta ocasión, llevaba un préstamo de Evelyn, un sencillo vestido de muselina color lavanda. Esperaba dar mejor impresión que el día anterior. «Tampoco será difícil».

Bastaron unos segundos para que Cayden abriese la puerta del salón.

—Ya me extrañaba —dijo en cuanto las vio—. De nuevo las tres... ¿Debería preocuparse el Ejército inglés?

—Sí, de nuevo las tres —gruñó Evelyn—. No tramamos nada, ¡somos amigas! ¡Y tú, *de nuevo* en mi casa! A este paso, te convendría mudarte aquí. ¿Es que hay algo que de repente te interese tanto para no dejar de molestarnos?

Hope tragó saliva al notar la mirada de Cayden en ella. Sin embargo, su repaso fue tan breve que se convenció de que lo había imaginado.

—No —se limitó a contestar. A continuación, preguntó con sarcasmo—: ¿Vosotras estáis haciendo otra vez de hadas madrinas?

—Como siempre. —Evelyn sonrió—. ¿Tú estás de nuevo haciéndote el hombre importante?

—Como siempre —repitió Cayden sin ánimo—. Brooks nos va a mostrar a tu padre, a Ezra y a mí una modificación para las nuevas vías ferroviarias del norte. Discutiremos entre todos si tiene potencial para presentarlo a ciertos huesos duros del Parlamento.

—Dudo que el señor MacLeod tenga la sesera necesaria para dilucidar eso —susurró Alisa, en voz tan baja que solo Hope la escuchó.

—Espero que más tarde me enseñes también a mí ese proyecto —dijo Evelyn—. ¡Pero ahora márchate! Me temo que estás distrayendo a mis invitadas.

Sin mediar palabra, Cayden se inclinó ante las tres y se dio media vuelta en el umbral, cerrando la puerta tras de sí.

Aunque seguía teniendo el mismo nudo en el estómago, Hope se levantó en el instante en que el pomo volvió a su posición normal.

«Esta vez, tengo que hacer algo».

—Disculpadme... —titubeó—. Seguid con la lista. Vuelvo enseguida.

—¿Adónde vas? —le preguntó Alisa.

—Al... escusado.

—¿Te acompaño?

—Oh, no. No es necesario.

—Pero si no sabes dónde está —se extrañó Evelyn.

—Lo descubriré —dijo Hope atropelladamente—. Me viene bien caminar.

Evelyn esbozó una sonrisa ladina. Era evidente que tenía un comentario malicioso en la punta de la lengua, pero Alisa se le adelantó al arrebatarle de un movimiento la hoja de papel que sostenía.

—¡Qué letra tan espantosa, Evelyn! ¡¿Seguro que sabes escribir?! Será mejor que me repitas todo lo que has apuntado o no entenderemos nada. ¡A saber a qué mentecatos has colocado en los primeros puestos!

Hope suspiró aliviada cuando la otra se defendió. Para sus adentros, le agradeció a Alisa que la hubiera cubierto y se escabulló hasta dejarlas atrás. Fuera del salón, recorrió el pasillo hasta el vestíbulo con el bastón bien agarrado, sin llegar a apoyarlo del todo en el suelo para no hacer ruido. «Tal vez no logre atraparle, estoy haciendo el ridículo».

Por suerte, una vez en el recibidor, le vio. Estaba en mitad de las escaleras que conducían a la planta de arriba.

—Señor Dagger.

No alzó la voz, pero la llamada reverberó gracias a los techos altos de la entrada. El empresario se detuvo en mitad de un escalón. Hope contempló su espalda y le pareció que los hombros, antes relajados, se tensaban al oír su voz.

¿Aquello era una buena o una mala señal? Cuando se dio la vuelta y observó su expresión desapasionada, se le cayó el alma a los pies.

«Es terriblemente mala».

—No voy a darle las gracias de nuevo, no se preocupe —se apresuró a aclarar Hope—. Tampoco pretendía entretenerlo.

Desde arriba, Cayden frunció el ceño.

—¿Y qué quería?

—Devolverle el bastón en persona. Creo que, si se lo entrego a Evelyn como me sugirió, se lo quedará y le abrirá las entrañas para contar los engranajes.

¿Esa mueca era una sonrisa? Tuvo que serlo, aunque no pudo apreciarla el tiempo suficiente. Cayden bajó enseguida el corto tramo de escaleras que había ascendido y, solo cuando estuvo frente a ella, extendió la mano para coger el invento.

—¿Le ha resultado útil?

—Mucho. Además, pensé que sería menos liviano por el mecanismo que encierra, pero tiene el peso justo...

—Es un diseño de Brooks. Suele perderlo todo y buscaba un utensilio que fuera multiusos.

—¿A qué se refiere? ¿Es que sirve para algo más?

Cayden elevó el bastón hasta acariciar las juntas del mango y deslizar el dedo hacia la punta con reverencia.

—También sirve para alcanzar objetos distantes o coger libros de los estantes más altos. —Al girar el extremo, la afilada punta de metal se abrió en dos y se convirtió en unas pinzas—. Se controlan con la empuñadura, ¿ve? Así se abren y cierran. Ingenioso, ¿verdad?

Cayden no dirigió la vista a los ojos de Hope, sino a su boca. De repente, la chica fue consciente de que tenía los labios entreabiertos. Secos. Y, de alguna manera, vacíos.

«Al menos así los siento cuando él me mira».

Recordó cómo la había besado en sueños. Ojalá pudiera averiguar cómo llegar a ese punto con él... Pero era del todo imposible. Ese Cayden solo era fruto de su fantasía más patética. El de verdad era reservado y frío. Tendría que buscar a algún hombre fácil de atrapar como marido y olvidarse de él.

Con un movimiento, cerró la boca en una sonrisa tímida y agachó la cabeza.

—Evelyn tenía razón —musitó—. Su empresa cuenta con un inventor excepcional.

—Así es. —El señor Dagger se colocó el bastón bajo el brazo—. Tuve suerte al encontrarle. Existen personas con un impresionante talento escondido al que no se les da la oportunidad de romper el cascarón... así como otras que jamás brillarán en nada.

«¿Es una insinuación hacia mí?», caviló Hope.

El reloj del vestíbulo dio las seis y provocó que ambos levantaran la cabeza. Sus ojos se encontraron de nuevo y fue como si la chispa del día interior volviera a hacer saltar la electricidad. El mismo cosquilleo impaciente se extendió desde el vientre de Hope hasta las puntas de sus dedos.

Sentía el tira y afloja silencioso. Las ganas que tenía de poder hablar con él con franqueza subieron como la espuma. En otras circunstancias, habría buscado pasar más tiempo a su lado, descubrir cómo era, qué había vivido y conocido, cómo había sobrevivido en esas calles misteriosas llenas de peligros al este de la ciudad. Y recordar de pronto el sueño que había tenido con él, en su cama, no ayudó a aplacar las ganas de imaginárselo de otra manera, sin ese traje a medida ni un aspecto tan fingidamente refinado.

«Seguro que a solas con una mujer no es *nada* civilizado».

Hope tragó saliva y, una vez el reloj se hubo detenido, respondió:

—Puede que tenga razón, señor Dagger, ya que me considero parte de esas segundas personas sin luz. Sin embargo, creo que también es un verdadero talento descubrir ese brillo en los demás y darle alas. Tal como hace usted. —Hizo una pequeña pausa antes de continuar—. Diría, sin temor a equivocarme, que realmente es Brooks quien piensa que ha tenido suerte al encontrarle. Sin su ayuda, seguiría en la calle. Si la gente reconoce su talento es porque usted ha pagado sus estudios y le ha proporcionado trabajo.

Cayden frunció el ceño.

—¿Y todo eso lo sabe porque…?

Hope se maldijo a sí misma. «Ahora creerá que soy una chismosa metomentodo». Avergonzada, le resultó inevitable morderse el labio antes de contestar.

—Porque tenía razón ayer y puede que su prima Evelyn hable demasiado.

Aunque Cayden no sonrió, Hope quiso creer que se había contenido para no hacerlo.

—Hablando de ayer —continuó él—, creo que no fui del todo amable con usted al llamarla… Cenicienta.

Esta vez fue Hope quien se contuvo para no reírse de él.

—No pasa nada. Entiendo que fue una broma...

—Una muy desafortunada. Más bien, estúpida. Le pido disculpas. —Hundió las manos en los bolsillos—. A veces olvido cómo tratar a las mujeres de su clase.

—No tiene por qué tratarme de forma diferente a como trataría a cualquier otra —susurró Hope—. De hecho, estoy acostumbrada a que la gente no me considere una mujer, o siquiera me considere, así que cualquier cambio es de agradecer.

Cayden pareció descolocado.

—¿No la tratan como una mujer? ¿Y eso por qué?

Se hizo un incómodo silencio.

—Porque para algunos no lo soy... del todo.

La sorpresa dio paso al enfado. El cambio fue tenue, pero evidente para Hope, que no podía dejar de prestar atención a los pequeños matices que reflejaban su verdadero estado de ánimo. Cayden se había echado unos milímetros hacia atrás, había endurecido la mirada y perdido por completo el leve asomo de sonrisa.

—Estoy empezando a ver una única diferencia entre la forma de actuar de los aristócratas y la de las personas con las que me relacionaba de crío —masculló.

—¿Y cuál es esa diferencia?

—Ellos eran crueles por pura necesidad. Los de su clase parecen serlo sin ella.

Hope, lamentablemente, no podía estar más de acuerdo.

—Sí, imagino que así es —reconoció—. Aunque haya sido de formas distintas, ambas partes se las han ingeniado para hacerme daño.

«¿Qué diablos le estás diciendo, Hope? ¡Cállate ya!».

Cayden abrió la boca decidido a contestar. Sin embargo, lo detuvo una enérgica llamada a la puerta principal.

—¿Quién diablos es ahora...?

Aunque compartía su frustración, Hope se cuidó de protestar ante aquella nueva interrupción y murmuró con prisa:

—Deben de ser sus socios. Le dejo trabajar, no deseo entretenerle más. —Hizo una sencilla genuflexión—. Gracias de nuevo.

—¿Otra vez con las gracias? —preguntó él, atrevido—. Le recuerdo que ayer prometió que no volvería a dármelas.

Hope se encogió de hombros mientras sentía que se le encendían las mejillas.

—Se nota que no sabe cómo tratar a las mujeres de mi clase, señor Dagger, porque si no, sabría que estamos educadas para dar continuamente las gracias.

—Precisamente porque las conozco —murmuró Cayden—, sé que las demás damas no me agradecerían que les prestara un simple paraguas. —Se inclinó hacia ella y añadió con voz provocadora—: Usted tampoco se comporta conmigo como con otros caballeros... ¿o me equivoco?

—¿Qué quiere decir? —balbuceó.

—¿Alguna vez ha hablado con un caballero como acaba de hacerlo conmigo? —Se sonrojó todavía más al verle sonreír de lado—. No hace falta que conteste. Su silencio es suficiente respuesta.

—Señor Dagger...

—Sepa que, aunque dañase mi orgullo, no me importa que me rechazase en el baile. Sé por qué lo hizo. —Hizo una pausa para inclinarse más hacia ella—. Pero en el próximo...

Volvieron a llamar a la puerta. Con un suspiro de frustración, Cayden se giró hacia ella.

—¡Ezra, basta ya!

—Vaya a abrir antes de que la eche abajo —se apresuró Hope—. No quiero molestarle más, señor Dagger. Suerte en su reunión.

Con rapidez, dio media vuelta antes de darle la oportunidad de decir nada más. Fuera de su vista, aceleró el paso hasta alcanzar de nuevo la seguridad del salón.

«¡¿Qué acaba de pasar?!».

—¡Ya estás aquí! —exclamó Evelyn nada más verla—. ¿Qué tal la excursión? Qué raro que te hayas perdido en una casa que es la mitad que la tuya...

—Déjala en paz —replicó Alisa. Volviéndose hacia Hope, apoyó la palma en el asiento vacío a su lado—. Te pondremos al día: cuando te has ido, hemos repasado juntas todos los caballeros hasta la D y nos ha surgido una duda...

—¿Aceptarías a un candidato que no fuera de la aristocracia? —se adelantó Evelyn.

Aunque Hope no hubiera dicho nada sobre lo que sentía, debía ser tan transparente como el cristal. Su cara roja la delataba y ninguna de sus amigas era tonta. Sabía qué implicaba aquella pregunta. Y a quién se referían.

Las observó a las dos. No supo cuál se mostraba más expectante. La luz en los ojos de Evelyn buscaba una contestación romántica. La de Alisa, una salida práctica. Y Hope no sabía en qué punto se encontraba.

«Tal vez entre los dos».

Pero después de ver cómo la había mirado Cayden...

«Usted tampoco se comporta conmigo como con otros caballeros, ¿o me equivoco?».

Tenía claro cuál era la respuesta.

—No soy quién para ponerme quisquillosa y tampoco me ha importado nunca el origen de nadie —contestó. Encogió un hombro con resignación—. Siempre que sea un hombre que no me trate peor que mis padres, que tenga dinero para alejarme de ellos, estar con vosotras y ayudar a mi hermano... Lo aceptaré.

Alisa y Evelyn contuvieron el aliento.

—¿Estás segura?

«En absoluto», pensó. «Voy a fracasar... pero que me muera si no lo intento».

—Sí —respondió—. Estoy segura.

Alisa se giró hacia Evelyn, tras lo cual asintió una sola vez con los ojos cerrados.

—Bien... Ahora sí, ya puedes gritar.

Al mismo tiempo que soltaba una carcajada de victoria, Evelyn saltó hacia Hope. Las dos cayeron al suelo, envueltas en un lío de lazos y satén rosa.

—*Dieu merci!* ¡Por todo lo que es sagrado y bueno en el mundo que conseguiré que te conviertas en mi prima! ¡Vamos a cazar al idiota de Cay solo para ti! ¡La operación *Espoir* comienza en el próximo baile!

Con la vista en el techo pintado a imitación de un cielo, Hope rio sin aliento. Bajo el peso de Evelyn, se permitió corresponder al abrazo con energía y oyó el suspiro divertido de Alisa desde el sofá.

—No sabes lo que has hecho —la oyó—. Que Dios nos asista... Vamos a convertirte en una Dagger. ¡Ya no hay vuelta atrás!

10

Estáis preciosas.

—No es necesario que nos lo digas a cada segundo, Hope.

—Yo creo que sí.

Evelyn la tomó de la mano y le guiñó un ojo sin que Alisa y tía Juliet se dieran cuenta.

—Tú sí que estás preciosa.

Hope sonrió a escondidas ante el piropo y avanzó un paso más en la fila.

Con tía Juliet haciendo de madrina, las tres esperaban para acceder al baile en la entrada de la mansión de los Dankworth. Cada una había elegido su color predilecto: Evelyn rosa intenso, Alisa rojo oscuro y Hope esmeralda pálido. Su vestido era de un verde tan discreto que Eve nunca lo había usado y, tras unos cuantos arreglos, se adaptaba a su cuerpo como si lo hubieran diseñado expresamente para ella. Le gustaban la suavidad del satén y la sencillez de las formas, y esperaba que cierta persona opinara lo mismo.

Aunque en su interior intuía que no sería eso lo que atraería a Cayden Dagger a un matrimonio, sino lo que ella más despreciaba en el mundo: el título del culpable de que estuviera en esa situación. El culpable de que se sostuviera con un pie en lugar de dos.

Una vez dentro de la casa, las tres ocuparon sus habituales puestos en las sillas a un lado del salón. Pronto se rodearon de otras jóvenes solteras que se miraban unas a otras con una mezcla de admiración y envidia. «Si no compitiéramos por lo mismo», pensó Hope, «tal vez podrían surgir más amistades entre nosotras».

—Parece que aún no ha llegado —susurró Alisa tras inspeccionar la sala—. Pero te aseguraste de que lo haría, ¿verdad, Evelyn?

—Claro, le insistí hasta el infinito en que lo necesitaba aquí. Le dije que así al menos él me sacaría a bailar y no sería otra triste noche en mi patética vida.

—Ya sabes lo que tienes que hacer en cuanto llegue tu primo —añadió Alisa obviando el comentario.

—Sí, coronel Chadburn.

Hope rio entre dientes. Tenía la vista puesta en las primeras parejas que daban vueltas en el centro de la sala. Al otro lado, varios grupos de hombres y mujeres casados charlaban con tono animado e ignoraban a las jóvenes debutantes sentadas.

De pronto, sintió un escalofrío. Se le erizó el vello de la nuca y, por instinto, se llevó una mano allí, procurando no estropear el intrincado peinado que le había hecho Alisa.

Alguien la estaba observando. No era algo que le sucediera a menudo, pero reconoció la sensación por el baile anterior, cuando descubrió a Cayden al fondo del salón. Oteó en derredor por si hubiera entrado sin que se percataran.

Sin embargo, no era él.

Descubrió al fin a un hombre de unos sesenta años que la observaba con atención cerca de los músicos. Tenía el pelo blanco y un rostro severo, de ojos saltones y grises. No estaba tan avejentado como el hombre con el que conversaba, pero su figura sólida se inclinaba de forma leve hacia delante. Encorvado, tenía la misma altura que Hope.

La chica tragó saliva. Tuvo una corazonada. Él era quien había enviado las flores.

Lord Swithin.

«Coincide con la S de esa maldita nota».

No era exactamente un desconocido. Lo había visto en

otras ocasiones, pero nunca se había detenido a pensar más de un segundo en aquel hombre. Era mayor que su padre. Un caballero con extensas propiedades, casado con una dama de su edad que era madre de cinco hijos. Lady Swithin estaba tan enferma que ya no se dejaba ver en sociedad. Él, en cambio, no se había privado de mantener una amante que renovaba cada temporada.

Con la intensidad con que repasaba a Hope, estaba claro quién quería que fuese su nueva pieza de colección.

La joven se sobresaltó al sentir la mano de Alisa encima de la suya. Temió que se hubiera dado cuenta del interés de lord Swithin hacia ella, pero su amiga parecía más atenta a la puerta que daba acceso al salón.

—Ahí está.

Cayden Dagger y Ezra MacLeod hacían su aparición en ese momento, uno con semblante serio, casi aburrido, y el otro con los ojos clavados en la mesa de las bebidas. Al verlos, Evelyn emitió un ruido semejante al gorjeo de un pájaro e hizo ademán de levantarse, pero Alisa la retuvo con la otra mano.

—Deja que se tomen una copa de vino primero o parecerás desesperada... y se olerán el plan.

—Creo que consideras a mi primo más listo de lo que es.

—No sé cómo es, por eso lo más inteligente es considerarle el hombre más sabio del mundo —replicó Alisa—. Puede que no espere lo de Hope, pero lo dudo. Además, parece de esos caballeros que, si no están preparados para una sorpresa, fingirán que sí hasta controlar la situación.

Evelyn se quedó boquiabierta. Luego se inclinó hacia Hope para susurrar:

—Vuelve a hacerlo. ¡Es que es un genio!

—No soy ningún genio, solo precavida —musitó Alisa—. Ya he recibido suficientes golpes por no serlo para repetir el error de nuevo, y más cuando está implicado el futuro de otra persona. —Se giró hacia Hope—. Ten confianza en ti misma y recuerda lo que ensayamos. Él quiere algo, tú también. No hay ni habrá amor entre los dos, pero no tiene por qué haber odio.

—Eso de que no habrá amor…

—Sí, lo he entendido —cortó Hope a Evelyn—. Esto es una cuestión práctica y él es un hombre práctico.

Su amiga asintió con orgullo y le soltó la mano.

—El único problema es que ha venido con ese inútil de MacLeod —rumió Alisa. Tensó la mandíbula y añadió—: Confiemos en que no se entrometa.

Tras aguantar diez minutos sudando como un jinete antes de una carrera, Evelyn se puso en pie. Se acercó a pasos cortos hasta los dos hombres y se inclinó tal y como sus amigas le habían explicado. Mientras la observaba, Hope se aguantó las ganas de reír de puro nervio, a la vez que Alisa le repetía todo el plan.

—Si te da mala espina, recuerda que no es tu única opción —dijo al final.

—Lo sé —mintió Hope—. Siempre hay otra salida.

«Pero no hay tiempo para encontrarla», se dijo. Como un peso de acero, la mirada de lord Swithin continuaba puesta en ella.

—Bien, como era de esperar, la primera parte ha salido tal como planeamos —comenzó a relatarle Alisa. Hope disimulaba, con la atención en el suelo embaldosado del salón—. El señor Dagger ha sacado a bailar a Evelyn. MacLeod no deja de mirarlos. Dios mío, ¿es que no tiene otra cosa que hacer? ¿Ninguna jovencita a la que provocar un desmayo con su reconocida idiotez?

—¿Hablan mientras bailan?

—Ya conoces a Evelyn —se limitó a contestar la otra—. Aunque el señor Dagger no parece demasiado entusiasmado. Me pregunto si es capaz de cambiar de expresión y sentir algo que no sea indiferencia hacia la gente o ambición ante el dinero.

«Sí que lo es», pensó Hope. «Creo haber visto algo más tras un resquicio».

—El vals está a punto de terminar —la informó Alisa.

La pieza finalizó con una floritura ascendente. Hope vio de

reojo a las parejas, que se alejaban hacia las esquinas, dejando libre la sala para la siguiente tanda de bailarines.

—Se aproximan a la salida. Perfecto. Vamos allá.

A pesar del temple del que solía hacer gala, la voz de Alisa tembló con aquella última frase. Al escucharla, Hope se sintió más confiada; al parecer no era la única nerviosa por el plan que estaba en marcha.

Las dos se cogieron del brazo y se dirigieron en silencio hacia el arco que daba acceso al resto de la casa. No solo ellas se mostraban interesadas en explorar la propiedad de los Dankworth, porque, tras perder de vista a los dos primos, Ezra MacLeod las adelantó. El noble siguió a grandes zancadas a su amigo fuera del salón.

—¡No me lo puedo creer! —masculló Alisa—. ¿Es que ese cretino no tiene ninguna alma desgraciada a la que molestar? ¡Sería una novedad, no sirve para otra cosa...!

—¿Qué hacemos? —susurró Hope con recelo—. ¿Cancelamos la misión?

—Ni hablar. —Alisa entrecerró los ojos—. Sigámosle. Hay margen para improvisar.

Durante las fiestas que organizaban, la enorme mansión de los Dankworth estaba disponible para los invitados más curiosos que quisieran explorarla. Al vestíbulo le seguía un largo pasillo que concluía en un salón repleto de retratos de familia. La estancia contaba, además, con una pared compuesta de puertas acristaladas que se abrían a la fría noche londinense. En la terraza, dos escalinatas descendían a cada lado hasta un extenso jardín con cenador, un intrincado laberinto de setos y un invernadero.

Encontraron a Ezra MacLeod apoyado en la balaustrada blanca de la terraza. Por su inclinación, se diría que escudriñaba desde las alturas con el fin de encontrar a la pareja de primos. Hope y Alisa se detuvieron antes de atravesar la puerta que daba acceso a la terraza. La primera se mordió los labios, indecisa, lo que le sirvió para ahogar una exclamación cuando la segunda alzó la voz.

—Señor MacLeod, ¡qué sorpresa y qué alegría verle aquí!

Ezra se dio la vuelta y compuso la misma cara de sorpresa que Hope. Enseguida cambió la expresión por una cínica.

—Cree que sí, lady Alisa, pero no se le da nada bien fingir cortesía. Ese truco no le funcionará conmigo.

—¿Quién dice que finjo? —replicó ella—. Es cierto que me alegra verle aquí. Mejor eso que tenerle correteando entre los arbustos tras alguna pobre ingenua a la que haya engañado. Además, aunque no quiera, necesito hablar con usted.

Tras un silencio glacial, Ezra lanzó una estruendosa carcajada de asombro. Lentamente, se aproximó a ambas mujeres hasta posicionarse delante de ellas.

—Ahora soy yo el sorprendido. ¿De qué desea hablar conmigo una Chadburn estirad...?

—Si desea saberlo, debe ser a solas. —Alisa se giró hacia Hope—. ¿Te importaría esperar en la terraza mientras hablo con el señor MacLeod?

—Podemos pasear ahí fuera si lo prefiere —intervino él—, con la Honorable señorita Hope Maude haciéndonos de carabina...

—Ni loca me aventuro con usted en la oscuridad —le cortó Alisa. Soltó el brazo de la otra chica y se acercó a uno de los retratos en la pared derecha, quedando de espaldas—. O hablamos bajo mis condiciones o nada. Usted verá.

Ezra parpadeó atónito. Al dirigirle una mirada interrogativa a Hope, esta se limitó a encoger los hombros y componer su cara más inocente.

—No se preocupe, señor MacLeod, mi amiga no es peligrosa. No demasiado, al menos. —Señaló hacia la terraza—. Los vigilaré desde ahí.

Después, caminó hasta apoyarse en la barandilla, en el mismo lugar que antes ocupara Ezra. Cuando comprobó de reojo que MacLeod seguía a Alisa y comenzaban a hablar delante de uno de los cuadros, se deslizó a un lado sin hacer ruido. Se dio prisa en descender la escalinata que llevaba al jardín.

Evelyn debía de estar en el invernadero. Así lo habían planeado. Llevaría allí a su primo, para luego dejarlo plantado con alguna artimaña. En ese momento aparecerían Alisa y ella, y la mayor de las tres trataría de convencerle de las ventajas de casarse con Hope.

Ahora estaba sola.

«No voy a rendirme a estas alturas», se convenció. «Tendré que cazarlo yo misma».

Se agarró la falda del vestido y trató de andar lo más rápido posible. Echó de menos el bastón de Cayden, y más aún cuando tropezó al pasar por delante de la entrada del laberinto.

—Maldita sea esta pierna —resopló.

—¿Quién anda ahí?

Se quedó sin aliento.

Era su voz. A esas alturas, la reconocería en cualquier parte.

Pero Cayden no debería estar ahí, sino en el invernadero. Hope alzó la cabeza y miró en derredor, pero no le vio por ninguna parte.

—¿Señor Dagger? ¿Dónde está?

—Aquí dentro.

La voz provenía de un punto tras los altos arbustos.

—¿Y qué hace dentro del laberinto?

—Venía a buscar a Eve. Debe de haberse perdido.

—¿Quiere que le ayude a buscarla?

—No.

Silencio. Hope alzó las cejas al oír el suspiro frustrado al otro lado.

—Quiero que me ayude a salir.

Se tapó la boca con la mano para no reír y volvió a recogerse la falda del vestido.

—Quédese donde está. Le encontraré y luego buscaremos a Evelyn.

Se introdujo en el laberinto de los Dankworth. Lo recordaba de niña, ya que lo había dibujado decenas de veces mientras estaba asomada a las ventanas de la planta superior, en las pocas ocasiones en que su madre le permitió ir a jugar con los niños de la casa.

Lo recorrió con el corazón bombeándole de anticipación hasta que, al doblar una de las esquinas, chocó contra algo duro. Cuando trastabillaba y se palpaba la nariz por el golpe, sintió que una fuerte mano la cogía del brazo.

—No se caiga, por favor. Lo que nos faltaba esta noche...

Cayden tenía la misma apariencia serena de la fiesta, pero Hope distinguió un leve tono de urgencia en su voz. Al acostumbrarse a la oscuridad, se fijó también en el pelo rubio alborotado y en las hojas que le adornaban las mangas. De nuevo, se contuvo para no soltar una carcajada a su costa.

—Estoy bien, señor Dagger. No soy tan torpe, solo me ha pillado por sorpresa. —Alzó la cabeza con cautela—. Así que ¿se ha perdido?

—No es que me haya perdido, es que no encuentro a Eve.

—Comprendo.

Cuanto más esfuerzo ponía en mantener intacto el orgullo, más gracia le hacía a Hope. Pero sabía que ese no era el mejor camino para llegar a donde quería; no deseaba herirle en su vanidad. Además, el plan consistía en que tuviera una oportunidad de proponerle un matrimonio de conveniencia, ¿y no era lo que habían logrado las tres chicas al final? No se oía a nadie más en el jardín.

Estaban completamente solos.

—¿Cómo lo ha conseguido, señorita Maude?

Se sobresaltó cuando fue él quien habló primero.

—¿El qué?

—Llegar hasta mí tan rápido.

—Conozco el laberinto —contestó Hope—. Mi padre está emparentado con los Dankworth y solíamos visitarlos en tiempos de bonanza.

Cayden asintió. Hubiera jurado que aquello le interesaría, pero rehuyó la mirada y se sacudió las hojas de los brazos mientras hablaba.

—A veces olvido la endogamia de los de su clase. Es un milagro que sigan teniendo candidatos para casarse que no sean ya familia.

—Por eso es tan importante la llegada de sangre nueva.

Supo que eso sí había captado su atención, porque se quedó parado y vio en sus ojos una chispa de curiosidad.

—¿A qué se refiere?

Era el momento. Tenía que decírselo. Hope se retorció los dedos y taconeó con el pie bueno. Pronto, la voz de su madre se introdujo en su mente como un avispón para recordarle que no debía hacerlo. «El pie, Hope». El pie. Los modales. Las formas. La familia.

Bajó la vista y contempló el espléndido vestido verde que llevaba. En medio del laberinto y rodeada del mismo tono, casi parecía camuflarse. Una vez más, no destacaba demasiado.

«¿Crees que vistiendo la caridad de otras conseguirás un marido, querida niña? Tan solo disfrazarás lo que todos saben ya».

Su madre tenía razón. «¿Qué estoy haciendo?».

Por fin detuvo el zapateo y giró el rostro a un lado.

—S-seguro que es Evelyn la que le busca a usted —balbuceó—. Salgamos de aquí y volvamos al invernadero. Puede que su prima haya regresado a donde estaban.

Dándose media vuelta, comenzó a caminar. En unos segundos, oyó los pasos que la seguían. La tranquilizaron el crujido de la tierra y el chasquido irregular de las hojas secas a su espalda.

—Y dígame, ¿qué hace en el jardín? —preguntó Cayden con despreocupación—. ¿Le agobiaba la fiesta?

—Algo así.

—Me he dado cuenta de que le suele pasar.

—¿El qué?

—El que trate de huir. —Hizo una pausa que a Hope se le antojó demasiado larga—. ¿No le gustan estas reuniones?

—No me gustaban. Ahora que tengo la compañía de su prima y de lady Alisa, son más agradables —respondió apresuradamente. Trataba de concentrarse en el camino hacia la salida—. De hecho, antes paseaba con ella y también la he perdido de vista.

—Qué extraño —oyó más cerca. Cayden debía estar pegado a su espalda—. No parece que la hija del marqués de Dorsetshire sea de las jóvenes que se distraen y se pierden con facilidad.

—¿Verdad?

De repente la tomó del brazo. Hope paró en seco. Tampoco es que pudiera ir muy lejos con aquella pierna. Ninguna señorita de bien corría y, desde luego, ella no podía hacerlo.

—¿Qué me oculta, señorita Maude?

Se dio la vuelta con lentitud. Afilados como un puñal, aquellos ojos azules se clavaron en los verdes de Hope y le obligaron a sostenerlos. Tragó saliva antes de responder.

—¿A qué se refiere?

—Esa pregunta la he hecho yo antes y no he obtenido respuesta —contestó él. Bajó la voz, le soltó el brazo y se llevó ambas manos a la espalda—. ¿Por qué ha dicho que volviéramos al invernadero? ¿Cómo sabía que he estado antes ahí con Eve?

No podía haber salido peor. Hope se limitó a encogerse de hombros y esbozar una sonrisa evasiva.

—Su prima quería verlo. Me lo dijo hace días...

—No soy idiota, por mucho que los suyos crean que sí. —Sus palabras no contenían desprecio. Era el lenguaje frío y correcto que solía emplear, aunque Hope sintió que chirriaba en todo su cuerpo hasta recorrer el metal de su pierna—. Lamento que usted también crea eso, ya que me dio a entender con su actitud que no me consideraba así.

—Y no lo hago.

—Entonces ¿qué ocurre? ¿Qué hace aquí sola?

Le sostuvo la mirada. No recordaba haberlo hecho nunca durante tanto tiempo, ni siquiera con su hermano pequeño. Su debilidad era tan clara para el resto del mundo que no deseaba que percibieran a través de sus ojos lo que había más allá, dentro de sí: todavía más vergüenzas y miedos girando en espiral.

Todos los ocultaba, los hacía crecer hasta que la ahogaban y la convertían en una persona opuesta a la niña valiente que había sido antes: una Hope que era apagada y cobarde. Una joven que no quería volver a contemplar en el espejo.

—Quería tener una oportunidad para hablar con usted —se sinceró por fin—. Evelyn me ha ayudado. Y Alisa, también.

Cayden arqueó una ceja. Imperturbable, no movió ningún otro músculo, como si acabara de oír que iba a llover al día siguiente.

—¿Para qué?

—He pensado en proponerle un trato.

El estómago de Hope dio un vuelco al verle cabecear con un gesto socarrón.

—¿Quiere hablar de negocios? Se burla de mí.

—¿Qué? ¿Por qué?

—Porque sé cuál es su situación —respondió Cayden en voz baja, casi tierna—. Y usted también lo sabe. No tiene nada con lo que invertir.

Había perdido de nuevo su interés. Era evidente por la actitud relajada y los ojos distraídos que oteaban algo más allá de ella. Hope bufó con exasperación.

—Quizá sí tenga algo que ofrecerle.

Luego utilizó toda la dureza de su voz y la valentía que escondía para alzar la mano.

—Ya se lo he dicho antes: le propongo un trato. —Extendió los dedos hacia él—. Lo que le ofrezco, señor Dagger, es que se case conmigo.

11

Hope disfrutó de aquellos primeros segundos de desconcierto, aunque no habrían sido evidentes para casi nadie. Sin embargo, tras cientos de veladas apartada y en silencio, había aprendido a observar a los demás y a no dejarse engañar por sus gestos.

Cayden Dagger era una persona difícil de discernir, pero los hombros tensos y las cejas alzadas bastaron para que supiera que le había cogido por sorpresa.

—¿Me ofrece su mano?

—Con una serie de condiciones, claro está.

—Claro está.

Cayden recobró la compostura y ladeó la cabeza. Con rapidez, había regresado al tono impersonal de los hombres de negocios.

—¿Por qué cree que me interesaría casarme?

—Me ha preguntado antes si me gustaban estas veladas. Sé que al menos me gustan más que a usted. El otro día me confesó que le parecían el mismo infierno. Entonces ¿por qué se empeña en asistir a ellas? —Se atrevió a dar un paso más hacia él—. Es evidente: aunque no le guste la sociedad londinense, necesita hacerse un hueco en ella para seguir creciendo. La industria se abre camino a marchas forzadas, pero la clase alta sigue teniendo mucho poder. Poder que usted necesita.

—¿Y cree que usted lo tiene?

Hope soltó una carcajada apagada. Percibió en su risa algo

de la distante fuerza de Alisa. La idea de que de alguna manera estuviera con ella la empujó a seguir.

—No, evidentemente. Pero mi apellido, sí. Por poco dinero que tenga, las apariencias y las influencias entre la nobleza importan. Y eso es lo que necesita. —Hizo una pausa y bajó la voz para añadir—: Si fuera mi marido, tendría como suegro a un vizconde que podría abrirle ciertas puertas.

—¿Las puertas de las casas de juego, quiere decir?

Sabía que la estrategia de Cayden pasaría por dejar las cosas tan claras como el agua antes de tomar ninguna decisión; al fin y al cabo, casarse era una empresa arriesgada. No había dicho aquello para herirla, sino para sondear si valía la pena la inversión, aunque eso no quitara peso al dolor que sintió Hope.

Sin embargo, ella también sabía fingir. No era la primera vez que la herían a costa de su padre. Se encogió de hombros para apartar los miedos, que latían y ascendían desde la pierna sobre la que se sostenía hasta su corazón, y respondió:

—Lord Loughry es un hombre derrochador, no voy a negarlo. Sin embargo, hay algo que no puede apostar ni perder: su título. Y los contactos familiares asociados a él. Eso es lo que usted ansía, ¿no es así? —Movió las manos como solía hacer Evelyn cuando soltaba sus monólogos y continuó—: Si va de mi brazo a cualquier baile, le verán no tanto como un forastero sino como un caballero más próximo a ellos. Hacer negocios a gran escala le resultará más fácil.

Él asintió. Le había convencido en ese punto. Como si hubiera superado con éxito una dura prueba, Hope se permitió relajarse.

—Siempre habla de «ellos», como si esa sociedad —Cayden señaló con la cabeza hacia la mansión iluminada— fuera ajena a usted. Como si no formara parte de ella también.

—No lo niego —reconoció Hope—. Sería absurdo negar lo que soy o cómo me he criado, pero tampoco ocultaré cómo me han hecho sentir. —Sin pensar, bajó la vista hacia su falda—. Porque no soy yo quien se apartó… Fueron ellos.

Supo que él también pensaba en aquella maldita pierna.

Sabía que era otro punto que discutir. Hubiera querido que fuera el último, ya que esperaba que a Cayden lo que más le importara no fuera el aspecto físico. Aunque, si la iba a rechazar por esa razón, lo ideal era que lo hiciera cuanto antes.

—Todos lo saben, así que supongo que usted también es consciente de mi, digamos, problema —continuó Hope. Vio de reojo que él asentía—. No sé si esto le supone algún inconveniente. Es cierto que por culpa de... esto, no puedo hacer algunas cosas. —Apretó los dientes y aspiró por la nariz hasta que pudo añadir—: Bailar es una de ellas.

Esperaba un silencio incómodo, pero Cayden se pronunció al instante.

—Evidentemente, no sé qué tipo de prótesis utiliza, pero dudo que con algunos cambios no pueda hacerlo en un futuro.

La práctica respuesta provocó que fuera Hope quien se sorprendiera esta vez. En un impulso alegre, le agarró del brazo y sonrió de oreja a oreja.

—¡¿Lo dice en serio?!

Él carraspeó incómodo.

—No quiero aventurarme, ya que no conozco a fondo su caso, pero me atrevería a decir que existe la posibilidad —respondió con cierta reserva—. No es nuestro principal negocio, pero hemos diseñado y producido reemplazos antes. Brooks hizo unas cuantas prótesis como la suya hará un año. —Cayden se inclinó—. De cualquier modo, para mí carece de importancia. No le impide hacer vida en sociedad, ¿verdad?

—No.

—Bien.

Se inclinó todavía más hacia ella. Apenas había distancia entre los dos. Ni entre sus bocas. Hope notaba su aliento caliente en los labios. No pudo evitar encogerse al instante y perder la sonrisa. Le temblaban las rodillas. Y había vuelto ese estúpido cosquilleo en su bajo vientre.

—Ya ha dejado claro qué me ofrece, señorita Maude —dijo él con voz aterciopelada—. Ahora, dígame, ¿qué busca en mí? Si ha llegado hasta aquí, será por una buena razón.

«Desesperación», se contestó al instante Hope. «Libertad», se corrigió. «No. Una huida rápida llena de estúpidas ilusiones irrealizables».

—¿Es por dinero?

La joven agradeció que fuera tan pragmático y asintió con alivio.

—Mi padre tiene deudas infinitas y mi hermano no puede ir al colegio ni... a ninguna otra parte, en realidad —reconoció—. Tampoco yo. Sin recursos y obligados a mantener unas apariencias absurdas, no tenemos un gran futuro. Y, si seguimos así, tal vez... Tal vez...

—Tal vez el destino que le espera sea peor que casarse con un hombre de baja cuna muy rico —completó él con sarcasmo.

—Exacto.

En el mismo instante en que lo dijo, supo que era una insolencia, pero Cayden no reaccionó como imaginaba. Sonrió con sinceridad y, poniendo algo de distancia entre ambos, se cruzó de brazos, como si ya esperase esa respuesta.

—Me alegra que sea tan franca: quiere dinero y seguridad.

—Sí, eso es. —Volvió a taconear, aunque en aquel momento apartó las órdenes de su madre de su mente y no dejó de hacerlo—. Porque usted... no apuesta, ¿verdad?

Él perdió la sonrisa.

—Jamás.

—Bien. No querría que se repitiera...

Dejó morir aquella frase cuando notó que él tensaba la mandíbula. Era evidente que conocía los detalles de lo que le había pasado por culpa de las apuestas de su padre.

«Mejor, así no tendré que explicárselo».

—En fin, ya sabe lo que busco —siguió Hope—. Ahora, quisiera hablar de las condiciones.

—Por supuesto. ¿Necesitaré papel y pluma?

Hope arqueó las cejas. No había emoción alguna en su voz. Cualquiera diría que realmente estaban hablando en un despacho sobre un contrato y no en medio de un jardín, a solas, en mitad de un baile de sociedad.

—No son demasiadas, aunque son claves para mí —respondió Hope con la misma apatía—. Además de saldar las deudas, quiero que abra un fideicomiso a mi nombre. Dinero en una cuenta que en un futuro solo tocaré y administraré yo.

No sabía si él regatearía, así que suspiró de alivio cuando le vio aceptar.

—Muy bien. ¿La cantidad...?

—Seis mil libras.

Cayden levantó las cejas en un gesto divertido.

—No quiero ofenderla, señorita Maude, pero esperaba más.

—¿Por qué tendría que ofenderme eso? —Hope frunció el ceño—. En cualquier caso, y ya que lo esperaba, serán más.

Le cogió por sorpresa que Cayden se riera, con una risa corta y auténtica que la hizo envalentonarse.

—¿De qué se ríe? ¿Le sigue pareciendo poco? Puedo aumentar la cifra.

—Me río de mí mismo. No sé cómo he podido caer en semejante error de principiante —resopló él mientras se llevaba una mano al pelo y lo alborotaba más—. En cualquier caso, me parece justo. Si accedo, tendrá ese dinero. ¿Cuáles son las demás condiciones?

—Deseo tener la libertad de ver a mis amigas cuando y como yo quiera. Tampoco es que tenga muchas, en realidad...

—¿Habla de Eve y de Alisa Chadburn? —Hope asintió—. Después de esta noche, ya no tengo tan claro si es buena juzgando a los demás... O al menos a mí. ¿Por qué cree que le impediría verlas?

No quería hablarle de su familia. De las veces que de niña su padre había acabado debiendo dinero a los padres de sus amigas y estropeando sus relaciones. O de las ocasiones, durante esa semana, en que su madre la había amenazado con encerrarla en la habitación y no permitirle salir, para que así no viera ni a una «joven arruinada» ni a una «plebeya deslenguada».

—Entonces —añadió Hope suavemente— ¿eso es un sí?

—No soy un carcelero —respondió Cayden con una fría cadencia—. Aprecio mi libertad tanto como la de los demás. No es mía y tampoco lo será jamás, acceda o no a este trato.

Algo en el interior de Hope, lo que había sido un retazo de esperanza desde que lo había conocido, dio un salto de alegría.

Podría estar mintiendo en eso de permitirle libertad absoluta, pero no tendría por qué. Tampoco se lo imaginaba imponiéndole ninguna de las estrictas normas que le había obligado a seguir su madre durante sus casi veintidós años de vida, lo cual, al margen de las diferencias entre los dos, era un cambio a mejor.

Además, había algo en él que la atraía. Algo que no era concreto ni podía explicar. Una intuición que la imantaba a ese desconocido con la mirada tan afilada como un cuchillo.

—Así que ¿está considerando mi propuesta? —preguntó Hope, cuidadosa.

—Lo llevo haciendo desde que me ha tendido la mano.

Con las dudas asaltándola, Hope se revolvió nerviosa. Sabía que no era la mejor salida para el señor Dagger, pero tampoco creía que él pudiera encontrar nada mejor en poco tiempo. Le permitían asistir a eventos de la alta sociedad solo por su amistad con MacLeod y el dinero creciente de su bolsillo, pero no iría más allá si no conseguía una mejor posición. Esperaba que eso inclinara la balanza hacia ella.

—No quiero ser descortés —musitó Hope—, pero este trato tiene fecha límite.

—Ah, conque esas tenemos. —Cayden esbozó una sonrisa perspicaz—. Está hecha toda una negociadora. Ignoraba que me presionaría de esa manera para…

—No se trata de una estratagema —le cortó—. Es un hecho. Como comprenderá, no es cosa mía. No me hace gracia verme en estas circunstancias. —Tragó saliva al ver que la sonrisa se esfumaba en la cara de él—. Lo que quiero decir es que voy a contrarreloj. Mi familia tiene otros planes para mí.

—A juzgar por lo que sé de los de su clase —masculló Cayden—, no puedo imaginar un candidato a marido peor que yo.

—No me refiero a un matrimonio.

Se hizo un abrupto silencio. Tras unos tensos segundos, Hope carraspeó para romperlo.

—En resumen, esta propuesta no durará para siempre. Yo...

—Está bien.

Al principio no creyó entenderle, así que volvió a aclararse la garganta.

—Disculpe, ¿qué...?

—Que está bien —dijo con rudeza—. Acepto.

A Hope no le dio tiempo a reaccionar antes de que él continuara, sin cambiar un ápice el tono frío de su voz:

—A cambio, señorita Maude, tiene que prometerme que hará todo lo posible por ayudarme a conseguir cuantos contactos necesite.

—P-por supuesto.

—A ayudarme en sociedad —siguió él—, a presentarme a todo aquel emparentado con su familia que tenga interés para mí.

—Claro que sí. —Hope pensó en la ristra de primos a los que odiaba con todas sus fuerzas, quienes la habían despreciado en silencio durante años y con los que tendría que retomar el contacto—. Lo haré.

—Su padre —continuó Cayden— forma parte de la Cámara de los Lores.

—Sí.

«Aunque no lo merezca».

—Bien. Entonces solo nos falta sellar el trato. Y, se lo advierto, soy un hombre de palabra. —Entrecerró los ojos, lo que bastó para que Hope sintiera un escalofrío—. Si accede aquí y ahora, no habrá vuelta atrás. Nos casaremos en cuanto sea posible.

Hope tragó saliva. Apenas llegaba luz desde las ventanas de la mansión, pero sus ojos habían acabado acostumbrándose del todo a la oscuridad y podía observar a Cayden con más detalle.

Parecía incluso más grande e impresionante que la noche en

que se habían conocido. La camisa blanca le realzaba la piel morena. La chaqueta y corbata negras, el pelo rubio. El chaleco gris se ajustaba a la perfección a su abdomen. Todo en él parecía tan magnífico como inalcanzable: el traje entallado, el reloj plateado que le asomaba del bolsillo (y que imaginó que sería otro invento de Brooks), la mandíbula marcada, los labios definidos y cerrados, sin emoción.

De nuevo, Cayden no mostraba más sentimiento que la determinación de un hombre acostumbrado a conseguir lo que quería, sin que en realidad lo delicado de la situación le alterase lo más mínimo. No había pasión en aquel pacto, solo pros, contras y condiciones que aceptar con un apretón de manos.

Contempló la mano de él extendida ante ella, esperándola. Era grande y estaba enguantada, igual que la suya. La prenda era blanca, bien confeccionada. Gracias a Evelyn, ella también tenía unos guantes nuevos. Los estrenaría para sellar una propuesta de matrimonio. Una que había iniciado ella misma.

Nunca hubiera imaginado que algo así pudiera ocurrir. Aunque, en realidad, la Hope niña sí había fantaseado con ser ella quien diera aquel paso. Y al final, en un mundo en el que los hombres eran quienes escogían, había logrado volver las tornas.

«No está mal para la Coja Loughry».

Por fin extendió la mano y estrechó la de Cayden.

No era la primera vez que se tocaban, pero sí la primera en que el contacto era más estrecho. Sintió su fuerza, a pesar de que no se movió arriba y abajo, como solían hacer los hombres cuando cerraban negocios. Ambos permanecieron muy quietos. Percibió la calidez de su piel, que atravesaba la tela blanca. Le recordó al calor de su coche, a esa ocasión hacía días en la que habían compartido un silencio vibrante. Una conversación de igual a igual. Una despedida extraña cargada de preguntas.

No tenía que ver solo con la ausencia de frío. Había algo más allá. Una promesa de atención. De refugio. De amor.

«O quizá, una vez más, solo fantasee con lo que desearía».

Se dio cuenta de que llevaban demasiado tiempo así e hizo el amago de apartarse. Cayden no la dejó. Le dio la vuelta a su mano hasta dejarla boca arriba para, después, uno a uno, tirar de cada dedo hasta quitarle el guante.

—¿Qué es esto?

La joven, aturdida por el gesto, tardó en entender que se refería al cardenal que tenía en la piel. Ya solo quedaba un tono morado pálido como única señal de la noche en que, en la soledad de su dormitorio, se había mordido el dorso de la mano por pura frustración. Justo después del baile. «El mismo baile en que le conocí».

—Ah, no es nada. —Sonrió nerviosa—. Fue un accidente.

Él entrecerró los ojos, poco convencido.

—¿Lo dice en serio?

—¡Sí, claro!

—Ya. ¿Está en peligro en su propia casa? ¿Necesita ayuda? —Le tomó la barbilla con la otra mano para alzar su rostro hacia él—. Si es así, dígamelo. Puedo ayudarla.

Notaba su aliento más cerca. Tragó saliva. Cuando, tras hacerlo, Cayden le rozó el labio inferior con la yema del pulgar, cayó en que sería incapaz de resistirse a nada que le pidiera.

—N-no se trata de eso...

—¿Necesita que nos casemos ya? ¿Esta noche? Podría hacerse.

El tono áspero de Cayden le provocó un escalofrío que le recorrió la espalda.

—¡Oh, no, no, no! No es... —Hizo una pausa—. Fui yo. Me lo hice yo misma.

Notó que se quedaba repentinamente inmóvil. ¿Debería haberle mentido, haber seguido insistiendo en que había sido un accidente? Y en realidad, lo era. Ella no buscaba hacerse daño, más bien aplacarlo. Solo había sido un impulso.

Y en ese instante Cayden llevó a cabo otro, porque se inclinó y le besó la mano.

El calor de su aliento le erizó la piel. La caricia de sus labios sobre el moratón le generó una repentina sensación de vértigo, como si perdiera pie y, de pronto, ni siquiera estuviera sujeta al suelo.

Mientras se recomponía, Cayden aprovechó para guardarse el guante en el bolsillo. Luego le soltó la mano con delicadeza, como si no hubiera pasado nada.

—Ahora —empezó a decir él— deberíamos encontrar a Eve.

—¿Qué?

—A Eve —repitió—. Sigue perdida en el jardín, ¿lo recuerda?

—Ah, sí —dijo con un hilo de voz—. Por supuesto.

Cayden permaneció quieto y se limitó a observarla. Algo tarde, Hope se dio cuenta de que estaba esperando a que ella le señalara el camino. Con el paso más acelerado que podía mantener, se dirigió hacia la salida.

Justo cuando atravesaban el arco final del laberinto, oyó un grito entusiasmado.

—¡Te estábamos buscando! Alisa está en el invernadero. Ha tenido que distraer a MacLeod con *no-sé-qué*, así que, como te imaginarás, no está nada contenta. ¡Vamos para allá! Oh. —Eve miró detrás de su amiga y sus pupilas se hicieron diminutas. Por primera vez, Hope vio que la vergüenza recorría a Evelyn Boulanger—. ¡Ah, ahí estás, primo! ¿Qué tal? Te he perdido de vista... ¿Te habías extraviado?

—Gracias por preocuparte, Eve. Ya me he encontrado... y no gracias a ti.

Hope no quiso volverse hacia él, todavía a su espalda tras la caminata. En su lugar, buscó ayuda en los ojos de Evelyn, aunque esta parecía más interesada en disculparse.

—Es que he visto un insecto que era digno de atención, Cay, en serio, y no he podido evitar seguirlo...

—Estoy seguro —le cortó su primo—. Espero que no te haya picado. Buenas noches, Eve. Buenas noches, señorita Maude.

Ella se limitó a asentir como despedida. Después oyó alejarse aquellos pasos que ya reconocía hasta en la más absoluta oscuridad.

—Dios santo, ¿has visto el brillo en sus ojos? ¡Pensé que iba a matarme! —chilló Evelyn—. ¡Lamento que no se haya quedado donde debía! Qué bicho inquieto es, ¡incorregible! Pero os habéis encontrado, ¿no es genial? ¡Aunque no dudaba que tendrías éxito! Porque lo has tenido, ¿no? —Ante el silencio de Hope, Evelyn compuso una expresión de horror—. ¡¿No te habrá hecho algo?! ¡Lo mato!

—No, tranquila. —Hope tiró de ella y se dirigió al invernadero—. Pero quiero contárselo también a Alisa. ¡Deprisa!

En un par de minutos, las dos resollaban en la puerta acristalada del invernadero.

—¡Es imposible correr con estos malditos corsés del demonio...!

—Imagínate con una pierna que pesa un quintal —se rio Hope.

—¡Ahí estáis! Estaba a punto de ir a por vosotras.

Alisa se levantó de uno de los bancos junto a los parterres de flores. A diferencia de sus amigas, no tenía un pelo fuera de su sitio y su piel nívea estaba tan perfecta como en el instante en que había comenzado el baile. Recorrió de arriba abajo a las dos chicas y reparó enseguida en la mano de Hope.

—¿Por qué solo llevas un guante? ¿Qué ha pasado?

Hope caminó hasta ella y sonrió.

—Lo tiene él.

Aquello bastó para que Alisa pasara de la preocupación a la sorpresa y del asombro a la alegría absoluta. En un arrebato, abrazó a Hope, que ahogó una exclamación al quedarse sin aliento.

Alisa tenía más fuerza que Evelyn, pero, desde luego, nadie esperaba de ella esa muestra de emoción explosiva.

—¡No hagáis estas cosas sin mí, *diablesses*!

Evelyn se lanzó hacia las dos y las estrechó por la cintura, hasta que Hope movió uno de los brazos para incluirla. Las tres rieron bajo el techo de cristal, con las flores como únicas testigos de su celebración.

Nada parecía capaz de ensombrecer aquella victoria. Sin embargo, más tarde, cuando volvían a la fiesta, Hope se preguntó por un momento si habría dado un paso en falso hacia un destino peor del que imaginaba.

Si en lugar de a un frío salvador, no le habría estrechado la mano al mismo diablo.

Cayden no sabía cómo sentirse. ¿Como el diablo? Podría serlo, en realidad. Acababa de acceder a casarse con una mujer que, estaba seguro, no se merecía.

Como había sospechado en cuanto la conoció, Hope era valiente. ¿Qué dama, de buena cuna o plebeya, se atrevía a pedirle matrimonio a un hombre? Y sabía de sobra que tampoco es que él fuera fácil. Los días anteriores debía de haberla confundido con su conducta hacia ella, pero es que ni siquiera él sabía cómo comportarse en su presencia.

Su cuerpo le pedía una cosa. Su buen juicio, otra. Y su corazón parecía olvidarse de hacer bien su trabajo cuando Hope Maude estaba cerca.

Llevaba noches sin dormir. Porque en todos sus malditos sueños aparecía ella. Desnuda, vestida, tentadora o esquiva. Había llegado a pensar que estaba empezando a volverse loco.

«Teniendo en cuenta lo que acabo de hacer, tal vez ya lo esté».

Sin que supiera cómo, sus pasos le guiaron de vuelta a la mansión. En la terraza, le sorprendió ver a Ezra. O, más bien, la expresión que tenía. Parecía alterado, como fuera de sí.

—¿Qué pasa? —le preguntó en cuanto llegó a su lado—. ¿Una mala noche?

—Más bien una conversación incomprensible con una dama incomprensible —bufó MacLeod—. ¿Y tú? ¿Dónde demonios estabas? Te he buscado por todas partes.

—¿Por qué esa insistencia? —Arqueó una ceja—. ¿Ya no aguantas ni un tedioso baile sin mí?

—Tenía un mal presentimiento. —Ezra se pasó una mano por el pecho—. No soy supersticioso… pero nací cerca de Escocia. Bien se dice allí que más le vale a un hombre hacer caso de su intuición. Sobre todo cuando le advierte de malos presagios.

Cayden, de fuertes raíces prácticas, se rio entre dientes a su costa.

—¿Y qué te decía esa poderosa intuición tuya?

—Que ibas a meterte en un enredo bien gordo. —Alzó las cejas—. ¿Y bien, Dag? ¿He acertado? ¿Te has metido en algo peligroso?

Esperó unos segundos antes de responder.

—Digamos que sí —reconoció—. Voy a casarme.

Ezra también esperó un momento para coger aire.

—No me lo puedo creer. —Parecía más enfadado si cabe—. ¡Es una arpía! ¿Por eso me ha retenido con esas paparruchas sobre invertir en la Dagger? ¡Te advertí de que no te enredaras con una mujer más fría que tú si no querías congelarte!

Cayden frunció el ceño sin comprender.

—¿Con quién crees que voy a casarme? No diría que Hope Maude es fría. —Desvió la mirada a lo lejos—. De hecho, me parece que ella...

—¿Hope? ¿La hija de ese vizconde manirroto? —La expresión de Ezra se suavizó de inmediato—. ¡Ah! ¡Olvida lo que he dicho! Ya sabes qué opino del matrimonio, pero, de entre todas tus horribles opciones, desde luego que la señorita Maude no es la peor... ¡Y está de buen ver! Quitando lo de la pierna, tiene unas estupendas...

—Ezra —le cortó—, cállate antes de que me arrepienta de haberte dicho una sola palabra.

MacLeod se rio, cogiéndole de los hombros y tirando de él hacia el interior de la casa.

—Y dime, ¿cómo ha pasado? ¿Te has arrodillado? Dime que sí. Dime que te has humillado de todas las formas posibles.

—En realidad, ha sido ella quien me lo ha propuesto a mí.

El noble frenó en seco. Se giró hacia Cayden, levemente inclinado para que pudiera pasarle el brazo por los hombros.

—Bromeas.

—No.

—Por Dios santo... Este increíble milagro hay que remojarlo con un buen vino. O, mejor, con dos buenas...

—Ezra.

—... copas de coñac. ¿En qué estabas pensando? ¡Mente depravada! ¿Es que la perspectiva de tu noche de bodas te ha nublado la mente?

Cayden, en respuesta, refunfuñó algo incomprensible.

—Me callaré antes de que me retires la invitación a tu boda. —Ezra sonrió—. Porque por nada del mundo querría perderme cómo saboteas tu libertad por un puñado de pecas.

12

Cayden había conseguido esquivar a Evelyn desde el baile, a pesar de que su prima nunca le ponía las cosas fáciles. En cualquier caso, ya nada superaría el trayecto que había sufrido tras la fiesta de los Dankworth, en el que Evelyn había asegurado con todos los chillidos entusiasmados posibles que acababa de tomar la mejor decisión de su vida.

Sin embargo, esa mañana necesitaba verla. Necesitaba su ayuda.

Golpeó con la aldaba el portón de la casa de los Boulanger y, por suerte, fue su tía Bess quien abrió.

—Me ha dicho un pajarito que vas a casarte —canturreó en cuanto le vio.

—¿Puede dejar Eve de contárselo a todo el mundo? Todavía no es un compromiso firme. Necesito pedir el consentimiento de los vizcondes Loughry.

—Yo no soy «todo el mundo» para ti, sobrino —dijo Bess con un falso tono de ofendida—. Y si buscas el consentimiento de esa gente, me temo que te has equivocado de puerta.

—Vengo a buscar a la indiscreta de tu hija —rezongó Cayden al entrar al vestíbulo—. Está aquí, ¿verdad?

—Durmiendo, ¿por qué?

—Si son las ocho de la mañana…

—Tienes que dejar de pensar que el resto de Inglaterra va a tu ritmo, querido —se rio la mujer—. La mandaré llamar. Mientras la esperas, pasa y toma un té conmigo. Últimamente solo vienes a ver mi marido o a mi Eve... Voy a acabar ofendiéndome de verdad.

Cayden le dio un beso rápido en la sien para calmarla, lo que, como imaginaba, consiguió en un segundo. Su tía soltó una risita y le agarró con fuerza del brazo para llevarle hasta la biblioteca.

Era igual que Evelyn, solo que más oronda, con cincuenta años y el pelo tan rubio que brillaba casi blanco. Le obligó a sentarse a un palmo de ella mientras servían el té con leche.

—Dime, ¿cómo es tu futura esposa?

—Es... —Cayden titubeó— una aristócrata.

—¿Voy a tener que usar las pinzas de ese bastón tuyo? —resopló Bess—. Sé claro, sabes que adoro saber más sobre esas pájaras de plumas vistosas. En especial sobre las que no me invitan a sus salones para contemplarlas...

—Se llama Hope. Hope Maude. —Bess parpadeó con indiferencia—. Es la hija de un vizconde. De lord Loughry.

—Oooh. —Su tía alargó la vocal sin mucho entusiasmo—. Espléndido. Cuéntame, ¿por qué la has elegido?

—Ella me ha elegido a mí.

Eso sí que le provocó una reacción, aunque Cayden no esperaba que fuera una tan exagerada.

—¡¿Se lanzó en mitad de un baile?! ¿Dañó tu reputación? ¡¿O tú la suya?! Quiero todos los detalles.

—¿Qué dices? No. Lo que quiero decir es que ella me lo propuso a mí.

Las manos de Bess, que en ese momento aferraban las solapas de la chaqueta de su sobrino, se separaron despacio para taparse la boca.

—¿En serio? —Apretó un puño en el aire—. Me gusta su arrojo. ¡Encajará bien en la familia! ¿Y qué te propuso?

—Un matrimonio de conveniencia.

—Conociéndote, eso ya lo imaginaba...

—¿Lo imaginabas?

—Pero ¿por qué te lo propuso? —continuó Bess—. ¿Está desesperada?

—No encuentro otra posible explicación para que desee que me convierta en su marido —ironizó Cayden.

Adoraba a su tía Bess, pero no quería contarle los pormenores del trato entre ellos, ni mucho menos desvelar los problemas de Hope. Su pierna, las deudas de su padre, la insinuación de que su familia buscaba una salida para ella «peor que el matrimonio»... Dudaba de cuál de todas esas circunstancias era la peor. Se enfurecía solo de pensarlo.

Y no es que pensara poco en todo eso. Llevaba desde entonces dándole vueltas a cada palabra de la conversación que habían mantenido en el jardín. Antes de que le encontrase perdido dentro del laberinto, estaba pensando precisamente en ella (y en matar a Evelyn). Luego, como si la hubiera atraído de algún modo, había oído que tropezaba al otro lado de los arbustos.

Hope no solo le había sacado de allí, sino que le hizo la propuesta más sorprendente e inesperada que había recibido en años. Cayden se esforzaba en que nada le cogiera de improviso; nunca habría imaginado que sería ella quien le dejara sin palabras.

Aunque, tenía que reconocerlo: lo había hecho desde el mismo instante en que la había visto.

—¿No encuentras ninguna explicación? —preguntó Bess con retintín—. A lo mejor está enamorada de ti. —Hizo una pausa que usó para señalarle con el dedo—. ¡Oh, por favor! ¡Ni se te ocurra poner esa cara!

Cayden frunció el ceño.

—No he puesto ninguna.

—Sí, has puesto esa odiosa expresión de sabelotodo. La que clama «no digas otra locura, tía Bess, o me largo de esta casa».

—Ah. Si es así, entonces sí: la he puesto.

—Mi niño bobo... —La mujer le agarró del rostro para acercarlo al suyo y plantarle un sonoro beso en la mejilla—. No tengo ni idea de cómo ha sucedido nada de esto, pero me alegro por ti. Era lo que deseabas, ¿no es así? Pertenecer a ese mundo tan brillante como un soberano recién acuñado. Solo espero que sea una buena dama. Y que no te deje sin un penique ni llorando por su amor en las esquinas.

—Claro que...

—Ni que tú tampoco se lo hagas a ella. —Tiró de él hasta que sus miradas quedaron enfrentadas a apenas un dedo de distancia—. Tu padre, mi difunta cuñada y yo criamos a un caballero decente. Ni se te ocurra decepcionarme.

—Mamá, basta. ¿Quieres dejar de amenazarle? Hope es maravillosa y Cayden es un patán, pero estoy segura de que la tratará bien... o se las verá conmigo primero.

Tía y sobrino se giraron hacia la voz adormecida que los había interrumpido. Evelyn había aparecido en medio del salón vestida con un camisón, el largo pelo rubio suelto hasta la cintura y marcas de la almohada en la mejilla.

—¿No podías haber bajado ya preparada? —gruñó Cayden.

—¿Para qué? La doncella solo me ha dicho que mamá mandaba llamarme. Y normalmente lo hace solo para enseñarme alguna revista de cotilleos.

—Esta vez es tu primo quien te reclama, no yo —dijo Bess de buen ánimo—. Sabes que nunca te despertaría tan temprano, pichón.

—No seas mentirosa —refunfuñó Evelyn mientras se acercaba hasta ellos—. ¿Y bien, Cay? ¿Qué quieres de mí?

—Que te vistas —contestó él con suavidad—. Necesito tu ayuda para comprar algo.

—¡Te burlas de mí!

—En absoluto. Aunque, si tardas demasiado —Cayden miró su reloj de bolsillo—, me marcharé a Bond Street sin ti.

—¿A Bond...? —De pronto, Evelyn calló y se llevó las manos a los labios, igual que había hecho su madre antes que ella—. ¿En serio, de compras? ¡Haberlo dicho antes! ¡Dame cinco minutos!

Salió corriendo escaleras arriba como un ciclón. Bess, riendo para sí, se inclinó para tomar la tetera de la mesa.

—Tardará diez, como mínimo. ¿Más té, sobrino?

En realidad, fueron veinte. Cuando la joven estuvo lista, los dos se despidieron de Bess y subieron al coche de Cayden. El conductor ya sabía adónde debía llevarlos, así que el carruaje se movió en cuanto se cerró la portezuela.

—¡Qué misterio! ¿Qué es lo que quieres comprar con tanta insistencia?

Cayden se cruzó de brazos y esquivó a Evelyn contemplando la ventanilla. En la calle solo se veía a los trabajadores que se dirigían a sus puestos de trabajo o bien salían de ellos. Ni rastro de ninguna dama o caballero de la alta sociedad. Esa era la razón por la que Cayden había decidido hacer aquello tan temprano: no habría ojos ni oídos indiscretos. Y odiaba comprar con toda una marabunta de aristócratas mirándole por encima del hombro.

—Si eres lista, lo adivinarás.

Mientras se alisaba la falda del vestido, Evelyn arqueó una ceja.

—Odio que te hagas el misterioso. ¡Te recuerdo que estoy aquí para ayudarte, desagradecido!

Su primo sonrió de medio lado; por las mañanas, en especial si la despertaban antes de tiempo, Evelyn tenía menos paciencia de la normal. No creía que aguantase demasiado bien la incertidumbre, así que rebuscó en su chaqueta hasta encontrar lo que llevaba encima desde hacía un día.

«Un día y ocho horas, exactamente».

—¿Un guante? —se extrañó Evelyn al verlo. En sus ojos destelló enseguida una chispa de comprensión—. ¡Es mío! ¡El que le presté a Hope!

Se inclinó en el asiento para cogerlo, pero Cayden se lo impidió al volver a guardárselo con rapidez dentro de la chaqueta.

—Ahora ya lo sabes —dijo en voz baja—. Iremos a unas cuantas tiendas.

—Quieres comprarle un par de guantes. —Evelyn pronunció cada palabra por separado con aire de decepción—. Como regalo de bodas, ¿no es algo soso?

—¿Eso crees? En fin, si no lo has adivinado ya...

Evelyn refunfuñó y se arrebujó en el asiento sin mediar palabra. Sin embargo, en cuanto el cochero se detuvo, volvió a la vida. Bajo el refugio del paraguas que había inventado Brooks, los primos recorrieron varios comercios. Aunque Eve le señaló algunas prendas que aseguró que le gustarían a su amiga, Cayden no se decidió por ninguna. Las contemplaba en silencio y negaba impasible.

—Ni mamá es tan difícil —se quejó Evelyn—. ¿Qué pretendes encontrar?

—Algo... cálido.

—¿Cálido? —Evelyn se detuvo en mitad de la acera—. ¿Y eso por qué?

—Tenía las manos frías —dijo Cayden con aire ausente—. En el jardín.

—¿Cómo lo sabes? A menos que... —Evelyn se echó a reír—. Así que algo cálido, ¿eh? ¡Menudo canalla! En ese caso, unos guantes de paseo estarían bien. De terciopelo. Ahora se han popularizado los de color rosa melocotón...

—Verdes mejor —la cortó Cayden.

—Qué poco gusto tienes para la moda, primo. ¡Conozco a una modista estupenda que te convencerá, vamos para allá!

Le agarró de nuevo del brazo para que continuaran avanzando, aunque no consiguió moverle ni siquiera un palmo. Su primo se había quedado inmóvil contemplando algo al otro lado de la calle. La joven siguió con curiosidad su mirada y sonrió de oreja a oreja en cuanto vio el escaparate.

—¿Para eso querías el guante? —Cayden se encogió de hombros—. Podrías haberme preguntado por su talla de dedo, no hacía falta que te lo quedaras.

—Era más rápido —se excusó.

—Así que, en realidad, ¿es *eso* lo que hemos venido a buscar? —Ante el silencio de él, volvió a darle un tirón—. ¡Podríamos haber ido allí en primer lugar! ¡Vamos!

Salieron de la tienda a los cinco minutos. Cayden solo había necesitado echar un vistazo al muestrario para señalar una de las piezas. A regañadientes, durante la compra había aceptado entregar el guante de Hope a un tendero aterrorizado por su mirada de hielo.

En cuanto estuvieron de vuelta en la calle, Evelyn extendió una mano abierta hacia él como si le pidiera limosna.

—¿Qué pasa, Eve? —La miró—. ¿Quieres que te compre algo para recompensarte?

—No, aunque ahora que lo dices, un detalle no estaría mal —canturreó ella—. Lo que te ofrezco es devolverle el guante a Hope de tu parte. Como eres «don señor ocupado», es posible que la vea antes que tú.

Cayden metió la mano en el interior de la chaqueta. Pero se quedó inmóvil y, tras un par de segundos, volvió a sacarla vacía.

—Se lo devolveré yo —dijo con lentitud—, en cuanto la vea.

«No sé quién oculta peor el interés por el otro», se rio Evelyn para sus adentros, «si la pobre Hope o el tonto de Cay».

—Antes de avanzar a la siguiente tienda, primo, ¿qué te parecería comprar un ramo?

—¿Unas flores? —Pareció meditarlo—. ¿Cuáles le gustan?

—Para mí, idiota —se rio Evelyn—, ¡como detalle por aguantarte toda la mañana!

Al ver a su primo balbucear una excusa, la chica volvió a reír.

—Además, Cay, lamento decirte que no sé cuáles son las flores favoritas de Hope. —Le miró de soslayo—. En general, te confieso que no acabo de entender los gustos de esa chica...

Hope estaba enfrascada en el arreglo de otro de los vestidos de Evelyn cuando llamaron a la puerta principal. Su madre, extrañada, levantó la cabeza desde el otro sofá y la fulminó con la mirada.

—No espero a nadie —se excusó ella con un hilo de voz.

—Ve a abrir —le ordenó lady Loughry—. Gladys está comprando y no sé si queda alguien en esta casa que no esté sordo o sea un holgazán.

Hope apartó la tela a un lado y cojeó hasta el vestíbulo. Aunque el trayecto era corto, quien llamaba se las arregló para golpear cinco veces con la aldaba. Antes de abrir, imaginó quién era.

—Buenos días, lord Loughry.

Se hizo a un lado para que su padre pasara junto a ella como un ciclón. Las ojeras, el olor a alcohol y uno de los botones de la camisa mal abrochado bastaron para intuir dónde había pasado la noche.

—¿Y mi esposa? —susurró.

—En el salón blanco.

—No la avises de que he regresado.

—Es imposible que no le haya oído —replicó Hope con aspereza. Lady Loughry, como si tuviera un sexto sentido, gritó en aquel momento que se diera prisa y volviera con ella—. ¿Qué quiere que le diga?

—Cualquier cosa. —Su padre se dirigió a las escaleras sin siquiera mirarla—. Por una vez, sé una chica lista.

Hope se pinzó la nariz con los dedos y suspiró. Ya había renunciado a comunicarse con su padre o esperar cualquier cosa de él, mucho menos una disculpa. Aun así, tras el segundo grito de Beatrice, tuvo ganas de seguirlo y encerrarse en cualquier cuarto de la mansión hasta que pasara la tormenta.

Otro golpe en la entrada detuvo cualquier intento de huir u obedecer. Volvió a aproximarse a la puerta principal y la abrió, esta vez con más cautela.

—¿La Honorable señorita Hope Maude?

—Sí, soy yo.

El mensajero le entregó un paquete alargado, del tamaño de un libro, que Hope recogió con extrañeza. También con algo de miedo.

«¿Será de lord Swithin?».

Sin embargo, la intuición le susurró que no provenía de él.

Con el carraspeo del recadero, la chica volvió a la realidad. Le dio las gracias y se afanó en buscar una moneda. Por fin, encontró una de tres peniques; al entregársela, sospechó por la expresión del mensajero que no era mucho, pero era todo lo que podía darle.

No se percató de que sus pies la conducían de vuelta al salón hasta que, una vez allí, Beatrice interrumpió sus pensamientos.

—¿Qué es eso que aferras con tanto ímpetu?

Hope lo acercó a su pecho y negó con lentitud.

—Nada.

—No seas boba, niña, enséñamelo.

Ignorándola, Hope regresó al sofá donde había estado cosiendo y abrió el sobre con la nota. Con una letra sencilla, sin manchas ni borrones de tinta, se leía:

Lamento que la otra noche me quedase con su guante. Necesitaba conocer el tamaño de su dedo para elegir un anillo y hacer una proposición adecuada de cara a su familia. Espero que estos le sirvan como compensación.

La visitaré mañana.

Cayden Dagger

No había despedidas cariñosas, saludos ni cortesías. Tendría que haberse escandalizado, pero en cambio sonrió en silencio. El señor Dagger no decoraría con mentiras el trato que habían firmado, como seguro que habrían hecho otros caballeros de alta cuna.

Su alegría se esfumó al comprender que el gesto que había creído romántico no lo era en absoluto. Cayden no se había quedado su guante porque quisiera algo suyo, sino porque era la manera más práctica de saber su talla.

«Fantástico. Alisa tenía razón: desde luego, no me espera un matrimonio lleno de amor precisamente…».

—¿Me quieres explicar ya qué es eso?

Hope levantó la vista hacia su madre y accedió en silencio. Dentro de la caja, envueltos en papel de seda, había un par de guantes de color verde, con el interior forrado de suave terciopelo negro.

—¡Qué regalo tan indecente! —bufó Beatrice—. ¡Guantes!

¡Eso solo se regala entre amantes! Indecoroso... Dime, ¿son de algún admirador maleducado o de ese especulador *vendechatarras* del que me hablaste?

—¿Acaso le importa de quién provengan?

—Claro que sí. Más vale ser la amante de un conde que la esposa de un... —La mujer calló y alzó enseguida la nariz con suficiencia—. Te lo he dicho ya, tienes que dejar de acercarte a esa gentuza, querida niña, o acabarás manchada de hollín.

—Ya lo estoy, madre, y sin salir de mi propia casa.

Lady Loughry la observó atónita. No reconocía a su hija. Desde que había trabado amistad con aquellas dos solteronas, Hope no hacía más que mostrarse rebelde. Pensaba que tenía que rebajarle los humos cuando llamaron de nuevo a la puerta.

—¿Qué pasa hoy, por el amor de Dios? —refunfuñó Beatrice. Cuando Hope fue a levantarse, la detuvo con un gesto—. Iré yo. A la velocidad a la que te mueves, no acabaremos nunca.

La chica siguió a su madre con la mirada y, solo cuando desapareció por la puerta, volvió a dirigir su atención a la nota. La letra de Cayden no tenía nada que ver con la caligrafía retorcida y enrevesada que Beatrice se empeñaba en que usasen su hermano y ella. Se lo imaginó inclinado en su despacho, trabajando rodeado de papeles y cogiendo un trozo de papel cualquiera para garabatear aquello sin pensar.

Seguro que ni siquiera había elegido él mismo los guantes. Aunque, si le hubiera pedido ayuda a su prima, Evelyn la habría avisado enseguida. Eran amigas, y las amigas se contaban ese tipo de cosas, ¿no?

El color de los guantes era de un verde parecido al de los arbustos del laberinto. «¿Será un mensaje oculto? ¿Querrá decirme algo?».

Enseguida lo descartó. «Es imposible. Será solo un tono de moda».

Acarició la tela y se la acercó al rostro para aspirar su aroma. No sabía cómo estaba tan segura, pero supo que olía a él. A jabón y a sándalo. A verdad pura, sin nada artificial ni floral que ocultara el fondo.

De nuevo, tenía ganas de dibujar. Esta vez, sus manos. Las de Cayden y las de ella, unidas. «Tengo que volver a verle si quiero reflejarlas bien», pensó.

Un cosquilleo le recorrió la columna cuando cobró consciencia de que pronto podría hacerlo cuando quisiera. Estaría ligada de manera irremediable a él. Y a la vez, liberada.

—Niña, ¡ahora ha llegado algo mucho más interesante!

«Sobre todo lejos de mi madre».

Lady Loughry llegó canturreando con un enorme ramo de flores. Hope se animó al ver el nuevo regalo, hasta que se fijó con más atención en el ramillete. La misma elección de plantas y el mismo color: un rojo intenso y, por lo que pudo ver al acercarse, un mensaje de una sola línea.

—Tu admirador no se cansa, ¿eh? —susurró su madre con aire seductor, pasándole las flores—. No seas tonta y contesta a sus atenciones esta vez. Creo que ya sabes quién está detrás de ellas y puede que su oferta expire pronto. Dile que sí. Dile que cuando quiera.

El olor era embriagador. Demasiado fuerte. Hope arrugó la nariz y paseó por el salón con el ramo en los brazos, buscando un lugar en el que deshacerse de él.

—¿No lees el mensaje, querida niña?

—Imagino qué pone —gruñó.

—Puedes leerlo en la intimidad de tu habitación, si lo prefieres... ¿Por qué no subes a tu cuarto con ellas?

—Porque no.

—Hope, tienes que dejar de gruñir así. —Beatrice se sentó de nuevo y entrecerró los ojos—. ¿Quieres que sea yo quien conteste por ti? No me supondrá ningún problema imitar tu diminuta letra.

Su hija quiso replicar cuando dio un paso más y golpeó sin querer el atizador de la chimenea, haciendo que este cayera al suelo. Se le había olvidado que estaba ahí; no lo usaban demasiado. En ese momento, solo unas brasas casi muertas se consumían en el hogar.

Las contempló un instante, como hipnotizada. El rojo

que se escondía entre el hollín y la ceniza era menos vivo que el de las flores. No estaba segura de cuál resultaba más peligroso.

Aspirando una profunda bocanada de aire, Hope lanzó el ramo a la chimenea.

En cuanto lo hizo, el chillido lastimero de lady Loughry se elevó en el salón. Hope se hizo a un lado al ver como su madre se acercaba como una exhalación y observaba los primeros pétalos arder.

—Respóndale eso a lord Swithin, ya que usted parece conocerle tan bien —masculló Hope. Beatrice se había quedado inmóvil, así que su hija aprovechó para inclinarse hacia su oído y susurrar—: No olvide darle las gracias por enviar algo con lo que calentarnos. Desde luego, nos hace falta.

Después se dirigió al sofá, cogió el vestido a medio arreglar, los guantes, la nota y, por fin, siguió a su padre escaleras arriba.

Beatrice volvió a ponerse blanca como el papel cuando su hija anunció ese mismo día, durante la cena, que un hombre los visitaría a la tarde siguiente.

—¿Un caballero? —La sonrisa de la vizcondesa vibró—. ¿Quién...?

—El señor Dagger —se apresuró a contestar Hope. Con el tenedor, removió distraída la comida en su plato—. Creo que su intención es... pedir mi mano.

Los sonidos de la vieja casa coparon el silencio del salón. Hasta Henry, siempre con un apetito voraz, dejó los cubiertos congelados en el aire.

Sorprendentemente, fue lord Loughry quien recuperó primero el color en el rostro.

—¿Puedes repetirme una vez más quién es ese caballero? —le pidió.

La voz y las manos del vizconde temblaban. Echándoles un disimulado vistazo, Hope se preguntó si ya estaría ebrio a esas horas.

—El señor Cayden Dagger —repitió en voz baja—. Creo que le conoce...

—Sí, sí, por descontado, ¡quién no le conoce en Londres! —La comisura de sus labios tembló, aunque no terminó de formar una sonrisa—. Es amigo del único hijo varón del conde de Northum, Ezra MacLeod.

—¿No podrías haber atrapado a ese? —oyó rumiar a su madre.

Hope, ignorando a Beatrice, asintió a su padre con la cabeza, con la vista fija en su plato desportillado.

—Sí, así es. Me consta que el señor Dagger y el señor MacLeod son buenos amigos.

—Dagger... Entre otras, tiene una gran empresa de transporte ferroviario, ¿lo sabías? —continuó el vizconde. Hope volvió a asentir. Se preguntó si su padre la consideraba más tonta que inútil—. No es de buena familia, pero sin duda su interés por ti es... una gran noticia.

Hope sabía por qué. No significaba que su padre hubiera bebido tanto para empezar a albergar buenos deseos por ella. Más bien tenía que ver con el apellido de su futuro esposo. La palabra «Dagger» se traducía en dinero rápido y no había ninguna otra cuestión que importara más al cabeza de familia. Tampoco nada que le durase menos.

Lord Loughry se bebió su copa de vino de un trago y la dejó en la mesa con demasiado ímpetu. Henry, a su lado, dio un respingo al escuchar el golpe.

—Si va a visitarnos tu adinerado pretendiente, no podemos permitir que vea así la casa.

—¿Qué problema tiene nuestro hogar, querido?

—Beatrice, no me provoques. No pienso contestar preguntas absurdas. —El hombre señaló al techo con la mano, dibujando un círculo en el aire—. Habrá que adecentar las estancias, al menos las de la planta baja. Limpiar, sacar brillo a la vajilla...

—No creo que se quede a cenar —se apresuró a decir Hope—. Es un hombre ocupado.

—Os vestiréis de gala. Todos. Sin excepción. —Lord Loughry dio un repaso a la familia. Salvo su mujer, el resto se encogió en su asiento—. No queremos que el señor Dagger se arrepienta o, peor aún, que recobre el sentido al comprobar en qué pozo sin fondo va a invertir su dinero.

Se levantó al instante siguiente. En la mesa, todos permanecieron en silencio mientras escuchaban cómo se alejaban sus pasos. No hacia su abandonado despacho, hacia la planta de arriba o hacia el patio, sino directo a la entrada. Una llamada malhumorada a Gladys, las disculpas del ama de llaves, un susurro de abrigo y sombrero, todo eso precedió al portazo de la puerta principal.

—Ya lo habéis oído —pronunció Beatrice—. No trasnochéis. Lord Loughry ha tenido a bien ocupar nuestra rutina de mañana para contentar al futuro señor de Hope. Nos reventaremos las rodillas con tal de que el suelo brille para un hijo de nadie. —Y, con un bufido, añadió—: Encantador.

La mujer se levantó con el plato en la mano. Antes de marcharse, lo dejó junto a su hijo Henry, a quien regaló también una suave caricia en el hombro. Una vez estuvo fuera del salón, el más pequeño soltó un suspiro de alivio.

—¿Vas a casarte? —preguntó en un susurro—. ¿Con ese Dagger con el que soñaste?

No había satisfacción en su voz. Tampoco incredulidad. Era más bien miedo... y tristeza. Al verle tan apocado, Hope sonrió con ternura. Se puso en pie y caminó todo lo rápido que pudo hasta acunar la cabeza de su hermano entre los brazos. Después le dio un beso en lo alto de su pelo castaño.

—Creo que sí —le respondió—. Pero será para bien, Henry. Y tú podrás ir por fin al colegio. A Eton...

—¡¿En serio?!

—En serio. —Notó como un brazo le rodeaba la cintura y cerró los ojos—. Durante las vacaciones, ya no tendrás que estar en esta casa si no lo deseas. Yo tendré la mía propia, a la que podrás ir si...

—Te echaré de menos.

Hope apretó los párpados para contener las lágrimas y le besó una vez más antes de separarse.

—Come. Ya has oído a tu padre, mañana nos espera una larga jornada de trabajo. No podemos dejarle todas las tareas a Gladys.

Henry asintió. Sin mucho convencimiento, volcó la comida del plato de su madre en el suyo y siguió devorando.

—Hope —la llamó. La joven, que se dirigía de nuevo a su sitio, se detuvo a medio camino—, ¿por qué no llamas «papá» a papá? Me he fijado. Nunca le llamas así.

«Porque no ha hecho nada para merecerlo».

Pero, en lugar de contestar, volvió a forzar una sonrisa.

—Por una vez, madre tiene razón: mañana será un día duro. No te preocupes por nada y descansa.

Henry asintió, aunque, al cabo de unos segundos, volvió a romper la quietud del comedor.

—¿Podría… dormir contigo esta noche? —Antes de que su hermana protestara, se apresuró a añadir—: ¡No es porque sea un niño pequeño ni nada de eso! Es porque puede que sea… la última vez que lo haga.

Hope, con el corazón encogido, le prometió que no sería la última.

Por supuesto, al día siguiente Beatrice no movió un dedo mientras se refugiaba en un silencio que auguraba tormenta.

Tras horas de extenuante limpieza y una comida frugal, Hope subió a cambiarse. En el fondo, le sirvió estar ocupada para no pensar en lo que ocurriría ese día. Tardó una hora en arreglarse y, al mirarse en el espejo y contemplar el resultado, supo que nunca había estado tan bonita. Lo cual, en el fondo, no parecía un gran piropo.

Había escogido un vestido de manga larga color lila, con

flores bordadas en un tono satinado más oscuro y botones plateados que se ajustaban en el centro del pecho hasta llegar al cuello, alto. Era un vestido espléndido. Tanto que se sentía terriblemente incómoda con él. Había tratado de imitar el peinado del baile, solo que había acabado convirtiéndolo en un moño bajo muy sencillo del que escapaban algunos mechones ondulados. No tenía joyas, así que había utilizado dos diminutos botones de madreperla para confeccionarse una especie de pendientes.

Cabeceó, riéndose, algo pagada de sí misma.

«Parezco una Cenicienta de verdad».

El sencillo maquillaje tampoco bastaba para ocultar las ojeras ni las rojeces de la piel causadas por el frío. Su padre había ordenado guardar toda la leña para utilizarla cuando llegara el señor Dagger, así que llevaban desde entonces sin usarla en la planta de arriba. En esos momentos, con las manos agarrotadas, entendió un poco el enfado de su madre.

Echó un vistazo a la mesilla, donde permanecían los guantes sin estrenar. Estaban pensados para usarse en el exterior y además no conjuntaban nada con el vestido.

«Y a mí, ¿cuándo me ha importado eso? Como dijo madre: es absurdo que disfrace nada».

Así que se levantó de un salto y se los puso. Los dedos rígidos enseguida agradecieron aquel respiro cálido y la chica se permitió frotarlos unos contra otros con placer.

—Señorita —Gladys la observaba desde la puerta entornada—, ¿está bien?

—Sí, claro. ¿Qué ocurre?

—Debe bajar ya. —Hizo una pausa—. El señor Dagger la está esperando.

Cayden fue el único que se levantó en cuanto la vio aparecer. En el sofá de enfrente, su hermano Henry se limitó a mirarla como un cordero degollado, atrapado en una esquina, mientras que lord Loughry le dirigió una sonrisa bobalicona. Beatrice permanecía estoica a su lado, emperrada en ser su antítesis.

En cuanto Hope vio cómo iba ataviada su madre y el collar que lucía, con una única perla en el cuello, se sintió todavía más ridícula. No brillaba tanto como ella, vestida de un potente azul cobalto y con el semblante aristocrático de una vizcondesa.

Solo cuando Cayden se acercó a ella, se atrevió a levantar la vista del suelo.

—¿Le gustaron los guantes?

Hope asintió con timidez.

—Ya se lo dije en la nota de agradecimiento que le envié.

—Lo sé, la leí —dijo en voz baja—. Pero eso no significa que fuera verdad. ¿No me dijo una vez que las damas estaban educadas para dar continuamente las gracias?

No tuvo tiempo de reaccionar antes de que Cayden la tomara de la mano. La besó igual que en el jardín. Aquel simple gesto le provocó un cosquilleo que le erizó la piel.

—Vamos, pajarillos enamorados, sentaos, ¡sentaos! —les llamó lord Loughry—. Ha venido a pedirme algo, señor Dagger, ¿no es así? Venga, no sea tímido.

Hope se mordió los carrillos ante el poco tacto de su padre, aunque fue Beatrice quien más demostró su frustración.

—Querido, deja que sea él quien hable —resopló—. Así terminaremos cuanto antes.

Mientras la acompañaba hasta el otro sofá, Cayden no reveló nada con su expresión. Hope rezó porque la mala educación de sus padres no le hiciera cambiar de opinión en mitad del salón de su casa.

«Espero que esté acostumbrado a tratar con clientes desagradables...».

Una vez sentados, Cayden se inclinó hacia delante.

—He venido a visitarles hoy porque deseo que me concedan la mano de su hija. —Hizo una pequeña pausa—. Les expondré mis razones. En primer lugar, creo que nuestra unión podría...

—¡Bien, bien! Es innecesario que se extienda. ¡Tiene mi pleno consentimiento!

Lord Loughry lanzó una sonora carcajada al levantarse, tras lo cual estrechó la mano de un Cayden desconcertado. Tomó después una de las tazas de té de la mesa entre ellos y la alzó en lo alto como si fuera una copa.

—¡Tiene todas mis bendiciones, señor Dagger! ¡Nuestra Hope es toda suya!

En ese momento, Hope, más avergonzada que en toda su vida, solo fue capaz de girarse lo mínimo para ver el perfil de su prometido. Le bastó para constatar que, al menos, no se arrepentía. Más bien no salía de su asombro.

—Esto... ¿Ya está? ¿Me dan su consentimiento?

—¿Por qué no iba a dárselo, muchacho?

—Pues porque... —Se detuvo y, carraspeando, continuó—: Se lo agradezco, lord Loughry.

—No, *yo* se lo agradezco a usted.

«Dios mío, ¡¿puede callarse mi padre de una vez?!».

Cayden, recomponiéndose, se echó hacia atrás para apoyarse en el respaldo y dirigió esta vez su atención a Beatrice.

—La idea es casarnos cuanto antes, siempre que consientan.

—Si su intención es esa —dijo la vizcondesa con voz grave—, es necesario que se haga cargo lo antes posible de todo lo que necesitará Hope para la boda.

La recién nombrada frunció el ceño sin comprender.

—Nuestra hija no tiene dote —continuó la dama con aspereza—, aunque supongo que eso ya lo sabe. —Cayden asintió sin más—. Entonces sabrá también que apenas tiene ajuar, y tampoco nos es posible costear una gran boda...

—No busco una gran boda y creo que la señorita Maude tampoco —respondió él con la misma seriedad—. Tengo muchos negocios que atender, así que tampoco será posible una luna de miel. Habrá tiempo para celebraciones fastuosas más adelante. —Cayden se giró hacia Hope y esta dio un respingo—. ¿Le parece bien?

Sabía que no tenía mucho poder para decidir o cambiar

nada, pero se alegró de que le preguntara. Un sentimiento burbujeante nació en su estómago y se obligó a asentir con lentitud, agradecida.

Inmediatamente después, su madre volvió a la carga.

—No sé si ha hablado con mi hija de un fideicomiso, pero también sería necesario.

—Por supuesto —respondió él con rapidez—. Por el momento, trece mil libras.

El pequeño Henry aulló una exclamación de admiración que se apagó con un tirón de mano de su madre. Hope ni siquiera pestañeó. Era más del doble de lo que le había pedido en el laberinto.

Mientras tanto, y como si fueran reflejos en un espejo, sus padres sonrieron a la vez ante la perspectiva de esa suma.

—Tendremos que ir al banco a abrir con Hope la cuenta...

—Serán solo para ella —les cortó Cayden—. Aunque ustedes tendrán también un estipendio anual, claro está.

A partir de aquel instante, la vizcondesa y él se enzarzaron en una lucha fría para ajustar no solo la retribución que tendrían los Maude al año, sino para enumerar las propiedades que poseían en riesgo de embargo o arruinadas que Cayden se encargaría de recuperar.

A cada palabra, Hope empequeñecía. Ni siquiera la alegría pura de su hermano, que le guiñó un ojo desde el otro lado de la mesa, pudo aliviar su frustración. En medio de aquella encarnizada negociación, se sentía un simple pedazo de carne que no valía tanto como se suponía. Cada vez que soltaban una cifra, imaginaba la futura decepción del señor Dagger. Sería inevitable. No era un idiota, acabaría por comprender que el acercamiento a un título y a unos contactos no valían ni ese dinero ni el esfuerzo.

«Y me despreciará», pensó. «Tanto como lo hacen ellos. Tanto como para querer deshacerse de mí».

—Entonces —terminó diciendo Cayden— ¿todo claro?

Extendió una mano que lord Loughry volvió a estrechar con ánimo. Después, se giró hacia su futura suegra. La dama contempló aquella mano como un pescado seco. No se movió. Tras unos segundos de incomodidad, Cayden apartó el brazo y se giró lentamente hacia Hope.

—Ahora que tenemos el consentimiento de sus padres, ¿podría hablar con usted en privado?

—¡Por descontado! —contestó su padre por ella—. ¡Claro que puede! ¡Todos arriba! ¡Tú también, Henry! Dejemos a la feliz pareja a solas.

El niño le dio un cariñoso beso a su hermana en la mejilla antes de desaparecer junto a sus padres. Hope los siguió con la mirada hasta que la puerta del salón se cerró tras ellos.

Dejarlos a los dos solos era del todo inadecuado. Hasta que se casaran, la pareja debería estar acompañada de una carabina. Aunque, ¿qué podía esperar de una madre que había querido convertirla en la amante de un hombre con la edad de su abuelo? ¿A qué habitante de esa casa le importaba lo que era apropiado?

«A nadie. En realidad, acaban de venderme».

—A la vizcondesa se le da bien.

Se giró hacia Cayden. Fue consciente entonces de lo cerca que se encontraban uno del otro. Solos.

No debía de estar acostumbrada a que la chimenea se hallara encendida, porque de repente le pareció que hacía demasiado calor en el salón. Las mejillas rojas le palpitaban. Notaba la boca seca. El latido frenético en la base de su garganta. Las palmas sudorosas contra el terciopelo de los guantes.

Tuvo ganas de quitárselos y lanzarlos lejos.

—Disculpe, señor Dagger, pero no le entiendo. ¿Qué se le da bien a mi madre?

—Negociar —aclaró él—. Sacar la máxima tajada.

—Ah, sí, desde luego. —Hope sonrió resignada—. Al contrario que a mí.

—Uno no es bueno en algo a menos que practique.

—Eso explica lo de mi madre —rezongó—. Lleva queriendo deshacerse de mí desde que me pasó… aquello.

«Porque represento la vergüenza andante de la familia Loughry».

—¿Cree que su familia la ha vendido? —preguntó suspicaz Cayden.

—No estoy segura. —Hope desvió la mirada a un lado—. Al menos esta vez creo que ha sido más bien cosa mía.

—Entonces puede que la buena negociadora sea usted. Si estoy aquí, es porque se ha vendido bien.

No pudo evitar reírse.

—¿Me he vendido? Señor Dagger, tiene usted muy poco tacto.

—Perdone, no quería ser maleducado. —Se inclinó hacia ella—. No piense que la estoy comprando. En realidad, creía que había quedado claro en el jardín de los Dankworth que yo saco algo de esto y usted también. Es más parecido a un trueque que a otra cosa.

Ante su cercanía, Hope se echó hacia atrás y se pasó un mechón suelto por detrás de la oreja.

—No sé si el trato es tan igualado. Seré su esposa. Usted tendrá más poder sobre mí que al revés.

En cuanto le vio alzar las cejas, se percató. ¿Cómo se le ocurría decir algo así? Cerró los ojos, avergonzada tras aquella verdad que no debería haber pronunciado en voz alta. Cuando se apresuró a disculparse, comprobó que Cayden negaba con la cabeza.

—Ya le dije que no soy un carcelero. No es una propiedad que pueda poseer. En realidad, la veo más como... una socia.

—¿Socia?

—Igual que en una compañía —aclaró—. Porque no sé si se ha dado cuenta, señorita Maude, pero hemos iniciado una empresa conjunta.

Hope volvió a echarse a reír. Estaba claro que Cayden no era como ningún caballero de la aristocracia con el que se hubiera relacionado antes. Desde ese primer baile en el que le había rechazado, prácticamente la trataba como a un hombre. Y, de un modo extraño, eso no la incomodaba. Teniendo en cuenta que en su presencia el corazón no le dejaba estar tranquila, cualquier gesto que deshiciera la tensión era bienvenido.

—Hoy no solo he venido a hablar con sus padres —siguió él—. Le he traído algo.

Se metió la mano en el bolsillo interior de la chaqueta para sacar una cajita de metal. Tenía grabado un escudo en la parte de arriba, un círculo con una cuerda en su interior en forma de lazo simple, cuyos extremos terminaban en punta. Era la figura que representaba a su empresa y que solía decorar algunos de sus transportes.

Cayden se quedó inmóvil hasta que Hope se decidió a cogerla. Con curiosidad, le dio vueltas hasta encontrar el mismo botón plateado de la empuñadura del bastón. Lo pulsó, con lo que logró que la caja se abriera con un chasquido. Dentro brillaba un anillo de oro blanco y tres esmeraldas.

Hope suspiró por la nariz y alzó la vista.

—Es precioso, pero...

—¿*Pero*?

—Pero creo que debería devolverlo y comprar algo más económico —respondió—. Va a gastarse mucho en mi familia, así que no creo que sea lo más sensato.

Siempre la cogían por sorpresa sus carcajadas.

—Increíble —bufó él.

—¿El qué?

—Es la primera vez que alguien me llama insensato. A Ezra le va a encantar.

—No era mi intención insultarle.

—Bueno —sonrió de lado—, imagino que no.

—Es solo que no querría que acabara perdiendo demasiado dinero y considerando esto una mala inversión.

«Ni que me odiara cuando eso suceda».

Al principio, Cayden no respondió. Con tranquilidad, le quitó la caja, sacó el anillo y, como hiciera en el jardín, le cogió la mano para quitarle el guante. Luego deslizó la joya en su dedo anular.

—No es mala negociadora —dijo en voz baja—, pero aún le cuesta valorar algunas cosas con objetividad.

Si su risa la asombraba, lo que hizo a continuación aún

más. Cayden se inclinó del todo y le recorrió con la mano la mejilla hasta la nuca. Luego tiró de ella para tomar su boca.

Hope no había mentido a Evelyn. Jamás la habían besado. Y, desde luego, no se imaginó que fuera a pasar de esa manera.

Le pilló tan de sorpresa que al principio ni siquiera abrió los labios. El primer roce entre ambos fue torpe, apenas una caricia. Pero bastó para que estallase la electricidad contenida todas las veces que se habían encontrado. En ese segundo previo, Hope comprendió que los nervios que la habían sacudido hasta entonces habían sido solo un anticipo. Un aviso. Un presagio.

Todavía no estaba segura de si era bueno o malo.

Alzó una mano con timidez y le agarró del pecho, tirando de su camisa para aproximarla más a ella. No sabía bien qué hacer, nunca se había visto en esa situación excepto en sueños, pero solo podía pensar en que no quería que terminase. Quería que estuviera más cerca, más dentro, más tiempo. Notaba que el calor le subía por la garganta y estallaba en los labios unidos.

«Así que esto es lo que se siente... cuando por fin consigues lo que deseas».

Sin embargo, el beso acabó tan rápido como había empezado. En cuanto ella le correspondió, Cayden se echó hacia atrás con un movimiento brusco.

Se miraron a los ojos. Azul sobre verde. Deseo frente a vergüenza. Era imposible adivinar quién se sentía más confuso de los dos.

Como si de repente cayera en la cuenta de lo que había hecho, Cayden se aclaró la garganta. Despacio, apartó la mano con la que seguía acariciándole la nuca, recorriéndole la mejilla, el cuello, la barbilla, para levantarse como una exhalación.

—Volveré a visitarla cuando tenga resuelto todo lo que he hablado con sus padres. Le escribiré. Sí. Mañana. Buenos días.

El portazo del salón fue lo que despertó a Hope.

13

Transcurrieron varios minutos desde la atropellada huida de Cayden hasta que Hope consiguió moverse.

«¿Qué... acaba de pasar?».

No tenía ni la más remota idea. Todo lo que tenía que ver con el señor Dagger acababa generando más preguntas que respuestas en su cabeza.

Si no se había echado atrás tras conocer a sus padres, ¿lo habría hecho después de besarla? No le extrañaría. Seguro que lo había hecho espantosamente mal. Nadie le había explicado nunca cómo se hacían ese tipo de cosas. Su prima Annabelle le había contado sus escarceos cuando ambas eran debutantes, y había leído algunas novelas, pero nada se comparaba con lo que acababa de ocurrir.

¿Eso era lo que le esperaba en su matrimonio? ¿Esa chispa, ese vértigo... seguido de un deseo insatisfecho?

Más que nunca, la aterrorizaba el matrimonio.

Salió del salón como una autómata. Recorrió los pasillos de su casa con la cabeza en otra parte. Todavía sentía los labios húmedos y calientes, como si se empeñaran en guardar el recuerdo de Cayden en ellos.

«Si me ve ahora alguien, ¿adivinará lo que ha pasado?».

En el vestíbulo, se encontró a Gladys limpiando el viejo espejo junto a la puerta. Gracias al reflejo, advirtió que, de nuevo, le faltaba un guante, aunque por suerte esa vez se encontraba en el salón y podría recuperarlo. Procurando no hacer ruido, se aproximó al ama de llaves y le apretó con cariño el hombro para llamar su atención.

—¡Qué susto, señorita! —chilló la anciana. Al darse la vuelta, comprobó que sonreía de alivio—. ¿Se encuentra bien? Se la ve algo acalorada.

—Ah, ¿sí? ¿Acalorada? Oh, en absoluto. Bueno. Puede que sí. —«En realidad, no tengo ni idea de cómo estoy»—. Ha sido una tarde bastante... curiosa.

—Ya imagino, señorita.

—Todavía no sé ni por qué, pero el señor Dagger no ha cambiado de opinión, y eso que ha conocido ya a lord y a lady Loughry.

—¿Cómo que por qué? —frunció el ceño la mujer—. Yo no lo he dudado ni un segundo.

—Gracias, Gladys.

—No me dé las gracias. Es usted demasiado buena, apuesto a que por esa razón la ha elegido ese hombre tan rico.

«Me ha elegido porque no tenía más remedio».

—No creo que sea demasiado buena, Gladys, ni siquiera que lo merezca, pero...

—¡Claro que lo merece! Le doy mi más sincera enhorabuena, señorita.

Enternecida, Hope la abrazó. Por lo menos alguien en esa casa se alegraba sinceramente de su boda sin que hubiera detrás ningún tipo de interés.

La mujer se quedó inmóvil en sus brazos, sorprendida por ese gesto cariñoso, tan poco común entre señores y sirvientes.

—¿De verdad se encuentra bien, señorita?

—Sí, Gladys, ahora sí. Gracias.

—¿Sabe? Después de limpiar, iba a ir a buscarla —le dijo la criada al oído—. Hace unos minutos, ese caballero con el que va a casarse se ha marchado como un torbellino.

«¿Como un torbellino?».

Separándose de la anciana, Hope buscó en sus ojos un atisbo de crítica.

—Y... ¿qué le ha parecido?

Por mucho que Gladys no fuera de la aristocracia, se fiaba de su instinto. La animó ver que sonreía mientras se sacudía el delantal.

—Es un joven atractivo, eso no se lo discuto. Aunque parece muy serio. No está mal, supongo, si le gustan rubios...

—Hope resopló divertida por la nariz—. Aunque he de decir que no tenía muy buena cara. Se le veía como... agitado. De hecho, iba con tanta prisa que ha olvidado eso. —Gladys señaló el paragüero de la entrada—. ¿No es ese bastón tan raro que llevaba usted el otro día?

Advirtió de un solo vistazo que sí, era ese. Se aproximó para recogerlo y acariciar la empuñadura con admiración.

—Así es —contestó—. Como voy a ser su esposa, puede que ahora sea mío.

—Me temo que he de decirle algo más, señorita —continuó Gladys—. Mientras estaban reunidos, ha venido otro hombre a verla.

Bajó tanto la voz que Hope tuvo que acercase e inclinarse para que el ama de llaves se lo contara al oído.

—Era un caballero muy distinguido. Ha pedido verla con mucha insistencia. Le he dicho que estaba reunida con su prometido y sus padres. Al final he conseguido echarlo.

Hope tuvo un mal presentimiento. Aunque imaginaba la respuesta, quiso asegurarse de que su intuición era correcta.

—¿Cómo era?

—Mayor —contestó Gladys al instante—. Pelo blanco. Llevaba chaleco y corbata roja de seda. Un poco pomposo. No me ha mirado a los ojos ni una vez.

«Lord Swithin».

—Ha hecho bien en no dejarle entrar —murmuró ella—. Bajo ninguna circunstancia se lo permita si vuelve, ¿de acuerdo?

—Si de mí depende, señorita, no pondrá un pie en esta casa.

Hope se despidió de ella y utilizó el bastón para regresar lo antes posible al salón a por el guante. Aunque nunca llegó a la sala. Al doblar la primera esquina, se topó con lady Loughry en el pasillo. Entre sus manos, llevaba el regalo de Cayden.

—Se diría que tu futuro marido tiene un problema con los guantes. ¿Oculta alguna extraña fijación por ellos? —Antes de que Hope pudiera replicar nada, Beatrice se lo tendió—. Enhorabuena por la fabulosa unión, querida niña.

No había honestidad en sus palabras, así que Hope tampoco fingió ninguna.

—Gracias por alegrarse tanto por mí, madre.

—No dudo que vivirás bien. Al principio —añadió—. Con el tiempo, cuando te des cuenta de que has cometido el error de atarte a un vulgar fabricante, quizá empieces a entender la oportunidad que estás perdiendo.

Aquellas palabras la dejaron paralizada. Beatrice aprovechó su mutismo para acariciarle la mejilla antes de esquivarla y continuar su camino. Su hija bajó la vista al suelo. Al hacerlo, vio el anillo de esmeraldas que brillaba en su anular.

«Ya ha logrado deshacerse de mí, ¿por qué debo aguantarla más?».

—No finja que lo que busca es mi felicidad —se atrevió a responder. Supo por la ausencia de ruido que su madre se había detenido—. Lo único que le importaba era tenerme en casa a su disposición. Quería pasearme de cama en cama para cualquier noble que estuviera dispuesto a pagar. Por eso está tan enfadada.

Se hizo un corto silencio. Hope creyó haber ganado, hasta que la quietud se rompió con una risita condescendiente.

—Ignoro cómo te has transformado en una persona tan vulgar, querida niña —la escuchó mientras se alejaba—. ¡Tal vez sí seas la esposa adecuada para un donnadie!

Si algo odiaba Cayden Dagger era la falta de control. Y en especial la que tenía que ver consigo mismo.

¿Por qué diablos la había besado? No tenía ningún sentido. Solo debía ir allí, conseguir el consentimiento de los Loughry, congraciarse con el vizconde para asegurarse un buen apoyo en la Cámara, darle ese estúpido anillo a Hope y largarse. Evelyn se lo había advertido antes de que fuera a la casa. «¡No hagas nada inapropiado ni la asustes!».

Pero en ese momento el que estaba aterrado era él.

No le gustaba beber. Y, sin embargo, en ese momento nada le apetecía más que una copa. Cuando eso pasaba, sabía a quién acudir.

Restaban un par de horas para que el sol cayera; imaginó dónde le encontraría. Pidió a su cochero que le llevara hasta uno de los clubes de caballeros más distinguidos de Pall Mall y se vio a sí mismo entrando casi a la carrera en el salón principal. Allí, Ezra MacLeod jugaba a las cartas entre humo y conversaciones sobre caza. Cayden dudaba que su amigo supiera atrapar algo que no fueran damas casadas, así que dedujo que estaba tomando el pelo a todos los nobles de la partida.

Al fin y al cabo, era su pasatiempo favorito.

—¡Miren a quién tenemos aquí! Dag, acabamos de empezar a jugar, si quieres unirte...

—Solo venía a por una copa. O tres.

MacLeod dejó las cartas boca abajo enseguida y se giró hacia él con una expresión consternada.

—¿Me tomas el pelo?

—No.

—Caballeros —Ezra se dirigió al resto de la mesa—, ha sido un placer jugar con ustedes, pero comprenderán que, cuando se produce un milagro como este, me veo en la obligación de aprovecharlo.

—¿Por qué no juega con nosotros, señor Dagger? —preguntó uno de los nobles con un gesto de desdén—. A menos que algo se lo impida, puede hacer dos cosas a la vez.

—Le diré lo que puede hacer mi amigo Dagger a la vez, lord Neville: jugar una ronda y desplumarnos, así que salvaré su economía, compañeros, y haré lo primero con él lejos de sus bolsillos.

La mesa entera se echó a reír. Ezra aprovechó la circunstancia para levantarse y arrastrar a Cayden hacia un reservado junto a la ventana.

—¿Qué ha pasado? ¿Algún negocio ha salido mal?

—No. Sí... No. —Cayden dejó que su amigo llamara al camarero con un gesto mientras se masajeaba la frente—. No sé qué ha pasado.

—Hoy ibas a pedir la bendición de los Loughry, si no recuerdo mal. —El otro asintió—. Ay, Dag. ¿Te han rechazado? Mala ralea, ¡eso es lo que son esos chupasangres!

—Te recuerdo que tú perteneces a su clase.

—Por eso: puedo afirmarlo con conocimiento de causa. —El camarero del club les sirvió dos oportos. En un segundo, Cayden apuraba el suyo—. Más despacio, animal. Al menos cuéntame primero por qué ese ánimo. ¿Qué ha ocurrido con tus futuros suegros?

—Con ellos, nada. Estaban deseando pactar las condiciones del matrimonio para llevarse la suma más alta posible. —Ezra compuso una expresión entre horrorizada y divertida—. Da igual. Era lo que esperaba. Solo hay que ver lo mal que tratan a su hija.

—Pero eso te beneficia, ¿no? Te deben la vida.

—Supongo.

Aunque no se sentía bien. Para nada. Estaba acostumbrado a negociar con hombres sin escrúpulos. Los veía venir. Esa familia no distaba mucho de los especuladores ni empresarios que querían aprovecharse de su dinero como sanguijuelas. Tampoco de los criminales y buscavidas que le habían rodeado cuando era más joven.

Sin embargo, en esas otras negociaciones no había tenido tantas ganas de levantarse y pegarle un puñetazo a alguien. En la mansión Loughry, se había reprimido para no coger a Hope en brazos y largarse con ella.

—Entonces, si todo ha salido bien —dijo Ezra con cuidado—, ¿qué te ha enfadado exactamente?

Cayden esperó a que el camarero volviera a llenarle la copa y se marchara para contestar.

—La he besado.

—Espera. —El otro se inclinó hacia él y bajó la voz—. ¿A quién has besado?

—Pero ¿qué...? Ezra, ¿a quién diablos crees que he besado? ¿A lady Loughry?

—No sé. —El noble se encogió de hombros con una expresión pícara—. La dama está de buen ver para ser...

—No, maldita sea, a ella. A Hope.

Ezra ni siquiera pestañeó.

—Vaya, así que has besado a tu futura mujer... Ahora entiendo tu cara de terror. Es una catástrofe de proporciones épicas, desde luego.

—No te burles de mí.

—No me burlo. Bueno, sí, y te doy las gracias: no sueles darme la oportunidad. —Alzó la copa con una expresión divertida—. Yo que tú me iría acostumbrando, Dag. Te aconsejo no darte a la bebida cada vez que lo hagas o acabarás como yo.

—Es que no estaba planeado —murmuró Cayden, pasándose una mano por el pelo—. Se supone que nuestro matrimonio es de conveniencia.

—¿Y qué? Si puedes divertirte a la vez, ¿qué problema hay? No esperarás no tocar jamás a la que va a ser tu esposa, sobre todo si no está mal. —Ezra dejó la copa suspendida en el aire—. Espera. Vas a hacerlo, ¿no?

«¿Y si ella no quiere que lo haga?».

Había investigado un poco más. Sabía cuándo había empezado el declive de los Loughry y cuándo había perdido Hope la pierna. Era tan joven... Igual que él cuando todavía vivía de la caridad de otros y trabajaba sin descanso para poder llevarse algo a la boca.

Era normal que Hope siempre pareciese querer huir de los demás. Que no la molestaran. Desaparecer. De hecho, debía ser bastante fuerte para haber aguantado a sus padres en esas circunstancias.

—¿El problema está en que no te ha gustado? —aventuró Ezra—. Entiendo que pueda darte aprensión lo de su... ya sabes.

—¿Qué? —Cayden apretó las manos en torno a la copa—. En absoluto. No puede importarme menos.

—Juro que no te entiendo, amigo —se rio—. Entonces ¿estás así por lo de lord Swithin?

—¿Quién?

Aunque Ezra movió la mano en el aire como si quisiera borrar lo que había dicho, Cayden se apoyó contra la mesa.

—Suéltalo.

—No es nada, no tiene importancia.

—No sabré si la tiene si no me lo cuentas. ¿Qué pasa con lord Swithin?

—¿Sabes quién es? —tanteó MacLeod, con la mirada hacia el fondo de la sala.

—Sí, claro. He memorizado los títulos de todos esos malditos nobles. Repito: ¿qué pasa con él?

Esta vez fue Ezra quien se bebió la copa entera antes de contestar.

—A los viejos aristócratas les encanta alardear. En especial de lo que ganan. Y por encima de todo, de lo que conquistan. —Hizo una pausa—. Se decía que Swithin estaba de alguna manera relacionado con los Loughry. Antes, en la partida, han comentado que le habían visto yendo hacia su casa.

Se hizo un corto silencio.

—¿Hacia la casa de los Loughry?

—Sí.

—¿Esta misma tarde?

—Me temo que sí. Según ellos, eso explicaría que el vizconde hubiera pagado su deuda con el club. —Ezra le empujó el hombro con una sonrisa—. Dag, no hagas ni caso, ¿de acuerdo? La aristocracia está conformada únicamente por gandules chismosos. Lo sabes bien: tienes a uno por amigo. Así que dudo que sea cierto. A veces comentan historias así solo para fanfarronear...

Cayden asintió sin decir palabra. En realidad, ¿por qué se sorprendía? Por mucho que hubiera investigado (y aguantado las peroratas eternas de Evelyn sobre su amiga), hasta hacía una semana no conocía a Hope.

Tampoco podía sentirse engañado. Realmente, su compromiso había empezado ese mismo día. Lo que hubiera hecho antes la señorita Maude con su vida era cosa suya. Además, ¿quién era él para juzgar a nadie? Cuando era pobre, había sido un auténtico cabrón. Había dejado amigos atrás, había engañado, golpeado y robado para subsistir. Y luego, cuando por fin había tenido dinero, había sido implacable.

Reconocía la valentía de los que querían sobrevivir, y eso era lo que había visto en Hope desde que la había conocido: un espíritu con el coraje necesario para resistir. Tal vez para esa chica subsistir hubiera implicado enredarse con un hombre como lord Swithin.

Y eso en el caso de que ese rumor fuera cierto.

«Entonces ¿por qué tengo ganas de reventarle la cara a...?».

—¿Estás bien? —susurró Ezra.

—Sí, por supuesto. —Cayden cabeceó—. Perfectamente.

—Sea lo que sea lo que te preocupa, creo que has elegido bien. Ya te dije que Hope me parece una buena opción para ti —siguió MacLeod—. Un poco sosa para mi gusto, pero de buen corazón: es ideal para tu alma de hielo. Fue bien educada. Te perdonará cualquier cosa.

—Menudo alivio.

—¿Verdad? Y puedes relajarte, huelo la infidelidad de lejos y ella apesta a buenos modales. Al contrario que su amiguita...

Cayden utilizó un velado tono de amenaza al decir:

—Espero que no te refieras a Evelyn.

—¡Desde luego que no! No me mires así, aprecio mi vida lo bastante como para no hablar mal de ella delante de ti...

—Ni a mi espalda.

—Dag, no me ofendas tú a mí. Ya sabes que tu prima me parece una joven la mar de interesante...

—Ezra.

—Pero no me refería a ella —replicó el noble con las manos en alto. Luego bufó—. Por si no era evidente, me refería a la otra estirada.

—¿A Alisa Chadburn?

—La noche del baile, por un instante entendí a la perfección cómo te sientes cuando estás rodeado de esos aristócratas que te consideran pura basura. —Agitó los dedos en el aire—. Sin ofender.

Cayden se cruzó de brazos.

—Así que ¿ella te trató así?

—¡Prácticamente me habló como si fuera su lacayo! No podía ni mirarme a los ojos, la muy arrogante. —Cayden vio cómo los dedos de su amigo se volvían blancos al apretar la copa—. Quería saber más sobre tu empresa, Dag.

—Ah, ¿sí? —Esta vez fue a él a quien le tocó no sorprenderse—. Bueno, considerando que voy a casarme con su amiga...

—Se pensará que no eres lo bastante bueno para ella. —Ezra puso los ojos en blanco—. ¡Ja! Como si no supiera, tanto como lo sé yo, que en realidad es la señorita Maude quien debería estar besando el suelo que pisas.

De inmediato, Cayden se tensó. Consiguió contener su furia apretando la mandíbula, mientras se repetía una y otra vez que Ezra no lo decía en serio.

Era eso o lanzar el puñetazo que llevaba toda aquella tarde reprimiendo.

—Es normal que Alisa Chadburn piense que no soy digno de Hope —dijo al final en voz baja. «Como si no lo creyese yo mismo»—. Aunque me parece que sus intenciones en el baile no eran esas. Quizá su interés por mi empresa era sincero.

—¡Bromeas! No creo que se preocupe más que del vestido que va a llevar al próximo evento de la temporada...

—No sería la primera dama en interesarse en la nueva industria —le interrumpió Cayden—. A menudo las mujeres tienen mejor visión de futuro, solo que no se les permite decidir.

—Como si ella se mordiera la lengua alguna vez...

—Intuyo que prefiere sacar información financiera de ti que de mí —continuó teorizando Cayden—. Por mucho que no seas de su agrado, al menos eres de buena cuna y no un plebeyo como yo.

—Se cree que me engaña —siguió Ezra, en cuya mirada perdida palpitaba una llama de rencor—. Trama algo. No tengo ni idea del qué. Es probable que quisiera dejarme como un idiota.

«Bueno, *te estás comportando* como un idiota, así que ya ha ganado».

Cayden quiso hacer aquel comentario en voz alta, pero al final lo pensó mejor y se lo guardó para sí. Tras observar con más atención a Ezra, cayó en que jamás le había visto de esa manera. Tan... frustrado. Además, si le acusaba de alterarse por culpa de Alisa Chadburn, recibiría una buena dentellada en respuesta. Seguramente con la forma de un comentario relacionado con Hope.

Y no estaba en condiciones de resistir nada que tuviera que ver con ella.

En silencio, los dos amigos bebieron otro trago. Ambos sumidos en su propia espiral de pensamientos, con más semejanzas entre sí de las que jamás hubieran imaginado.

—Vamos, Alisa. He esperado varios días. Y puedo entender que a Evelyn no le cuentes qué ocurrió entre MacLeod y tú, porque es una cotilla...

—Y porque se lo contaría a mi tía Juliet —se quejó Alisa—. Es increíble lo apegadas que están ahora. No puedo decirle algo a una porque enseguida lo sabrá la otra.

—Pero yo no soy ellas. Te prometo que no diré una palabra.

—El señor Dagger será tu marido...

—¿Y qué? Tú eras mi amiga antes. —Hope le apretó el brazo—. Es más importante. —Antes de que Alisa volviera a replicar, añadió—: Deja de hacerte de rogar, dime, ¿de qué hablaste con lord MacLeod?

Habían transcurrido un par de días desde el beso con Cayden y Alisa había convencido a Hope para que la visitase. «Parece como si pudiera leerme el pensamiento a través de nuestras notas y adivinar que algo me pasa».

En ese momento trataba de esquivar las preguntas sobre su relación con Cayden de la mejor manera que sabía hacer: devolviéndoselas.

—¿Que de qué hablamos? —gruñó Alisa—. De lo único que nos une.

—Me pregunto qué puede ser eso. —Hope sonrió—. No conozco a dos personas más opuestas.

Alisa desvió la vista a lo lejos con expresión dolida. Era evidente que no se mostraba muy complacida por tener que rememorar aquella parte de la noche en casa de los Dankworth.

—Como es obvio que somos polos opuestos, no voy a refutarlo. Además, nuestra conversación en el baile solo hizo que me reafirmara en lo que pienso de él.

—Pero hablasteis durante al menos una hora...

—¡Porque ese hombre es imposible!

—¿Hablasteis de mí...? —Hope dudó—. ¿Del señor Dagger y de mí?

—¿Qué? No. No podía permitir que se oliera que planeábamos juntaros. Habría hecho lo imposible por meterse en medio. Ese mujeriego petulante... —Enseguida puso los ojos en blanco—. De hecho, para que no se entrometiera, tuve que fingir que estaba considerando... invertir en la empresa Dagger.

—¿En serio?

—Fue lo primero que se me ocurrió. Ambos somos de buena familia, eso es en realidad lo único que nos une. Le expliqué que tenía «ciertas dudas» y que antes deseaba obtener información de alguien cercano a la compañía. De un «experto en el tema», pero que fuera de mi misma clase social.

Hope ocultó la boca tras una mano.

—¿Le pediste consejo? Dios mío, Alisa...

—Lo sé. —Arrugó los labios—. Fue humillante.

—¿MacLeod se lo tragó?

—Lo ignoro, pero no se escapó a buscaros al jardín, así que al menos funcionó —resopló—. Aunque ahora debo invertir en ese nuevo proyecto que tienen entre manos. Lo del ferrocarril a Escocia. —Lanzó un hondo suspiro—. Tendré que convencer a mi tía Juliet. Todavía no tengo acceso a mi propio dinero.

—No estás obligada a hacer eso... —dijo Hope con aire culpable.

—Oh, claro que sí. He de reconocer que lo que me contó no pintaba mal. —Alisa alzó ambas cejas—. El señor MacLeod es un cretino, pero tu prometido tiene buen ojo para los negocios y parece que algo se le está pegando a ese patán. Además, ¿cómo no iba hacerlo ahora que tu destino está unido al de la empresa Dagger?

—De verdad que no tienes por qué...

—Lo sé —dijo rápidamente—. Lo haré de todos modos.

Hope se detuvo en el sendero del jardín para tomar la mano de su amiga.

—Gracias, Alisa. Por todo. Por ayudarme aquel día, por ofrecerte a acompañarme en todo esto, a escoger lo de la boda, el vestido y...

—No estoy haciendo nada por ti que tú no harías de estar en mi lugar.

—Claro que lo haría, pero...

—Pero nada.

Hope vaciló. Todavía le costaba reaccionar a esas muestras de aprecio. Alisa, entrecerrando los ojos, pareció comprenderla. «Una vez más».

—No me crees, ¿verdad? Hope, deja de ser tan terca y permite que te ayudemos sin protestar.

—¿Yo, terca?

—Más que ninguna —asintió Alisa—. Oyendo cómo es tu familia, entiendo por qué eres así. Lo que ocurre es que hasta ahora no has tenido suerte. Eve tiene razón: acepta nuestros patéticos intentos de ayuda y permítenos ser tus hadas madrinas.

—¿Eve? —Volvieron a caminar, en esta ocasión cogidas del brazo—. ¿Ahora la llamas así? El señor Dagger también...

—Confieso que empecé a hacerlo sin darme cuenta —resopló con una sonrisa, rememorando las clases de modales que ambas le daban día tras día al terremoto francés—. Creo que es porque cada día que pasa me siento más como su hermana mayor. ¿Tú no te sientes así?

—No, claro que no. Eres tú, Alisa. Te comportas como la hermana mayor de todo el mundo.

—¡¿La hermana *mayor*?!

Para su sorpresa, Hope se puso de puntillas y le dio un beso en la mejilla.

—Sí, Alisa. Y es un honor que seas la mía.

14

Hope contaba los días hasta su boda como un preso los que restaban para la libertad.

En cuanto se levantó, corrió para asomarse a la ventana, todavía en camisón, y sonrió al frío cielo de la primavera londinense.

«Solo quedan cuatro».

El sábado siguiente se convertiría en una de las primeras damas de la temporada en casarse, lo que había supuesto una auténtica sorpresa para la alta sociedad. En cuanto Cayden publicó las amonestaciones y su compromiso figuró en el *Illustrated*, no había dejado de recibir cartas e invitaciones de amistades perdidas, de primos que de niña le habían hecho la vida imposible y de nobles acreedores de su padre. ¿Se habrían acordado de su existencia al ver su apellido junto al de uno de los hombres más poderosos del ferrocarril?

Era evidente por qué se alegraban de su unión. Como también era evidente que sus contactos y títulos nobiliarios eran la razón por la que Cayden se había casado con ella.

Observó la pila de cartas amontonadas encima de su tocador e hizo una mueca. Le esperaba un trabajo engorroso. Habría preferido casarse por amor, sin deber nada a ninguna de esas personas, ni siquiera una invitación. Habría preferido casarse con la sola presencia de Alisa, Evelyn, Henry y Gladys.

«Pero si el señor Dagger te ha aceptado, es por esa maldita torre de cartas».

Y lo importante era escapar de la prisión que suponía su propia casa. En cuanto estuviera casada, ninguno de sus padres tendría poder legal sobre ella.

Llevaba una hora contestando a sus familiares más poderosos cuando Gladys llamó a la puerta. Pasó adentro con una expresión de orgullo maternal y le dejó una taza de té al lado.

—¿Cómo sabías que la necesitaba?

—Oh, señorita, la conozco como si... —La anciana se detuvo—. No importa. Con Henry marchándose a Eton y usted casándose... Les voy a echar mucho de menos.

—Ya sabe que no tiene por qué —dijo ella en voz baja. Miró hacia atrás para comprobar que la puerta estaba bastante entornada—. Mi propuesta sigue en pie.

—Señorita, sé que necesita esta taza de té igual que sé que no necesita nada que le recuerde a esta casa cuando se marche. Además, vivirá con su marido y...

—El señor Dagger está de acuerdo en que la contratemos —insistió—. A su edad, ni siquiera debería estar trabajando. Sin embargo, conmigo podrá vivir cómodamente hasta que quiera retirarse.

—Se lo agradezco. —Gladys sonrió—. Pero llevo sirviendo a los Maude desde que nací. Mi deber es continuar aquí. Hay más de la mansión Loughry en mis huesos que en los propios cimientos.

Sin embargo, Hope sabía de sobra que también había sangre en esos suelos. Dolor, soledad y frío que calaba en el alma y retorcía las tripas. Si no había sido un buen hogar para una joven como ella, ya no digamos para una anciana.

—Como quiera —claudicó con una sonrisa—. La oferta seguirá en pie sin importar el tiempo que pase.

Gladys cabeceó y rumió algo sobre lo testaruda que era.

—No solo subía a traerle el té, señorita... En realidad, era una excusa. —En esta ocasión, fue el ama de llaves quien se dio la vuelta para comprobar que nadie las oía—. Ha vuelto. El caballero desagradable de las flores.

Un escalofrío obligó a Hope a abrazarse a sí misma.

—¿La última vez no le dijo que estaba comprometida?

—Por supuesto. Y dudo que no lo haya leído u oído. No se habla de otra cosa en la ciudad, ya lo sabe...

—¿Qué le ha dicho?

—Que, como volviese a aparecer, avisaría a su señor Dagger.

—¡No! —exclamó Hope. La aterrorizaba la idea de que Cayden supiera nada de Swithin, lo que tramaba o quería. Podría echarse atrás, imaginar cualquier cosa o...—. Ha hecho bien. En una semana ya no estaré aquí y no volverá a molestar.

—Aunque esta vez se ha marchado sin rechistar, ha dejado esto para usted. —Gladys le tendió una nota—. He dudado si quemarla, solo que no me he atrevido.

Las manos de Gladys temblaban un poco. Hope sabía que no solo era por el frío. También eran la edad, el cansancio, los huesos. Cuando extendió una mano para coger el pedazo de papel, supo que tampoco su temblor se debía al agotamiento.

—Gracias, puede irse.

Abrió la nota a solas. Era corta. Solo dos líneas. De apariencia inocente en la superficie. Afiladas y ácidas en lo profundo.

Enhorabuena por su unión, querida. Enviaré mis siguientes atenciones a una dirección distinta.

S.

«¿Qué diablos quiere decir esa segunda frase? ¿Insinúa que empezará a acosar a otra mujer o que va a enviar sus *ofertas* a mi nueva casa?».

No lo sabía. El tiempo lo diría. Tendría que confiar en que su boda apagaría las intenciones de ese noble asqueroso de convertirla en su amante. Extendió el papel hasta la vela del escritorio y observó complacida cómo el fuego la devoraba.

—*Adieu, adieu* —cantó, como lo haría Evelyn—. Hora de empezar de nuevo.

Obligada a distraerse, retomó la correspondencia. La siguiente carta carecía de un sello con emblema nobiliario. Al menos, uno que le fuera familiar. Cuando acercó la cera oscura a la luz para observarla mejor, se fijó en que tenía la forma de un lazo de dos puntas.

La abrió con demasiada prisa, alterada, y se bebió las dos escuetas frases del interior deseando que hubiera más.

Espero que se encuentre bien. Si está de acuerdo, la recogeré mañana a las doce para presentarle a mis tíos, Bess y Dominique, ya que, a falta de mis padres, ejercerán como testigos en nuestra boda.

CAYDEN DAGGER

En esas líneas sí que no había dobles intenciones. Ni superficie ni fondo. «Qué parco en palabras es, ¡ni una cochina palabra bonita!». Se rio para sus adentros. «Se morirá antes de ser mínimamente romántico con su prometida».

Hasta que cayó en la cuenta. Estaba fechada el día anterior.

Las doce...

Las doce.

Al levantarse de la silla, a punto estuvo de tropezar y caer al suelo. Consiguió mantenerse en pie tras trastabillar y se abalanzó hacia la campanilla de servicio. Al minuto, Gladys apareció resollando en la puerta.

—¡¿Qué ocurre?!

—¡Ayúdeme a vestirme! ¡El señor Dagger va a aparecer en cualquier momento! —Empezó a moverse de un lado a otro—. El vestido azul... ¡No! ¡El verde! O el de flores... ¡Ese! ¡Mi pelo! Es puntual, no creo que tarde demasiado... ¡Qué desastre! —Casi volvió a tropezar—. ¡Gladys, llame a su sobrina para que me ayude!

—¿A Lily? ¡Ah, claro, sí!

—Usted debería estar abajo por si llega Cayd... el señor Dagger, para entretenerle. ¡Mis medias! —Se dio la vuelta al oler humo—. ¡La vela!

Una de las cenizas de la nota de Swithin había caído sobre la de Cayden, que había empezado a arder justo en el centro. Hope la tiró al suelo y la pisó varias veces con la pierna de metal. Cuando se hubo apagado, se llevó una mano al pecho. Tenía el pelo erizado. El corazón le latía a mil. Olía a quemado. Un torpe silencio llenó el cuarto.

Sin poder evitarlo, se echó a reír. La sorprendió oír como Gladys, a su espalda, soltaba una quejumbrosa carcajada.

Hasta que oyeron los golpes que resonaban en la entrada.

—¡Gladys! ¡Hope! —les llegó la voz irritada de lady Loughry—. ¡Llaman! ¡No querréis que vaya yo!

La risa nerviosa rápidamente dio paso al terror.

—Enviaré a Lily —dijo el ama de llaves mientras corría hacia la puerta—. Tranquilícese. ¡La quiere! No se morirá por esperar un poco.

En cuanto se marchó, Hope se tapó la cara con ambas manos.

«Ese es justo el problema... ¿Qué razón tiene para esperarme?».

No la quería, eso lo tenía claro, pero en cualquier caso sí la esperó. Bajó las escaleras sintiéndose avergonzada por haberle hecho perder el tiempo, a pesar de que apenas pasaban de las doce.

En su dormitorio, mientras se ponía un sencillo vestido de color turquesa, había tratado de tranquilizarse. En vano. A los nervios por hacerle esperar, se sumaba que no se habían visto desde que habían estado solos en el salón.

Desde que él la había besado.

«Y desde que huyó como si yo fuera un fantasma».

Tragó saliva justo delante de la puerta del salón. ¿Qué podía pasar? Iban a casarse, no había vuelta atrás. ¿Volvería a besarla?

«Dios, no me has dado muchas cosas en todos estos años, pero concédeme esta: empújale a que lo haga de nuevo».

En cuanto abrió, Cayden se giró en el sofá y se puso en pie. Luego dio dos pasos hacia ella, hasta detenerse en medio de la sala. Se quedó plantado ahí, observándola, y Hope temió haber olvidado abrocharse algún botón por la forma en que la miraba. Bajó la vista, pero en poco tiempo Lily había hecho un buen trabajo. Aunque no tenía el mejor aspecto del mundo, todo estaba en su sitio. Llevaba un escote de pico que dejaba ver sus pecas, las que parecían nacer en sus hombros y aumentar como una lluvia de estrellas cerca de sus pechos. Aunque le daba vergüenza enseñar tanta piel, Evelyn había insistido en que si volvía a ponerse cuello alto le robaría todos los sombreros del armario.

—Siento haberle hecho esperar —susurró con tono culpable—. He leído su nota hace apenas quince minutos...

—No —la interrumpió él. Luego pareció darse cuenta de lo que acababa de hacer y carraspeó—. Quiero decir que no importa. He llegado antes. La costumbre, supongo.

—Lo entiendo, no se preocupe.

Se quedaron callados uno frente al otro. Hope empezó a golpetear el suelo con el pie, nerviosa. Le contempló de reojo con la cabeza todavía gacha.

No podía evitar espiarle. Estaba imponente vestido de negro, con un traje a medida que acentuaba su altura, el vientre plano, el pecho firme, la anchura de sus hombros. La luz matinal hacía resaltar el dorado de su pelo, los pómulos altos, esa nariz que Alisa menospreciaba por ser demasiado recta y que Hope había dibujado a carboncillo hasta hartarse. Estaba guapísimo. Siempre lo había sido; así lo había pensado desde que lo había visto al otro lado del salón, en el baile en que se habían conocido, pero en ese momento era consciente de ese hecho de otra forma. Una que daba vértigo.

Porque iba a ser suyo. Sabía más aspectos de él que lo volvían real de un modo estremecedor. Conocía su olor al estar junto a ella, la fragancia masculina que emitía su piel, lo cálido que era su aliento, qué sensación dejaban esos labios en su boca.

A pesar de que en ese preciso instante estuvieran separados por unos metros, lo sentía sobrecogedoramente cerca. Lo que le provocaba era algo posible, tangible. Notaba los ligeros cambios en él: el pelo más corto que hacía unos días, la mandíbula marcada y limpia tras haberse afeitado esa mañana, las ojeras casi moradas que no podía borrar y que, en contraste, hacían parecer sus ojos azules todavía más claros, del tono del hielo más fino.

Y así se sentía Hope. Sobre una finísima capa de hielo a punto de romperse.

—La veo... bien —rompió el silencio Cayden—. ¿Qué tal se encuentra?

—Ah, bueno... Algo nerviosa. —Hizo una pausa—. Como es natural.

—¿Natural?

—Dadas las circunstancias.

Vio como la nuez le subía y bajaba al tragar saliva.

—No la entiendo. ¿Es por...?

—Porque una no se casa todas las semanas —aclaró. No sabía por qué, Cayden parecía más distraído que de costumbre—. ¿Y usted?

—No duermo. Es decir, tampoco es que sea una novedad, pero... he estado más ocupado que de costumbre. He recibido una inesperada cantidad de felicitaciones por parte de personas que antes me ignoraban. —Cabeceó—. Jamás pensé que recibiría esta atención tan pronto.

—Ya se lo dije. Ahora no solo tiene dinero, estará más próximo a la aristocracia, así que sus miembros podrán pedírselo con menos reticencias. —Hope sonrió—. Por mucho que mi padre tenga una reputación lamentable, al final ha conseguido casarse con la hija de un vizconde.

—Para ser sinceros… no he sido yo quien lo ha conseguido.

Dio un paso hacia ella. Con ese simple gesto, Hope rememoró a qué sabía su boca. Dulce. Adictiva. Sintió que un calor imparable nacía entre sus piernas. ¿Desde cuándo ejercía tal poder sobre ella?

—Usted accedió a mi propuesta —dijo Hope a su vez—, así que digamos que lo hemos conseguido entre los dos.

—Tiene razón, sí. Es lo justo. —Con gesto serio, dio otro paso—. Deberíamos marcharnos ya. Fuera nos espera un coche algo… especial para llevarnos hasta la casa de mis tíos. Aunque ya la conoce. La casa, quiero decir. No a mis tíos. —Hizo una pausa—. Ni mi coche.

Hope se contuvo para no reír. ¿Qué le pasaba? Normalmente era imposible alterarle, pero esa mañana parecía incapaz de unir dos palabras.

«Debe ser verdad que no está durmiendo mucho».

—Estoy deseando conocerlos —dijo—. Y a su coche también.

Con asombro, vio que una leve sonrisa se dibujaba en su rostro.

—Le encantará. —Tras una pausa, añadió—: Aunque espero que sobre todo mi familia, la verdad.

Le hizo un gesto para que salieran y Hope lideró el paseo hasta el vestíbulo. Gladys, solícita, apareció de la nada para ayudarla a colocarse la capa y tenderle el bastón de Brooks. Lo había estado utilizando todos los días, así que lo cogió sin pensar. Cuando el ama de llaves los dejó de nuevo a solas, Hope advirtió que Cayden lo contemplaba con una expresión confusa.

—¡Ah! La última vez que estuvo aquí se lo dejó, y como no mandó a nadie a buscarlo…

—Decidió que ya era suyo.

Hope contuvo el aliento.

—Lo siento, yo…

—Pensó bien —la interrumpió—. Solo había olvidado dónde lo había dejado. Además, ya le he encargado otro a Brooks.

Cuando lo termine, puede devolvérmelo y quedarse con el que fabrique.

—La verdad es que... prefiero quedarme con este. Si no le importa.

Temerosa de su respuesta, se mordió el labio sin pensar. Y, de inmediato, Cayden posó los ojos en su boca. Los mantuvo fijos demasiado tiempo para que lo hubiera hecho por casualidad.

El calor inexplicable de antes pareció debilitar todavía más la capa de hielo bajo los pies de Hope. Un poco más y se resquebrajaría.

El vértigo la empujó hacia delante. Despacio, alzó una mano hacia su mejilla. Estaba muy cerca, podía tocarlo con la punta de los dedos. Si imitaba sus movimientos del otro día, si le recorría la piel hasta la nuca, y tiraba de él hacia abajo, hacia ella, quizá podría hacerle caer...

—Quédeselo.

Hope detuvo los dedos a un centímetro de su mandíbula.

—¿Qué?

—El bastón —le aclaró él.

Con renuencia, Hope dio marcha atrás y sonrió.

—Ah. Gracias.

—Ahora... —Cayden apartó la mirada y se colocó el sombrero— deberíamos irnos.

—Sí, claro —susurró ella—. Vamos.

Mientras le seguía hacia la calle, Hope cayó en la cuenta. «Es evidente que Dios no va a concederme ni un milagro más».

Al llegar a la acera, la joven vio un carruaje que, en principio, no distaba mucho de un común victoria, una de esas carrozas descubiertas de cuatro ruedas que solían utilizarse en los paseos campestres. Sin embargo, observó extrañada que no había caballos. ¿Estarían descansando? Aunque, si era así, tardarían bastante en amarrarlos para poder viajar hasta la casa de los Boulanger. Y Cayden parecía tener mucha prisa.

Además, tampoco había un conductor sentado en lo que sería el pescante. Aunque... este sí que distaba mucho de los que había visto durante toda su vida. ¿Y qué era esa especie de palanca entre los asientos delanteros?

—¿Qué le parece?

Cayden estaba junto al coche. Se había quitado el sombrero y la miraba con expectación. Como si de verdad le interesara lo que opinase.

—Es... —hizo una pausa— único.

Su expresión impaciente se tornó apagada.

—No le gusta.

—¡No es eso! —Se acercó un poco más y rozó con un dedo el logo del lazo grabado en la puerta—. No había visto nunca nada parecido. ¿Dónde están los caballos?

—No hay. —Cayden señaló hacia la parte de delante, a una carcasa de metal a la que dio dos pequeños golpes con el puño—. Tiene un motor a vapor.

—¿Igual que un tren?

—Exacto. —Sonrió de lado—. No es un modelo que estemos fabricando ni que vayamos a comercializar... Solo es un prototipo de Brooks. Un capricho.

—¿Por qué no lo fabrican? —Hope lo recorrió con la mirada—. Un coche sin caballos... ¡increíble!

—Sí, pero no es útil ni lo bastante rápido en comparación con un carruaje convencional. Sigue siendo muy pesado. Se necesitarán décadas para que un vehículo de estas características sea viable. —Movió la mano en el aire—. Tal vez menos, no estoy seguro. En cualquier caso, tampoco hemos terminado las pruebas. Puede ser peligroso.

Con un asentimiento de cabeza, Hope guio el dedo hasta el tirador de la puerta.

—Iremos lentos y es posible que ni siquiera lleguemos vivos... ¿Subimos ya?

Cayden se echó a reír.

—Pensé que iba a negarse.

—He vivido con mis padres en esa casa —señaló a su espalda— durante casi veintidós años. Subirme a este coche no me inspira ni una pizca de miedo.

Notó que eso no le hacía mucha gracia. Había puesto la misma expresión que en el laberinto, cuando había visto el moratón de su mano.

—Solo estaba bromeando —se apresuró a aclarar—. ¿Quién conduce? ¿Tampoco tiene chófer?

—Seré yo —dijo él. Abriendo la puerta, le ofreció una mano—. Suba.

Hope la utilizó para alzarse hasta el escalón del coche. Solo fue un simple roce, pero hasta tocar sus dedos le dejó en la palma una sensación electrizante.

Cayden subió tras ella y se colocó a su derecha.

—¿Preparada?

—Sí —mintió—. ¿Seguro que va lento?

—Eso me lo tendrá que decir usted. —Una sonrisa ladina apareció en su rostro e hizo saltar el corazón de Hope—. Agárrese bien.

Tuvo que hacerlo, a su brazo, precisamente, cuando de la carcasa de metal salió un ruido terrorífico. Su cara debió de ser un poema, porque sintió la vibración de la risa de Cayden contra su pecho. Del susto, había cerrado los ojos y se había agarrado como una lapa a él.

—Si no abre los ojos, se perderá el camino.

—He ido con Evelyn hasta su casa, me sé de memoria el recorrido —balbuceó—. Además, he cambiado de idea. Puede que fuera menos peligroso convivir con lord y lady Loughry...

—No mienta. —Notó que su tono serio se dulcificaba—. Sé que no es una cobarde. Hasta ahora, solo me ha demostrado lo contrario. ¿Quién se atrevería a casarse conmigo sino una valiente?

—En estos momentos —murmuró Hope—, solo pienso que fui una descerebrada.

Volvió a notar su risa. ¿Por qué se reía tanto? Nunca se había considerado una persona graciosa.

Tal vez fuera su aspecto. Tenía que ser divertido verla tan asustada. Seguro que Cayden pensaba que era una aristócrata remilgada sin nada de mundo, poco dada a las emociones fuertes. «Y tendría toda la razón».

Advirtió que se movían, con suavidad. El motor hacía ruido, pero la velocidad efectivamente no era demasiado elevada y el vehículo resultaba bastante estable. Lo sentía más ligero de lo esperado. La brisa le acariciaba la cara y, en una curva, se unió al movimiento para hacer resbalar su capucha hasta los hombros.

Pero lo que más le emocionaba era el brazo de Cayden, que no había podido soltar. Notaba la fuerza de sus músculos al manipular con destreza aquel trasto infernal. Cada vez que se movía, le rozaba el pecho, y una parte de ella vibraba como la cuerda de un violín.

Nunca había sentido esa especie de ansia por alcanzar algo. Le frustraba no entender bien qué era. Solo podía imaginarse besándole para calmarla. Era el momento en que más cerca había estado de aplacar esa sed.

Poco a poco, se atrevió a abrir los ojos. Tanto los peatones como los conductores del resto de carruajes los observaban al pasar. Señalaban, boquiabiertos, la ausencia de caballos, luego gritaban, asombrados y aterrorizados, y al final los saludaban con juramentos sin sentido. Hope, más tranquila, alzó la vista al cielo.

—¿Ya no está tan asustada?

Se giró para observarle. Descubrió que antes se había equivocado. Esa mañana en su salón, creía haberle visto en su máximo atractivo: contenido, reservado e impecable. No obstante, en ese momento, con los ojos despiertos concentrados en la carretera, la sonrisa abierta y el pelo alborotado, Cayden resultaba imperfecto, pero más accesible. Fuerte e irresistiblemente humano. Habría dejado sin aliento hasta a la Alisa más reticente.

Al menos, era lo que le había sucedido a ella.

—¿No? —insistió, mirándola de reojo—. ¿El miedo la ha dejado muda?

—Algo así —reconoció Hope con timidez.

Tenía celos de su prometido.

Era una sensación que nunca habría imaginado que experimentaría. Es decir, le envidiaba por tener los derechos que tenía como caballero, y más como hombre rico, pero más allá, no albergaba ningún mal pensamiento hacia él (al menos, ninguno que tuviera que ver con el pecado de la envidia).

Sin embargo, después de conocer a Dominique y a Bess Boulanger, había empezado a sentirse así. Sin duda, eran los padres que ella habría deseado tener. Dominique era amable, tierno y atento. Quería a su sobrino, y este le respetaba como a un maestro. Bess era pura fuerza explosiva, una Evelyn más madura, pero igual de cotilla, escandalosa y divertida. La energía infantil de Eve se volvía maternal en ella. Había abrazado a Hope unas cinco veces en la media hora que llevaba en el salón de su casa.

Era una pena no haber podido conocer todavía a Cole, el hermano de Cayden, que se encontraba fuera con el regimiento. De hecho, el militar ni siquiera podría asistir a la boda. Según Bess, era una lástima; era más parecido en carácter a su hija Evelyn que a su sobrino.

—Habría sido divertido verle poner de los nervios a su hermano pequeño —se burló.

Por la cara de Cayden, la mera posibilidad de soportar las mofas de Cole el día de su boda le aterrorizaba.

Evelyn había aparecido también para hacer más amable el encuentro. Se había sentado entre Cayden y Hope hasta que su primo le había lanzado tal mirada que había acabado tomando asiento junto a su madre.

—¡He visto el modelo «halcón» en la puerta! —exclamó Eve—. ¡Llevo siglos pidiéndote probarlo! ¿Por qué le dejas subir a Hope y a mí no?

—Porque me fío de ella y tú eres un peligro al volante —repuso Cayden impasible—. No pienso dejar que te acerques ni a un metro de él.

—Lo de la última vez fue solo un errorcillo de nada... —se excusó ella—. Además, tu mejor empleado me dejó subir. ¡No fue culpa mía!

—Mi niña, Brooks te permitiría hacer lo que quisieras —intervino Dominique—. Y, aunque sea amigo de la familia, no deja de trabajar para Cayden. No puedes cargarle de responsabilidades.

—¡No hago tal cosa! Ya sabéis que le admiro mucho. Si Cay me dejase observarle mientras trabaja, como le he pedido miles de veces...

—Entonces no podría trabajar a derechas ni un minuto —dijo Cayden, demasiado bajo para que nadie, excepto Hope, lo oyera.

—¡Dejad de hablar de coches, qué espanto! Dinos, querida, ¿estás emocionada por la boda? —le preguntó Bess—. Y tus padres, ¿qué opinan?

—Ah, mis padres... —titubeó—. Se alegran por mí, sí.

—Más bien se alegran por *ellos* —masculló Evelyn.

—¡Pichón!

—¿Qué? Tengo razón, mamá. Sus padres son horribles. La han tratado siempre muy mal. Tampoco quieren a Cay, cosa que entendería si fuera por las razones correctas, como lo tonto que es. Pero no, le desprecian por no ser de buena familia...

—¡Eve!

—¡Mamá, pero si no estoy diciendo nada que no sea verdad!

—Aun así, no deberías decir esas cosas —la reprendió su padre con delicadeza—. Estás haciendo sentir incómoda a nuestra invitada.

—Hope es mi amiga. Nosotros vamos a ser su familia a

partir de ahora. ¿Qué habría que esconder? —Evelyn cogió su taza de té y se encogió de hombros—. Su madre es la peor. Hasta quería que ella y un lord se...

—Evelyn —la cortó Hope—, para.

La chica se quedó quieta. De repente, perdió todo el color del rostro. Antes de que alguien reaccionara, ya había tirado la taza, se había levantado y lanzado a los pies de Hope.

—¡Perdóname! Si es que soy una bocazas... ¡No he dicho nada! —Se giró hacia su primo—. Y tú no me hagas caso, ¡oídos sordos!, ya sabes cómo soy.

—Sí. Ya sé cómo eres.

Su tono fue firme. El deje autoritario habría hecho retroceder de miedo hasta al hombre más templado. Incluso Eve, que tanto le conocía, compuso una expresión arrepentida.

—Debería devolver a la señorita Maude a su casa —añadió Cayden después—. Se ha hecho tarde.

—Oh, sí, querido, es mejor que la lleves de regreso —dijo Bess—. Aunque... ya habéis sido algo irresponsables viniendo sin carabina. ¿No sería adecuado que alguien os acompañase de vuelta? Para evitar las habladurías.

—Vamos a casarnos —mascculló Cayden—, ¿qué importancia tiene?

—Los nobles tienen su propia manera de hacer las cosas —le recordó Dominique—. Tu tía tiene razón.

Cayden pareció sopesarlo. Miró a su tío y luego a su tía, ignorando deliberadamente a Evelyn, que se retorcía de impaciencia todavía en el suelo, pegada a las faldas de Hope. Fue esta la que, tras acariciar la muñeca de su amiga, se dirigió a Cayden.

—Podría acompañarnos Evelyn —susurró cerca de su oído—. Seguro que esta vez se comportará.

—No lo hará —le respondió él en el mismo tono—. Pero si así lo deseas...

Evelyn pegó un chillido y corrió fuera del salón, comentando algo sobre ponerse un uniforme especial que le había regalado Brooks. Entretanto, y disculpándose por las maneras de su hija, los Boulanger acompañaron a la pareja a la entrada.

—Id subiendo al coche —les recomendó Dominique—. A saber cuánto tardará mi hija en bajar.

Hope hizo una pequeña reverencia. Estaba pensando cómo agradecerles el tiempo pasado juntos y su cálida bienvenida a la familia, cuando Cayden la agarró del brazo. Con un suave tirón, la empujó hacia la calle. Hope le siguió, limitándose a sonreír al matrimonio como despedida, y utilizó el bastón para mantener el ritmo mientras atravesaban el patio delantero y bordeaban el muro de entrada.

—¡Más despacio! ¿Por qué tiene tanta pri...?

De repente, Cayden la empujó contra el muro. La sujetó con su cuerpo y le rodeó la cintura con un brazo para acercarla a él. Con la otra mano, tomó su nuca por debajo del pelo ondulado y la besó.

Hope seguía sin saber bien cómo corresponderle, pero esta vez Cayden la incitó con el pulgar a separar los labios. Notó la punta de su lengua, cómo la deslizaba suavemente en su boca, y trató de relajarse en sus brazos. Era dulce, sí, pero también intenso. Una sensación sorprendente para la que no estaba preparada. Se quedó laxa, entregada, dejando que fuera él quien la guiara. Cayden movió la mano bajo su pelo para empujarla a ladear la cabeza, buscar otro ángulo, y justo cuando ella le obedeció, cuando por fin se abrió a él, oyeron un parloteo en un suave francés.

Cayden la soltó y se dio media vuelta. Aturdida, Hope tardó unos segundos en recuperarse de ese vacío repentino. Igual que un miembro fantasma, la ausencia de él palpitaba en su piel como si siguieran abrazados.

—¡Ya pensaba que os habíais ido sin mí! —Evelyn apareció con unas enormes gafas de cristales de aumento, un sombrero con cintas atadas bajo la barbilla y una chaquetilla de corte masculino—. ¿Quién se sienta delante conmigo?

—Tú irás detrás —respondió Cayden en tono seco—. Y no protestes.

—Pero...

—No es una sugerencia.

—A lo mejor Hope...

—Ella irá contigo —la cortó—. Vamos. Ya es tarde.

Durante el trayecto, Hope mantuvo la mirada clavada en su espalda. No sabía si lo anterior había sido una demostración de fuerza de su prometido, un impulso fruto de la frustración o una manera de poner punto y final a su primer beso. Porque este había sido muy diferente. Menos delicado, más exuberante y a la vez... prometedor.

«Cuatro», pensó en cuanto bajó del coche. «Solo quedan cuatro días».

15

MacLeod jamás había visto así a su amigo.

No tenía nada que ver con cómo iba vestido. Al margen del elegante chaqué negro, su apariencia era igual de impecable que siempre. Y tampoco había dicho nada que pudiera extrañarle a nadie. Porque, de hecho, Cayden no había pronunciado prácticamente palabra. Había saludado con frialdad a los invitados que copaban los bancos de la iglesia de St. Dunstan y estrechado la mano con deferencia a sus tíos Boulanger.

Desde entonces, permanecía como un estoico centinela de piedra junto al altar. Podía engañar a los demás, pero no a Ezra. El noble sabía que, bajo aquella máscara imperturbable, había un hombre a punto de ebullición.

—Eh, Dag —despacio, el aludido se dio la vuelta—, ¿todo bien?

—¿Por qué no tendría que ir bien?

Se giró otra vez con la misma lentitud, así que Ezra tuvo que contener su sonrisa socarrona el tiempo necesario para que el otro no la viera.

«Como no aparezca pronto la novia», pensó divertido, «a este va a darle una apoplejía».

Por suerte, Hope no tardó mucho en llegar. Las puertas de la iglesia se abrieron de par en par y permitieron pasar la luz de la mañana. Las siluetas que se recortaban contra el sol avanzaron entre la expectación de los invitados.

Lord Loughry caminaba con paso decidido hacia el altar, demasiado rápido teniendo en cuenta la pierna de su hija. En contraste, Hope no parecía afectada. Sin alzar la vista del suelo, se adaptó como pudo al ritmo acelerado de su padre.

Un velo blanco de bordado inglés le cubría el rostro. El vestido estaba confeccionado con una pesada seda de color marfil, adornada con delicado encaje belga en el corpiño y las mangas. MacLeod pensó con sorna que por primera vez para él resultaba apetecible: como casi todas las novias, parecía un tembloroso bollo de crema. Cuando se giró para comentárselo a Cayden, advirtió que su amigo no sería capaz de responder.

No es que estuviera pendiente de su futura esposa. Mantenía la atención fija en el hombre que la acompañaba.

MacLeod cayó en lo que realmente ocurría: Dag estaba enfadado. Más bien *muy* cabreado. Fulminaba con la mirada a su suegro de forma tan intensa y visceral que hasta él tuvo un escalofrío.

«Estará dándole vueltas a lo de Swithin. ¿Se ha arrepentido de la boda tan pronto?».

No obstante, cuando en la celebración Cayden retiró el velo de la novia, Ezra supo que andaba bastante desencaminado. Su amigo, siempre impasible, acababa de sonreír a escondidas.

«¿Qué es lo que tiene esta ratoncilla para haber derretido un corazón de hielo?».

Quizá la respuesta la tenía delante de sus narices. Con sana curiosidad, Ezra se fijó por primera vez en Hope. Atisbó así algo fascinante en la que había considerado la más insulsa de todas las jóvenes solteras de la aristocracia.

Serenidad. Una fortaleza innata. La calma de un bosque que resiste las tormentas más temibles.

Y, a juzgar por el mal humor de Dag que llevaba días soportando, la tranquilidad de Hope Maude era lo que necesitaba su amigo más que nunca.

En la celebración, la novia no pudo contener el revoloteo de su estómago.

Por desgracia, tampoco en todo el banquete posterior. Aunque Alisa había conseguido que aplacara algo los nervios, las risitas de Evelyn no ayudaban precisamente, sobre todo cuando la pillaba mirando a Cayden. No necesitaba ayuda extra para dar alas a las implacables mariposas.

A la boda, Alisa había ido acompañada de gran parte de su familia, incluida tía Juliet, lo que había animado a Hope. Era una forma de demostrarle a su marido que cumplía una de las condiciones por las que se habían casado. La unión con ella lo acercaba a figuras que antes le habían ignorado o mirado por encima del hombro.

De hecho, en aquel momento Cayden charlaba con uno de los cuñados de Alisa. A juzgar por la expresión de ambos y los movimientos de sus manos, no estaban hablando de la boda.

Hope volvió a oír la risa de Evelyn y trató de disimular bebiendo de su copa de vino.

—Oh, Hoppie, mi Hoppie... —canturreó la francesa con una expresión maliciosa—. ¿No puedes mirar a nadie más, mi Hoppie...?

—Eve, no la alteres todavía más —siseó Alisa—. Recuerda que hoy es su noche de bodas.

—Oh, ¡por eso me río! Estoy deseando que me cuente todos los detalles mañana...

—¡No seas metomentodo! —la regañó—. Tú no tienes que saber de esas cosas.

—¿Cómo que no? ¡Es lo único que me interesa! En las novelas tórridas siempre se casan, se van a sus aposentos y, ¡pam!, aparecen las barrigas redondas. —Puso los brazos en jarras—. ¿Qué extraño ritual se hará en esas gigantescas camas con dosel? ¿Se parecerá a lo que los perros hacen con...?

—¡Eve! Por favor, no debería tener que decirte que no digas esas cosas...

—¡Pues a tu tía Juliet le hizo mucha gracia!

—No sé quién tiene menos juicio, si mi tía o tú... ¡No pongas los brazos así! Y tú, Hope, no te rías. —Alisa cogió aire y, tras colocar las manos sobre los hombros de Evelyn, le dio media vuelta—. Vamos, deja de poner nerviosa a la novia en su boda y ve con tía Juliet. En la iglesia me ha comentado que quería invitarte a la ópera.

—¿En serio? ¿A qué obra?

—*Nabucco*, creo.

—¡¿*Nabucco*?!

Sin una sola palabra más, la más joven de las tres se marchó como un vendaval hacia la dragona. Esta, sentada en una espléndida butaca a un lado del salón, alzó su abanico con una sonrisa de oreja a oreja en cuanto vio que Evelyn se acercaba.

Ya a solas, Hope se giró hacia Alisa con expresión agradecida.

—Gracias.

—De nada. —Alisa suspiró—. Entre tú y yo, no sé si conseguiremos domarla...

—Yo también lo dudo. —Hope sonrió—. Quizá lo consigamos a medias. Será nuestra fierecilla domada.

—Más bien nuestra fierecilla *trastornada*.

Mientras Hope reía, Alisa se llevó de forma distraída la copa de vino a los labios. Tenía la vista fija en el fondo de la sala, aunque Hope apreció que no enfocaba nada en concreto.

—Ya que Evelyn ha sacado el tema de la noche de bodas... ¿Sabes qué va a ocurrir?

Tras unos instantes de vacilación, Hope negó con la cabeza.

—¿Nada de nada? —Alisa arqueó una ceja—. ¿Tu madre no ha tenido *esa* conversación contigo?

—Sí, pero... solo me contó que mi marido ya sabría qué hacer. Y que dolería. Según ella, no debo preocuparme, porque, habiendo perdido una pierna, en comparación no será nada.

—Te juro que, si me das permiso, un día mato a esa bruja. —Quitándole importancia, Hope sonrió con cierta tristeza—. Aunque déjame decirte que, después de esta noche, puede que tu marido se me adelante.

—¿Qué quieres decir?

—¿No ves cómo mira a tu familia? Exceptuando al pequeño Henry, claro.

Hope se volvió hacia Cayden. En ese momento hablaba con lord Ascott, uno de sus primos. Era un tipo detestable, pero tenía contactos en palacio. Además, había oído que secretamente deseaba tener un Dagger en su puerta. Mientras conversaba con él, Cayden estaba serio, como siempre. Le sacaba casi tres cabezas al viejo Ascott, así que estaba inclinado hacia él con gesto reservado. Un mechón de pelo rubio le cayó sobre la frente y Hope tuvo el repentino impulso de colocárselo en su sitio. Y tal vez, estando tan cerca…

—¿De verdad no lo has notado, Hope?

—¿Eh? No, yo… no he notado nada —susurró avergonzada.

—Olvídalo —dijo Alisa—. Volvamos a lo importante. Me temo que tu madre tiene razón: lo que suceda esta noche entre los dos puede doler, sí… pero no tiene por qué. De hecho, si estás tranquila y él es cuidadoso, puede ser una buena experiencia. Recuerda decir lo que sientes y lo que te gusta. Nadie es adivino, y los hombres todavía menos… —Alisa cabeceó—. En cualquier caso, tu señor Dagger no parece impetuoso. Esperemos que se muestre del mismo modo en la alcoba.

Aquellas palabras aligeraron la preocupación de Hope. Agradecida por ellas, la joven tardó en caer en su significado oculto.

Al cabo de unos incómodos segundos, carraspeó y bajó la voz.

—¿Cómo sabes tú que…?

—¿Recuerdas lo que os conté la primera vez que nos conocimos? —Hope asintió—. En realidad, es lo que cree saber todo el mundo. Que un hombre prometió casarse conmigo, pero después…

Se calló. La eterna impasividad de Alisa parecía estar a punto de romperse, aunque de alguna forma logró aguantar. Volvió a beber de la copa y se aclaró la garganta antes de continuar.

—Lo que nadie sabe es que, antes de que me abandonara, le

entregué a ese malnacido algo más que un beso. —Hope abrió mucho los ojos, estupefacta—. Por eso, en el fondo, la gente... tiene razón. Estoy deshonrada. Si algún día me caso, que no es probable, no debería vestir de blanco. —La miró de soslayo—. No como tú.

Hope quiso estrecharla entre sus brazos con todas sus fuerzas. Pero estaban rodeadas de gente, aristócratas estirados que las censurarían si hacía algo semejante. Por desgracia, no era Evelyn, quien lo habría hecho sin pensar. Ella era consciente del mal que haría a Alisa. Ninguna de las dos tenía buena reputación, y no deseaba acabar de arruinarla.

Con un suspiro, la tomó del brazo y se lo acarició arriba y abajo con delicadeza.

—Siento tener que llevarte la contraria, porque sé que lo detestas, pero... lo que acabas de decir es completamente absurdo.

Alisa negó con la cabeza; una sonrisa triste le bailaba en las comisuras de los labios.

—Sé bien qué piensan...

—Lo que piensen los demás o no son sandeces. —Alisa alzó la vista, atónita—. Lo digo de corazón. Tú jamás podrías estar manchada. Sin importar lo que hayas hecho, eres la mujer más resplandeciente que conozco. Creo que ni siquiera la reina Victoria es tan distinguida... ¡No me mires así! Lo creo con total convicción. Y estoy segura de que algún día conocerás a alguien que piense lo mismo que yo.

—No lo creo.

—Vamos, tu tía Juliet es la dama más intransigente que conozco, y no parece que tu pasado le haya supuesto ningún problema. —Las dos observaron a la vieja dragona reír a carcajadas mientras Evelyn daba saltitos a su lado—. Además, ya sabes que tienes a alguien más que, como yo, piensa lo mejor de ti.

—Ah, ¿sí? —masculló Alisa—. ¿Y quién es ese?

Hope sonrió de oreja a oreja.

—Me refería a Evelyn, claro. ¿Acaso pensabas en algún caballero?

Alisa se puso colorada hasta la raíz del pelo. Se terminó la copa de vino de un trago y no dijo nada.

Mientras se aguantaba las ganas de reírse, Hope observó con cuidado el resto de la sala, donde se relacionaban los comensales después de la cena. El convite tras la boda se había celebrado en la casa donde había crecido, pero no parecía la misma ni de lejos.

Su padre había insistido en renovar aquel salón para el acontecimiento (con el dinero de su yerno, por supuesto) y en ese momento se dedicaba concienzudamente a beberse hasta el agua de los floreros. Por su parte, un Henry ilusionado le estaba enseñando la casa a dos de sus futuros compañeros de Eton. Sin embargo, y por mucho que Hope la buscó, no encontró a su madre por ningún lado.

En un rincón, localizó por fin a Cayden. Había dejado de hablar con lord Ascott y esta vez se entretenía con sus tíos Boulanger. Esperaba que hacía días, en su casa, no hubiera dado una mala impresión. La aterrorizaba la idea. Verdaderamente eran como los padres de su marido, y no quería que la despreciasen. Tras años de recibir humillaciones por parte de los suyos, no estaba segura de si, en realidad, era culpa suya.

Por eso sintió un escalofrío cuando vio que su marido le hacía un gesto para que se acercase.

—He de irme —le susurró a Alisa—. Me llama.

—Debería ser el señor Dagger quien viniera hasta aquí a por ti —refunfuñó su amiga—. Tendríamos que ampliar la clase de modales de Evelyn a tu marido...

—No te preocupes, si no quieres acompañarme iré sola.

Alisa puso los ojos en blanco, tras lo cual Hope, entre dientes, se rio de su victoria.

Apenas llegaron, la tía Bess dominó toda la conversación. Tanto su marido y sobrino como las dos chicas permanecieron en silencio mientras parloteaba sobre lo espléndida que había sido la celebración.

—Lo que me pregunto, y que me parta un rayo ahora mismo si no lo piensa el resto también, es: ¿cuándo va a bailar el nuevo matrimonio? —canturreó Bess—. Queridos, forman una pareja demasiado hermosa, ¡no lo desaprovechen! ¡Den envidia a los demás dando vueltas como cisnes enamorados!

Hope se puso blanca como el papel. No podía decir que no. Habría sido desconsiderado negarse a bailar con su marido. Sin embargo, si accedía, nadie estaría jamás tan pendiente de su cojera como en ese momento.

El silencio que se impuso en el grupo se volvió tan espeso que podía hasta paladearse. De reojo, Hope notó que Alisa se disponía a contestar por ella.

Sin embargo, alguien se adelantó.

—Tía Bess, creo que hablo por mi esposa si le digo que ambos estamos agotados —dijo Cayden—. Había pensado más bien en que usted y mi tío abrieran el baile.

—¿Nosotros?

—Buena idea, sobrino. —Dominique sonrió—. ¿Qué dices, querida? ¿Les enseñamos a estos ingleses la superioridad de un vals al estilo francés?

Bess se echó a reír con las mejillas rojas como manzanas.

—Te recuerdo, querido, que yo soy inglesa.

—No me lo recuerdes. —Le tendió una mano—. ¿Y bien?

Bess dio un sonoro beso a su marido en la mejilla. Después avanzaron ante la mirada desconcertada de Alisa.

—¿Son siempre así? —le susurró a Hope.

La otra asintió. Qué envidia sentía al ver la confianza que tenían esos dos.

Con cuidado, Hope echó un vistazo a Cayden, justo a su lado, y el nudo en el estómago se le retorció aún más.

«Gracias».

Eso es lo que le hubiera gustado decirle de haber existido esa confianza entre ellos. No obstante, seguía sin ser capaz de expresarle cómo se sentía. No tenía la menor idea de qué imagen se había hecho Cayden de ella, si la deseaba, le inspiraba lástima o le era indiferente. Tampoco había dejado de dar vueltas a su beso contra el muro.

Y, sobre todo, a lo que esperaba después.

La avergonzaba lo mucho que lo echaba de menos, cuando en realidad jamás había sido suyo. Había visto destellos de un Dagger más humano y cercano, pero solo habían sido fogonazos. Desde su viaje en coche, la trataba con la impasividad que era habitual en él.

Se contentó con que al menos se colocara justo a su lado. Sus brazos estaban uno junto al otro. Era muy consciente de los lugares en que se rozaban mientras veían bailar a la pareja más feliz de toda la boda.

«¿Y ahora?», se estremeció cuando terminó la música. «¿Cuál es el siguiente paso?».

16

Hope recordó la última vez que había viajado a solas con Cayden; se arrepintió de haberse apartado el velo al entrar en el carruaje, porque no pudo esconder una fugaz sonrisa.

Ya no solo llevaba consigo el bastón de Brooks, sino el apellido Dagger.

Sonaba bien. Según su madre resultaba poco distinguido, pero a sus oídos contenía cierta musicalidad.

«Hope Dagger», sin títulos delante que la empañasen. Simple y llanamente ella.

—¿Está cansada?

No se movió ni la miró al hacer la pregunta, así que Hope decidió imitarle, con la vista perdida en la falda de su vestido.

—No, estoy bien. —Acarició la seda blanca con delicadeza—. ¿Y usted?

Cayden asintió distraído; tenía la atención puesta más allá de la pequeña ventana lateral. Estaba empañada por la diferencia de temperatura entre el cálido interior y el helado exterior, típico de la noche londinense. Hope no entendió qué le llamaba tanto la atención, si no se veía nada.

—Le he visto conversar con mucha gente en el banquete —comentó—. ¿Está contento?

—Sí, claro. Por una vez, no han podido inventar una excusa y marcharse a los pocos minutos… —Bufó con cansancio—.

Recemos porque no sea algo excepcional y su interés continúe en un futuro.

—Seguro que sí. —Hope reunió valor y añadió—: No se preocupe a ese respecto. Le recuerdo que mantener contactos entre la nobleza es mi trabajo, mi labor en nuestra empresa.

Por fin, Cayden la miró. No sonrió con los labios, sino con los ojos. El brillo que reflejaban era tan poco habitual que Hope quiso retenerlo lo máximo posible.

Sostuvo aquella mirada esperando que él la retirase a los pocos segundos, como había hecho durante todo ese día. Le sorprendió que no fuera así. El vehículo se balanceaba suavemente en cada curva, pero ellos se mantenían fijos en sus posiciones. Sintió de algún modo que, esta vez, él también percibía esa conexión entre los dos, fuerte y tan inesperada como un relámpago.

Antes de que Hope pudiera atreverse a hacer ningún movimiento, a intentar volver a acercarse a él, a romper esa tensión, la portezuela del carruaje se abrió. El cochero se asomó por ella con cuidado, casi temeroso.

—¿No bajan, señores? Hemos llegado a su casa hace tiempo.

Con dificultad, Cayden rompió el contacto visual entre ellos para girarse hacia el chófer. Hope sintió el tirón que la liberaba y exhaló el aire que había estado conteniendo.

—Lo siento, John. Ya bajamos.

Fue el primero en descender para ayudar a Hope, que se movía con torpeza, no solo por la pierna, sino por la cantidad de tela blanca que se arremolinaba a su alrededor. En cuanto tuvo ambos pies en el suelo, él le soltó la mano. Abrió y cerró los dedos mientras recorrían el corto sendero hasta la puerta principal, como si el simple contacto con ella le quemase.

La casa de Cayden era una vivienda moderna de dos plantas ubicada en Belgrave Square. Hope solo la había visto por fuera. Al pasar adentro, le resultó evidente que allí vivía un caballero soltero al que no le preocupaba más que lo indispensable. Estaba casi vacía; cada mueble tenía una función clara y era eminentemente cómodo. Hope tendría que decorar y amueblar del todo su nuevo hogar si lo que buscaban era invitar a toda clase de personalidades para convencerles de que colaboraran con su marido. Para la aristocracia, era indispensable mostrar buen gusto sin caer en el exceso. La funcionalidad era secundaria.

Cuando se lo propuso durante el banquete, Cayden accedió.

«Será también su casa», había contestado sin emoción. «Haga lo que crea necesario».

En el vestíbulo, un hombre enjuto de bigote espeso y cuidado, tan blanco como su librea, recogió la chistera de su señor y los abrigos de ambos. Era el mayordomo. Delabost, así le había dicho Evelyn a Hope que se llamaba.

«Es un hombre insufrible», le dijo. «Odia a todo el mundo menos a Cay, lo que evidencia su falta de buen gusto».

Hope se preguntó si eso implicaba que, para su amiga, su gusto también dejaba mucho que desear. Aunque Eve no sabía nada de lo que sentía por su primo.

«Nadie lo sabe, en realidad. Ni siquiera yo misma».

—Su dormitorio está listo, señor —anunció el lacayo tras hacer una sencilla reverencia—. Brooks ha venido esta mañana antes de la boda. Como ordenó, las tuberías de la nueva ducha están arregladas y funcionan a la perfección.

—Gracias, Delabost. No necesitamos nada más, puede retirarse. —Cayden giró la cabeza por encima del hombro en dirección a Hope—. ¿Subimos?

La chica le tomó del brazo como única respuesta. Mientras subían las escaleras hasta la planta de arriba, en sus oídos se hicieron eco los consejos de Alisa.

«Recuerda decir lo que sientes y lo que te gusta. Nadie es adivino, y los hombres todavía menos... En cualquier caso, tu señor Dagger no parece impetuoso. Esperemos que se muestre del mismo modo en la alcoba».

No estaba demasiado convencida de que su marido fuera el hombre tranquilo que todos creían que era. Hacía unos minutos, el fuego de sus ojos le había insinuado lo contrario.

En cuanto puso un pie en la habitación, Hope quiso deshacerse de un plumazo del pesado vestido de novia. Hacía un calor insoportable en toda la planta superior, pero en especial en el dormitorio principal. Aunque la chimenea estaba encendida, debía haber algo más que justificara aquella temperatura asfixiante.

Cayden no parecía notarlo. Se aproximó a la ventana del cuarto, junto a la que había dos butacas y una pequeña mesa de desayuno. Sobre ella descansaban una botella lacada de cristal y un par de copas vacías.

—¿Quiere un poco de coñac?

Hope, plantada en el centro de la habitación, asintió con timidez.

—Estaría bien, gracias.

Nunca había probado ese alcohol. Ni ese ni ningún otro a excepción del vino rebajado que se servía en los banquetes y el que Evelyn traía de Francia. La chica insistía en que lo bebieran cuando estaban las dos solas sin Alisa. La última vez habían acabado tan borrachas que no habían parado de reírse mientras bailaban como podían dentro del coche.

Recordando a su amiga, Hope deseó tener tanto coraje como ella. Imaginaba que, de no ser por el incidente con los matones a los catorce años, se acercaría más a esa personalidad risueña y despreocupada. Por otro lado, tampoco era como Alisa. Ella también era valiente a su modo. Ahora que sabía más sobre su pasado, apreciaba lo difícil que debía haber sido recuperarse de una experiencia como la suya. A pesar del terrible abandono que había sufrido, solo en contadas ocasiones mostraba la fragilidad de su corazón roto.

Después de llenar ambas copas, Cayden se acercó despacio hasta ella y le tendió una. Hope se llevó el vaso a la nariz para olfatear el líquido, sin poder evitar arrugar la nariz inmediatamente después. De reojo, advirtió como a escondidas su marido sonreía a su costa.

—¿Brindamos?

Los cristales chocaron provocando una nota aguda que le heló la sangre. No se había percatado del silencio que reinaba en la casa. Con avidez, tomó un primer trago. Fue suficiente para que le sobreviniera una leve tos.

—Es extraño, no se oye nada —se apresuró a comentar antes de que Cayden pudiera burlarse de ella por su falta de aguante—. En mi casa hay ruidos por todas partes. El reloj del pasillo, la madera que cruje, el viento que se cuela por las contraventanas...

—No dudo que la mansión Loughry sea espléndida, pero también tiene las incomodidades de un edificio antiguo. Cuando pude mudarme, ordené que remodelaran esta vivienda. —Señaló con la copa las paredes que les rodeaban—. Con Brooks, creamos un nuevo revestimiento que nos aísla del ruido de la calle.

—¿También del frío?

—Sí, por supuesto. —Cayden alzó las cejas—. ¿Tiene calor?

—Dios, sí. —Hope se rio nerviosa—. Estoy acostumbrada a...

Se calló. Era mejor no contarle nada sobre su penosa vida en una casa sin apenas comida, lumbre ni chimenea. No deseaba que le tuviera lástima, probablemente más de la que ya sentía. Hasta los más pobres tenían de vez en cuando algo de fuego con el que calentarse.

Ante el silencio que siguió, empezó a toquetear la copa y bebérsela a sorbitos.

—¿A qué está acostumbrada?

Comprendió que su marido no iba a claudicar hasta que no se explicase. Aspiró una profunda bocanada de aire.

—En mi casa no era habitual que las chimeneas estuvieran encendidas a estas horas.

—¿Ni siquiera en invierno? —Hope negó con la cabeza—. No creía que su situación fuera tan mala. —La chica se encogió de hombros para restarle importancia—. Y no hace falta que la llame más «su casa». Ya no lo es.

Era cierto. Constatar que no volvería allí le produjo vértigo. Era una sensación agradable, pero no dejaba de ser desconocida. Resultaba imposible adivinar lo que ocurriría con su vida al día siguiente. Ni al mes siguiente. Ni cómo estaría en un año.

Ni qué relación tendría con un hombre con el que se había casado solo para escapar.

«Pero tras la huida... ¿Qué se hace tras la huida?».

La joven se bebió de un trago lo que quedaba de coñac. Mientras lo hacía, el anillo de esmeraldas chocó contra el cristal, arrancando otra nota discordante.

—¿Quiere tomar una más?

Hope contestó tendiéndole la copa vacía. Cuando Cayden regresó, sentía que el calor se le agolpaba no solo en los pómulos, sino en todo el cuerpo.

—Tiene las mejillas tan rojas como Eve.

—Ah, ¿sí? —balbuceó ella—. Será el coñac...

—Si se siente incómoda —murmuró Cayden—, solo tiene que quitarse la ropa.

«Por supuesto, eso ayudaría *muchísimo* a que dejara de estarlo».

—Lo haría si pudiera —replicó divertida—. Si cree que para una mujer es tan fácil desvestirse, es evidente que nunca ha llevado un traje de novia.

—¿En serio? ¿Es evidente?

Tardó en comprender que se trataba de una broma; era complicado considerarla así teniendo en cuenta lo formal que solía mostrarse Cayden.

—Lo que quería decir es que las mujeres no solemos desvestirnos solas —siguió Hope, apurada—. Por eso contamos con doncellas que nos ayudan.

Él no cambió su expresión, ni siquiera cuando se terminó la copa y le quitó la suya a Hope con un movimiento pausado.

—A falta de que tenga una a su disposición —pronunció con gravedad—, esta noche seré yo quien le eche una mano.

Tan despacio como antes, volvió a la mesa de desayuno. Dejó allí los vasos. Luego se deshizo la chaqueta negra. Los músculos de la espalda se le tensaron por el movimiento y Hope tragó saliva.

Contuvo el aliento cuando después se quitó el chaleco y la corbata de seda que llevaba anudada al cuello. Era hipnótico. Se desnudaba como si ella no estuviera allí, ajeno a la forma en que lo devoraba con los ojos, atenta a cada pedazo de piel que iba descubriendo. Se sacó los faldones de la camisa de los pantalones, la arremangó hasta los codos y se desabrochó unos cuantos botones. Para alivio de Hope, no se deshizo de ninguna otra prenda. Cambió de opinión cuando le vio regresar a su lado.

—¿Ve? —dijo en voz baja—. No es tan difícil.

—Para usted.

—Probemos.

«Genial. Ahora me toca a mí».

A un lado del dormitorio había una cómoda con espejo. Hope se quitó el velo junto a la corona de flores de azahar que le adornaban la cabeza y, con cuidado, caminó hasta colocarlo todo encima del tablero de madera. Al alzar la vista, pudo contemplar por fin su propio reflejo. Sí que estaba roja. Hasta la raíz del pelo. Sus pecas marrones y anaranjadas destacaban como polvo esparcido por la piel sonrojada. Se acarició el cuello y suspiró. Siempre había querido deshacerse de ellas.

De pronto, el reflejo de Cayden apareció justo detrás de ella. Dio un respingo al mismo tiempo que él se aproximaba, hasta quedar a un palmo de su espalda. La observó en silencio durante unos segundos, siguiendo el contorno de su figura hasta llegar a la mano que tenía posada en el cuello. Hope sintió cómo se le aceleraba el pulso contra las yemas de los dedos.

—¿Q-qué pasa?

—Nada. —Le oyó coger aire—. Ahora, el vestido... Dios santo, ¡¿cuántos botones tiene esto?!

—Demasiados para cualquiera —se rio Hope.

Oyó algo parecido a un juramento mientras Cayden se acercaba todavía más. Enseguida notó que unos dedos le recorrían la espalda desde la nuca hasta la cadera.

—¿Confeccionan estos vestidos así para que los novios se desesperen? —renegó él.

«Y para que nos desesperemos nosotras».

Hope no podía parar de taconear en el suelo. Por un lado, quería que esa noche terminase cuanto antes. Por otro, no podía esperar a que fuera la primera de muchas.

Su marido soltó un suspiro de alivio al llegar al último botón. Dándose prisa, Hope bajó las mangas y se deshizo del vestido, que cayó al suelo formando un nido de seda a su alrededor. Saltó a un lado para huir del asfixiante exceso de tela, pero la prótesis se enganchó con una de las tiras de encaje e hizo que trastabillara.

Cayden la cogió al vuelo antes de que cayera en la alfombra. Hope jadeó pegada a él, con la mejilla contra la base de su garganta, casi en el aire de no ser por los brazos que la sujetaban con firmeza.

—Por muchas ganas que tengas, intenta no dejarme viudo la primera noche.

La había tuteado. Y no solo eso, sino que estaba más cerca de ella que nunca. Notaba su aliento en la sien y el ademán protector de sus manos alrededor de la cintura. A su vez, Hope se había agarrado por instinto a sus hombros para mantener el equilibrio.

Fue consciente por segunda vez de su superioridad física. De la dureza de un cuerpo acostumbrado al trabajo y alejado de la vida ociosa de los caballeros a los que había conocido desde niña. Sin saber qué hacer, y como un desesperado escape a sus nervios, Hope soltó una risa temblorosa. A esa le siguió otra carcajada más alta que tampoco pudo detener.

—¿Te hace gracia todo esto? —preguntó él con el ceño fruncido.

—No, ¡al contrario! —No podía parar de reírse—. ¡Estoy muerta de miedo!

—¿Miedo? ¿Y eso por qué?

—Empiezo a pensar que algunos nobles tienen razón y sí es poco inteligente, señor Dagger —se burló sonriente—. ¿Cómo cree que debe sentirse una joven como yo ante una situación como esta?

Cayden aflojó el agarre sobre su cuerpo y se separó un palmo de ella.

—Pensé que a lo mejor no era tu primera noche. —La contempló con evidente confusión—. Había oído insinuar que...

Se quedó callado.

—¿Qué?

—Que podrías haber estado con otro hombre.

Las palabras retumbaron en sus oídos. Hope tragó saliva para tratar de deshacerse de aquel molesto eco.

«¿Con otro hombre? No se referirá a...».

Se apartó de él con un leve empujón.

—¿Que yo *qué*?

—No es nada que...

—¿Nada? —le cortó enfadada—. ¿Con quién ha hablado? —Cuando Cayden fue a abrir la boca, ella levantó la mano derecha—. Mejor no me responda. ¿Cómo es capaz de creer lo que cualquiera diga sobre mí?

—Solo lo consideré una posibilidad —contestó con gesto conciliador—. Sé que la familia Loughry no ha pasado por una buena situación. Soy el menos indicado para juzgar cualquier forma que hayas encontrado adecuada para sobrellevar vuestros problemas económicos. —Bajó la voz, que se tornó furiosa—. Además, he visto cómo te trata tu familia. No me extrañaría que te hubieran empujado a algo así. Tu madre es una víbora. Y tu padre es un auténtico...

—Pare —le interrumpió Hope. Cerró los ojos al tiempo que se frotaba la frente, perlada de sudor—. Sepa que, por muchas penurias que haya sufrido, no me he relacionado de esa forma con nadie. —Acordándose de Alisa, añadió—: Pero, si fuera verdad, si quien se lo dijo estuviera en lo cierto, ¿acaso le importaría? ¿Me consideraría peor?

Cayden la contempló con una expresión insondable.

—De ningún modo —contestó grave—. Ya te he dicho que no soy quién para juzgar. Yo mismo... Cuando era... —Hizo una pausa—. Lo que quiero decir es que no me importa lo que hayas hecho en el pasado. Es más, me da absolutamente lo mismo. —Se cruzó de brazos, a la defensiva—. Además, si hubiera creído esos rumores, y fuera de esos hombres que le dan importancia a esa sandez de la pureza virginal, no me habría casado contigo, ¿no crees?

Hope se cruzó de brazos también, aún desconcertada y sin saber si mostrarse todavía enfadada. Estaba en corsé, camisola y enaguas en medio de una casa extraña, junto a un hombre que, como acababa de demostrar, no la conocía en absoluto.

«Aunque ¿cómo no iba a creer lo que decían otros acerca de mí? Y aun así... aun así se ha casado conmigo».

—Supongo que tiene razón —reconoció al final—. En cualquier caso, quiero dejarle algo *muy* claro: oiga lo que oiga, no vuelva a creer una palabra de lo que digan sobre mí, ¿de acuerdo?

—De acuerdo.

—Nadie, *nadie* sabe nada de mí.

—Lo lamento. De verdad. —Cayden se revolvió el pelo y colocó los brazos en jarras—. Supongo que yo también estoy asustado y por eso no dejo de decir lo que no debo. No dejo de comportarme como un... —Cogió aire—. Como un cretino.

Hope sonrió ante el insulto, aunque trató de disimular. No quería que creyese que se reía de él, si bien era cierto que, en ese momento, Cayden tenía un aire muy distinto al habitual. Más juvenil. Sin el acostumbrado traje de etiqueta ni la postura recta y estudiada, se le veía fuera de lugar. Ya no era un hombre de negocios insensible, sino un veinteañero indeciso en su noche de bodas.

«Me alegra no ser la única».

Más aliviada, decidió que ya era hora de derribar la última barrera formal que se alzaba entre ellos.

—¿Lo dices en serio? —le tuteó—. ¿Cayden Dagger, asustado? No es posible. ¿Por qué te daría miedo yo?

Aunque Cayden abrió la boca, fue incapaz de responder.

—¿De verdad? —insistió Hope—. No muerdo. Y que yo sepa... tú tampoco.

De la garganta de él salió un sonido estrangulado, pero nada más. Pareció todavía más perdido cuando, tras unos segundos, Hope decidió por fin acortar la distancia que les separaba. Paso a paso, salvó el espacio entre ambos hasta situarse justo delante de él. Todavía llevaba los botines puestos y aun así era mucho más baja. Sin la corbata anudada al cuello, vio que la nuez de Cayden subía y bajaba ostensiblemente.

Envalentonada por aquella muestra de nerviosismo, le colocó de nuevo las manos sobre los hombros para ayudarse a llegar hasta él. Una vez de puntillas, le dio un suave beso en los labios.

Ese gesto le despertó. Con una velocidad pasmosa, Cayden volvió a cogerla de la cintura y se inclinó para tomar su boca. Hope cerró los ojos y apretó los labios, confusa, mientras sentía que la mano de él ascendía por su espalda hasta colocarse en el hueco bajo la mandíbula. De repente, Cayden detuvo el beso. Apoyó el pulgar en el labio inferior de Hope, que se relajó ante el contacto. Se separaron hasta quedar a escasos centímetros uno del otro.

Notaba el aliento de él en los labios. Dulce, caliente, irregular. Le provocó un débil y agradable hormigueo justo en el centro del pecho.

—Ábrete.

Como hizo en el muro, Hope obedeció sin dudar. En el instante en que entreabrió los labios, Cayden volvió a besarla. Empezó a depositar en su boca una serie de besos cortos y lentos que lograron que Hope se rindiera por fin y se adaptase a la presión de su lengua. Entonces ambas bocas encajaron a la perfección.

Como si fuera de cristal, Cayden había tomado el rostro de Hope entre las manos con delicadeza. Ante esa repentina pérdida de intensidad, la chica respondió recorriendo el camino desde los anchos hombros hasta la nuca para empujarle hacia abajo, invitándole a adentrarse todavía más en ella.

Lo hizo. A la vez, notó como la mano de él descendía para bajarle el corsé, lo justo para descubrirle los pechos, y rozarla por encima de la tela. Gimió contra su boca mientras le acariciaba un pezón, lo excitaba y movía los dedos para hacer lo mismo con el otro.

Sintió que la cabeza le daba vueltas cuando, de pronto, Cayden rompió el contacto. Le depositó un último beso en la garganta y le susurró contra la piel:

—Ven conmigo.

Hope musitó un «sí» que sonó tan débil como un quejido. La mano de él abandonó su pecho para tomarla de la muñeca, empujándola hacia la cama, detrás de ellos, pero ella terminó resistiéndose a la invitación con un suave tirón.

—Espera.

—¿Esperar? —Parecía aturdido—. ¿A qué?

—Aún no me has desvestido del todo.

Cayden se detuvo. Luego tomó aire despacio y lo soltó con fuerza por la nariz. Hizo girar a Hope con la mano derecha como si bailaran un vals y la colocó de espaldas. Sin mediar palabra, comenzó a desanudarle las tiras del corsé.

Era obvio que no sabía hacerlo. Hope suponía que aquella no era su primera vez, así que debía de haber dicho la verdad sobre lo asustado que estaba.

—Tienes que tirar de...

—Ya —le cortó él—. Ya lo sé.

Hope frunció el ceño. Si iba a pasar el resto de su vida con aquel tipo, tendría que enseñarle a no ser tan tosco. Estaba considerando cómo hacerlo (porque en toda su existencia no había sabido enfrentarse a un padre desequilibrado y a una madre cruel) cuando Cayden soltó otro juramento y fue hasta uno de los cajones de la cómoda. Rebuscó en él mientras gruñía. Su acento *cockney* se había vuelto más marcado desde la segunda copa de coñac.

—¿Qué estás buscan...?

Hope gimió al verle sacar una navaja. No le dio tiempo a moverse; Cayden se plantó en dos zancadas a su espalda y rompió de un tirón las tiras que quedaban.

—Hecho —le oyó bufar con alivio.

Luego, una a una, el resto de las prendas blancas que cubrían a Hope acabaron compartiendo el mismo destino.

Era una suerte que hiciera tanto calor en la habitación, porque, incluso así, Hope sintió que su piel desnuda se erizaba. Se abrazó a sí misma para cubrirse lo máximo posible el cuerpo. No se veía capaz de enfrentarse a Cayden ni a lo que pudiera provocar en él.

Tampoco sabía si quería hacerlo.

Cuando estaba decidida a darse la vuelta y descubrirlo, unos dedos comenzaron a recorrerle el muslo izquierdo. La caricia continuó y despertó una latente sensación de necesidad justo entre sus piernas.

Era agradable sentir esa caricia sobre ella. Como había dicho Alisa, no era tan terrible como le había amenazado su madre.

Hasta que se dio cuenta de adónde se dirigía. No pudo hacer nada para detenerlo ni impedir que el tacto de sus dedos desapareciera al llegar al metal.

Como si le hubieran tirado encima un cubo de agua helada, Hope perdió la alegría de golpe. Logró dar un tembloroso paso hacia delante para alejarse de él.

—¿Q-qué haces?

Cayden continuaba de rodillas en el suelo. Su rostro, en vez de reflejar el deseo que había visto tan claramente antes, estaba teñido de rabia. Y, además, del sentimiento que más despreciaba Hope.

«Me tiene lástima».

—Tendría que haberle encargado la prótesis a Brooks antes de casarnos —dijo para sí, furioso—. Menudo idiota.

La idiota era ella. Por imaginar que un hombre la querría a pesar de su condición.

Lo que más temía se había cumplido: Cayden no la veía a

ella, sino aquella maldita pierna. Ya no quedaba nada del joven vulnerable que había descubierto antes. Seguía despeinado y acalorado, pero su mirada gris volvía a ser fría y distante.

—¿Acaso te da asco? —le espetó Hope.

—¿Qué? —Pareció confuso al alzar la vista hacia ella—. Claro que no.

—Así que te doy asco yo.

Todavía arrodillado en el suelo, Cayden apretó los puños.

—No —respondió con sequedad—. Lo que me provoca ver esto es...

—¿Sí?

—Rabia.

Hope sintió que se le empañaban los ojos. Parpadeó varias veces para contener las lágrimas. No eran de tristeza; conocía demasiado bien esa sensación para confundirla con cualquier otra. La emoción que había empezado a hervir en el centro de su pecho le resultaba todavía más familiar. Palpitaba roja como el fuego y le nublaba la vista cada vez que se despertaba en ella.

Esa fue la primera vez que la dejó escapar sin estar sola.

—No tienes ni idea de lo que es la rabia —masculló Hope, todavía con los dientes apretados—. Sentir el dolor de que te hagan algo así, sentir cómo te devora durante años... ¡Y cuando pensaba que podía olvidarme de esta losa por una noche...! Pero es imposible. Hasta tú me lo recuerdas. Nadie puede ignorarla, ni siquiera tú, ¡tú! Rabia es lo que tengo yo. —Se dio la vuelta de un movimiento para encararle, bajó los brazos y apretó los puños a ambos lados del cuerpo—. ¡Rabia es lo que siento yo!

Ni siquiera le importó estar completamente desnuda delante de él. Además, tampoco es que Cayden la mirase de forma pasional. Saltaba a la vista que ya no le dominaba el deseo. Su irritación se leía en cada músculo de su cuerpo, en especial cuando se puso en pie.

—No pretendía menospreciar lo que has sentido —reconoció—. No soy bueno haciendo esos juicios de valor ni lo pretendo. Pero también sé lo que es la rabia, y podrías explicarm...

—¡No, no lo sabes!

Con la mandíbula tensa, Cayden cogió aire y continuó:

—Sé que no has llevado una vida fácil, pero yo... Yo tampoco. Nací y me crie sin nada. Perdí a mis padres, me quedé solo y me convertí en adulto en un mundo que ha intentado derribarme a cada paso.

Hope relajó las manos. Luego estiró los dedos agarrotados y empezó a dar vueltas al anillo de compromiso. Era cierto que Cayden no comprendía cómo se sentía, pero ella tampoco le entendía a él.

«Tal vez, si le explico cómo me siento...».

Estaba reuniendo el valor para acercarse y firmar una tregua, tal como había hecho antes, cuando Cayden volvió a pronunciarse.

—Al mirar esa pierna —murmuró—, lo que siento en realidad es pena.

Hope se detuvo enseguida.

El rojo volvía a inundarlo todo. No había esperado sentirse así en su matrimonio tan pronto. Del mismo modo que lady Loughry la había hecho sentir tantas y tantas veces: como una desafortunada. Una pobre niña. Una estúpida.

«Alguien que solo despierta lástima».

Le odió. Lo hizo con tanta intensidad como lo deseaba. Había volcado todas sus esperanzas en Cayden y él acababa de destruirlas con apenas unas palabras.

Jamás la querría. Jamás le daría el cariño y el amor que todo el mundo a su alrededor le había negado desde hacía años. Sin importar su nuevo apellido, seguiría estando sola.

Por eso usó toda la rabia que guardaba dentro para volver a encararle.

—Así que ¿eso es lo que sientes por mí, pena? Eso explica por qué un hombre como tú accedió a casarse conmigo. ¿Fue por pura compasión? Gracias, pero no la necesito.

La expresión de Cayden no se alteró, aunque Hope se dio cuenta de que lo había herido. La satisfacción de hacerle daño solo con unas palabras, como había hecho él con ella, duró muy poco.

—¿Y eso es lo que piensas de mí? —gruñó él—. Cómo no...

—No lo sé. Dímelo tú.

—Por supuesto que no me casé contigo por eso.

—Oh, qué idiota, *por supuesto* esa no fue la verdadera razón —siseó ella—. En realidad, me elegiste por lo único que te mueve: el más puro interés.

El cambio en su expresión fue evidente. Las cejas descendieron al entrecerrar con furia sus ojos azules como el hielo.

Hope supo en ese mismo instante que le había perdido. No estaba segura de si sería definitivo, pero sí que rompería en pedazos esa maldita noche.

—Pensaba que las cosas entre nosotros habían quedado muy claras desde el principio —la acusó con tono gélido—. Creía que habíamos dejado patente que esto era una simple asociación que nos beneficiaba a ambos. —Dio un paso seguro hacia delante—. ¿Qué esperabas, que te jurase amor eterno? No soy como esos caballeros a los que estás acostumbrada, que mienten más que hablan para conseguir lo que desean. No voy a mentirte al mirarte y fingir que no me duele verte así. Yo consigo lo que quiero, sí, pero jamás engaño a nadie. No lo sabes, porque no me conoces en absoluto. —Bajó la voz hasta convertirla en un helado siseo—: Y, por tus palabras acerca de mí, es obvio que yo tampoco te conozco a ti.

Hope apartó la mirada para clavarla con violencia en el suelo.

—Está claro que no.

La tensión, teñida esta vez de despecho en lugar de excitación, palpitaba entre ellos en forma de un silencio obstinado. Al cabo de unos segundos, Hope advirtió que Cayden se acercaba a la butaca junto a la ventana. Recogió su ropa con rapidez y se marchó sin despedirse. Ni siquiera la puerta de madera hizo ruido al cerrarse tras él.

Los ojos de Hope continuaban en la alfombra, fijos en la ropa de color marfil desperdigada aquí y allá.

De pronto, el agotamiento cayó sobre ella como una pesada losa. Cojeando más que de costumbre, recuperó la camisola para cubrirse y consiguió a duras penas hacer un montoncito con el resto de la ropa. La dejó junto a la cómoda y apagó una a una las velas encendidas en la habitación. No había imaginado que repetiría tan pronto el ritual de soledad al que se había acostumbrado en la mansión Loughry.

Una vez dentro de la enorme cama vacía, sintió frío por primera vez ese día.

Y unas horribles ganas de vomitar.

17

Eres la mujer más hermosa que he visto en toda mi vida».

Fuera de la habitación, cualquier frase que se le ocurría sonaba mejor que lo que había soltado.

«Me gustaría ir ahora mismo a casa de tus padres y hacerles tanto daño como ellos te han hecho a ti».

Eso quizá la hubiera enfadado. Aunque seguía siendo mejor en comparación.

«En cuanto he visto la prótesis vieja y penosa que llevabas, me he sentido un completo inútil. Por no pensar que, antes que unos malditos guantes, un condenado anillo de esmeraldas, dinero para tus padres o un estúpido paseo en coche, habrías preferido tener una pierna que merecieras... y que yo podía proporcionarte».

Seguramente era uno de los pocos hombres en Inglaterra que podía afirmarlo sin temor a equivocarse. Para eso había creado su empresa, ¿no era lo que se repetía sin descanso? Para llevar la tecnología no solo a las buenas familias, sino a cualquiera que la necesitara.

Hope sin duda la necesitaba. Y él, mientras fantaseaba con besarla, meterse entre sus piernas y empujarla a desearlo tanto como él la deseaba a ella, se había olvidado por completo de sus problemas.

Ya era tarde. Probablemente Hope ya se habría arrepentido de haberse casado con un hombre en apariencia ajeno a sus miserias, que además creía cualquier rumor que tuviera que ver con ella, como el del maldito lord Swithin.

«Ni intentándolo con todas mis fuerzas podría haberlo hecho peor».

Tras recorrer el pasillo dándole vueltas, se encerró en su despacho. Nada más entrar, tiró su ropa a un lado, excepto la chaqueta, que colgó de la butaca del escritorio. Luego se dejó caer en la silla y empezó a rebuscar en los cajones. En uno de ellos encontró una botella de licor que le había regalado Ezra. Estaba casi llena, porque durante sus reuniones el único que se empeñaba en brindar por sus éxitos era el hijo del conde.

«Esto también es un éxito... Brindaré por lo condenadamente bien que he jodido mi noche de bodas».

Le quitó el tapón y dio un trago directamente de la botella. La garganta le ardió enseguida, pero no le bastó. Necesitaba más. Necesitaba aplacar la frustración que seguía latiendo en cada poro de su piel.

A esas alturas, no podían disolver su matrimonio. Y ni muerto dejaría que Hope volviese a caer en las garras de sus padres. Por mucho que su mujer lo odiara en ese momento (como sin duda hacía), sabía que él no era peor que los Loughry. Él la dejaría tranquila. Aunque Hope no quisiera verlo ni en pintura, siendo su esposo podría proporcionarle comodidad y todos los lujos que quisiera. Vestidos, joyas, toda clase de manjares, coches, viajes. Otra casa, incluso, si es que ni siquiera quería compartir un espacio con él. Se aseguraría de que fuera todo lo feliz posible, aunque no pudiera tenerla.

Porque no podía tenerla.

La conversación que acababan de mantener se lo había demostrado. ¿Por qué se había dejado engañar por lo que parecía una pasión sin sentido? Aunque Hope fuera pobre, seguía perteneciendo a otra clase social. Y nunca le vería a él capaz de sentir piedad o cariño por ella. Esos sentimientos tan elevados estaban reservados a las clases altas.

Volvió a beber, solo que lo hizo con tanta avidez que rompió a toser y parte del licor le salió por la nariz. El ardor mitigó un poco la rabia que sentía. Al menos unos segundos. Tampoco demasiado. En realidad, no creía que pudiera hacerla desaparecer.

Había tomado una decisión, por muy dura que fuera. No volvería a acercarse a ella. Le dejaría su espacio hasta que todo se calmase. O, quizá, hasta demostrarle poco a poco con hechos y no con palabras que la respetaba lo bastante para entender su dolor. Hasta que Hope fuera capaz de confiar en él y abrirse sin creer que la juzgaría por ello.

Miró su reflejo deformado en el cristal. Le pareció que la botella, en respuesta, le sonreía burlona, tal y como haría Ezra de haberlo visto en ese estado. Su amigo no había dejado de meterse con él desde que había anunciado su compromiso. Era evidente para MacLeod (y para cualquiera que tuviera dos dedos de frente) que estaba tan loco por ella que iba a acabar fastidiándolo todo.

Era una pena que hubiera sido tan pronto.

«Ni siquiera he podido besarla como quería».

Lo habría hecho la noche entera. Habría dejado la huella de sus labios en todas y cada una de esas deliciosas pecas.

Hope despertó sola. La luz se colaba con suavidad, resplandeciente y clara, por el estrecho hueco entre las cortinas. Se incorporó despacio. Ya no había ni rastro de la ropa junto a la cómoda. En su lugar había dos baúles que reconoció enseguida por sus antiguas iniciales; tendría que ordenar cambiar la segunda letra por una D.

Se vistió con un sencillo vestido de color azul cielo y se recogió el pelo en una trenza que le llegaba a la mitad de la espalda. Haciendo de tripas corazón, tomó su bastón y salió tímidamente al pasillo.

A la luz del día, la casa se veía aún más desangelada. Resultaba poco hogareña; no había apenas muebles, tampoco cuadros, alfombras o elementos decorativos. Al descender los escalones, se topó con el silencio de una morada desconocida que la abrumó. Tuvo que dar varias vueltas hasta descubrir dónde se encontraba cada estancia.

Tras una de las puertas de la parte posterior, encontró a la cocinera y a dos de sus ayudantes pelando patatas sobre una enorme mesa de madera. Las tres se levantaron como un resorte al verla entrar.

—Buenos días, señora Dagger.

Hope sonrió a su pesar. Era la primera vez que la llamaban de esa manera. Había imaginado que se sentiría de otra forma, y no tan miserable.

Se aproximó a ellas ayudándose del bastón y trató de fingir normalidad.

—Buenos días, esto... ¿Sabrían indicarme dónde se encuentra mi marido?

—Como siempre, se ha marchado a trabajar al despuntar el alba —respondió la cocinera con un fuerte acento irlandés—. Nos ordenó que le preparásemos cualquier plato que deseara al despertar.

—Gracias, pero no tengo hambre. Tampoco querría molestarlas —añadió—. ¿Están preparando el almuerzo? —Hope miró en derredor—. ¿Qué hora es?

Le sorprendió que una de las ayudantes de cocina se sacase un elegante péndulo del bolsillo del delantal. Vio de forma fugaz el símbolo del círculo y el lazo de metal en la cubierta posterior del reloj.

—Son las doce de la mañana, señora Dagger.

Nunca se había despertado tan tarde. Avergonzada, se pasó un mechón por detrás de la oreja y se excusó con una sonrisa.

—Muchas gracias. Si fueran tan amables, ¿podrían decirme sus nombres y dónde encontrar papel y pluma?

Las tres mujeres se miraron de soslayo. Sorprendidas por el cercano trato de su nueva señora, se presentaron una por una con entusiasmo.

—Yo soy su cocinera, Peggy.

—¡Yo, Marianne!

—Y yo, Fannie.

—Si busca papel y pluma, el despacho del señor Dagger está repleto de toda clase de cachivaches, seguro que ahí encuentra cualquier cosa que necesite —comentó Peggy—. El patrón siempre vuelve locas a Ada y Dolores... Ellas son las doncellas que se encargan de limpiar la planta de arriba. Imagino que el señor se las presentará cuando regrese, junto al resto del servicio.

—Estoy deseando conocer también a los demás —dijo Hope con amabilidad—. Me retiro, no deseo importunarlas más. Confío en charlar de nuevo con ustedes para que nos conozcamos en profundidad. Intuyo que trabajaremos bien juntas.

Hizo otra reverencia antes de marcharse. En cuanto desapareció, las dos ayudantes se echaron a reír, desconcertadas por la proximidad que había mostrado su nueva señora. Pararon en cuanto Peggy dio un rotundo golpe con el cuchillo en la mesa.

—Ni una sola burla a la señora o nos echan, ¡¿está claro, niñas?! Además, ¡no seáis tontas! —gruñó—. Hay que dar gracias al cielo porque el señor no haya escogido a una mujer igual que él... —Volvió a pelar patatas mientras refunfuñaba—. ¿Le habéis oído esta mañana? ¡Qué humos! ¡A veces dudo que ese hombre tenga sangre en las venas!

Hope encontró el despacho en la segunda planta, cerca del dormitorio principal. Era tal y como había imaginado.

Todo lo que le faltaba al resto de la casa parecía haber ido a parar ahí: un enorme escritorio con torres de papeles y botes de tinta apilados, un buen montón de butacas, además de cajas y libros esparcidos por el suelo. No había un solo pedazo de pared libre. Los huecos que dejaban las estanterías atestadas estaban ocupados por mapas y carteles de todos los tamaños, así como bocetos y esquemas de diferentes diseños y proyectos.

Cayden era un hombre metódico fuera de aquel despacho porque dentro de él no lo era en absoluto. Parecía que había vomitado allí todo en lo que trabajaba. Hope se cuidó de tocar nada; era posible que, en el fondo, aquel tremendo caos guardase un orden interno.

Sin embargo, sí paseó por la estancia contemplando cada uno de los planos que cubrían las paredes y deteniéndose para prestar atención a los detalles de los dibujos más intrincados. No eran sofisticados, porque su objetivo era funcional, no estético. Muchos estaban firmados con un garabato en el que solo distinguió una B.

Había conocido al ingeniero Brooks en la boda. Aunque a algunos aristócratas no les había hecho mucha gracia ver allí a un joven que no tenía ninguna relación con la alta sociedad, pronto quedó patente que a él tampoco le complacía demasiado estar allí. Se había limitado a felicitar a los novios y a permanecer en silencio en el banquete, colorado mientras Evelyn lo acosaba a preguntas.

«Es tan evidente que está enamorado de ella que resulta ridículamente tierno».

Hope se preguntó qué se sentiría al ser el foco de un afecto tan intenso. Era probable que jamás lo supiera. Además, en el caso de Evelyn, la chica no parecía percatarse de nada.

Tras la exploración, abrió los cajones del escritorio hasta encontrar unas cuantas hojas de papel en blanco y una pluma. Tenía el mismo símbolo de la caja del anillo. Recorrió con el dedo la sinuosa curva del lazo.

El logo de la Dagger. A falta de un blasón familiar, tendría que acostumbrarse a usarlo.

«Seguro que me hago a él antes que a mi marido», pensó con tristeza.

Cuando fue a tomar asiento en la butaca del escritorio, se fijó en que de ella colgaba una chaqueta negra. Era la del traje de Cayden. Estaba colocada sobre el respaldo y amenazaba con caerse al suelo. El resto de los trastos y objetos desordenados del despacho tenían que ver con su trabajo en la empresa (bueno, exceptuando una botella de coñac vacía), pero esa prenda no. Sería mejor llevársela a Delabost, al ayuda de cámara o a las doncellas que se encargaban de la lavandería en la casa.

Bajó con ella al salón. Había comprobado que allí había libre un escritorio de estilo francés. En él escribió cartas a Evelyn, a Alisa y a su hermano, Henry. Sabía que su madre leería la última, así que se abstuvo de decir lo que de verdad pensaba y pintó su nuevo hogar como el más maravilloso en el que había estado jamás. Además, Henry viajaría en un par de días al colegio y no quería preocuparle con sus propios problemas. Eton le recibiría con los brazos abiertos y, a juzgar por el carácter cordial del próximo vizconde Loughry, no dudaba que acabaría adaptándose bien a la escuela.

Hope hubiera dado todo lo que tenía por haberse criado la mayor parte del año en un internado semejante, fuera de Londres y lejos de sus padres. No obstante, la alegría por su hermano pequeño superaba la envidia que sentía. «Ya es hora de que a un Maude le vayan bien las cosas».

Hizo sonar la campana de servicio y Delabost apareció en apenas un minuto. El temple del mayordomo era digno de elogio y casaba bien con el espíritu austero de la casa. Hope le tendió las tres cartas y trató de mostrarse abierta.

—¿Sabe si el señor Dagger vendrá a comer?

—No lo creo, señora, no ha dicho nada al respecto —contestó al momento—. Entiendo que usted sí almorzará aquí.

—Sí, eso pensaba hacer —dijo Hope con aire distraído—. Por cierto, ¿podría ordenar que laven esta chaqueta? Es de mi marido. La dejó olvidada en su despacho.

—Como desee, señora.

En cuanto se la tendió, Delabost comenzó a rebuscar entre los bolsillos internos.

—¿Qué hace?

—Su esposo suele llevar plumas encima, cuando no otros inventos más extravagantes. Como comprenderá, lo último que querría es deteriorar algo de valor.

Por fin, el mayordomo mostró una expresión triunfal, aunque duró más bien poco; tras atrapar algo, frunció el ceño al sacar un pedazo de tela blanca.

—Hemos tenido suerte esta vez: nada de cachivaches. Por el tamaño, debe ser suyo, señora. ¿Desea que lo laven también?

Hope contempló el guante sobre la palma de Delabost unos segundos antes de atreverse a cogerlo.

—No... Déjelo. —Tragó saliva—. Solo la chaqueta.

—Como desee, señora.

El lacayo desapareció tras una eficiente reverencia. Sola, Hope comprobó lo que en su interior ya sabía: aquel guante le pertenecía. Era el que Cayden se había quedado en el laberinto. Tras su propuesta. Después de besarle la mano. En teoría, había sido un gesto que solo obedecía a saber su talla de anillo. No implicaba nada más.

Entonces ¿por qué no se lo había devuelto?

Subió las escaleras hasta el despacho con el guante en la mano. Despacio, dando vueltas a cada palabra que, como dardos, se habían lanzado la noche anterior.

«Creía que había quedado patente que esto era una simple asociación que nos beneficiaba a ambos. ¿Qué esperabas, que te jurase amor eterno?».

Después Cayden la había acusado de no conocerle. En ese momento, veía claramente que era verdad. Si no la quería, ¿por qué se había quedado con el guante? No tenía sentido.

«A menos que... Pero no. No puedo volver a hacerme ilusiones para que se destrocen cuando caiga la noche».

Dejó el guante encima del escritorio. En medio de aquel caos, el pedazo de tela blanca destacaba como si estuviera fuera de lugar.

«Yo consigo lo que quiero, sí, pero jamás engaño a nadie. No lo sabes, porque no me conoces en absoluto. Y, por tus palabras sobre mí, es obvio que yo tampoco te conozco a ti».

Sintiendo un repentino impulso, Hope dio media vuelta y bajó acelerada las escaleras.

—¡Delabost! ¡Delab...!

—¿Sí, señora Dagger? —El lacayo le dio un susto de muerte al aparecer en una esquina—. ¿Qué desea?

—Siento molestarle de nuevo, ¿está preparado el carruaje?

—Siempre, señora. Tiene uno a su total disposición.

—Perfecto. —Hope dio vueltas a su anillo—. Lo usaré ahora mismo.

—¿Qué tal va la nueva máquina?

—Los chicos se están haciendo a ella, señor Dagger —respondió el encargado—. Por ahora nos retrasa unos diez minutos respecto a la antigua, pero estimo que en un par de días ahorraremos una hora en la fabricación.

—Me alegra oírlo. —Cayden asintió con orgullo—. Infórmeme si se produce alguna complicación. Y extremen las precauciones. No queremos ningún accidente.

—Por descontado, señor.

Aunque hacía un calor infernal y a su alrededor no había más que engranajes, aceite y humo, Cayden aspiró una bocanada de aire con alivio. Allí todo era más fácil. Sabía cuál era su lugar, qué decir, cómo mejorar. Y no había posibilidad de quedar como un completo idiota.

—¿Quiere supervisar el resto de la cadena de montaje?

Eso sí, tenía una resaca terrible; aquel dolor de cabeza no se lo quitaba nadie. Pero necesitaba mantenerse ocupado o volvería a rememorar la noche anterior. La suave piel de Hope, el sabor de su boca, la caricia de sus dedos al hundirse en su pelo, la imagen de ella desnuda frente a él...

Y el descenso a los infiernos que se produjo después.

Iba a responder al encargado que sí haría la supervisión cuando otro trabajador llegó corriendo hasta ellos. Al detenerse, el chico se quedó a un lado, recuperando el aliento.

—¿Qué pasa, Rawson?

—Siento molestarle, señor Dagger, pero no sabía qué hacer

—se excusó—. Se ha presentado una dama que dice ser su esposa. Le he explicado que daba igual quién fuera, la fábrica podía ser peligrosa. Al final la he convencido de que esperase.

Cayden parpadeó, atónito. Enseguida le posó una mano en el hombro.

—Ha hecho bien. ¿Dónde está?

—En su despacho, señor —murmuró asustado Rawson—. Con Brooks.

Se despidió del encargado con un movimiento de cabeza y caminó hacia allí con andar decidido. Tuvo que contenerse para no echar a correr.

En unos instantes, estaba subiendo las escaleras del edificio hasta la planta superior de la fábrica y recorría el pasillo hacia la puerta que anunciaba aquella sala como de su uso exclusivo. A través del cuadro de cristal translúcido, distinguió dos figuras difuminadas que se movían al otro lado. Antes de entrar, se detuvo un instante, en el que aprovechó para recolocarse el traje y el pañuelo del cuello, que le apretaba contra la garganta.

Al abrir, vio a su mujer y a su mejor ingeniero inclinados sobre una mesa alargada. En ella, Brooks y él solían colocar los planos más grandes y discutir las diferentes propuestas de diseño. En esta ocasión, una decena de papeles con bocetos de prótesis dominaban el tablero. Brooks parloteaba con entusiasmo y señalaba distintas partes a la vez mientras Hope asentía con admiración, atendiendo en silencio.

—Buenas tardes.

Los dos giraron la cabeza al mismo tiempo, aunque solo Brooks devolvió su atención a los papeles al segundo siguiente.

—Buenas, señor Dagger —le saludó deprisa—. Bien, señora Dagger, continuemos. Como puede ver, me he basado en los diseños del doctor Bly y los he ajustado a las exigencias de cada caso. Ninguno de los clientes era una dama, pero supongo que no habrá grandes diferencias con la prótesis del hijo de los Franklin. —Cogió el lápiz que tenía en la oreja y rodeó uno de los esquemas—. Solo tendría que echar un vistazo a la que lleva ahora, si es cierto que se empeña en mantenerla y que solo le haga unas modificaciones que…

—Brooks. —Cayden tuvo que llamarlo dos veces más para que el joven de pelo rizado alzara los ojos de la mesa—. ¿Podrías dejarme a solas con la señora Dagger?

Aunque el inventor estaba a punto de cumplir veinte años, seguía manteniendo cierto aire infantil. Parpadeó confundido y miró de soslayo a Hope.

—No lo entiendo. Si usted mismo me ha dicho esta mañana que trajera los diseños del año pasado aquí para…

—Ahora no —le interrumpió Cayden—. Espera fuera, por favor.

Como si necesitara su permiso, Brooks se giró de nuevo hacia Hope. La joven sonrió levemente.

—Haga caso a su jefe. Y no se preocupe, hablaremos de esto más adelante —le dijo con delicadeza—. Muchas gracias una vez más por toda la explicación.

Brooks hizo una torpe reverencia y se marchó, esquivando a su jefe, que le siguió solo con la mirada.

Cuando la puerta se cerró, Cayden clavó la vista en Hope. El vestido azul que llevaba era menos recargado que el de la boda; parecía más relajada y cómoda con él. Seguía teniendo las mismas ojeras que el día en que la conoció, pero su palidez de entonces se había mitigado. Tenía color en las mejillas y sobre la nariz ancha, lo que hacía resaltar las pequeñas pecas que la cubrían. Incluso los ojos, aunque no se centraran en él, eran de un verde menos apagado.

Todavía estaba demasiado delgada. Después de haberla oído la noche anterior y de haber escuchado las insinuaciones dramáticas de Evelyn durante el banquete, Cayden había asumido que no siempre había comido lo que debía. Y aun así se mostraba paciente, allí de pie. Serena. No era lo que más le había atraído de ella, en cualquier caso. «Por suerte», pensó. Porque la discusión de la noche anterior le había demostrado que no era una joven sumisa.

—El servicio me ha dicho que estarías en alguna de tus fábricas —comenzó a explicarse Hope—. He tenido que visitar dos antes de esta para encontrarte.

—¿Y para qué querías encontrarme?

No quería sonar tan seco. La mayor parte del tiempo le resultaba inevitable. Se maldijo por dentro cuando vio que Hope desviaba la mirada y la dirigía a los bocetos de Brooks.

—Ayer dije cosas de las que no me siento orgullosa —declaró ella con cautela—. Y, aunque creo que podría sucederte lo mismo a ti, sí hubo algo que señalaste en lo que estoy de acuerdo.

—¿El qué?

—No te conozco. —Apoyó una mano en la mesa—. Dado que trabajas tanto, pensé que descubrir dónde pasas la mayor parte de tus días me ayudaría a cambiar eso.

Las ganas que tenía de acortar la distancia que les separaba y besarla subieron como la espuma. En lugar de sucumbir a aquel deseo, se aclaró la garganta.

—¿Y has logrado avanzar algo?

—Muy poco. —Sonrió con resignación—. Olvidaba que, como mujer, no me dejan entrar en según qué sitios, por muy esposa del jefe que sea. Al parecer, una fundición no es el mejor lugar para pasearse con un vestido altamente inflamable.

—En general, una fundición no es el mejor lugar para pasear —ironizó Cayden—. Pero, si tienes curiosidad, puedes venir un día conmigo. Te lo enseñaré todo. —Hope pareció sorprendida, y él se apresuró a continuar—: Es lo que pensaba proponerte al volver a casa.

—¿Cuándo? —Hope se cruzó de brazos—. ¿De madrugada? —Ante el tono acusador, Cayden arqueó una ceja—. Tu servicio... Quiero decir, *nuestro* servicio me ha explicado cuáles son tus costumbres diarias.

—Eh, que quede claro —le espetó—: una de las condiciones de nuestro trato era tu libertad; por ende, también se presupone la mía.

—No estoy diciéndote lo que debes hacer —repuso Hope con el ceño fruncido—, solo que dejar que me despierte sola el primer día en una casa que desconozco rodeada de gente extraña no es muy considerado. Tampoco quiero decir que tengas que contarme en detalle lo que haces a cada segundo —añadió con prudencia—. Aunque no estaría de más conocer tus rutinas, con el fin de que yo también me organice y haga lo que desee. Así tal vez podamos vernos en algún momento a la luz del día. Y conocernos.

Cayden tensó la mandíbula. Tenía razón. Solo que le costaba dársela a los demás. Era algo que siempre le reprochaba su hermano Cole, en las pocas ocasiones en que se veían.

«Parece que tengas ochenta años», solía decirle. Y Cayden se limitaba a negarlo con un resoplido, aunque esa actitud en realidad diera una vez más la razón a su hermano.

—Está bien —refunfuñó—. Te comentaré mis horarios. Aunque siempre son susceptibles a cambios. A veces suceden imprevistos, reuniones que se alargan...

—Ya, lo entiendo.

Se quedaron en silencio, uno que casi podía masticarse. No tenía nada que ver con la tensión cálida que había reinado entre ellos la noche anterior. Al menos, al principio.

Cayden iba a romperlo para pedirle que se marchara a casa cuando oyó un golpeteo rítmico. Era el pie de Hope contra el suelo. Se había dado cuenta de que solía hacerlo cuando estaba nerviosa, aunque por fuera siguiera pareciendo una estatua de sal.

Golpeaba con el pie bueno. El de metal, como es obvio, permanecía estático.

En la distancia, Cayden echó un vistazo a los papeles de Brooks. El ingeniero los había dejado en su despacho, tal como le había ordenado aquella mañana, y seguro que su esposa los había visto al entrar. Todos eran prototipos más modernos que el que llevaba. Antes de casarse, había supuesto que Hope no tenía el último modelo, pero no esperaba nada semejante.

Hacía tiempo que no veía algo tan desproporcionado. Estaba claro que era una prótesis de segunda mano, demasiado grande y pesada para su constitución, lo que le provocaba un desequilibrio innecesario al caminar. Se imaginó llevándola y supo con certeza que mostrarse de mal humor sería lo menos suave que provocaría en él.

«¡Rabia es lo que siento yo!».

Y, a pesar de su falta de tacto al verle la pierna, Hope le había buscado y estaba proponiendo que firmaran una tregua. Trataba de mostrarse paciente con él.

«Lo extraño es que anoche no me diera una patada».

Tomó una profunda bocanada de aire y se aproximó a ella. Con cautela, le colocó una mano en la espalda y se la recorrió hasta rodearle la cintura. Hope dio un respingo enseguida y le miró por primera vez a los ojos. Cayden se enorgullecía de tener buena memoria, así que empezaba a recordarlos sin que estuviera delante, aunque siempre se regodeaba en ellos si tenía la oportunidad. Enmarcados por pestañas largas y casi pelirrojas, grandes, de aire melancólico, con varios tonos de verde claro que se volvían algo amarillos alrededor de la pupila.

Tragando saliva, se obligó a recordar lo que iba a decir y señaló uno de los bocetos.

—¿Te ha comentado Brooks las diferentes posibilidades?

—Sí, se ha mostrado muy atento —balbuceó—. Le he preguntado si sería posible modificar la que tengo y...

—No. —Cayden tomó el lápiz que había dejado el inventor y le dio vueltas con dos dedos—. Te hará una nueva, desde cero. Una solo para ti. No puede ser que la dueña de la empresa que unirá Londres con Edimburgo en ferrocarril lleve una pieza diseñada hace más de veinte años. He pensado que...

Se detuvo al oír un gemido ahogado. «¿Eso es que tiene miedo o está emocionada?», se extrañó. Cuando bajó la vista hacia Hope, el cabello castaño le ocultaba el rostro. La chica se había inclinado hacia delante y, debido a la diferencia de estatura, no podía verle la cara.

—¿Estás bien? ¿Qué te pasa?

—Nada —contestó Hope con un hilo de voz—. Brooks también me ha comentado que le echaría un vistazo a mi prótesis y a mi pierna, para dibujarlas.

Se imaginó a Brooks delante de Hope, enseñándole las piernas... Negó rápidamente con la cabeza.

—Lo haré yo. —Cayden alargó el brazo para coger un metro y un papel en blanco. Después tiró de ella hacia el escritorio del despacho—. Siéntate aquí.

Una vez en la butaca, se arrodilló frente a ella.

—¿Puedo?

Hope asintió y se subió poco a poco la falda del vestido hasta los muslos.

Ahí estaba otra vez. Cuando la había descubierto la otra noche, Cayden había tenido ganas de matar a lord Loughry. A él y a los bastardos que habían disparado a una chiquilla de catorce años. A una edad más temprana, él mismo se había quedado huérfano. Sabía lo que era perderlo todo en un instante, pero al menos había logrado salir adelante con mucho esfuerzo y, más tarde, con la ayuda de sus tíos. Como mujer, Hope había esperado con paciencia una oportunidad de cambiar su situación, incapaz de hacer otra cosa que resistir con las manos vacías.

—¿Pasa algo? —preguntó ella con timidez—. ¿La ves bien?

En lugar de responder, Cayden midió la prótesis y comenzó a elaborar un bosquejo sencillo. Tampoco podía hacer otra cosa; no se le daba tan bien dibujar como a Brooks. Era mejor en el diseño gráfico, aunque trató de esforzarse en los detalles. Estaba inmerso en describir el material de las tiras que unían la madera y el metal con la rodilla cuando Hope interpuso una mano entre él y el papel. No llevaba guantes, y el anillo de esmeraldas brilló frente a él.

—¿Me permites?

Confundido, le pasó la hoja sin mediar palabra. Hope se giró de medio lado hacia el escritorio y comenzó a modificar el dibujo. La forma en que cogía el lápiz demostraba que no era la primera vez que lo hacía. Lo movía con seguridad de un lado a otro creando trazos fluidos. De vez en cuando bajaba la vista hacia sus piernas y devolvía la atención al papel.

Cayden se mantuvo arrodillado, observándola hipnotizado. Como estaba abstraída, aprovechó para apoyar con disimulo la mano en su tobillo. Comenzó a acariciar la pierna buena arriba y abajo. Los músculos estaban tensos y bien definidos, acostumbrados a cargar solos con el peso de hacerla caminar. Los masajeó con cuidado para tratar de relajarlos, sintiéndose culpable por el placer que empezaba a despertarse en él con solo tocarla, aunque fuese con la excusa de hacer algo bueno por ella.

La deseaba. Tanto y de tal manera que a menudo ni siquiera sabía cómo actuar. De nuevo, esa horrible sensación de pérdida de control. Lo peor era la intuición que le susurraba que, de sucumbir a ella, quizá llegase a atrapar esa felicidad que siempre se le había escapado. Mientras le acariciaba la piel, recordó cómo lo había hecho la noche anterior. Habían estado tan cerca... Se había prometido dejarle espacio, pero si tan solo pudiera volver a besarla, sabía que no sería capaz de resistirse a nada de lo que Hope le pidiera.

«Genial. Me he convertido en el hombre del que siempre se ha burlado Ezra: un burgués encaprichado de su mujer».

Hope no pareció darse cuenta de nada, ni siquiera al terminar y levantar el lápiz del papel.

—Creo que así ya está bien —comentó triunfal—. He hecho algunas anotaciones al margen que espero que le sirvan a Brooks. Si no, siempre puedo volver y que me vea él directamente...

—Seguro que servirá.

Cayden se puso en pie y se inclinó por encima de su hombro para ver lo que había dibujado. Enseguida se le escapó un silbido de admiración.

—No sabía que esto se te daba tan bien.

Hope se encogió de hombros y, vergonzosa, repasó varias veces una pequeña línea.

—No estoy segura de que se me dé bien, pero siempre me ha gustado.

—¿Solo dibujas a lápiz?

—He probado otras técnicas —contestó. Parecía avergonzada, aunque Cayden no entendía por qué—. No continué practicando porque resultaban bastante caras. Además, mi madre prefería que cosiera.

—Pues es una suerte que lady Loughry ya no tenga nada que decir al respecto —replicó Cayden—. Te recuerdo que cuentas con tu propio dinero. Si quieres llenar la casa de cuadros, hazlo. Incluso si luego solo deseas quemarlos. Eres libre de hacer lo que te plazca.

La tomó de la mano y la levantó de la butaca con un movimiento. Ella sonrió nerviosa y Cayden destensó los hombros con alivio. Aunque sabía que la situación entre ellos no era la ideal, parecía que volvía a ser la Hope de siempre. O, al menos, la Hope a la que había seguido con la mirada como un idiota desesperado de atención desde que había rechazado bailar con él.

—Le daré esto a Brooks y ordenaré que se ponga con ello de inmediato. —Todavía cogidos de la mano, Cayden le acarició los nudillos con el pulgar—. No deseo echarte, pero… tengo mucho trabajo. Deberías volver a casa.

—Quizá sea lo mejor —murmuró Hope, alzando la cabeza. De nuevo, aquellos ojos. Cada vez que los miraba, parecían un poco más grandes—. ¿Tardarás mucho en regresar?

Esta vez fue él quien desvió la mirada. Si no lo hubiera hecho, la habría seguido como un perrito faldero hasta casa.

18

Alisa dejó la taza de té con tanta fuerza en la mesa que volcó parte del contenido.

—¿Eso te dijo el señor Dagger? —Bajó la voz, teñida de furia—. Increíble.

—¡Seguro que no pretendía decir nada de eso ni hacerte sentir así! —le defendió Evelyn, de pie tras el sofá. No había dejado de moverse mientras Hope se lo contaba todo (o casi todo)—. Cay es un poco torpe en lo que se refiere a relacionarse con otros... En especial con una mujer. ¡No tiene ninguna experiencia! No le he conocido una sola conquista...

—¡Eso da lo mismo! —prorrumpió Alisa—. Tú no estarás al corriente, pero es probable que el señor Dagger tenga experiencia de sobra con las mujeres. ¡O al menos más que Hope! Debería haberla tratado con toda la delicadeza posible. Era su noche de bodas, tendría que haber fingido que su pierna ni existía. ¡Vaya mentecato!

—Oíd, chicas...

—¡Es un mentecato, te lo concedo! —reconoció Evelyn, ignorando a Hope—. Pero sus intenciones fueron buenas, ¡estoy segura!

—¡¿Cómo lo vamos a saber, si no se comunica con ella?! —Alisa se volvió hacia Hope, que dio un respingo—. Has hecho bien en no volver a intentar nada con él. Que se arrastre y bese el suelo que pisas si quiere meterse en tu cama. ¡Que sufra!

—No parece que esté sufriendo demasiado —murmuró

Hope—. Apenas está en casa, no deja de trabajar. Parecemos... dos hermanos que conviven. —Hizo una pausa—. Aunque dos hermanos se dispensarían más cariño, la verdad...

—No hagas caso a Alisa —dijo Evelyn, que rodeó el sofá y se sentó a su lado—. ¡Arrincónale y bésale como si no hubiera un mañana! Eso le derretirá el corazón. Es muy orgulloso y obstinado. Pensará que le detestas a menos que le demuestres que no es así...

—¡Ni se te ocurra! —la interrumpió Alisa—. Hope, tú también tienes tu orgullo. Si cedes, estará ganando él.

—¡Están perdiendo los dos!

—¡No sabes nada de amor ni de deseo, Eve! Hope, hazme caso a mí.

—¡Tú qué vas a saber, Ali! ¡Tienes el corazón tan helado como él!

Siguieron discutiendo ajenas a Hope. Esta suspiró y continuó bebiendo té.

Era la primera vez que se había atrevido a hablar de ese tema con ellas. Pensó que la ayudaría a resolver las dudas que la atenazaban, pero había conseguido el efecto contrario.

Pese a que hacía dos semanas que se había casado con Cayden, nada había cambiado. Ambos habían creado una dolorosa rutina. Cada uno se había instalado en una habitación. Cuando Hope despertaba, Cayden ya se había marchado. Desayunaba a solas mientras dibujaba. Después charlaba con el servicio para averiguar cómo funcionaba la casa y para escuchar anécdotas sobre el señor Dagger. Peggy era la empleada que llevaba más tiempo con él y, aunque se resistía, acababa por confesarle historias que la hacían reír.

Su marido se mostraba igual de estirado con el servicio que con el resto de la gente. Sin embargo, repartía buenos salarios, no dejaba trabajar a ningún menor en las fábricas ni bajo su techo y tenía detalles con sus subordinados todos los años, normalmente en forma de nuevos inventos y utensilios modernos. Ante cualquier muestra de agradecimiento, se mostraba incómodo y distante, como si no hubiera sido idea suya. Espiando en su despacho, Hope había encontrado en medio del caos de papeles recibos de donaciones a toda clase de organizaciones benéficas, hospitales y orfanatos, en especial de las zonas más pobres de Londres. Cuando le había insinuado que lo sabía, él se lo había negado con un gesto hosco.

«No puede evitar ser generoso y se empeña en fingir que es todo lo contrario», pensaba Hope. «Es como un perro que gruñe, pero no muerde».

A media mañana salía de casa para ver a Evelyn y a Alisa. A la primera le encantaba dormir, así que en los paseos matutinos a Covent Garden solía acompañarla la segunda. Alisa tenía buen ojo para las compras, era experta en conseguir el mejor precio y su aire distinguido provocaba que los dueños de las tiendas se derritieran a su paso, como si fuera la duquesa de Kent. Hope nunca había manejado tanto dinero, así que se dejaba llevar por sus consejos para amueblar la casa sin caer en el exceso. Evelyn las acompañaba por las tardes. Solían dedicarlas a encargar más guardarropa para Hope. Aunque había hecho arreglos a todos los vestidos que le había dado Eve, a su amiga le apasionaba la moda y se negaba a que solo llevara ropa prestada.

Al caer el sol y llegar a casa, Hope se desplomaba en el sillón, agotada. Mientras esperaba a Cayden, dibujaba y pintaba, y recibía cartas periódicas de Henry y de otros parientes que prometían visitarla cuando estuviera más instalada. También llegaban notas escuetas de Gladys.

No había logrado convencer al ama de llaves de que trabajase para ella. Confiaba en que accediera con el tiempo, así que insistía con frecuencia. Cuando se lo comentó en una cena a Cayden, él le restó importancia.

—Ha actuado siempre como tu madre y la de Henry: estoy seguro de que acabará cediendo, aunque solo sea por lo que te echa de menos. Y la verdad es que yo también espero que acceda. —Cabeceó con sorna—. Me muero por ver cómo Delabost tiene que batallar con un ama de llaves que ha trabajado para tres generaciones de vizcondes. A veces creo que se piensa que esto es el palacio de Buckingham y yo la reina Victoria...

Cayden tenía un sentido del humor que salía a la luz en los momentos más insospechados. Normalmente a Hope le pillaba tan de improviso que ni siquiera le daba tiempo a reír. Y cuando lo hacía, él parecía tan desconcertado que solía escabullirse.

Cuando llegaba la hora de acostarse, Hope buscaba a su marido por toda la casa. El corazón le latía de forma frenética durante la expedición, expectante porque esa noche algo cambiara. Por desgracia, siempre sucedía lo mismo. Si no lo encontraba leyendo junto a la chimenea del salón, estaba sentado en el escritorio de su despacho. Con menos luz de la que necesitaba, trabajaba inclinado sobre una maraña de papeles. Hope aprovechaba su concentración para observarle con libertad. Era como contemplar un secreto en la oscuridad, una escena llena de magia que se entrevé por una mirilla.

Sin preocuparse de mantener una pose autoritaria ante nadie, los rasgos de Cayden se dulcificaban. Los pómulos altos brillaban a la luz de las velas, y la mandíbula resultaba menos afilada gracias a la barba incipiente. Concentrado en la tarea, los labios se le entreabrían de forma involuntaria. Al verlos, Hope rememoraba sus besos y se maldecía a sí misma tanto como a él.

Siempre llevaba la camisa desabrochada y arremangada para evitar las manchas de tinta, así que Hope se deleitaba echando un vistazo al resto de su cuerpo fibroso y marcado, como si fuera una simple mirona y no la mujer que se había casado con él hacía semanas.

Entonces Cayden advertía su presencia y el hechizo se rompía. Tensaba la mandíbula, arrugaba la frente y le preguntaba si se iba a dormir. Hope respondía que sí. Ahí acababa la conversación.

Sintiéndose la segunda Dagger más estúpida de la casa, Hope se daba media vuelta y se metía en la cama del dormitorio principal, repitiéndose que el guante no significaba nada, que no volvería a ir a buscarle. Hasta que llegaba la noche siguiente.

«Si continuamos así, cada uno empeñado en ignorar al otro, voy a volverme loca».

Haciendo de tripas corazón, esa tarde había decidido contárselo todo a sus dos amigas.

Y ambas, al cabo de media hora, continuaban discutiendo delante de ella qué era lo mejor.

—Ali, tú puedes tener más experiencia en la vida, pero yo conozco a mi primo —aseguraba Eve en ese momento—. No va a ceder. Preferirá morirse antes de acercarse a Hope por si vuelve a estropearlo todo. Odia perder.

—Menudo idiota —masculló Alisa—. El verdadero perdedor es el cobarde que ni siquiera se atreve a intentarlo. Ganará cuando esté dispuesto a fracasar, no antes.

—Aunque no esté de acuerdo contigo, ¡qué bella frase!

—Es de mi tía Juliet —dijo Alisa de corrido—. En cualquier caso, insisto en que, si el señor Dagger no va a moverse, es problema suyo. Hope es más resistente: puede esperar eternamente. Al fin y al cabo, son los hombres los que son incapaces de aguantar sin acostarse con una mujer. Acabará claudicando.

—Ah, ¿es así? —boqueó Evelyn con curiosidad malsana—. ¿Por qué son incapaces? ¿Y qué pasa con nosotras? ¿No sentimos esas cosas?

Alisa titubeó antes de responder:

—No tanto. Tenemos más... autocontrol. —Se giró hacia Hope en busca de ayuda—. ¿Verdad?

La joven tragó saliva al recibir la repentina atención de sus amigas.

—Supongo... —vaciló—. Aunque Cayden parecía tener bastante autocontrol.

—¿Y tú no lo deseas? —preguntó Evelyn con aire travieso—. No digo que le ames, porque es un patán al que es difícil no querer estrangular, pero... reconozco que algunas mujeres lo encontrarían atractivo. ¿Es tu caso?

Hope apuró su taza de té y fingió seguir bebiendo aunque el líquido se hubiera acabado.

—No me resulta desagradable —reconoció al final.

Evelyn sonrió con malicia. Entretanto, Alisa pareció satisfecha con esa tibia respuesta y volvió a tomar su taza de té.

—Resiste y que sea él quien vaya a ti —insistió—. No ha pasado ni un mes. Con el tiempo, será más fácil. Y si no se acerca a ti nunca... Bueno, no será tan terrible. Las artes amatorias de los hombres están sobrevaloradas. Tampoco llevas una mala vida.

—Supongo que no.

Aunque era una vida a medias. Y deseaba hacer desaparecer esa sensación de espera entre Cayden y ella. Quería volver a sentir sus manos alrededor de ella, esos labios sobre su boca, y que volviera a despertarse en su cuerpo esa llama vertiginosa. El fuego seguía consumiéndola cada vez que le veía y no tenía ni idea de cómo apagarlo.

—Hope, ¿te importaría que enviase una nota? —preguntó de repente Evelyn con aire inocente—. Había olvidado avisar a mis padres de que vendría a tu casa.

—Ah, claro. Escríbela y le diré a Delabost que la envíe enseguida.

La chica se dirigió al escritorio del salón tarareando una cancioncilla. A Hope le extrañó el repentino cambio de humor, pero las dudas desaparecieron cuando, tras escribir la carta, volvió al sofá con una sonrisa.

—¿Sabes cómo se ahogan las penas, Hoppie? Con un buen vino francés. Fuera, en el coche, tengo un par de botellas. ¿Y si las traigo y brindamos por tu victoria? ¡Estás casada y alejada de tus horrendos padres! ¡Todavía no hemos celebrado el éxito de nuestro plan como se merece!

Hope buscó la mirada de Alisa esperando que se negara, pero la joven la sorprendió al asentir con la cabeza.

—Buena idea. Un vino la relajará. Además, el señor Dagger no vendrá hasta más tarde, ¿verdad?

—Hoy estará practicando pugilismo y esgrima con lord

MacLeod —dijo Hope—. No creo que le vea antes de acostarme.

—¡Tarde solo para las damas! —canturreó Evelyn—. Iré a entregarle esto a Delabost para que lo envíe y traeré el vino. ¡Ahoguemos las penas en ambrosía!

A eso se dedicaron durante la siguiente hora. Al principio, Hope pensó que nada de eso serviría, pero la conversación y el alcohol terminaron por emborronar un poco sus problemas. Con la segunda botella a punto de terminarse, las tres se reían de un chiste privado cuando oyeron unos fuertes golpes en la puerta principal de la casa.

El recuerdo de ese sonido paralizó a Hope. Los matones habían utilizado la misma insistencia antes de entrar sin permiso en su casa. Tensa, escuchó cómo los pasos de Delabost se aproximaban al vestíbulo y frenaban aquel ruido.

—¿Quién será? —se preguntó Alisa. Tenía hipo y sus mejillas estaban rojas por el vino—. ¿Esperas a alguien?

—No... Acabamos de casarnos, no volveremos a la vida social hasta dentro de unos días...

Unos pasos se acercaban apresurados por el pasillo.

—Me pregunto quién querrá verte con tanta insistencia... —murmuró Evelyn.

Hope supo que esa interrupción era cosa suya antes de que la puerta del salón se abriese de par en par.

—¡¿Estás bien?!

Cayden se detuvo paralizado en el umbral. Vestía el atuendo de esgrima: una chaqueta blanca ceñida, pantalones del mismo color y botas negras altas. Iba despeinado, sin sombrero, y la ropa se le pegaba al cuerpo, empapado en sudor. De pie, jadeó mientras contemplaba confuso la imagen de las tres chicas bebiendo vino en su salón como si nada. Tras observar a Hope con preocupación, tragó saliva y le dirigió una mirada fulminante a su prima.

—¡Eve!

—Creo que va siendo hora de que nosotras nos retiremos —dijo la aludida, que saltó del sofá para tirar de Alisa y escabullirse—. ¡Se te ve algo acalorado, Cay! ¡Date un baño, *grand guerrier...*!

—En la nota —Cayden miró a Hope otra vez—, ¿qué querías decir con...?

—¡Nos vemos mañana, Hoppie! —Evelyn trataba de empujar a una Alisa achispada y confusa fuera del salón—. ¡Apuesto por ti!

En un par de segundos, los dos se quedaron solos. Todavía aturdida por lo que acababa de pasar, Hope tardó un poco en pronunciarse.

—¿Eve te ha enviado una nota?

—Sí. —Cayden todavía tenía la respiración agitada, pero el temor en su expresión se había transformado en un enfado evidente—. Voy a matarla.

—¿Qué te decía?

—Que no te encontrabas bien. —Pareció avergonzado al contestar—. Que tenías... un problema. Y que tomase cartas en el asunto enseguida.

«La que va a matarla soy yo».

—Ha debido de ser una broma de las suyas. —Hope sonrió—. Siento que haya interrumpido tu tarde.

—No importa. Solo estaba con Ezra. Pero en cuanto he leído la nota... —Se pasó la mano por el pelo—. ¿Seguro que estás bien?

Se hizo un breve silencio.

«No, no lo estoy».

—Claro —le aseguró. Se puso en pie y caminó hasta él—. ¿Ves? Ni un rasguño.

Cayden no estaba convencido. Pareció dudar antes de levantar una mano y acariciarle la mejilla.

—¿Seguro?

Se quedó sin respiración. Pensó rápido en algo que decir. Algo, lo que fuera.

—Me han asustado un poco los golpes en la entrada —respondió con una sonrisa nerviosa—. Me han recordado a... Bueno, a cuando entraron en mi casa.

Cayden frunció el ceño. No había apartado la mano de su mejilla y Hope sintió como sus dedos dibujaban la línea de su mandíbula. Lentamente hacia arriba, para luego descender con la misma suavidad.

—Lo siento —murmuró—. No tienes de qué preocuparte. Te juro que aquí estás segura.

Ella asintió. «Contigo, sé que lo estoy».

—Pero, si te quedas más tranquila, aumentaré el personal que guarda la propiedad —añadió, con gesto serio—. Podemos tener unos cuantos perros, también. Y cambiar la puerta a una que sea...

—Estoy bien —le cortó—, de verdad. Gracias.

Él no dejaba de acariciarla. Parecía que ni siquiera se daba cuenta de que la tocaba. Hope probó a colocar también las manos sobre él. Las apoyó en su pecho y, despacio, deslizó los dedos por los botones de la chaqueta blanca hasta llegar abajo. Fue desabrochándolos uno por uno. Cayden, aparentemente ajeno a lo que hacía, seguía con la vista clavada en su rostro.

—Estás empapado en sudor —dijo Hope en voz baja—. ¿Llevas toda la tarde luchando con MacLeod?

—He perdido todas las veces. —Se encogió de hombros—. No sé qué me pasa.

—¿Es que sueles ganar?

—Siempre.

Por fin, Hope acabó por desabrochar todos los botones. Luego introdujo los brazos bajo la parte delantera de la chaqueta abierta y los deslizó por su pecho para rodearle el torso. El calor de su cuerpo se filtraba por el fino tejido de la camisa. Tiró de la tela hacia ella para acercarle.

—Deberías hacer caso a Eve —susurró en su garganta—. Y darte un baño.

Él parpadeó, consciente de repente de lo que había hecho Hope. De lo cerca que estaban.

—Puede que lo haga —respondió.

La besó sin añadir nada más.

Hope ahogó una exclamación de alegría contra sus labios. Con urgencia, casi desesperación, estrechó su espalda con más fuerza y pegó a él todo su cuerpo. Notaba cada músculo firme, cada parte dura y tirante rodearla, presionar contra ella. Su boca le sabía a vino. La de él, a victoria.

Desgraciadamente, una demasiado corta.

Cayden se apartó con suavidad de ella. Tenía las cejas alzadas en una mueca entre sorprendida y cansada.

—¿Estás borracha?

Hope, enfadada por la repentina interrupción, se alzó para ser quien iniciara de nuevo el beso. No contaba con que Cayden fuera más fuerte y la mantuviera en su sitio, bien atrapada entre sus brazos.

—No... —contestó ella en voz baja. Alzó un dedo, lo posó en el labio inferior de Cayden y siguió su contorno con aire distraído—. Solo hemos bebido... un poquito.

—¿Cuánto es un poquito? —Se giró y vio las botellas encima de la mesa—. Así que ¿a esto te dedicas cuando no estoy?

—Pasas mucho tiempo fuera —respondió—, de modo que me dedico a muchas cosas.

No supo si eso le había irritado o hecho reír. En cualquier caso, bastó para que la soltara. Se separó de ella unos pasos y empezó a abrocharse de nuevo la chaqueta.

—Me daré un baño en la planta baja —dijo sin mirarla—. Le diré a Delabost que envíe a Jane a ayudarte con el tuyo en nuestro... tu dormitorio.

—Pero yo no...

Ya se había escabullido del salón. Hope, mareada por el beso y el vino, tardó unos segundos en reaccionar. Lo hizo luego, revolviéndose el pelo hasta desordenarlo, frustrada por tener un marido hermético y una amiga metomentodo a la que iba a matar en cuanto volviera a ver.

«Se acabó», pensó Hope al salir de la bañera. «Esta noche será diferente. ¡Al cuerno la resistencia de la que hablaba Alisa! Puede que él aguante esta situación, pero yo desde luego que no».

Y, aunque no lo supiera todavía, estaba en lo cierto. Esa noche sí iba a ser diferente.

Durante su paseo nocturno por la casa, no le encontró en ninguno de los sitios habituales. Imaginando dónde podría estar, acabó por aventurarse hasta el final del pasillo de la planta superior. Allí estaba la habitación de invitados donde se había instalado Cayden después de su noche de bodas.

Cogió una profunda bocanada de aire y llamó a la puerta con la empuñadura del bastón. Tras escuchar el gruñido que interpretó como un permiso, abrió.

Lo que había esperado decirle se esfumó de su mente en cuanto le vio.

—¿Qué haces así vestido? —Cerró la puerta detrás de ella—. ¿Es que te marchas?

—Sí.

En ese momento, Cayden estaba atándose los zapatos, solo que el mal humor no le estaba poniendo las cosas fáciles.

—¿Por qué? —insistió ella—. ¿Adónde vas a estas horas?

«¿Está huyendo de mí? ¿Ya ni siquiera soporta que vivamos bajo el mismo techo?».

—Es por tu padre —rezongó él—. Acabo de recibir el aviso de que lleva días desaparecido. No asistió tampoco a la última reunión del Parlamento.

—¿Cómo? —Hope se acercó a él, hasta que el bajo de su camisón le rozó las piernas y ya no pudo ignorarla—. ¡¿Por qué nadie me ha dicho una palabra?! ¿Dónde está?

—Eso voy a averiguar. La nueva policía no hace nada y en tu casa tampoco saben de su paradero. Ni siquiera les preocupa. —Soltó un resoplido antes de añadir—: No me extraña, me dijiste que era algo habitual en él, ¿no?

—Sí, pero no durante tanto tiempo. Además, Gladys me escribió hace poco y me dijo que desde el compromiso estaba más centrado...

—Supongo que estaba esperando el dinero que tenía que recibir de mi parte —replicó Cayden con un suspiro de disgusto—. Dinero que ha recibido hoy.

Hope se mordió el labio.

—Lo siento...

—No importa. Lo esperaba. —Se puso en pie y la esquivó, procurando no tocarla—. Esta noche voy a recorrer todas las casas de juego y cada uno de los malditos antros de esta ciudad hasta encontrarle. Mañana sabrás si he tenido éxito.

—¡Ni hablar! —Hope golpeó con el bastón en el suelo al tiempo que contestaba—. No pienso dejarte ir solo por ahí. ¿Sabes lo peligroso que es?

—Ah, ¿peligroso? Gracias por advertirme, no tenía ni la más remota idea —ironizó—. Sé de sobra qué voy a encontrarme en esas calles. —Fue hasta el galán sobre el que estaba su chaqueta—. Deja de preocuparte sin sentido.

Hope le siguió con dificultad por la habitación, lanzándole una mirada furibunda. «¡Qué terco es!».

—Aunque crecieras allí, ¡eso no significa que...!

—Ezra también estará revoloteando por esos locales. Además, iré en nuestro coche más rápido.

—¿El modelo «galgo»? ¿El de Brooks?

Cayden frunció el ceño.

—Bueno, técnicamente no es de Brooks, lo he pagado yo —rezongó—. Pero sí... *el de Brooks*.

—En ese caso... perfecto. —Hope sonrió—. Voy contigo.

Cayden no llegó a ponerse la chaqueta. En lugar de hacerlo, se dio la vuelta con una expresión a caballo entre el asombro más absoluto y el recelo menos disimulado.

—¿Estás borracha otra vez?

—¿Lo estás tú? —Se aproximó a él y le señaló el pecho con el índice—. No voy a dejar que juegues al ratón y al gato con mi padre en plena noche. Además, ¿qué pretendes conseguir? No podrás convencerle.

—¿Quién dice que vaya a convencerle? —siseó en voz baja—.

No creas que seré diplomático. Lo devolveré a su casa, aunque sea a rastras.

—¡Menuda imagen dará eso! —se burló Hope—. ¿Crees que el vizconde Loughry va a dejarse pisotear por un yerno sin linaje? Volverá a las andadas en cuanto te descuides. Si voy contigo, podré hacerle entrar en razón.

—¿Cómo estás tan segura? —Cayden alzó los hombros para colocarse por fin la chaqueta, que quedó algo tirante sobre ellos—. No lo lograste mientras vivías con él, ¿por qué ahora sí?

—Porque esta vez tengo buenas cartas con las que jugar —murmuró ella—. Le amenazaré con cortarle el grifo. Se lo creerá, es viernes. —Su marido frunció el ceño sin comprender—. Son los días en que solo bebe whisky, le deja manejable como un niño. ¿Ves? ¡No lo sabías! —Se agarró a las solapas de su chaqueta y frunció los labios, intentando parecer seductora—. Vamos... Sabes que es una buena idea. Reconoce que tengo razón...

Cayden cubrió las manos de Hope con las suyas, pero no hizo ningún gesto para apartarla. En lugar de eso, se inclinó hasta acercar la boca a su oído. Hope sintió un escalofrío al notar su aliento en la mejilla.

A lo mejor había conseguido convencerle de que no fuera. Quizá hubiera entendido que era mejor quedarse en la habitación.

Con ella.

—No.

Después de negarse, se separó de Hope con un movimiento rápido y se dirigió a la puerta. No llegó a abrirla. Su mujer giró la empuñadura del bastón, lo alargó con un chasquido y utilizó la pinza en la punta para atrapar la tela de la chaqueta.

—¡¿Qué haces?!

—O voy contigo o no estaré cuando regreses —dijo ella. Recorrió el mango colocando una mano sobre otra hasta llegar a él—. Usted verá, señor Dagger... ¿Recupera a un Loughry o pierde a la que tiene?

Cayden refunfuñó algo entre dientes que Hope no entendió. Le sonó a un insulto *cockney* demasiado enrevesado y callejero para haberlo escuchado antes.

—¿Qué? ¿Te he convencido?

—Ni un poco. Pero, si vienes —gruñó él, mirándola de arriba abajo—, desde luego no será vestida así.

19

Delabost fumaba en la puerta de la propiedad con el chófer de la familia. Prender la pipa a medianoche iniciaba el mejor momento del día: la casa en silencio, su jefe tranquilo y el pajarillo que se había buscado como mujer dormido tras la habitual peregrinación nocturna.

Excepto que aquella noche, el señor Dagger le había ordenado que llamara al cochero y preparara su vehículo más nuevo. Era tarde para el teatro y la ópera, y el matrimonio no parecía muy dado a las escandalosas fiestas nocturnas que se alargaban hasta la madrugada en los barrios del este. ¿Por qué y adónde querrían ir los señores?

Mientras el mayordomo daba vueltas a cuál sería el motivo de la salida, la puerta principal se abrió de par en par. Primero salió el señor Dagger, muy abrigado, con una gruesa bufanda de lana escocesa y sombrero negro de copa. A su espalda, apareció un muchacho vestido de la misma forma, bajito y enclenque.

El cochero dejó de fumar en cuanto los vio aparecer. Se inclinó ante los dos y corrió hacia la puerta del carruaje para abrirla.

—Volveré tarde —le informó el señor Dagger al mayordomo—. Como siempre, cuida de la casa.

Luego siguió al chico, que se había montado ya, y en un segundo desaparecieron en la espesa niebla de Londres.

—¿Quién diablos era ese? —se preguntó Delabost en voz alta.

Dio una última calada a su pipa antes de internarse en la

casa. Como siempre, el mejor momento del día era demasiado breve... porque algo le decía que esa noche no había acabado.

Y, sin duda alguna, no acabaría bien.

—¿Lo has visto? —se rio Hope—. ¡Ninguno de los dos se ha extrañado!

—Baja la voz —le pidió Cayden—. No se han dado cuenta porque no has abierto la boca.

—¡Y no lo haré! —Hope se apoyó en el respaldo y puso cara de inocencia—. Calladita y obediente, así seré esta noche.

En silencio, Cayden se cruzó de brazos y la contempló con diversión. Iba vestida con algunas de sus antiguas ropas y con prendas de disfraces que Evelyn utilizaba de niña en los teatros familiares.

La peluca le llegaba hasta la barbilla. Era de un negro demasiado artificial, pero en la oscuridad de la noche podía pasar por natural, y más con la chistera. No se podía hacer mucho con la cara redonda y delicada de Hope; cualquiera que la mirase de cerca y se fijase con atención en la forma en que se movía, descubriría la farsa. Cayden esperaba que nadie más que lord Loughry y él tuvieran esa oportunidad.

Tampoco quería acabar la noche pegándose con algún degenerado que quisiera propasarse con su mujer.

«Aunque intuyo que será difícil esquivar esa bala».

El cochero frenó justo enfrente del primer local. Hope hizo amago de salir, pero Cayden la detuvo. Vio cómo la joven tragaba saliva cuando la empujó contra el asiento. Tuvo que soltarla antes de considerar lo que despertaba en él ese simple contacto.

—Ya lo hemos hablado: echo un vistazo dentro, averiguo si está ahí y, solo si es así, vuelvo al coche a por ti.

—¿Y si no lo reconoces? —Él arqueó las cejas—. Vale, pero no tardes demasiado o saldré a buscarte.

—Hope, vamos a empezar a rastrear los locales con mejor reputación —dijo con gravedad—. Si no tenemos éxito, seguiremos descendiendo a los infiernos, ¿lo entiendes? —Ella asintió entusiasmada—. No, no lo entiendes. No son sitios demasiado agradables. Hay... tipos horribles, y también...

—Oh, ¿es peligroso? —le imitó—. ¿No me digas? Cualquiera diría que no conozco a esos tipos horribles. —Hope se dio dos toquecitos con el puño en la pierna izquierda—. Ve tranquilo. Te lo he prometido: no saldré.

Cayden bajó del coche preguntándose cuándo aquella chiquilla huidiza se había vuelto tan atrevida para bromear con su cojera.

Antes de que cerrase la puerta, le echó un último vistazo. Hope se había subido la bufanda hasta arriba; solo se le veían los ojos verdes, grandes y brillantes por la emoción de esa extraña aventura. Balbuceó algo contra la tela.

—¿Qué? No te oigo.

—Oye, dentro...

—¿Sí?

—Ten cuidado, Cayden.

Asintió sin más antes de alejarse. Cuando entraba en el local, dio vueltas a esas palabras. Era la primera vez que lo llamaba por su nombre. No imaginaba que algo así le provocara el primitivo deseo de conseguir que lo repitiera mientras la tomaba.

Si no hubiera sido por la promesa que había hecho de encontrar a su padre, se habría subido de nuevo al coche y habría ordenado el regreso a casa con ella en su regazo.

«Concentración», se repitió. Aunque, por más que se concentró, no encontró allí dentro a lord Loughry. Tras diez minutos y muchas respuestas decepcionantes, regresó al carruaje con las manos vacías. Antes de subir, indicó al conductor la siguiente dirección.

Visitaron cuatro locales más antes de empezar a desesperarse. Hope había cumplido la promesa de ser obediente, pero no de estar callada. Se retorcía en el asiento y se palpaba con aire obsesivo las ropas.

—¿Qué te pasa ahora?

—Los pantalones —susurró Hope— son cómodos, sí. Pero me siento algo...

—¿Desprotegida?

—Bueno, sí. —La joven se ruborizó—. Iba a decir «desnuda».

«Joder», pensó él. «Ojalá».

El carruaje se detuvo de nuevo y Cayden tomó aire. Habían cambiado de barrio. Se habían movido peligrosamente hacia el este de la ciudad. Más les valía encontrar pronto al vizconde o corrían el peligro de ser víctimas de algún robo.

«O algo peor».

—Espérame aquí. ¿Me oyes? —Ella asintió—. No tardaré.

Al bajar, pidió precaución al cochero y le entregó unas cuantas monedas por si tenía que deshacerse de alguien. Un par de mujeres le silbaron desde la acera y un borracho hizo amago de tirarle una botella, así que se dio prisa por entrar en el local.

En realidad, no era solo uno, sino un laberinto de edificios conectados por patios. Era uno de los pubs que más gente aglomeraba y rezaba porque en esta ocasión tuviera éxito.

Por desgracia, en el primer edificio no vio a lord Loughry, aunque sí a unos cuantos conocidos. Nobles y plebeyos, todos compartían alcohol y mujeres sin preocuparse de quién era quién. Por supuesto, procuraban no hacer lo mismo con el dinero... Al menos, no de cara a la galería.

Cayden estaba inclinado sobre la barra, hablando con uno de los camareros, cuando recibió un fuerte manotazo en la espalda.

—¡Hombre, Dag! ¡¿Qué haces tú por aquí?!

Ezra MacLeod se colgó de sus hombros. Olía a alcohol, sudor y denso perfume de mujer. Cayden arrugó la nariz instintivamente y trató de zafarse sin éxito.

—¿Has venido a aplacar las ganas con alguna fulana? —insistió Ezra—. ¿Cómo está tu esposa?

—Hope está...

—Me refería a tu mano derecha. ¿Estás aquí porque ya no te aguanta ni ella?

—Suéltame.

Su amigo, haciendo caso omiso a su reticencia, lanzó una moneda al aire.

—Eh, Carson, ¡sírvale a este casado traidor lo que quiera!

—Que es *nada* —siseó Cayden. Logró darse la vuelta y soltarse—: Primero, apestas.

—Gracias, llevo toda la noche esforzándome para conseguirlo.

—Segundo, no me molestes. Estoy trabajando.

—Maldita sea, Dag, ¡¿aquí también?! —MacLeod soltó una potente carcajada—. Dime que hablas de trabajarte a alguien o me tiro a las vías de tu ferrocarril. Te lo juro por lo más sagrado...

—Ah, ¿sí? ¿Y qué es lo más sagrado para ti? —Cuando vio su sonrisa, se adelantó—: No me contestes. Y no estoy *trabajándome* a nadie, estoy buscando a mi suegro. ¿Le has visto?

—¿A tu qué? Ah, sí... Tu adorable familia política. —Ezra pidió un whisky—. Disculpa, a veces se me olvida que te has casado. Es una pesadilla a la que intento no darle demasiadas vueltas...

—¿Le has visto o no?

—Sí, pero ¡quién sabe dónde anda ya! —Con el vaso que acababan de servirle, Ezra señaló un punto a su izquierda—. Por ahí... o por ahí. Creo. Espera, ¿antes estaba esa columna en medio?

Cayden se incorporó sobre la barra para volver a superar a Ezra en altura y zafarse con facilidad de él. Iba a pedirle que le acompañara a buscar a lord Loughry o se largara a casa, solo que no tuvo tiempo de abrir la boca. Había visto algo en mitad del local que le había helado la sangre.

Maldiciendo en voz alta, se abrió paso entre las prostitutas y sus clientes hasta que llegó al joven bajito de ojos verdes que, justo en medio del caos, observaba todo con aire curioso. Le agarró del brazo antes de que se le adelantara un tipo enorme y le pegó a él.

—¡¿Qué haces aquí?!

—¡Qué gracia, Dag! Yo te he preguntado lo mismo a ti.

Cómo no, Ezra le había seguido. El noble se terminó la copa de whisky mientras Hope se encogía en su abrigo para que no la reconociera.

—¿Por qué no estás en el coche? —volvió a preguntar Cayden. Intentó que su tono no fuera tan duro, pero pocas veces había estado así de cabreado.

—No te enfades... Es por una buena razón.

—Dudo que la haya.

—Esta vez sí. Verás, estaba mirando por la ventanilla del carruaje cuando he visto a un hombre que salía de este edificio con un pañuelo de seda. —La bufanda y el ruido de ambiente amortiguaban su voz, y Cayden tuvo que agacharse más para oírla. Con un extraño temblor, Hope continuó—: Era de mi padre, estoy segura. Tenía el blasón de la familia. Lo sé, lo bordé yo misma.

—Eso no justifica que estés aquí.

—Si lo tenía ese hombre, es que mi padre lo ha perdido apostando en este lugar —insistió ella—. Y si ha llegado a apostarlo, es que está desesperado.

—¿Cómo estás tan segura?

—Porque sí —replicó Hope—. Le odio, pero no deja de ser mi padre. ¡Tenía que decírtelo! Cayden, no podemos perder más tiempo. Está aquí, seguro. —Arqueó las cejas con tristeza—. ¿No me crees?

Ante su expresión vacilante, Cayden tragó saliva. Tuvo que reprimir las ganas de demostrarle cuánto lo hacía. Las ganas que tenía de largarse de allí y llevársela a casa, con su maldito padre o sin él.

—Sí —respondió con voz queda—. Te creo.

Hope sonrió. Una leve sonrisa que logró que, durante un breve instante, se olvidara de los recuerdos que le ataban a ese lugar, de todas las miserias que se arremolinaban entre las paredes de esos edificios. Como si ella fuera la única luz en medio de la oscuridad.

—Entonces vamos a buscarle —insistió ella—. Seguro que juntos podemos. A nadie le importa que esté aquí. Solo a ti... A ti y a mí.

Quiso enumerarle una por una las razones por las que debía volver al coche y dejarle ese trabajo a él, pero Ezra aprovechó que estaba inclinado hacia Hope y volvió a agarrarle por los hombros.

—Dag, no tengo ni la menor idea de lo que estás hablando con este muchacho enano y extrañamente atractivo, pero creo que sé dónde podría estar tu querido suegro.

Cayden se dio la vuelta enseguida.

—¿Y por qué diablos no lo has dicho antes?

—Te dije que estaba ahí... —movió la copa— o ahí. Y he recordado cuál de los dos «ahí» es el correcto.

Con dificultad por culpa de la multitud, siguieron a MacLeod por todo el salón hasta llegar a una puerta. Estaba oculta entre unas cortinas, custodiada por un tipo gigantesco con cara de malas pulgas. En cuanto Ezra le ofreció su sonrisa acompañada de unas cuantas monedas, el hombre se relajó y se hizo a un lado.

Dentro, alrededor de una mesa redonda, siete jugadores bebían y fumaban mientras apostaban toda clase de objetos y pagarés. Uno de ellos sonreía de la forma más falsa que Cayden hubiera visto en su vida.

Lo habían encontrado.

El trío de recién llegados se colocó a un lado y observó el final de la partida. Ya solo quedaban dos jugadores. Uno parecía sobrio y, tras lanzar un papel sobre el montón de apuestas, colocó bocabajo sus cartas. Todos miraron al otro. Lord Loughry se metió la mano en el bolsillo y sacó una cadena de oro. En ella se balanceaba una única perla.

Era la perla que siempre llevaba la vizcondesa. El último vestigio del pasado adinerado de la familia.

«Lo único que sobrevivió al maldito accidente».

Hope dio un paso hacia adelante, aunque Cayden la detuvo a tiempo. Empujándola contra su pecho, le ordenó al oído que permaneciera quieta.

—No puedo...

—Por Dios, Hope, no seas más imprudente.

—¿Cómo no serlo? —murmuró ella—. Mi sangre está en esa perla.

Los jugadores destaparon sus cartas antes de que ninguno pudiera hacer nada. Gracias a un golpe de suerte, la mano del vizconde fue mejor. Soltó una carcajada de victoria y pidió otra botella mientras atraía el premio hacia sí.

—Déjame pararle los pies antes de que continúe así —le pidió Hope. Se bajó la bufanda y susurró—: Por favor.

Cayden clavó los ojos en los suyos. Su enfado era más que evidente; la joven hasta imaginó el humo saliéndole de las orejas. Sin embargo, fijó la vista en los labios de Hope y la soltó con frialdad.

—Tienes una sola oportunidad antes que yo.

—Gracias...

—Solo una.

La chica, tras coger aire, caminó con fingida calma hacia su padre. En ese momento, el crupier barajaba las cartas. Lord Loughry parecía contento. También muy borracho. A Hope le dolió distinguir con claridad el olor a alcohol y excesos que asociaba en parte a su antigua casa.

—No siga.

Su padre se giró hacia ella furibundo.

—¿Quién se cree que...? —La indignación dejó pasó a la incredulidad—. ¿Hop...?

Hope se agachó y tiró de su manga débilmente.

—Vámonos. Sabe tan bien como yo que no debería estar aquí. Debería aprovechar la oportunidad que nos ha dado el señor Dagger y guardar el dinero. No lo pierda aquí...

—Joven —el crupier señaló la mesa—, me temo que debe tomar asiento o marcharse. No moleste a los jugadores.

—Dag, ¡vaya galán más cabezota te has buscado! —oyó a Ezra por detrás.

—¿Qué diría su mujer? —insistió la joven—. ¿Qué diría su hijo? ¿Qué va a dejarle a Henry?

—Estoy ganando… —contestó el vizconde con gesto ido—. Por una vez, lo estoy consiguiendo.

—¿Cuánto tiempo va a continuar engañándose? ¿Qué cree que será lo próximo que pierda? —Hizo una pausa—. ¿Una pierna? Tal vez no la de otros, la suya propia. O puede que algo peor. Algo irreparable. Una vida…

—Joven —la cortó el crupier—, ¿juega?

—Nadie va a seguir jugando —contestó atropelladamente. Luego se giró hacia su padre—. ¿Y bien?

Lord Loughry acababa de dejar el vaso de whisky sobre la mesa. Hope lo tomó como una señal de esperanza y volvió a tirarle de la manga.

—¡Vámonos! —repitió con desesperación.

El hombre se mordió los labios. Su hija atisbó las dudas que se fraguaban en él en aquella expresión compungida. Era la lógica luchando contra la adicción, el placer entremezclándose con la experiencia de ser un perdedor…

Y supo qué había ganado cuando no se movió.

—Lo siento.

Hope se quedó paralizada. Podía sentir la mirada helada de Cayden en su espalda. Un «te lo dije» mudo y condescendiente por parte de un hombre que no la amaba cuando se casó con ella y que probablemente no la amaría jamás.

Era incapaz de soportarlo. Ni eso ni la traición de su padre.

Por esa razón, se dirigió al crupier con aire decidido.

—¿Sabe qué? —dijo—. Lo he pensado mejor. Voy a jugar.

20

Ni hablar —se adelantó Cayden. Con un rápido movimiento, se acercó y tomó asiento en la única silla vacía—. Jugaré yo.

Hope lo miró estupefacta. No supo qué hacer primero, si sorprenderse o enfadarse. «Quizá ambas cosas».

—¡He dicho que jugaría yo!

—No le hagan caso a este lerdo —dijo Cayden con gesto serio, dirigiéndose al crupier—, ¡no tiene ni un triste penique en el bolsillo! ¡Hasta cree que es una mujer!

La mesa entera se echó a reír. Hope apretó los puños con rabia, pero Ezra se encargó de tomarla por los hombros y llevarla con él.

—Es preferible que nos marchemos —le susurró al oído—. Usted no tiene ni idea de jugar y él es el mejor. —Hizo una sentida pausa antes de añadir—: Me corrijo, es el mejor si está concentrado. Si no, pierde hasta la camisa.

—¡¿Qué?!

Hope se resistió entre sus brazos mientras el noble la llevaba a rastras de vuelta al local.

—Señora Dagger —dijo entre dientes—, no se lo haga más difícil.

—¡No puedo dejarles ahí a los dos!

—Él me ha pedido que la sacara a toda costa de este antro. —Esbozó una sonrisa de burla—. En cuanto me ha dicho que era su esposa, lo he entendido. ¿Acaso quiere que se desconcentre y pierda?

A regañadientes, Hope dejó de oponer resistencia y continuaron hacia la salida. En la calle, el chófer se había bajado de la cabina y charlaba con uno de los gigantes que mantenían el orden, mientras un puñado de borrachos daba vueltas alrededor del coche con curiosidad.

Una vez en el refugio del interior del vehículo, MacLeod resopló de alivio y empezó a toquetear los asientos.

—¿Qué hace?

—¿No había vino francés escondido por aquí?

Solícita, Hope lo sacó del compartimento sin mediar palabra y Ezra canturreó mientras les servía dos copas.

—No quiero beber, señor MacLeod. No estoy de humor.

—Llámeme Ezra. Y créame, beberá. —Le tendió la copa—. El vino la relajará, y es lo que necesita en estos momentos. Seguro que su padre y Dag están al caer. ¡Confíe un poco en su marido, mujer de poca fe!

Al final aceptó el vaso. Era la primera vez que bebía sin que Evelyn o Alisa estuvieran con ella. Aunque, cayó en la cuenta, también había bebido en su noche de bodas... Intentó borrar esa imagen de su mente. Pensar en ella no le traía más que recuerdos desagradables.

Si hubiera podido volver atrás, habría hecho las cosas de otra manera. Habría fingido que no le dolía la horrible lástima en la cara de Cayden si así podía estar con él y amanecer entre sus brazos. ¿Era patética por pensar algo así? Puede. Pero habría preferido despertar a su lado sabiendo que él nunca la querría a ser consciente de lo segundo sin siquiera haber compartido una mísera noche juntos.

—Un penique por sus pensamientos —cantó Ezra.

A Hope la cogió por sorpresa y se limitó a esbozar un gesto de indiferencia.

—Le ahorraré el aburrimiento. No era nada interesante.

—Lo que se traduce en que sí que lo era. —El noble se estiró en el asiento—. Déjeme adivinarlo, será más divertido. Veamos... A juzgar por su cara y esas mejillas sonrojadas de aristócrata mojigata, diría que está relacionado con asuntos de cama.

Hope arrancó a toser. Se avergonzó todavía más cuando Ezra se inclinó hacia ella para darle unos golpecitos en la espalda.

—Tranquila, no es porque sea usted transparente o Dag me haya dicho nada... Es porque, en efecto, *es* transparente y Dag no me ha dicho una palabra. —Se echó a reír al ver la cara de espanto de Hope—. No se imagine cosas raras. No es que mi amigo sea muy locuaz en lo que se refiere a las mujeres, pero en este caso en concreto me extraña todavía más su mutismo. Además, desde que se casó está insoportable. ¡Cabreado como una bestia! —MacLeod alzó las cejas, con la atención puesta en el vino que balanceaba en la copa—. Conozco a los hombres. Si no tuvieran problemas de alcoba, se mostraría odiosamente feliz. Otro que es tan transparente como esta copa...

Tamborileando con los dedos sobre la suya, Hope se armó de valor.

—¿Por qué dice que se mostraría odiosamente feliz si no tuviéramos problemas?

—Porque le conozco. Y, por mucho que parezca inhumano, es tan hombre como cualquiera. —Bebió un trago y paladeó con placer el alcohol antes de continuar—. Siempre consigue lo que quiere. Eso es lo que le satisface. Si no lo logra, se convierte en un auténtico grano en el trasero. —Sorprendida por la soez, Hope se echó hacia atrás—. Oh, había olvidado que estaba ante una dama. Me disculparía por mis modales, pero es que me confunde su disfraz. —Echó un vistazo a sus pantalones—. Le queda bien ese atuendo, por cierto.

—Gracias —murmuró ella—. Yo opino lo mismo.

Ezra sonrió y volvió a llenar sus copas, aunque la de Hope no se hubiera vaciado del todo.

—¿Y bien, señora Dagger? ¿En qué pensaba? Hemos esclarecido que eran problemas de cama, pero hay tantos y de naturalezas tan diferentes que podríamos estar discutiendo toda la noche sobre...

—No pienso contarle nada —le cortó Hope—. Además, ¿no ha dicho que iba a adivinarlo?

—Madre mía, sí que le ha dado coraje vestirse de hombre —se rio—. Bien, lo intentaré. Teniendo en cuenta cómo es usted y cómo es él... apuesto a que son tan torpes que no saben decirse nada coherente el uno al otro acerca de lo que desean, por muchas ganas que tengan. Usted es una pobre doncella sin experiencia, y él es tan inseguro que no hará nada a menos que crea que tiene las de ganar.

Hope frunció el ceño.

—Admito mi falta de experiencia, pero ¿Cayden, inseguro? Además, ¿a qué se refiere con ganar?

Con una expresión reservada, Ezra se encogió de hombros.

—Nada —dijo—. Hablo por hablar, no me haga caso. ¡Qué sabré! Yo no tengo esos problemas. Si una mujer y yo no nos entendemos en la alcoba, paso a otra. Por suerte, no estoy casado.

Hope observó cómo se terminaba la segunda copa y se dio prisa por imitarle. Solo cuando le tendió la copa vacía para que él la rellenara, se atrevió a romper el silencio.

—¿Por qué no lo está? —Vio su expresión de extrañeza y se apresuró a aclararlo—: Casado.

—La pregunta es ¿por qué debería? El matrimonio no me aporta nada. No quiero atarme a una sola mujer ni tener hijos. Así que no tengo ninguna razón para hacer desgraciada a ninguna dama. —Hope no pudo evitar reírse. Debía habérsele subido el vino a la cabeza—. Yo no soy como Dag. Me importa poco mi porvenir.

—Tal vez porque ya lo tiene resuelto.

—Tal vez —susurró Ezra.

—Entonces... —siguió Hope— eso quiere decir que solo se casaría por una razón.

—Oh, ilumíneme, ¿cuál?

—Por amor.

Le llenó de satisfacción ver a aquel caballero siempre tan seguro de sí mismo perder la compostura. Parecía a punto de sufrir un ataque. Balbuceó algo inconexo y arrugó el entrecejo, enfadado consigo mismo, antes de coger aire para replicar.

Hope nunca supo qué se disponía a decirle, porque golpearon en la portezuela justo en ese momento.

Sin perder un segundo, Ezra abrió enseguida y ayudó a subir al carruaje a lord Loughry. Parecía todavía más borracho que antes. El hombre cayó en el suelo del coche y se agarró a las rodillas de su hija mientras lloriqueaba.

—¿Y Dag? —preguntó Ezra de inmediato—. Su yerno, ¿dónde está?

—V-vendrá —balbuceó el vizconde—. Pr-ronto.

—¿Seguro? —gimió Hope—. ¿Le seguía?

—S-sí.

—Ah, bien —se relajó MacLeod—. Entonces podemos estar tranquilos. Esperaremos pacientes a que aparezca.

Silbó al echarse más vino. Entretanto, Hope se fijó en su padre. Hacía tiempo que no lo veía y se dio cuenta de la criatura ridícula que era. No tenía control sobre sí mismo. Como le había comentado a su marido, era como un niño, solo que en el cuerpo de un hombre que tendría que dedicarse a proteger a su familia en lugar de despilfarrar su sustento.

—¿Por qué ha hecho esto? —le dijo entre dientes—. ¿Por qué ha vuelto a las andadas?

—N-necesito el dinero…

—Tiene dinero. *Tenía* dinero —masculló Hope—. No hay excusa.

—No sabes lo que es cargar con la culpa. Una que solo crece y… crece. —Lord Loughry se asió a su prótesis, y Hope se echó hacia atrás—. Cada vez que te veo, hija mía, tengo ganas de olvidar. Tengo ganas de hacer que todo d-desaparezca.

Siguió llorando. En el coche no se oían más que sus hipidos y los sorbos de vino de Ezra.

—Si quiere que le perdone —dijo Hope con ira—, deje de beber y de apostar.

—Por mi culpa... —siguió el vizconde como si no la hubiera oído—, te has casado con un hombre sin linaje. Un cualquiera. Podrías haberte unido a un caballero de buena familia. —Señaló hacia atrás con un brazo tembloroso—. Uno c-como ese.

—¡Dios me libre! —se rio Ezra.

—Y sin embargo... me alegré —hipó el hombre—. Cuando dijiste su nombre y supe de su fortuna, me alegré...

—Yo también me alegré —le interrumpió Hope—. Pero no por el mismo motivo. Me importa poco cuánto dinero tenga. Gracias al señor Dagger, ya no estoy atada al pasado. Dele las gracias también, porque solo así puede que llegue a perdonarle a usted algún día. —La joven cerró los ojos—. Y me alegro también, porque... —titubeó— porque estoy enamorada de él.

Oyó un silbido de sorpresa que la instó a abrir los ojos de nuevo. Ezra tenía una expresión tan divertida que fue incapaz de resistirse a sonreír con él.

—¿Dag lo sabe? —Hope negó con timidez—. Madre mía, pensaba que era imposible encontrar a una mujer tan tonta como él. ¡Tenía razón! ¡Son tal para cual!

Haciendo caso omiso a las palabras de MacLeod, lord Loughry escaló las piernas de su hija hasta incorporarse. Tambaleándose, logró sentarse de lado en uno de los asientos. Se metió la mano en la chaqueta. Estuvo rebuscando unos segundos hasta que sacó una cadena de metal.

—T-tuyo —tartamudeó.

La perla se balanceaba de un lado a otro del colgante.

Hope se aferró al asiento con las manos convertidas en garras. Todos los recuerdos regresaron de golpe. El tirón, las cuentas blancas por el suelo, el disparo, la sangre, el dolor. La pérdida.

¿Cuántas veces había soñado de niña con tener ese colgante? A menudo había fantaseado con que su madre empezaba a tratarla bien y que, al aceptar que la presentaran en sociedad, le daba esa perla para que la luciera con orgullo. Como un símbolo de la familia.

En ese momento miraba la joya blanca, pendiendo de la cadena, y no sentía nada.

Nada.

—No la quiero —replicó con rabia.

Lord Loughry parpadeó sin comprender.

—Pero tú... —Tragó saliva—. Es tuya.

—No. Es de su esposa. Si quiere demostrarme que está arrepentido, devuélvasela a ella y no venga más por aquí. ¿Lo ha entendido? —Entrecerró los ojos, se acercó a él y le cogió de la chaqueta—. ¿Me lo promete?

El vizconde se guardó el colgante mientras asentía varias veces.

—Yo...

—¡¿Sí o no?!

—Lo prometo.

Ezra emitió otro silbido de admiración, y Hope, avergonzada, soltó la pechera de su padre para enderezarse en el asiento. Se hizo un silencio incómodo.

—Antes... he mentido —confesó el borracho tras unos segundos de vacilación—. Sobre él.

—¿Cómo?

Ezra se incorporó de inmediato.

—¿Qué quiere decir, viejo?

—A lo mejor el ricachón no vuelve —añadió el vizconde—. Le han ret-tenido dentro.

Hope y Ezra intercambiaron una mirada de angustia.

—Iré a por él —dijo MacLeod con firmeza—. Puede que Dag regrese antes de que lo pesque o que nos crucemos. Si al regresar no veo el carruaje, entenderé que ha regresado y que os habéis marchado.

—Sí, está bien —accedió ella—. Ten cuidado, Ezra.

Pasaron los minutos, y ninguno de los dos jóvenes volvía. Hope se retorcía los dedos, echando de menos hacer girar el anillo, mientras oteaba la puerta del local por la ventanilla.

—Hay... un patio —trastabilló su padre otra vez, rompiendo el silencio—. Puede que t-tu marido esté allí.

—¿Qué? ¿Qué patio?

—Lo llaman «el Rojo». A lo mejor se lo han llevado allí...

—¿Cómo lo sabe?

—Porque lo he visitado más de una vez —se rio con tristeza—, cuando no tenía con qué pagar.

—Pero Cayden tiene...

—Que pagar mi deuda.

Hope abrió la puerta rápidamente.

—¡John, llévanos al Rojo!

Junto al chófer había un gigante que le dio indicaciones por unas cuantas monedas. Enseguida arrancaron y, en apenas dos minutos, el carruaje se detuvo. La chica cogió el bastón en cuanto frenaron, se bajó del vehículo y cerró de un portazo.

—¡Espere aquí! —le gritó al conductor—. ¡Procure que ese borracho no salga!

Corrió cuanto pudo por los callejones hasta llegar al patio. No estaba pintado de rojo, aunque pronto descubrió por qué lo llamaban así.

Mientras dos hombres esperaban su turno, un tercero golpeaba sin piedad a Cayden contra la pared. Él se resistía con una fortaleza incuestionable, pero, dado que lo superaban en número, de vez en cuando recibía algún puñetazo que lo dejaba tambaleante.

El grupo entero estaba de espaldas, así que no habían reparado en ella todavía. Sin pensárselo dos veces, Hope apretó el bastón, se acercó con cuidado y asestó un golpe seco a uno de ellos con la empuñadura de metal. Cayó al suelo de inmediato. El segundo se giró y, al descubrirla, se abalanzó sobre ella. Hope dio la vuelta al bastón, apretó uno de los botones e hizo que el paraguas se abriera en la cara del matón.

No era lo que pretendía, pero bastó para sorprenderlo un segundo y ganar tiempo. Blandió el mango de nuevo para lanzar otro golpe. Las pinzas de la punta se abrieron y le arañaron la cara justo por encima del ojo. El hombre se retorció de dolor con una mano en el rostro y Hope rápidamente volvió la vista hacia donde estaba Cayden.

Ya solo quedaba una figura en el suelo… y por suerte no era la de él.

—¡Vamos!

Alguien le cogió de la mano y tiró de ella para que echaran a correr. Le dolían las piernas, en especial el muslo izquierdo, pero aguantó y le siguió apretando los dientes. Al final del callejón, se escondieron tras una esquina, en un hueco estrecho entre dos edificios. Recostados contra la pared, ambos recuperaron el aliento.

Hope se giró hacia su marido. Tenía la camisa rota y sangre en la cara. No había rastro de su sombrero ni del abrigo. Con las manos en las rodillas, el pelo rubio le caía hacia delante y ocultaba parcialmente su rostro.

Al principio creyó oírle sollozar, solo que no era un sonido demasiado definido. Parecía que se estaba ahogando. Cuando se inclinó para verle bien, advirtió que estaba sufriendo un ataque de risa.

—¡Tendrías que haberte visto! —se reía Cayden—. ¡Parecías un *bobby* enano blandiendo su porra!

No es que estuviera precisamente contenta, pero no pudo evitar contagiarse de esa risa liberadora.

Había pasado demasiado tiempo esperándole con el corazón encogido. Había temido no poder verle de nuevo. Y allí lo tenía, junto a ella, más atractivo que en toda su vida, y sano y salvo. En el fondo, sí estaba pletórica.

—Dime, Cayden, ¿qué ha pasado?

—Creo que al vizconde se le ha removido algo al verte. —Cerró los ojos con aire cansado—. Al final le he convencido para que se marchase, solo que tu padre debía demasiado. Aunque he pagado su parte, han creído que dándome una lección se aseguraban de que no volviera por aquí.

—Lo siento mucho. Si sirve de algo, creo que no lo hará —dijo Hope—. Al menos, durante un tiempo. Habrá que estar atentos.

—Contrataré un detective para que le vigile. Saldrá más barato que confiar a ciegas en él. —Hope asintió, y Cayden sonrió de oreja a oreja al mirarla—. ¿Qué me dices? ¿Cuánto cobrarías?

Hope iba a volver a reírse cuando él la cogió de la cintura y la abrazó.

Se quedó inmóvil mientras Cayden la estrechaba entre sus brazos con toda la fuerza que le quedaba. Permanecieron abrazados un largo rato, así que se permitió cerrar los ojos y apoyarse en su robusto pecho para escuchar los latidos acelerados de su corazón. Junto al familiar perfume masculino, se percibía un débil aroma a sudor. A sangre. Gracias a él, ya no asociaría ese olor metálico solo a recuerdos horribles.

Había temido perderlo y, gracias al alivio por recuperarlo, había descubierto que le quería. Y lo quería ya. Estaba cansada de esperar.

Con timidez, giró la cabeza para encontrarse con su rostro y, echándole las manos al cuello, lo besó.

Al principio le tomó por sorpresa. Lo supo cuando notó como las manos de Cayden se volvían rígidas en torno a su cintura. Al segundo siguiente, tenía los dedos de él recorriéndole el cuello, frenéticos, descendiendo después por el pecho y colándose con avidez entre las ropas que un día habían sido suyas. No llevaba corsé, tan solo un pañuelo que se había atado alrededor de los pechos para disimularlos. Cayden aflojó la tela de un tirón y los acarició con suavidad. Hope gimió contra sus labios. Él volvió a cubrir deprisa su boca para ahogar aquel sonido.

La acercó todavía más a él, hasta que Hope notó su deseo presionando contra su ombligo. Movió las manos hacia abajo, lo atrapó y acarició de forma instintiva, arriba y abajo. Sonrió sobre su boca al oírle gemir a él esta vez.

—En nombre de Dios, Dag, ¿qué va a decir tu mujer si se entera de que te has enredado con un jovencito en un callejón? Porque pienso contárselo, quedas avisado.

Rápidamente, Hope soltó a su marido y ocultó la cara en su hombro. A continuación, sonrió mientras escuchaba la cadena de insultos de Cayden y la respuesta de Ezra en forma de carcajadas.

—No seáis majaderos, ¡mira que poneros cariñosos en este barrio de mala muerte! ¡Tenéis una bonita casa donde retozar!

—Te juro que voy a matarte, hijo de...

—Ezra tiene razón, es mejor que nos marchemos —murmuró Hope con las mejillas rojas, antes de que Cayden pudiera cumplir su amenaza—. Seguir aquí es peligroso.

Su marido bajó la vista hacia ella. Seguía enfadado, aunque Hope advirtió que la furia en sus ojos se aplacaba un poco al mirarla. Le acarició la mejilla con suavidad, pensativo. Pareció que iba a inclinarse para besarla otra vez, pero un oportuno carraspeo de Ezra lo detuvo.

—Está bien —gruñó Cayden—. Vámonos ya.

Los tres caminaron hacia el coche, Hope aún abrazada a él. Una vez dentro del carruaje, Dag la sentó sobre su regazo con un movimiento. Cansada para resistirse a ese placer privado, incluso delante de terceros, Hope volvió a refugiarse en el hueco entre su cuello y su hombro. Aspiró el aroma de su piel morena y se regodeó con la sensación de tenerle tan cerca.

Con una cadencia entre cariñosa y obsesiva, Cayden le acarició la espalda arriba y abajo durante todo el trayecto. Por su parte, lord Loughry dormía a pierna suelta en el asiento opuesto, junto a un Ezra sonriente.

—¡Cómo me gustan los finales felices!

—Vete al cuerno.

—Pero, bueno, Dag, ¿no te alegras? Mañana amanecerás molido, pero seguro que más satisfecho...

—No digas una palabra más si me consideras tu amigo.

—¡El mejor, de hecho! —se rio—. Oye, me dejaréis en casa antes de iros a disfrutar a la vuestra, ¿no, Dag?

—Limítate a dar las gracias por que no te tire al Támesis.

Delabost abrió la puerta para encontrarse con un cincuentón borracho, la señora Dagger vestida con las ropas de su marido y el dueño de la casa con las pintas de un boxeador apaleado. No supo decidir cuál de los tres parecía más destrozado.

—Prepara algo de té para mi suegro —le pidió Cayden. Señaló al vizconde y luego hacia el pasillo—. Pasará la noche en el dormitorio de abajo.

El lacayo tardó unos segundos en recuperarse de la impresión y ponerse manos a la obra. Mientras tanto, Dagger llevó al hombre hasta la cama y volvió a por Hope. La chica le esperaba recostada en la pared junto a las escaleras del vestíbulo, con la barbilla apoyada en el pecho.

—¿Te ves capaz de subir?

Ella asintió, solo que lo hizo con demasiada lentitud. Al besarla en el callejón, Cayden había saboreado el vino francés de Evelyn.

«La dejo menos de una hora con Ezra y ya la emborracha, no sé cómo lo hace».

La agarró del codo para ayudarla a subir, aunque al tercer escalón tuvieron que detenerse. Su mujer se movía con la pierna más rígida de lo normal.

—¿Te has hecho daño? —Hope negó con la cabeza al cabo de unos segundos. Luego asintió—. Ven aquí.

Le pasó un brazo por debajo de las rodillas y la levantó en volandas. Ella no se resistió y le rodeó el cuello con los brazos, sin mediar palabra. La adrenalina había ayudado a que se enfrentara a dos hombres que le sacaban dos cabezas y treinta kilos, pero la había dejado agotada.

Cayden todavía seguía asimilando la imagen de su mujer lanzándose sin pensar contra esos hombres solo para ayudarle.

«Tenía razón», pensó. «Desde que la vi, supe que escondía esta valentía dentro».

Cuando llegó a la planta superior, se dirigió al dormitorio principal y se las apañó para abrir la puerta. Hope no pesaba mucho, pero su prótesis, sí. Tenían que sustituirla cuanto antes; a Brooks no debía de quedarle mucho.

Hacía semanas que Cayden no entraba en aquella habitación. La última vez había sido en su noche de bodas. De nuevo, se maldijo a sí mismo. Si hubiera sido más paciente y delicado con Hope, seguramente habría dormido allí todos los días y no al fondo del pasillo, fantaseando cada madrugada con acostarse con ella como si fuera un adolescente.

La dejó tumbada en la cama y se sentó en el borde para quitarle la ropa, empezando por las botas altas de piel. Al llegar a la camisa, cayó en la cuenta de que Hope tenía los ojos abiertos. Paró avergonzado y ella sonrió.

—Pareces una estatua de Apolo.

Después le agarró de las solapas de la camisa rota y le atrajo hacia sí.

Se besaron con torpeza. Aunque Hope tiraba de él para que el beso fuera más profundo, a Cayden le dolía la cara por la pelea. Además, ni siquiera estaba seguro de que quisiera hacer nada en esas circunstancias. Intentó que fuera más delicada, pero ella parecía desesperada por ir más rápido.

—Tranquila, Hope…

—Ven conmigo. Ven.

Tragando saliva, Cayden hizo amago de tumbarse a su lado cuando llamaron a la puerta.

«No puede ser».

Se separó de Hope y apoyó la cabeza en la almohada mientras se preguntaba qué pecados había cometido en otra vida para acumular tanta mala suerte.

—Señor Dagger —se oyó desde el pasillo—, siento molestarle, pero… se trata del vizconde.

Se levantó de un salto. En cuatro zancadas, llegó a la puerta y la abrió con un gesto brusco.

—¿Qué pasa ahora?

—Ha vomitado en la nueva alfombra de Feraghan. —Delabost alzó una ceja—. ¿Qué hago?

—Échele un cubo de agua fría.

—¿A la alfombra o a lord Loughry, señor?

—A los dos.

Cerró de un portazo y se apresuró a regresar a la cama. Por

desgracia, llegó a tiempo para contemplar cómo Hope dormía plácidamente con los labios entreabiertos.

Se quedó de pie, paralizado mientras consideraba qué hacer.

«Creo que, después de una paliza monumental por culpa de mi maldito suegro, me he ganado dormir aquí, al menos un par de horas».

Al final, cubrió con cuidado a Hope con una manta. Después se lavó, se quitó la ropa y se acostó a su lado, todavía dolorido por los golpes.

Sintiéndose algo patético, se acercó a su mujer para observarla con más atención mientras dormía. Estaba preciosa. Todavía con la ropa de caballero puesta, el pelo castaño alborotado, las mejillas encendidas, la expresión relajada. Se inclinó para besarla justo en la punta de la nariz y algo cálido se extendió en su pecho cuando vio que Hope sonreía en sueños.

Rodando en unas sábanas que olían a ella, se prometió que esa noche no sería la última que compartieran.

«Por mi buen juicio», pensó cansado. «O, a este paso, acabaré volviéndome loco».

21

La cabeza le daba vueltas. Hope entreabrió los párpados y rodó a un lado para huir de la luz del sol que se colaba sin piedad por la ventana. Alargó el brazo para coger el otro extremo de la almohada y taparse la cara, pero, en lugar de palpar algodón, se topó con piel desnuda.

Cayden estaba a su lado, de espaldas. Al verle, se quedó paralizada. Trató de hacer memoria. Lo último que recordaba era el rostro de él inclinado sobre ella. Parecía un dios antiguo de rasgos cincelados al que acabaran de dar una paliza.

«Le besé».

Se acordaba de eso.

«Y me correspondió».

Sí, también de esa parte.

Luego había un fundido a negro, así que asumió avergonzada que se había quedado dormida. Además, seguía con los pantalones puestos. La camisa, aunque desabrochada, estaba en su sitio. Era evidente que no habían llegado a hacer nada.

Mordiéndose el labio, se volvió de nuevo hacia Cayden. Por el ritmo de su respiración, debía de seguir dormido. Tampoco estaba segura; era la primera vez que compartían cama.

Se alzó sobre un codo y le observó. De perfil, le alivió comprobar que no había recibido tantos golpes. La hinchazón en algunos puntos había bajado y, limpio de manchas de sangre, no tenía tan mal aspecto. En unos días estaría igual que siempre.

Se atrevió a acariciarle el pelo, de un dorado oscuro que se aclaraba en las puntas. Continuó el camino con el dedo índice hacia el cuello, recorriéndole los omóplatos y los músculos torneados hasta descender por la columna. Al llegar al final de la espalda, se aseguró de que estaba dormido y levantó con timidez la manta que le cubría.

La bajó de nuevo, azorada, y se giró para salir de la cama.

Le encantaba llevar pantalones. Sin botas ni falda, su prótesis era más evidente, pero también le resultaba más cómodo caminar. No podía presentarse ante Delabost vestida otra vez así (ni ante nadie), por lo que se lavó y sustituyó el disfraz por un vestido de terciopelo oliva con cuello de barco. Cuando volvió a ponerse el anillo de esmeraldas, sonrió. Echó de menos el bastón, destrozado en el Patio Rojo. Seguramente alguien lo utilizaría para avivar la chimenea.

Encontró a Delabost en el dormitorio de abajo, supervisando a Ada y a Dolores mientras limpiaban y hacían la cama.

—Disculpe, Delabost, ¿y lord Loughry? ¿No ha dormido aquí?

—Así es, señora. Se ha marchado hace más de una hora. Le he convencido de que usara el coche para regresar a su casa.

—Bien hecho. —Se llevó una mano al pecho—. Le estoy muy agradecida por encargarse de todo.

—Es mi trabajo —contestó él imperturbable—. Esta mañana también ha llegado una carta. —El lacayo le tendió un pequeño sobre, arrugado y lleno de manchas de tinta—. Es del señor Edevane.

—¿De quién?

De pronto la atenazó el miedo. «Ojalá que no sea un nombre falso que use lord Swithin». No había vuelto a recibir flores ni mensajes sugerentes, pero algo en su interior le decía que esa pesadilla no había terminado. Aún no había vuelto a los grandes eventos de sociedad, y no sabía si estar casada le ahuyentaría de manera definitiva.

—Ya conoce al señor Edevane —se extrañó Delabost—. El señor *Brooks* Edevane.

Aliviada, Hope cogió el sobre.

—Gracias, se lo daré al señor Dagger en cuanto despierte...

—No, señora. —Delabost señaló el destinatario—. El mensaje es para usted.

En cuanto despertó, Cayden se dio la vuelta esperanzado. Comprobó decepcionado que Hope ya no estaba y hundió la cara en la almohada. Gritó de frustración contra ella antes de lanzar un suspiro resignado y levantarse.

Le dolía todo el cuerpo. Al enfrentarse a su reflejo en el espejo, vio la línea de cardenales que le adornaba las costillas. Por suerte, los de la cara no eran tan graves como había supuesto. Se aseó en la palangana y comenzó a vestirse.

Solo se había puesto los pantalones cuando la puerta se abrió de par en par. Apenas tuvo tiempo de ver quién era; Hope se lanzó de inmediato sobre él echándole los brazos al cuello.

—¡Brooks ya tiene mi prótesis! ¡Dice que vendrá esta tarde a probármela! ¿No es maravilloso? ¡Tienes un inventor extraordinario!

Aturdido por lo pegada que estaba a él, Cayden tardó en asentir con la cabeza.

—Sí, algo me han comentado.

—Avisaré a Alisa y a Evelyn para que vengan, ¿te parece bien?

—Esta es tu casa, haz lo que quieras.

—Muchas gracias, Cayden —dijo sin perder un ápice de sonrisa—. Por todo. Esto, lo de mi padre...

—Hablando de él, ¿dónde está?

Hope pareció titubear. Bajó las manos de su cuello, pero su marido no apartó las suyas de su cadera y la retuvo. Sin saber qué hacer con ellas, Hope las apoyó en su pecho desnudo y tragó saliva.

—Delabost me ha dicho que ha vuelto a casa... —musitó—. Escribiré a Gladys para comprobarlo.

—Yo contrataré a alguien para que le siga desde hoy, al menos por las noches, y para comprobar que asiste a la Cámara. —Ante el repentino silencio de Hope, frunció el ceño—. ¿Qué pasa, estás preocupada?

—No. —Le recorrió con los dedos uno de los cardenales bajo la clavícula. Cayden se estremeció ante el agradable cosquilleo—. Solo que... me siento en deuda contigo. Anoche te pusiste en peligro por él.

—Y tú por mí. —Se encogió de hombros—. Estamos en paz.

Hope apoyó la frente en su pecho, y él, la barbilla en su coronilla. No podía verla y aun así sabía que estaba sonriendo.

Ezra tenía razón: era un idiota. Uno increíblemente torpe que no tenía ni idea de qué hacer en esa situación porque jamás había sentido nada igual por nadie.

El día anterior, no pensar había resultado una buena estrategia. Si Hope no hubiera estado borracha ni agotada, habrían acabado juntos.

«Perfecto, no pienses», se dijo.

Reuniendo valor, se movió para buscar sus labios en el preciso momento en que la chica se echaba hacia atrás. El golpe en la nariz le dolió menos que el que recibió en el orgullo.

—¡Lo siento! ¿Estás bien?

—Sí, sí —gruñó con la mano en la cara. Señaló con aire distraído la puerta—. Ve a escribir a tus amigas. Bajaré enseguida.

Hope obedeció rápido, como si en realidad buscara escapar.

«Quizá entre pensar y no hacerlo», resopló él, «haya un estado intermedio que sea seguro para mi integridad física».

Hope no dejó de moverse como un pájaro inquieto por toda la casa. Ni siquiera cuando llegaron sus amigas hubo paz. Durante todo ese tiempo, Cayden estuvo sentado en el sillón del salón, junto a la ventana. Había repasado algunos contratos y estaba a punto de terminar otro relato de Mary Shelley. El parloteo de las tres jóvenes era la alegre canción de fondo que le distraía de vez en cuando.

Por alguna razón, intuía que Hope no les había contado a ninguna lo sucedido la noche anterior. Echando un vistazo a la escandalosa de su prima y a la pose estirada de Alisa Chadburn, dio las gracias; bastaba con que Ezra fuera a recordárselo con sorna toda la vida para que lo hicieran también las dos únicas amigas de su mujer.

Para no faltar a las costumbres, Brooks llegó treinta minutos tarde. Su jefe no llevaba la cuenta de la cantidad de relojes que le había regalado y que el inventor se había empeñado en perder. Para ser una persona que los creaba y manipulaba a placer, no mostraba demasiado interés en la hora que marcaban.

Delabost le hizo pasar y Brooks entró con una enorme caja de metal que casi no le permitía ver por donde pisaba. Se giró sobre sí mismo para otear todo el salón hasta toparse con las tres jóvenes.

—Aquí la traigo, señora Dagger.

—¡Ay, ábrela! —chilló Evelyn—. ¡Estoy deseando verla!

—No. —Cayden se levantó y se acercó para ayudar a su empleado a sostener la caja—. Vayamos a uno de los dormitorios. Es mejor que Brooks se la coloque y la ajuste en la intimidad.

—¿Qué intimidad, primo? ¡Si somos sus amigas!

—Cayden tiene razón —intervino Hope—. No quiero que el señor Edevane no trabaje bien, que algo salga mal o que no sirva. —Bajó la voz hasta que fue un leve rumor—. ¿Podríais esperarme aquí?

Evelyn estaba a punto de replicar cuando Alisa se adelantó.

—Tranquila, esperaremos en el salón pacientemente. —Le sonrió con suavidad, un gesto apenas perceptible—. Todo saldrá bien.

Las tres se abrazaron en un acto reflejo. De inmediato, Cayden se sintió de más en su propia casa. También algo envidioso. Al mirar de reojo a Brooks, advirtió que no era el único. El ingeniero tenía la nariz roja y los ojos atentos al abrazo.

Hope, Cayden y Brooks se dirigieron entonces a la habitación principal de la planta de arriba. Allí, el más joven depositó la caja junto a la cama. En su interior, la prótesis estaba envuelta en tela gris, junto a un enorme estuche de herramientas.

—Descálcese, por favor —le pidió a Hope—. Luego recuéstese ahí.

En silencio, Cayden se quedó de pie cerca de la puerta, ocupado en observar a su mujer. Parecía a punto de echar a volar. Temblaba como una hoja y tenía una herida en el labio inferior de tanto morderse la piel. En el momento en que Brooks dejó la prótesis en la colcha y la destapó, Hope alzó la mirada hacia él.

No tuvo que pedírselo. Cayden salvó enseguida la distancia que les separaba y se sentó al otro lado de la cama. Luego la cogió de la mano. Sonrió. No estaba acostumbrado a hacerlo conscientemente, así que sospechó que sería una mueca nerviosa.

—Todo saldrá bien —dijo con tono firme, repitiendo las palabras de Alisa—. Estoy aquí.

En respuesta, Hope le apretó los dedos, así que sintió de inmediato la presión del anillo que le había regalado contra la palma. Con la fuerza con que le agarraba, las esmeraldas acabarían por dejarle marcas en la piel.

Recordó la mañana en la que había ido con Evelyn a la joyería y había visto el anillo. Lo había comprado al momento, aunque más tarde no había dejado de preguntarse si de verdad le gustaría. Apenas sabía nada de ella ni de sus gustos. En casa de los Loughry, al conocer a sus padres, tuvo miedo de que le rechazara. Sabía que era absurdo, porque había sido Hope quien había acudido a buscarle a él, pero no podía quitarse esa idea de la cabeza.

«¿Por qué, de entre todos, me lo propusiste a mí?».

Mientras Brooks retiraba la vieja prótesis y la sustituía por la nueva, Cayden reflexionó sobre lo que habría pasado si Hope no le hubiera propuesto ningún trato... o él la hubiera rechazado.

En primer lugar, no tendría el cuerpo hecho un cuadro. Viviría más tranquilo, trabajaría más horas y seguiría tratando de lograr que la Cámara de los Lores aceptase sus propuestas, a pesar de tener solo a Ezra de su lado. Continuaría solicitando bailes a las mujeres de la aristocracia, por mucho que estas inventaran excusas para rechazarle. Sería paciente, porque sabía que las negativas se volverían débiles a medida que la temporada avanzara y los candidatos empezasen a escasear.

Era consciente de que tampoco esa espera le hubiera importado demasiado. Era paciente por naturaleza, por eso siempre acababa saliéndose con la suya. Si la Cámara no aceptaba su propuesta para crear una línea de ómnibus a vapor en Londres o más vías ferroviarias que unieran Inglaterra de punta a punta, seguiría intentándolo. Hope no era imprescindible para sus propósitos.

—Señora Dagger, señor Dagger... Ya está.

Le sorprendió el anuncio de Brooks. Había estado demasiado absorto en sus propios pensamientos. Con cuidado, bajó la vista hacia las piernas de Hope.

La prótesis que le había colocado Brooks era mucho más fina que la anterior, casi una copia exacta de la pierna de verdad. Una aleación brillante y pulida que se ajustaba a ella como anillo al dedo.

Los dos hombres miraron a la chica. Se había quedado paralizada, con la vista fija en sus pies. Tenía los labios secos, las pupilas diminutas, la piel pálida, los ojos llorosos a punto de derramarse. Cayden se percató de que tampoco respiraba como de costumbre. Se aproximó más a ella para colocarle una mano sobre el pecho, justo por debajo de las clavículas.

—Inspira hondo. —Tras titubear, Hope obedeció—. Bien. Ahora espira despacio. Poco a poco. Así, lo estás haciendo muy bien.

Continuó dándole instrucciones entremezcladas con ánimos. Entretanto, a Hope le resbalaban las lágrimas por las mejillas, lentas y en silencio.

Cuando comprobó que volvía a respirar con normalidad, Cayden apartó la mano y le levantó la barbilla con delicadeza para que le mirase a los ojos. La humedad los había vuelto más brillantes. El verde era más intenso, como la hierba fresca que, en pleno verano, se mecía como olas por el viento del sur.

Le dio un beso en los labios. Uno rápido, similar al primero que habían compartido, solo que con muchas menos dudas arañándole las entrañas.

Tenía razón. Sin Hope, no habría sido infeliz. Pero le resultaba imposible imaginar haber alcanzado sin ella lo que sentía en ese momento. Esa emoción sobrecogedora y, al mismo tiempo, tan familiar que hubiera jurado que siempre había estado allí con él. Dormitando en su interior, esperando a encontrarse con Hope para sentirse satisfecho.

«Maldita sea, Ezra tiene razón», se lamentó. «Estoy enamorado de ella».

Se apartó con suavidad. Hope, todavía conmocionada, no parecía haberse percatado de que la había besado. Y tampoco del cambio que se había producido en él.

—¿Qué tal? —susurró Cayden—. ¿Mejor?

—Sí... Gracias —consiguió articular Hope a duras penas. Luego se volvió para dirigirse también a Brooks—. Y a usted, señor Edevane, de corazón... Muchísimas gracias.

—No hay de qué —balbuceó el chico con la vergüenza pintada en el rostro—. Si me lo permite, ahora debería caminar un poco para comprobar que todo está bien. Necesito ver cómo lo hace, por si hay que ajustar la suspensión.

Cayden la ayudó a bajar de la cama y a enderezarse. La joven se agarró a sus hombros hasta que dejaron de temblarle las piernas y pudo sostenerse sin apoyo.

—Cuánto echo de menos tu bastón —se rio nerviosa.

—Te haré otro. Te haré todos los que quieras —murmuró

él—. Aunque ahora no lo necesitarás, estoy seguro de que te irá bien para trabajar como mi guardaespaldas.

Hope volvió a reír. Su risa era todavía irregular, temblorosa por la emoción, pero tan clara como el cristal. Cayden sintió que, de algún modo, se reproducía la pelea de la noche anterior; acababa de recibir un puñetazo entre las costillas. Era la única explicación al nudo que le atenazaba justo en la boca del estómago.

—Señora Dagger, camine hacia mí, por favor.

Lentamente, Hope obedeció a Brooks. Aunque todavía tenía que acostumbrarse al nuevo peso y forma de la prótesis, lo hizo con bastante facilidad. Al llegar al ingeniero, le cogió de las manos y volvió a darle las gracias.

—Me he divertido haciéndola —confesó él—. El señor Dagger me ordenó que no escatimara en materiales ni tiempo hasta que quedara perfecta.

—Pues lo ha logrado. Es perfecta. —Hope le dio un beso en la mejilla—. Y usted, el mejor.

Cayden sonrió al ver lo descolocado que parecía el pobre Brooks y se adelantó para tomarla del brazo.

—Seguro que Eve ya ha agotado las reservas de dulces de toda la casa y desquiciado a Delabost, es hora de bajar. —Hope asintió varias veces—. ¿Preparada?

—No —cogió aire—, pero vamos allá.

Bajaron las escaleras con Brooks a su espalda. Aunque Hope continuaba descalza, había cubierto la casa de suaves alfombras, así que no le molestó la frialdad del suelo. Además, sin importar qué hiciera, la calidez continuaba siendo dueña y señora de la casa.

Al cruzar las puertas del salón, ya se mostraba más segura de sí misma. Le faltó tiempo para sonreír con orgullo a sus amigas. Alisa y Evelyn se levantaron del sofá nada más verla; la primera, con la elegancia de un cisne; la segunda, como un relámpago. Aun así, ambas se quedaron inmóviles, expectantes, hasta que Hope se separó de Cayden y se aproximó a ellas. Un último segundo de espera… y se levantó la falda del vestido.

Entonces sí empezó el espectáculo. Evelyn tiró la mesa de té antes de abrazarla de un salto y Alisa se echó a llorar al tiempo que las envolvía a las dos con los brazos. Gracias a la diferencia de altura, las unió y apoyó la barbilla sobre sus cabezas.

Mientras las tres gritaban, eufóricas en su propio reducto privado de felicidad, empleado y jefe permanecieron a un lado, algo incómodos, de nuevo excluidos, pero satisfechos de verlas tan entusiasmadas con la buena nueva.

—Solo falta aclarar algo... —quiso interrumpirlas Brooks. Como ninguna le hizo caso, decidió dirigirse a Cayden—. Señor Dagger, ¿qué hacemos con la antigua prótesis?

—No lo sé. Tendrá que decidirlo ella. Si fuera por mí, la destruiría.

—No estoy seguro de que su mujer quiera hacer eso...

—Hope —la llamó Cayden. Ella enseguida se dio la vuelta, como si en el fondo hubiera estado esperando que la llamara—. Ven. Brooks desea saber qué quieres hacer con tu prótesis anterior. ¿Deseas quemarla? ¿Quieres que la envíe con una nota especialmente venenosa a casa de los Loughry?

Hope, frente a ellos, negó con rotundidad.

—Ya lo había pensado —dijo—. Me gustaría que sirviera para crear otra cosa.

—¿Tienes algo en mente?

—Querría que el metal se aprovechara en vuestras fábricas, solo que salvando un poco para un encargo especial... —Se dio la vuelta—. Esperad aquí.

Caminó hacia el escritorio. Lo hizo con agilidad; ya se estaba acostumbrando a la nueva pierna. Allí rebuscó en los cajones hasta extraer una pequeña carpeta de piel. Al regresar, se la tendió a Brooks.

—¿Sería posible crear algo así?

El ingeniero la abrió, y Cayden y él observaron los dibujos con anotaciones del interior.

—Claro, señora Dagger —respondió Brooks—. No será difícil.

—De nuevo —Hope le dio otro beso en la mejilla—, es usted el mejor.

Él balbuceó algo incomprensible, aterrorizado bajo la celosa mirada de su jefe. Aunque faltaba algo para terminar de avergonzarle del todo.

—¡Claro que es el mejor! —Evelyn se aproximó e hizo una pomposa reverencia ante Brooks, como si perteneciera a la realeza—. Le agradezco enormemente que haya prestado su talento para ayudar a mi gran amiga, *monsieur* Edevane. ¡Cuente con mi eterna gratitud y deferencia!

A Alisa se le escapó una carcajada de sorpresa ante el tono impostado, y Brooks pareció a punto de sufrir una combustión espontánea.

—Ah, g-gracias, digo, ¡de nada, señorita Boulanger! Ha sido un p-placer.

—¿Quiere tomar un té con nosotros? —le ofreció Cayden.

—¡No, no, no, no, no! —El joven estaba a punto de salir corriendo—. Se lo agradezco, pero no tengo tiempo, señor. ¡Otro día! Gracias, sí. ¡Adiós, señora Dagger, mándeme llamar si tiene problemas con...! ¡Adiós!

En unos segundos, el pobre ya había desaparecido con la caja.

—¿Qué mosca le habrá picado? —se preguntó Evelyn.

—Una francesa —susurró Alisa para sí.

Tras la marcha de Brooks, los cuatro tomaron té. Cayden, sentado en uno de los sofás mientras las tres amigas se agolpaban en el otro, esperó paciente a que su prima y Alisa siguieran el ejemplo de Brooks. Para su desgracia, tardaron más de lo que habría querido. Una vez que las hubo despedido, Hope se desplomó en el asiento junto a él. Sorprendido, la pilló mirándole de reojo.

¿En qué estaría pensando? Su euforia se había transformado de golpe en una tierna timidez. ¿Ese era el momento perfecto? ¿Deberían hablar de la noche anterior?

«Mejor... más tarde», se convenció. «Demasiadas emociones ha tenido la pobre por un día».

Además, todavía no sabía bien cómo comportarse una vez

que había puesto nombre a sus sentimientos por ella. Estaba enamorado de una mujer a la que no creía merecer y a la que, además, apenas conocía.

«Aunque me temo que, por muchos años que pasen, nunca llegaré a conocerla tanto como me gustaría».

—¿Cansada? —Intentó utilizar un tono despreocupado, a pesar de que su corazón le pedía todo lo contrario.

—¡Para nada! —se rio ella—. ¡Ahora mismo podría recorrer tres veces todo Hyde Park!

Aun con los nervios arañándole el estómago, Cayden se atrevió a acariciarle la mejilla.

—Me alegra oírlo. En especial, porque... —Se detuvo—. No, nada.

—¿Qué? —Los ojos de ella se abrieron con curiosidad—. ¿En especial por qué?

—Esta mañana he recibido un mensaje. Nos han invitado al baile de los Makepeace.

—¿En serio? ¡Son un matrimonio muy poderoso! —Hope se incorporó del asiento, sonriente—. ¿Cuándo se celebra el baile?

—Es... esta noche. —Contempló su cara de terror y se apresuró a aclarar—: Será una reunión pequeña, no habrá más de treinta invitados.

—¿Por qué no me lo has dicho antes?

—Porque no deseaba abrumarte con la invitación en un día tan importante. Y tampoco deseaba que fuéramos si no te apetecía. Además, no estaba seguro de si querrías después de... Bueno, después de nuestra aventura de anoche.

Hope frunció el ceño, con la atención fija en la alfombra manchada de té y pastas después de que Evelyn la volcara.

—Quiero ir —dijo al fin.

—¿Estás segura?

—Sí —asintió firme—. Ya ha pasado suficiente tiempo desde que nos casamos. Va siendo hora de que nos presentemos en sociedad como marido y mujer. —Hizo una pausa—. Solo hay algo que me preocupa.

—Dime. —Volvió a acariciarle la mejilla—. Sea lo que sea.

—Es que... —Se detuvo—. Nada.

—Hope, por favor.

Aquellas palabras parecieron cogerla por sorpresa.

—Es que no sé si estaré preparada para bailar —confesó con un hilo de voz.

Cayden detuvo la caricia. Se miraron a los ojos. De nuevo, esa maldita chispa pendiente que nunca llegaban a prender. El aire cargado de electricidad. Los nervios a flor de piel.

Con un ágil movimiento, él se levantó.

—Eso podemos resolverlo fácilmente.

Sin añadir más, le tendió una mano. Escondió la otra a la espalda, en una imitación casi perfecta de la noche en que se conocieron.

—Señorita Maude, ¿me concedería este baile?

22

Su primera reacción fue sonrojarse hasta la raíz del pelo. Siempre le descolocaba el poder que ejercía Cayden sobre ella. Cómo lograba alterarla con tan poco. Con esa simple propuesta de baile, acababa de conseguir que fantaseara con la posibilidad de negarse a ir a la fiesta de los Makepeace y pedirle que, en lugar de eso, resolvieran los asuntos pendientes entre ellos. Quién sabía, tal vez volviendo al instante previo en que se había quedado dormida.

Al recordar ese último beso, se puso aún más colorada.

«Quizá esta noche podamos resolverlo todo… cuando regresemos a la cama».

Con un carraspeo, Hope recuperó la compostura.

—Es *señora Dagger* —le contestó—. Y sí, sería un placer bailar con usted.

Le pareció que Cayden contenía una sonrisa.

Le tomó de la mano y ambos se dirigieron al hueco libre del salón. Despacio, Cayden la agarró de la cintura para atraerla hacia sí, hasta que solo quedó un palmo de distancia entre sus cuerpos. Con los nervios a flor de piel, Hope tardó en colocarse como lo haría una mujer. «Izquierda en su hombro, derecha en sus dedos… y la barbilla bien alta».

Hacía años que no bailaba. De niña no había podido hacerlo con ningún adulto y, ya presentada en sociedad, no se atrevió más que con algunos parientes. Pronto nadie quiso. Se convenció de que era lo mejor; de esa forma tampoco habría ningún caballero ni dama que observara cuántas veces se tropezaba o avanzaba con más lentitud que la música.

—¿Y la música? —le preguntó.

—Yo me encargo.

Hope no entendió a qué se refería, pero permitió que él la guiara. Puede que tuviera un as escondido en la manga; con un Dagger, todo era posible.

Mientras daban las primeras vueltas, Cayden la sorprendió al empezar a tararear el ritmo clásico de un vals con los labios cerrados. Avergonzada, Hope advirtió que lo ralentizaba cuando dudaba en algunos pasos. Se obligó a dejarse llevar, a parar de pensar demasiado durante unos segundos. Además, tenía que aprender a controlar la pierna nueva.

Era fantástica. Cubría el hueco del miembro fantasma y la hacía sentirse ligera mientras daban vueltas. Casi *casi* como antes del accidente.

Tras un par de minutos, Cayden dejó de tararear y se detuvieron lentamente. Al quedarse quietos, Hope alzó la cabeza esperando algún juicio. Una felicitación.

«Un beso».

Sin embargo, lo único que consiguió fue advertir como la sonrisa de él desaparecía poco a poco. Hope le imitó sin comprender a qué venía esa seriedad repentina.

—¿Qué ocurre?

—Nada —dijo él con la voz ronca, como contenida—. ¿Lo ves? No había motivo para la preocupación. Lo has hecho estupendamente.

—Bueno —sonrió con timidez—, no creo que haya sido tan perfecto...

—Claro que sí —la interrumpió—. Lo harás genial esta noche. Todos los invitados querrán bailar contigo, créeme.

«Yo no quiero bailar con todos», pensó ella. «Solo contigo».

—¿Por qué te importa tanto? —le preguntó con suspicacia—. Has dicho que era un baile íntimo...

—Y lo es. Por eso puede resultar clave para nuestros propósitos. Asistirán algunos miembros de la Cámara, además de ciertos políticos y consejeros de renombre. —Hope se puso tensa. De repente, la embargó una mala sensación. Cayden lo interpretó como si dudase, e insistió—: Ya sé que no todos son de tu agrado, pero pertenecen a tu mundo. Me gustaría que me ayudaras, tal y como prometiste, y fueras encantadora con ellos.

En ese instante, Hope constató que su intuición no le había fallado.

«Era esta la razón por la que estaba siendo tan amable conmigo».

Por un momento, había olvidado las condiciones de su matrimonio, pero Cayden acababa de recordárselas: Hope no se había casado por amor, y él, tampoco. Por muy enamorada que estuviera de él, tenía que poner los pies en la tierra. Era evidente que su marido le había encargado a Brooks la prótesis nueva no solo para hacerle la vida más sencilla, sino para que sirviera a sus propósitos. Sin ella, era menos útil.

Se dio cuenta con horror de otro detalle. El baile que acababan de compartir podría no haber sido un acto espontáneo, sino una prueba. De la misma forma que el guante que se había quedado la noche del jardín: un gesto que imaginaba romántico era en realidad funcional. Cayden habría querido comprobar que podía bailar y manejarse con ciertos políticos. Hacer de mujer ideal.

«Una que no sea imperfecta, sino que esté completa».

—Está bien —contestó con suavidad. Trató de ocultar la decepción tras una máscara de obediencia—. Si así lo quieres... Me esforzaré. Seré la mejor esposa de toda Inglaterra.

Cayden sonrió de medio lado y se inclinó hacia ella. Deseosa de recibir un beso en los labios, Hope cerró los ojos. En cambio, sintió una suave caricia en la frente.

—Ponte el vestido verde —murmuró él.

Notó que su aliento cálido le rozaba la sien.

—¿Cuál?

—¿Tienes más de uno? —Ella asintió—. En ese caso: el que sea, pero verde.

—El verde es el color de la envidia —le recordó—. ¿Quieres que el resto de las damas me tengan envidia?

—No. Quiero que los hombres me la tengan a mí.

Hope esbozó la imitación de una sonrisa. Deseó creer que tras aquel piropo vacío brillaba un verdadero interés. «Pero sé que, en realidad, solo me estaría mintiendo a sí misma».

En cuanto pusieron un pie en el salón de los Makepeace, lo vio. Aterrorizada, a punto estuvo de tirar del brazo de Cayden para salir de allí, para suplicarle por todos los medios que se fueran.

En un rincón, lord Swithin estaba reunido con otros dos hombres. No había reparado todavía en su presencia, pero no tardaría en hacerlo. Hope se había esmerado al vestirse y peinarse junto a Jane, su nueva doncella, y sabía que, aunque no fuera del agrado de todos los invitados, su sola presencia llamaría la atención. Era la primera vez que se presentaba en sociedad como la señora Dagger y no como la Honorable Hope Maude, hija del vizconde Loughry. Esperaba que, con un anillo en el anular, Swithin ya no la quisiera como amante ni deseara tener nada que ver con ella.

Por desgracia, pronto descubrió lo equivocada que estaba.

Bailó con su marido y, en una de las vueltas, comprobó que Swithin no dejaba de mirarla. No era el único. Seguro que llamaba la atención que la Coja Loughry fuera capaz de bailar un vals sin que apenas se notase que lo era. No obstante, aquel hombre lo hacía de un modo más posesivo.

Lo confirmó cuando, mientras charlaba con lady Denning, la esposa de uno de los miembros de la Cámara, lord Swithin se acercó a ella.

—Señora Dagger —se inclinó con deferencia—, siento importunarla. Deseaba abordarla para darle mi más sincera enhorabuena por su unión.

Hope tragó saliva. Esa frase era sospechosamente parecida a la de la nota que le había enviado días antes de su boda.

—Gracias, lord Swithin —musitó.

—Quise enviarle unas flores para felicitarla, pero me temo que no he tenido el placer de conocer a su marido y su dirección... todavía. —Sonrió ladino—. ¿Dónde viven ahora? ¿Mayfair?

No quería decírselo. Sin embargo, lady Denning, ajena a la incomodidad de Hope, sonrió a su lado y respondió por ella:

—¡Belgrave Square, lord Swithin! Una nueva zona muy de moda entre los más jóvenes.

—Ah, sí. Qué encantador —murmuró él—. Aunque sigo prefiriendo los buenos barrios de siempre. ¿No cree, lady Denning? Las viejas glorias seguimos teniendo valor.

—Por descontado —se rio la mujer.

Después, Swithin se volvió hacia Hope.

—Dígame, señora Dagger, ¿sería tan amable de concederme el próximo baile?

Hope se mordió la lengua.

No quería. Sabía lo que él deseaba en realidad. Aunque no hubiera dicho nada directamente, sentía que palpitaba en cada poro de su piel. Le asqueaba de una manera visceral, casi violenta.

—Con mucho gusto, lord Swithin.

Al principio no supo por qué había dicho que sí. Tal vez tuviera que ver el miedo a negarse a un hombre poderoso, a levantar sospechas, a avergonzar a Cayden. Además, puede que todo fueran imaginaciones suyas, paranoias instigadas por su madre, y que aquel hombre en realidad no quisiera nada con ella. Y si era así, establecer buenas relaciones con él ayudaría al señor Dagger.

«Para eso estoy en esta maldita fiesta, al fin y al cabo».

Durante el baile, Swithin le apretaba demasiado la cintura. También estaba más cerca de ella de lo que se consideraba apropiado. Hope, aterrorizada, fue incapaz de reaccionar. De pronto, toda la fuerza y valentía que había desarrollado desde hacía semanas, lejos de su casa y junto a sus amigas, se habían volatilizado.

Lord Swithin le recordaba lo que había dejado atrás. El poder de su madre. El destino que habría seguido de no haber conocido a Alisa, a Evelyn, a Cayden. Se vio otra vez como una niña manipulada y torpe. Casi podía ver los hilos de marionetista que salían de los brazos de aquel viejo caballero y que controlaba su propia madre.

No ayudó que comenzara a susurrarle al oído en las últimas vueltas.

—Está espléndida, querida. Le sienta bien estar casada.

—Gracias —contestó al mismo volumen.

—Siempre me ha parecido que las mujeres comprometidas tienen una luz especial. Poseen menos inconvenientes para ser libres de dispensar atenciones a quien las quiera recibir. —Uno de los dedos en su cintura descendió unos centímetros—. ¿Le gustaron las flores que le envié cuando aún era soltera?

Contuvo el aliento.

—No sé de qué me habla.

—Sí lo sabe. No se preocupe, he comprendido que es una dama a la que no le gustan las sutilezas. —Sonrió con picardía—. Su deliciosa madre ya me lo advirtió, así que seré franco.

El vals terminó y se detuvieron en mitad del salón, aunque lord Swithin no apartó las manos de su cuerpo. Hope quiso huir, y podría haberlo hecho, pero notó frustrada que las pocas fuerzas que tenía se le escapaban sin que pudiera hacer nada por evitarlo.

—Las puertas de mi casa siempre están abiertas para usted —continuó él—. Hasta creo que su marido lo agradecería. He comprobado que posee una ambición que podría satisfacer moviendo algunos hilos...

—El señor Dagger... —balbuceó ella—. Mi marido le matará si descubre lo que acaba de proponerme.

Observó horrorizada cómo Swithin sonreía, inmune a la amenaza.

—No lo creo, querida. Le he estado observando. Al principio de la temporada, su señor Dagger no podía apartar los ojos de usted, así que fui cauto. No quería recibir la herida del espolón de un tonto enamorado. Pero esta noche, al contrario que en otras, no le ha hecho demasiado caso. Me imagino que, como otros caballeros, ya ha conseguido lo que quería de usted y ha perdido el interés. —Inclinándose, le guiñó un ojo—. Además, no parece tan burgués como para desear en exclusiva a su propia esposa.

Hope intentó defenderse buscando a Cayden con la mirada. Le vio a un lado del salón, conversando con un parlamentario. Quiso pedirle con los ojos asustados que se acercase, que requería su ayuda desesperadamente, que necesitaba un rescate.

Por fin la miró. Aunque no modificó su expresión reservada, supo al instante que reconocía al hombre que tenía al lado.

«Venvenvenvenvenven. ¡Por favor, sácame de aquí!».

Sin embargo, Cayden desvió la vista sin más.

Tras unos segundos de pánico, Hope comprendió que no iba a ir en su busca.

—¿Lo ve? —continuó Swithin—. Me parece que hasta tiene su permiso. Y yo que usted, señora Dagger, no me haría esperar demasiado. Tengo paciencia, pero está empezando a agotarse, y no le conviene en absoluto que eso pase. —Hizo una pausa, que utilizó para depositarle un beso en la mano—. Ni a usted ni a él.

Más tarde, Hope no recordaría con claridad cómo había regresado junto a lady Denning. Tampoco el resto de las conversaciones que mantuvo con las esposas de los políticos y nobles reunidos en la casa Makepeace.

Sí se acordaría de los ojos de Cayden, clavados en ella con tanta intensidad que parecían atravesarla.

De vuelta en coche, Hope permaneció callada. Cayden se quitó los guantes y los retorció inquieto mientras la miraba de reojo.

No había podido bailar con ella más de dos veces en toda la noche. En primer lugar, porque iba en contra de las normas sociales de etiqueta («esas estúpidas normas...»), y en segundo lugar porque le había sido imposible. Aunque no todos los invitados habían cambiado de actitud hacia él, no habían parado de requerir su atención. Su propuesta para crear una línea de ómnibus que uniera todo Londres les atrajo. Todavía más las ideas para reformar la flota del ejército con vehículos de tracción a vapor. Conocía las necesidades de la milicia por su hermano Cole y lo aprovechó para vender además la idea de un nuevo sector del ejército que denominó «del aire». Muy a futuro, sí, pero quizá posible en unos treinta o cuarenta años.

Aunque era consciente de que tardarían en cumplir aquel propósito, el dirigible que había diseñado junto a Brooks había sido todo un éxito en las primeras pruebas. Tal vez podría llevar a unos cuantos pasajeros en cinco años y convertirse en un nuevo método de transporte que revolucionara el Imperio británico.

Solo que nada de eso parecía importante comparado con Hope.

Esa noche había sonreído, sí, aunque no como siempre. No para él. Mientras hablaba con el resto de los invitados, seguramente afianzando lazos y futuros contactos, la había notado distraída. Sus párpados caían con tristeza cuando creía que nadie la miraba. Pero Cayden siempre lo hacía. La había seguido de reojo durante toda la fiesta, pendiente de sus movimientos y de cómo se sintiera con un nuevo apellido, rodeada de viejos conocidos.

«Incluido el maldito lord Swithin».

Hope había bailado con él una sola vez. Al verla entre sus brazos, le habían cegado los celos. Lo único que le había impedido ir hasta allí y arrebatársela fue recordar las palabras de Hope en su noche de bodas.

Le había prometido que no confiaría en la palabra de nadie más que en la de ella. Y era cierto. Confiaba a ciegas en su mujer.

«En quien no confío es en todos los demás».

El mal presentimiento que seguía atenazándole solo podía proceder de los celos. No tenía motivos para creer que ese rumor sobre lord Swithin y los Loughry fuera cierto.

«Hope ya no tiene necesidad de enredarse con un hombre así. Y si estuviera en problemas, me lo diría. Y si no a mí, a Eve, que es lo bastante lista para contármelo».

Cogiendo fuerzas para atreverse a romper el hielo, Cayden se inclinó hacia delante hasta apoyarle una mano en la rodilla.

—¿Qué tal ha ido?

—Creo que bien —respondió Hope con aire ausente—. Muchos matrimonios me han prometido visitarnos pronto. Tendrás oportunidad de estrechar vínculos.

—Muchas gracias.

—No me las des. —Se colocó una mano encima de la otra en el regazo—. Tú has hecho mucho más por mí desde que nos casamos.

—Eso no es...

—Saldaste las deudas de mi padre —le interrumpió—. Le sacaste de los bajos fondos, salvaste de la ruina las propiedades Loughry, costeas los estudios de mi hermano... Todo lo que haga por ti se queda corto.

Cayden sintió un pinchazo en el estómago. No quería que creyese que le debía algo, que no estaban igualados. Hope había permitido que asistiera a esa recepción como un caballero más y que el resto consideraran de otra forma sus palabras.

También sabía lo mucho que le habían envidiado. No le extrañaba. Estaba preciosa en ese vestido de terciopelo verde que acentuaba sus curvas, el color de sus ojos, su piel pálida salpicada de pecas. Era interesante, amable. Un alma creativa y sensible. A veces le costaba entender cómo había conseguido que se casara con él. Sabía que no era un hombre fácil, que estaba demasiado ausente y no era ningún romántico. Y aunque sintiera que solo estaban dando los primeros pasos, no veía el momento de conocer todos los secretos de Hope, y de contarle a su vez los suyos propios.

Pero no se lo dijo.

En lugar de hacerlo, se levantó del asiento y se colocó junto a ella en el carruaje. Con cautela, cogió su mano izquierda y acarició el guante verde que la cubría. Era el que le había regalado. Un color que le recordaba a ese laberinto donde se había perdido antes de que ella le encontrase.

Todavía se acordaba con claridad de la cara de circunstancias de la joven a su lado al proponerle el mejor negocio de toda su vida.

—Por cierto —dijo como de pasada—, ¿qué te ha dicho lord Swithin?

Hope tensó la espalda.

—¿Cuándo?

—Cuando bailabais.

Los ojos de Hope se abrieron asustados.

—Yo… —Se quedó muy quieta—. Solo hemos hablado.

La respiración acelerada, las pupilas empequeñecidas, el temblor de la voz… Cayden había aprendido a diferenciar la verdad de la mentira en los antros donde creció, sin importar si el embustero era de alta o baja cuna. Las mentiras no entendían de clases sociales, solo se disfrazaban con excusas que resplandecían con más o menos oro.

Con el mal presentimiento creciendo en su interior, trató de mantenerse calmado.

—Ya veo. ¿Y te ha propuesto algo?

La joven se giró hacia él como un resorte.

—¿Cómo lo sabes?

—Porque conozco a los hombres, y empiezo a entenderte a ti. Tu expresión de ahora no da lugar a pensar otra cosa. —Entrelazó los dedos con los de ella—. ¿Tengo razón?

Ella asintió y apoyó la cabeza en su hombro. Con un nudo en la garganta, Cayden percibió en los oídos el retumbar acelerado de su propio corazón.

—Me ha propuesto que sea su amante.

Por un momento, dejó de respirar.

«No puede ser».

Se le había helado la sangre. Desde luego, no esperaba esa respuesta. Había confiado en que ese lord solo le hubiera soltado alguna cortesía o solicitado una visita. Pero eso...

Encajaba con lo que le había dicho Ezra, lo que comentaban desde hacía semanas los demás aristócratas en el club.

Su mente se llenó enseguida de horribles imágenes de ese viejo verde con Hope. Haciéndola suya, tocándola, besándola entre las sábanas... llevando a cabo todas las fantasías que se había negado a sí mismo, en un afán por dar a Hope el espacio que creía que necesitaba para acostumbrarse a él.

«¿Por qué lord Swithin?», pensó con rabia. «¿Qué tiene ese viejo bastardo que no tenga yo?».

Aunque, si lo pensaba bien, ¿qué le hacía a él un hombre mejor? Tenía un pasado que daba asco. Su mujer le despreciaría si supiera qué había tenido que hacer para sobrevivir en los bajos fondos. Robar cuerpos, saquear tumbas, ocultar la sangre de otros, derramarla, defender a criminales, cobrar deudas a golpe de cuchillo. Seguro que Swithin no tenía las manos manchadas de sangre.

Tampoco era de buena familia, ni un caballero. Y, lo más importante, no había tratado a su mujer como realmente se merecía. ¿Cómo iba a competir con ese lord por el favor de Hope? Que estuviera enamorado de ella no cambiaba las cosas. No se entrometería entre Hope y otro hombre si ella le prefería; lo correcto era... apartarse.

Ser consciente de qué debía hacer no facilitaba las cosas.

Soltó de golpe todo el aire por la nariz, tenso de la cabeza a los pies. Hope, notando su rigidez, se apartó con cautela de él.

—¿Cay...?

—¿Y bien? —preguntó—. ¿Has accedido?

Su tono fue contenido, tan gélido que a Hope le recorrió un horrible escalofrío.

—¿De verdad me lo preguntas? —dijo en un susurro airado—. ¿Tú qué crees?

Él no respondió. Se limitó a controlar la ira que empezaba a crecerle en el pecho y que amenazaba con extenderse por todo su cuerpo. Lo último que quería era decir algo de lo que se arrepintiera, así que prefirió no pronunciar palabra.

Por su parte, Hope interpretó su silencio como una afirmación y cerró los ojos.

No importaba cuánto se acercasen el uno al otro, siempre sucedía algo que volvía a separarlos. Y la peor parte era que, a su pesar, la distancia por recorrer parecía cada vez más inabarcable.

Entraron en casa completamente mudos. Delabost los recibió sin hacer comentarios, extrañándose de lo distintas que habían sido las dos últimas llegadas nocturnas de sus jefes.

Ambos subieron a la planta de arriba envueltos en el mismo silencio autoimpuesto hasta detenerse delante del dormitorio principal. Cayden esperó unos segundos de pie antes de dirigirse al fondo del pasillo.

En ese instante, Hope se dio la vuelta y observó su espalda.

«¿Así quiero que acabe esta noche?», pensó. «¿Como todas las demás?».

Tenía el triste presentimiento de que, si no hacía algo, seguirían comportándose como perfectos desconocidos. Él podría creer que le engañaba con otro, pero, que le cayera un rayo, eso no hacía que le amase menos. Además, si al final debía cumplir los deseos de lord Swithin para evitar que ejecutase su amenaza, para impedir la caída de los dos...

«En ese caso», pensó con tristeza, «prefiero que Cayden sea el primero».

—Espera. —En cuanto le llamó, él se detuvo—. ¿Te gustaría... dormir hoy aquí?

Cayden se giró despacio.

—¿Contigo?

—No, pensaba dejarte la cama a ti y dormir con Delabost. —Ante la inmovilidad de su marido, Hope sonrió con timidez—. Es broma. Claro que sí, Cayden. Conmigo.

Cayden tardó unos segundos en asentir y acercarse a ella. Con un movimiento exageradamente lento, abrió la puerta y la dejó pasar con un gesto antes de seguirla.

El servicio había encendido la chimenea y varias velas iluminaban la estancia. Hacía calor, solo que ninguno tenía muchas ganas de quitarse la ropa. Y al mismo tiempo, todas las del mundo.

—No me gustaría molestar a Jane tan tarde —dijo Hope—. ¿Podrías ayudarme tú?

Cayden no contestó enseguida.

—Claro.

El vestido verde esmeralda tenía muchos menos botones que el de novia, así que a Cayden le fue fácil desabrocharlos. Aun así, lo hizo despacio y con cuidado, tratando de no pensar demasiado en lo que hacía y demorándose, en parte para no tener que ser él quien rompiera el silencio después, en parte para disfrutar de esa quietud que parecía preceder a la tormenta. Al terminar, le bajó el vestido hasta sacárselo por las caderas y la sostuvo con un brazo firme para que se librase de la tela sin tropezar. Intentó no fijarse en su ropa interior, en la parte alta del pecho que revelaba el corsé, pero especialmente en todas esas pecas que, de repente, se revelaban a la luz como pequeñas estrellas anaranjadas.

—Gracias, Cayden... Así está bien.

Se dio la vuelta para dejar que Hope terminara de desvestirse y se dirigió al galán para quitarse la chaqueta. Notaba cómo le temblaban las manos. Intentó coger y soltar aire, despacio. Cuando se estaba deshaciendo el nudo del pañuelo que llevaba al cuello, sintió que unas manos le recorrían la espalda.

—Ya van dos veces que tú me ayudas a mí —oyó—. Hoy podríamos intercambiar los papeles.

Cayden tragó saliva. Paralizado por las dudas, asintió con la cabeza.

Se volvió para encarar a Hope. Conteniendo la respiración, advirtió que ella se había quitado las horquillas del pelo y la larga trenza castaña reposaba en su hombro. Solo llevaba un ligero camisón. Largo, aunque no lo suficiente para que no se viera la prótesis. El metal era tan pulido comparado con el del antiguo reemplazo que las llamas de la chimenea se reflejaban naranjas y danzarinas sobre él, como si fuera un espejo de fuego.

Igual que se sentía él.

Hope empezó a desabotonarle el chaleco, a quitarle el traje capa por capa, demorándose en tocarlo mientras iba descubriendo su cuerpo. Los músculos se tensaron bajo las yemas de sus dedos. Cayden procuró ponerle las cosas fáciles, así que se agachaba cuando era necesario, solícito y mudo, hasta que quedó desnudo excepto por unos cortos pantalones de lino.

Hope le miró de arriba abajo. Parecía satisfecha. Tan tímida como ansiosa. Extendió una mano para acariciarle el pecho, rozando las marcas de los cardenales, dibujando los contornos de los músculos, siguiendo después la línea de vello rubio hasta descender por su abdomen. Se detuvo justo por debajo de su ombligo.

Cayden sintió un tirón en la ingle cuando la vio sonreír con provocación.

—Creo que es su turno, señor Dagger —dijo—. No tengo ni idea de qué hacer a continuación.

Se echó a reír nerviosa y Cayden con ella. Después, él le colocó un mechón de pelo suelto tras la oreja. Acunó su mejilla en la palma de la mano al tiempo que se inclinaba, cortando su risa con un beso largo y profundo. Al separarse, las llamas de la chimenea parecieron reflejarse también en los iris de Hope.

—Si le soy sincero, señora Dagger —susurró Cayden—, yo tampoco tengo ni idea.

23

No debía de haberle entendido bien.

—¿A qué... te refieres?

—He estado con mujeres antes —contestó él, con la voz ronca por el deseo—, pero nunca quise llegar hasta el final.

Hope abrió tanto los ojos que Cayden se echó a reír otra vez.

—Pareces un búho.

—Lo siento, es que... Yo suponía que...

—Creía que habías sido tú quien había dicho que era mejor no suponer nada sobre el otro.

La chica se mordió el labio. Tenía razón. Solo que aquello hizo que tuviera incluso más miedo que antes.

Le quería, pero estaba claro que para Cayden solo era una esposa con la que lograr mejores transacciones y a la que pasear de aquí para allá. En el coche, no le había importado en absoluto la posibilidad de que se convirtiera en la amante de lord Swithin. O de cualquiera. Tal vez le tenía algo de cariño, pero eso era todo.

Acababa de descubrir que tampoco tenía ninguna experiencia. Ella, mucho menos. «¡¿Cómo va a funcionar nada entre nosotros?!».

Cayden pareció ver aquella frustración en su rostro y se apresuró a enmarcarlo con las manos.

—Siento no habértelo dicho antes, pero...

—¡No, lo siento yo! Creía que todos los hombres tenían experiencia, y que tú... —trastabilló—. Al haberte criado en... con... —se cortó—. Bueno, ese tipo de mujeres...

—Precisamente porque vi lo que les hacían —dijo él con tranquilidad—, no quise ser uno más. Además, tampoco había sentido algo como esto antes.

—¿Nunca?

—Jamás.

Ella parpadeó.

—¿Hablas en serio?

—Ya te lo dije una vez: no soy uno de esos caballeros que ocultan la verdad para salirse con la suya.

Hope tragó saliva. Desde la boda, Alisa le había explicado unos cuantos detalles más sobre las relaciones que mantenían hombres y mujeres. Por simple... afán de conocimiento, nada más (*por supuesto*). Así que sabía que Cayden decía la verdad. Sus palabras podían engañarla, pero no su cuerpo; veía el deseo que latía en sus ojos, en las manos que le acariciaban las mejillas, en su cuerpo duro y tenso contra ella.

—Lo siento —se disculpó Hope—, no pensé que me deseabas de esta manera.

—¿No? ¿De verdad? —Le aceleró el corazón ver esa sonrisa ladina dibujándose a su costa—. Es posible que sea culpa mía, aunque no es que haya sido muy hábil ocultándolo... Creo que lo sabían todos los que me conocían.

«Eso demuestra que yo no soy una de esas personas», se rio Hope para sus adentros.

—Debería haber sido sincero contigo antes —continuó él—. En general, siento no haber sido el mejor marido del mundo...

—No es verdad.

—Claro que sí. Como me señalaste aquella mañana en la fábrica, hay cosas que dije en nuestra noche de bodas de las que no me siento orgulloso. Pero yo... —Se calló—. Quiero decir, al casarnos...

«El deber conyugal», pensó ella al instante. «El placer y el amor no son lo mismo. Alisa ya me lo advirtió».

—Hicimos un trato, lo sé —le interrumpió Hope. Se acordó de los consejos de su amiga y tragó saliva para reunir el valor para continuar—. Esta noche no habrá amor entre nosotros, pero eso no tiene por qué ser un impedimento, ¿no?

Cayden apretó los labios. De repente, parecía decepcionado. Hope pensó en explicarse mejor, en confesarle que, en realidad, por su parte sí lo había (ella no se había dado cuenta de que la deseaba, pero él estaba evidentemente igual de ciego). Sin embargo, se detuvo al verle asentir. Con voz ronca, Cayden respondió:

—Supongo que no.

Volvió a besarla, esta vez con una prisa desesperada.

Hope notó enseguida algo distinto. No solo en la fuerza con la que tomaba su boca y la poseía, sino en el modo en que le acariciaba el cuerpo y recorría sus curvas con los dedos. De alguna manera, lo sentía lejos de ella, como si en realidad una parte de él no estuviera verdaderamente allí.

Lo achacó a que estaba tan nervioso como ella y alzó las manos para hundirlas en su pelo. Siempre tenía ganas de tocarlo. Se sentía ridícula cada vez que imaginaba todas las cosas que deseaba hacer con su marido en la cama, pero en especial se avergonzaba de su predilección por ese cabello rubio. Ajena al oro durante toda la vida, le parecía que era lo más brillante que había tenido al alcance de la mano.

Cayden detuvo el beso lo justo para cargarla en brazos. La llevó hasta la cama y la tumbó bocarriba antes de colocarse a su lado. Alzado sobre un codo, volvió a besarla con urgencia. Entretanto, Hope notó que su mano izquierda descendía delicadamente por la mejilla hasta acariciarle el cuello. Como si supiera en secreto que la estaba torturando, pasó por encima de sus pechos, ignorándolos. Aunque ella arqueó la espalda, exigiendo atención, Cayden continuó hacia abajo en una sutil caricia. Se quedó inmóvil cuando él comenzó a trazar una espiral con los dedos en el vientre. La piel bajo el camisón siguió aquel cosquilleo, sensible y despierta a cada roce.

Hope le agarró de la muñeca y tiró con torpe insistencia

hacia abajo. No podía quedarse ahí, trastocando sus sentidos como si nada, mientras continuaba besándola para amortiguar cualquier sonido que escapara de sus labios.

Al llegar por fin al muslo, Cayden agarró la tela del camisón y de un tirón lo deslizó hacia arriba, hasta que el algodón quedó enrollado en torno a su ombligo.

No había dejado de besarla. No solo en los labios, sino en las comisuras, las mejillas, la punta de la nariz, el hueco tras la oreja. En la garganta, Cayden seguía la señal de ese maldito corazón rebelde que no se callaba. De pronto, Hope sintió cómo deslizaba dos dedos entre la humedad de sus piernas, y cómo su lengua imitaba el movimiento contra la piel del cuello. Cuando le introdujo un dedo, la mordió.

Hope no pudo resistirse más y gimió en voz alta. Avergonzada de golpe, apretó los dientes para evitar hacer ruido. Aunque Cayden abandonó su garganta para alzarse sobre ella, no dejó de mover las yemas de los dedos en círculos. Lentos, rápidos, lentos otra vez. Sin una sola pausa.

—No tienes que preocuparte, ¿sabes? —le dijo al oído—. Estas paredes también amortiguan el sonido.

Iba a explotar. Sentía la piel tan caliente que llegó a creer que, al contacto, la pierna de metal acabaría por fundirse. Sin embargo, bajo todo aquel placer exuberante, tenía la molesta sensación de que era la única que estaba disfrutando.

«¿Es porque solo yo estoy enamorada?». Deseó más que nunca que Cayden también lo estuviera, solo para que sintiera lo mismo que ella. Un poco, al menos. Lo justo para proporcionarle una mínima parte del placer que Cayden despertaba en ella.

Aunque... tal vez sí podía hacer algo para mejorar las cosas. Alzó la mano para agarrarle del pelo y tirar con fuerza de él hacia abajo. Atrapó su boca y, con la otra mano, bajó hasta tomarle de la muñeca y detenerlo. Ante la interrupción, Cayden gruñó con enojo contra sus labios.

—Ahora tú —murmuró ella—. ¿Qué he de hacer? Deja que...

Él negó con la cabeza y volvió a tomar el control. La besó, esta vez más profundamente, con más intensidad, hasta que Hope tuvo que apartarle con un leve empujón.

—No quiero ser la única que...

Volvió a acallarla con la boca y, resignada, Hope decidió no resistirse. Si él quería ser quien marcase el ritmo, le dejaría hacer. Quizá lo que realmente le gustase a Cayden fuera poseer el control. Y ella estaba bien dispuesta a cedérselo.

Cuando notó que volvía a relajarse, Cayden descendió para dejar una hilera de besos en el hueco entre sus pechos. Continuaron, despacio, hasta dibujar su contorno. Hope abrió de manera tentativa las piernas y se retorció bajo el ritmo que él le imponía. El dedo corazón e índice no dejaban de moverse donde más latía su deseo, a un ritmo cada vez más vertiginoso, provocándole una cálida sensación en cada poro de la piel. Gimió sin resistencia, dejándose llevar, permitiendo que el fuego se extendiera por toda ella. Cayden le atrapó un pezón con la boca, jugó con la lengua sobre él y, por fin, el deseo contenido que la había acompañado todo ese tiempo ascendió hasta acabar rompiendo en fuertes oleadas.

El estallido de placer la hizo temblar y, al final, caer inmóvil en la cama sin aliento. Cayden volvió a ascender hasta su boca. Notó que sonreía mientras atrapaba sus jadeos con los labios.

—Así será más fácil para ti.

—¿Más... fácil?

—Sí. —Rozó la nariz con la suya—. Es probable que lo próximo te duela...

—Lo sé —boqueó. Le rodeó el cuello con los brazos relajados—. Hazlo.

Se colocó encima de ella, apoyando los codos a ambos lados de su cabeza. La instó a que abriera las piernas colocando un muslo entre ellas, y Hope obedeció con una leve sonrisa.

—¿Estás segura? —susurró. La voz, no sabía por qué, también le temblaba—. ¿Quieres que siga?

Dijo que sí con la cabeza, todavía sin aliento para responder nada más coherente. Entonces sintió el roce entre sus piernas.

Y luego, aquella dura presión inicial. Al principio no pareció tan terrible. Después, dolió. A su pesar, Hope tuvo que darle la razón a su madre: en comparación con perder una pierna, aquello era más que soportable. En especial después de que Cayden se deslizara con tortuosa lentitud y, al hundirse completamente, se inclinara otra vez para besarla en la punta de la nariz.

Permaneció inmóvil unos segundos hasta que la chica se acostumbró a la sensación. Luego comenzó a imprimir un ritmo lento y creciente a las embestidas. Hope deslizó las manos por el pecho cubierto de cardenales púrpuras y suave vello dorado. Le acarició el costado y la espalda con torpeza, tratando de concentrarse en el placer de tenerle encima de ella y no en el malestar punzante entre las piernas, más incómodo que doloroso.

Pronto se acopló al movimiento y elevó las caderas de forma instintiva. El gesto provocó que Cayden respirase entre dientes con fuerza y la invadiera también con la lengua. En mitad del beso, acometió con una última embestida. Enseguida dejó caer la cabeza en la almohada junto a ella.

—¿Estás... bien? —jadeó.

—Sí. —Sonrió contra su hombro, con los dedos trazando círculos entre sus omóplatos—. ¿Y tú?

Cayden resopló un sí entre dientes y se apartó con demasiada rapidez. Al instante, Hope echó de menos el peso de aquel cuerpo bien formado sobre ella.

Sintió un extraño escalofrío, como si de pronto reconociera lo vacía y sola que estaba. Lo que acababa de pasar no cambiaría las cosas entre ellos. Habían cumplido un deber conyugal que seguía pendiente en su matrimonio, de naturaleza distinta para cada uno de ellos. Se colocó de costado. Quiso pedirle que la abrazara, que no se apartara de su lado hasta que volviera a entrar en calor.

Decidió que no era una buena idea. Cayden había cumplido con su «deber», sin amor por su parte, y ella se consideraba demasiado inexperta para atraerlo lo suficiente y que al menos considerase repetirlo. Le había dicho que la deseaba, así que...

suponía que volvería a tocarla. Con eso tenía que bastar. Era mejor que nada.

En silencio, Cayden fue hasta la jofaina, mojó una toalla y la escurrió con precisión. Hope observó cómo los músculos de sus brazos se tensaban y definían con el movimiento, más marcados gracias a las luces y sombras que arrojaba el fuego de la chimenea. Cuando le vio volverse, apartó la mirada. Advirtió de reojo que regresaba a la cama y sintió el peso de su cuerpo al sentarse a su lado.

—Ponte bocarriba —le susurró.

Cubriéndose los pechos con vergüenza, Hope obedeció. Cayden acercó la toalla húmeda a su cuerpo y le retiró la sangre y los fluidos de entre las piernas. Lo hizo con delicadeza, como si reverenciase una obra de mármol tan frágil como valiosa.

Pero no la tocó.

—¿Estás bien? —repitió al terminar.

Hope asintió con pesar. Él no la miraba. Sus ojos estaban clavados en ella, sí, pero no sentía que le prestaran atención. Tampoco lo hizo cuando, al volver a abandonar la cama, buscó una camisa blanca en el cajón de la cómoda y se la tendió para que se cubriese con ella. Ni siquiera cuando apagó las velas una a una, tal como había hecho Hope su primera noche en esa casa, y se deslizó a su lado entre las sábanas.

Se colocó de espaldas a ella. Hope, con un nudo constriñéndole la garganta, decidió imitarle. Aunque, antes de darse la vuelta, se permitió observar el reflejo del fuego de la chimenea que moría en su pelo dorado. Deseó llegar a comprender algún día lo que realmente se fraguaba debajo.

La noche había cambiado, pero no la mañana.

Por desgracia, Hope despertó una vez más sin nadie al lado. Suspiró decepcionada, con la vista fija en la luz que revelaba las motas de polvo que danzaban en el aire.

Había esperado poder hablar con Cayden en la intimidad de la habitación. Con la quietud de la mañana, sin el placer nublándole los sentidos, quizá se atrevería a decirle lo que sentía. Aunque recibiera un jarro de agua fría en forma de indiferencia, al menos sería sincera.

Ya lo había aceptado. Podía vivir sin que la quisiera tanto como ella a él. Tampoco era tonta; era consciente de que no todos los matrimonios mantenían esa relación. Comparada con sus padres, debía dar gracias. Aunque no su desprecio, sí sería capaz de soportar lo distante que era Cayden.

Bajó a desayunar después de bañarse en la estancia anexa al dormitorio. No tuvo que llamar a Jane, ya que había aprendido a controlar la temperatura de los grifos de agua corriente, con llaves en forma de pájaros plateados. Todavía la sorprendían las comodidades de esa casa tan extraña y daba gracias por poder disfrutar de ellas antes que cualquier otra persona en Londres. Había tardado en comprender cómo usar los controladores de presión y temperatura, pero a esas alturas lo prefería de lejos a usar una enorme bañera que debía llenar con dificultad el servicio.

Era domingo. Cayden no trabajaba. Al menos no lo había hecho desde que se habían casado. Al bajar las escaleras, Hope temió que ese día se hubiera escabullido de la casa, pero le alivió encontrarlo en el salón principal. Estaba sentado en su sillón favorito, leyendo junto a una taza de té con su habitual apariencia impasible. La miró de reojo en cuanto entró. Con un gesto despreocupado, le señaló el escritorio de estilo francés.

—Esta mañana han llegado flores para ti —dijo con sequedad. Cerró el libro de golpe, dejando un dedo dentro para marcar el punto donde se había detenido—. También una invitación.

A Hope se le retorció el corazón de angustia. En su vida, las flores nunca habían sido un buen presagio. Trató de mantener la calma mientras se aproximaba a pasos cortos hasta el ramo del escritorio.

En realidad, eran dos. Uno era enorme, compuesto por entero de camelias blancas. El mensaje que insinuaban las flores era claro, aunque desconcertante. ¿Quién podría sentir gratitud y admiración hacia ella? La nota que lo acompañaba estaba algo emborronada, pero le hizo sonreír al instante.

Estimada señora Dagger:

Me resultó un auténtico placer nuestra aventura de la otra noche en el East End. Debo confesarle que la consideraba de otra forma: le pido disculpas. Al contrario que su adorado esposo, sé reconocer mis errores, tal vez por la frecuencia con que acostumbro a cometerlos. No es una ratoncita insulsa ni una remilgada dama de buena cuna. Es más de lo que esperaba y, lo más importante, está absolutamente arrebatadora vestida con pantalones. Le sugiero que se confeccione un traje masculino para cada día de la semana.

Si gusta de repetir, le diré dónde encontrarme. Tengo una pequeña... Perdone, a veces cometo el error de fingir humildad, una gigantesca propiedad en Berkeley Square. Mi mayor afición es sacar de sus casillas al señor Dagger, así que no dude en venir a buscarme si desea provocarlo. Solo acuérdese de recogerme en su coche y rellenar antes las reservas secretas de vino.

Y, se lo ruego, guarde como un secreto nuestro episodio nocturno. No se lo cuente a nadie, en especial a la agradable, dulce y nada altanera lady Alisa Chadburn. Yo prometo no airear que salvó a su esposo con un paraguas, aunque lo desee con todas mis fuerzas.

Suyo,

Lord Ezra MacLeod

—¿La has leído? —le preguntó Hope.

—No, pero es de Ezra. —Cayden encogió un hombro—. Me imagino qué pone.

El otro ramo le era familiar. Más recargado, compuesto de flores rojas sin espinas. Tenía una nota, muy escueta.

Hasta el próximo baile, querida... Lo espero con tanta impaciencia como su respuesta.

S.

Tuvo un impulso feroz de quemarlo todo otra vez, solo que eso le demostraría a Cayden que las flores significaban algo que deseaba borrar. No quería meterle en problemas... Todavía recordaba la amenaza de Swithin. Sus palabras seguían clavadas en su mente como un cuchillo.

«Y yo que usted, señora Dagger, no me haría esperar demasiado. Tengo paciencia, pero está empezando a agotarse, y no le conviene en absoluto que eso pase. Ni a usted, ni a él».

Pasó de largo sin tocar las flores y cogió la invitación.

—Es de lady Denning —leyó en voz alta—. Nos invita a un baile la semana próxima. Creo que es una buena oportunidad.

—Iremos. —Cayden volvió a abrir el libro y a sumergir su atención en él—. Tendrás tiempo de encargar un vestido especial para la ocasión si así lo deseas. Yo no estaré en Londres los próximos días, así que puedes pedirle ayuda a Eve e incluso invitarla a hospedarse aquí si no te sientes segura durmiendo sola.

Hope advirtió de golpe lo que eso implicaba.

—¿Qué? —Un mal presentimiento la recorrió de arriba abajo—. ¿No estarás en Londres? ¿Y eso por qué?

—Tengo que supervisar la construcción de unas vías al norte. Volveré el mismo día del baile. —No levantó la vista de las páginas—. Imagino que tendrás suficientes diversiones para echarme de menos.

«¡No me lo puedo creer!», se escandalizó Hope. «Realmente piensa que voy a lanzarme a los brazos de Swithin».

Por un segundo, quiso gritarle lo equivocado que estaba, pero enseguida cambió de opinión. Si esa era la imagen que tenía de ella, ¿qué importaba lo que le dijera? Además, le debía gratitud. Seguía en deuda con él y temía que acabara ocurriendo lo que más temía: que se arrepintiera de haber invertido tanto en ese matrimonio.

«Y si se lo cuento y se enfrenta a Swithin, seguro que él se lo hace pagar. Cayden perdería la posición que ha alcanzado conmigo... ¿Y para qué le habría servido este matrimonio? Solo para arrepentirse de haber accedido a casarse conmigo».

Ninguna opción era muy esperanzadora. Así que, meditabunda, Hope cogió el ramo blanco de Ezra y se marchó del salón sin decir una palabra.

No pudo ver como Cayden la seguía con la mirada, cerrando de un golpe el libro en cuanto cruzó la puerta.

—¿Se puede saber qué demonios te pasa? —Antes de que su compañero pudiera contestar, Ezra añadió—: Y no vuelvas a decirme que nada o te juro que regreso a pie a Londres.

Cayden bajó la vista a los planos de las nuevas obras y se encogió de hombros.

—No me preguntes si no quieres oír la respuesta.

—Te lo pregunto porque, aunque no acabe de entender la razón, me consideras tu amigo, y no puedo permitir que estés más insufrible que de costumbre. Asumimos que ese papel lo interpretaría yo. —Bajó la voz—. ¿Es por tu esposa?

Aunque Dag no contestó ni levantó la cabeza, MacLeod supo que había dado en el clavo. Sobre todo porque advirtió de reojo como apretaba los dedos, aferrados al borde de la mesa, hasta que los nudillos se tornaron blancos.

—Sé que somos muy distintos en cuestión de mujeres —continuó el noble—. Jamás me he entrometido en tus asuntos sentimentales...

—Y has hecho bien —gruñó Cayden.

—Pero también sé que nunca te habías preocupado por ninguna dama. Primero, porque no te interesaba ninguna. Tampoco tenías tiempo para prestarles la más mínima atención. —Señaló los planos—. ¿Quién puede resistirse a los placeres de la nueva industria?

Enseguida Cayden se incorporó y se cruzó de brazos.

—Si no vas a trabajar y vas a estar incordiándome: sí, mejor regresa a pie a Londres.

—Quien no ha venido a trabajar eres tú —le acusó Ezra, divertido por lo irascible que se mostraba su socio—. Solo estás aquí porque no quieres seguir en casa. No lo niegues, lo he visto miles de veces en otros hombres: has huido para no enfrentarte a algo. O a alguien. —Alzó las cejas varias veces—. ¿Me equivoco?

Con una sonrisa mordaz, Cayden lo negó.

—¿Qué se cree ahora, lord MacLeod, una especie de adivina escocesa?

—No hace falta. Hasta el más tonto lo deduciría tras cruzar dos palabras contigo. Yo solo tengo que mirarte a los ojos. —Ezra se apoyó en la mesa y le estudió—. Dímelo. Tal vez pueda ayudar.

—¿Tú?

—Si son asuntos de alcoba, sí. —Cayden compuso una expresión espantada, como si quisiera desaparecer—. Entiéndeme, lo que hagas o dejes de hacer no es cosa mía, pero si necesitas algún consejo...

—Maldita sea, Ezra, eres... —se contuvo y, con un resoplido, añadió—: No, gracias.

El empresario devolvió la vista a la mesa, aunque su amigo sabía que en realidad no estaba prestando ninguna atención al esquema de trabajo ni a los planos de las siguientes vías del ferrocarril.

Al contrario que él, Cayden nunca se había interesado demasiado en perseguir a las mujeres. Ni de la alta sociedad ni de fuera de ella. Era tan frío que Ezra había llegado a pensar que no le gustaban en absoluto. Tampoco es que le hubiera resultado raro ni escandaloso. No después de conocer a las personas que se escondían en las desinhibidas noches de Londres, en los elegantes caserones de Mayfair y hasta en las esquinas del Parlamento. En su opinión, los gustos y preferencias en el amor o en el sexo no tenían límites.

O no deberían tenerlos.

Pero intuía que no era eso lo que le sucedía a Dag. Dudoso, al cabo de un rato acabó por colocarle una mano en el hombro.

—Si no son problemas de alcoba... son problemas del corazón —Hizo una pausa—, ¿es así?

Cayden no contestó. Riendo entre dientes, Ezra retiró la mano y cabeceó.

—Mucho me temo, Dag, que en eso no puedo ayudarte. —Se encogió de hombros con un gesto resignado—. No tengo ni la menor idea de lo que es estar enamorado... A Dios doy gracias.

—Entonces —siseó Cayden— cállate.

—Aunque te confieso que no lo entiendo —insistió—. Hope parece una mujer de lo más dulce. Apuesto a que también es muy entregada en... —El otro le lanzó una mirada helada—. Quiero decir, en el buen sentido.

Ante su obstinado silencio, Ezra claudicó. Ambos continuaron trabajando hasta que se hizo de noche. Cuando incluso Cayden asumió que ya era demasiado tarde para revisar unas obras que no continuarían hasta la mañana siguiente, se dirigieron a la posada más próxima para cenar y acostarse.

En el camino en carruaje, Ezra se sobresaltó cuando su socio volvió a sacar el tema.

—Hipotéticamente —dijo Cayden con voz ronca—, ¿qué deberías hacer para que una mujer te escoja?

—Oh, amigo mío —se rio MacLeod, con las manos apoyadas en el vientre—, no sé si hay alguien que pueda responder a esa pregunta... Aunque confieso que estoy algo confuso. ¿Te refieres a tu esposa?

—Claro que me refiero a mi esposa.

—Entonces no te entiendo en absoluto. —Frunció el ceño—. Hope ya te ha escogido.

—Ya. Sí. Bueno —titubeó—. Pero si hubiera, digamos, otro hombre... ¿Qué podría hacer para que se decidiese por mí?

—Un momento —se apresuró Ezra asustado—. Que quede

claro que lo que le decía en la carta que le envié era solo una broma.

—No me refería a... —Cayden se detuvo para lanzarle una mirada furiosa—. Espera, ¿qué le dijiste?

—Oh, olvídalo. —Se inclinó hacia él—. ¿Y dices que Hope está dudando entre otro caballero y tú?

En lugar de responder, Cayden dejó vagar la vista por el paisaje oscuro que se adivinaba tras la ventanilla. Ezra, confundido, se rascó el mentón. No entendía absolutamente nada. La noche de su aventurilla en el East End, Hope le había confesado que estaba enamorada de Dag. Y que le cayese un rayo allí mismo, pero había dicho la verdad; esa monada parecía incapaz de mentir.

«Me juego el cuello a que se trata de un malentendido estúpido», pensó Ezra. «Pero ya que no les he hecho un gran regalo de bodas... Ahí va, Hope, cielo».

—Bueno, si es así... —empezó a decir con gesto serio—, se me ocurre una manera de retenerla a tu lado.

Comprobó con satisfacción como los ojos de Cayden se giraban hacia él.

—¿Sí?

—¿Y si empiezas por complacerla como Dios manda?

Cayden pareció perder todo el color del rostro.

—¿De qué estás hablando?

—Es difícil complacer a una mujer en el plano sentimental... —Hizo una estudiada pausa—, pero sé otras formas de lograr que no quiera abandonarte. Tu cama, más concretamente. ¿Qué dices?

Ante la expresión consternada de su amigo, MacLeod se echó a reír a carcajadas. La risa se le cortó en cuanto vio como Cayden acababa asintiendo con la cabeza, muy serio.

—Está bien.

—Espera... Dag, ¡¿de verdad?!

—Tú te has ofrecido —le acusó con voz áspera—. Ahora no te eches atrás.

—¡No pensaba hacerlo!

—Escúpelo. Cuéntame cómo complacerla, tal como has dicho. —Arqueó una ceja—. ¿O estabas fanfarroneando?

—¿Yo, fanfarronear? Oh, Dag —Ezra volvió a reír—, no sé si tú me lo agradecerás, pero estoy seguro de que después de esto Hope enviará a mi casa cien ramos de camelias blancas.

24

Cada día, Hope recibía en su casa un odioso ramo de flores rojas. Los escuetos y secos mensajes que los acompañaban eran angustiosamente parecidos. «Ocho días», decía el primero. «Siete», el segundo. Anunciaban una cuenta atrás que pronto le alteró el humor y el sueño.

Por mucho que se esforzase en disimular, Evelyn y Alisa acabaron por darse cuenta. Con un nudo en la garganta, tuvo que confesarles una tarde todo lo relacionado con lord Swithin. Desde el principio.

Hasta entonces, solo habían sabido que su madre había intentado unirla a un lord interesado en convertirla en su amante. Nada más. Una vez al corriente de toda la verdad, le sorprendió la ira que reflejaron ambas. La de Alisa se templó rápido, acostumbrada a ese tipo de pretensiones por parte de viejos aristócratas casados. La de Evelyn crecía a cada segundo que pasaba.

«Espero que su primo no reaccione como ella si algún día llega a enterarse».

Aunque procuraría con todas sus fuerzas que no lo hiciera jamás. Para asegurarse, le había hecho jurar a Evelyn (por todo su guardarropa) que no desvelaría su secreto bajo ninguna circunstancia.

—¡Dile a ese *Swiftin* que ya sabes cómo contestarle! —le sugirió Evelyn, paseándose enfurecida por la habitación de Hope—. ¡Y le das una patada en...!

—Ignóralo —propuso Alisa—. Al final se cansará. Los hombres son criaturas bastas de gustos llanos. No existe ninguno con tanta paciencia.

—Creo que lo que le atrae precisamente es que sea difícil —resopló Hope—. Y luego está Cayden. Si soy desagradable con lord Swithin y le rechazo, es posible que le perjudique en futuros negocios. Ya sabéis, ese hombre me amenazó con...

—Mi primo *nunca* querría que te envolvieras con un viejo asqueroso, y menos por culpa de un sucio chantaje que le implica —siseó Evelyn—. Estoy segura de que apoyaría mi propuesta. Incluso añadiría más violencia por su parte. ¡Oh, me encantaría ver cómo lo destroza a golpes! ¡Cayden tiene un buen derechazo!

—Eve, piensa un poco —murmuró Alisa—. Hope tiene razón. Debe actuar con elegancia para evitar daños y que, además, nadie se entere del escándalo. Si no, manchará su reputación y la del señor Dagger. —Lanzó un hondo suspiro—. La situación no es nada fácil.

—¡Ya sé que la situación no es fácil! ¡La situación es *une merde*! —Las dos amigas la mandaron callar con un siseo, aunque Evelyn no bajó la voz—. ¿Por qué a un hombre se le permite hacerte sentir incómoda sin que tú puedas mandarle a paseo? ¡Es una injusticia! ¡No le debes nada!

Las otras dos asintieron en silencio. Aunque desgraciadamente, y por mucho que Eve tuviera razón, tampoco eran capaces de hacer gran cosa. La sociedad en la que se movían se regía por estrictas reglas que reducían a las mujeres a meras muñecas a las que cabía destruir con un chasquido de dedos.

Al menos, por el momento.

—En cualquier caso, es posible que la presencia de tu marido le imponga lo necesario para que tengas más margen de tiempo. El señor Dagger volverá a casa para asistir al baile, ¿verdad? —le preguntó Alisa—. ¿Estará aquí mañana?

—Sí, al menos eso me aseguró Ezra en su carta.

—¿MacLeod? —Alisa frunció el ceño—. ¿Cómo que en una carta?

—Acompaña a Cayden en el norte, en todo ese tema del ferrocarril —respondió Hope con suavidad—. Me escribió desde allí para preguntarme qué tal me encontraba. Fue muy atento.

—¡Lo que te faltaba! —se quejó Alisa—. ¡Otro que quiere meterse en tu cama! ¡Y siendo socio de tu marido! Increíble.

—No es eso, Ali. Es un buen hombre, te lo prometo.

—Es un mujeriego, frívolo, superficial y...

—Puede que todo eso sea verdad, pero también es un fiel amigo. —Hope bajó la voz al añadir—: Tengo la sensación de que, en realidad... Ezra me escribió en nombre de Cayden.

—¿Por qué? —se extrañó Evelyn—. ¡Mi primo sabe escribir perfectamente!

—Lo sé —reconoció Hope—. Pero creo que lo que ocurre es que Cayden no desea... tener ninguna relación conmigo. Después de... ya sabéis, nuestra última noche, se comportó de forma muy fría. —Hizo girar su anillo de esmeraldas, avergonzada—. Es posible que esa noche, en la cama, yo no hiciera las cosas como se suponía, o del todo bien...

—Nada de eso —la cortó Alisa—. Te dijo que te deseaba, ¿no? Y cumplió su cometido.

Evelyn y Hope se pusieron coloradas a la vez.

—Sí —musitó ella—, lo hizo.

—Puede que fuera demasiado para él —aventuró Alisa—. Los hombres son criaturas simples a la hora de aceptar sus propias emociones. Deja que lo asimile. Regresará. Solo debes ser paciente.

—¡La santa paciencia inglesa! —explotó Evelyn—. ¡Si no folláis en condiciones pronto, me va a dar algo!

Las dos amigas se giraron hacia ella como una exhalación.

—¡Eve!

—¿Qué? Oí que los lacayos lo llamaban así. —De repente, comprendió que había dicho algo inapropiado y se encogió con timidez—. ¿Es malo? ¿Qué significa «follar»?

—Ni se te ocurra volver a utilizar esa palabra, Evelyn Geneviève Boulanger.

—¡Ali, no me trates como mi madre!

—¡A ella le contaré lo que acabas de decir, jovencita!

Hope, sentada en la cama, ocultó una sonrisa mientras terminaba de ponerse las medias. Se calzó después con unos botines de piel y se puso en pie para mirarse en el espejo. Llevaba un sencillo vestido blanco de cuello alto, al que había añadido un broche de un pájaro de aventurina verde.

—¿Qué tal estoy? —les preguntó.

—Preciosa —contestó veloz Alisa—. Aunque lo importante es que el atuendo te resulte cómodo. Vas a pasarte varias horas de pie pintando a una adolescente insoportable.

Hope asintió. Estaba nerviosa. Era la primera vez que recibía un encargo. En la fiesta de los Makepeace, había comentado con algunas invitadas que su verdadera afición era pintar. Y, al contrario que otras damas que preferían reproducir paisajes o bodegones, ella se había centrado en las figuras humanas. Dos días después, recibía un mensaje de lady Reid solicitando que retratara a su hija pequeña. Sin poder creérselo, había contestado rápidamente que sí.

—Seguiremos discutiendo mañana —dijo Evelyn, con los rasgos todavía endurecidos por el enfado—. Esto no va a quedar así. ¡Si no me dejas decírselo a Cay, tendré que tomar cartas en el asunto yo misma!

—Eve, deja de entrometerte —le pidió Hope. Intentó sonar más dulce al añadir—: Sé que tus intenciones son buenas, pero puede que tu forma de hacer las cosas, en realidad, las empeore.

—Pero...

Alisa la detuvo al colocarle una mano en el hombro.

—Hope debe irse ya, no la entretengas. Dejémosla en casa de lady Reid antes de marcharnos a las nuestras.

Aunque gruñó, Evelyn no insistió más.

Media hora más tarde, las dos amigas se despedían de Hope antes de continuar su camino. El coche se había detenido delante de una enorme mansión de dos plantas de estilo isabelino en pleno corazón de Mayfair. Hope la observó desde la acera con cierta admiración. En cuanto llamó a la puerta, la atendió el mayordomo de los Reid, quien cargó con las pinturas y el lienzo, y la acompañó al interior.

—La señorita Reid la espera en la biblioteca. Es la estancia con más luz.

Las mariposas la hicieron temblar de expectación. Siguió al sirviente hasta una sala en el ala oeste de la casa. El hombre abrió la puerta y le indicó con un gesto que pasara, cerrando tras ella una vez que hubo colocado sus pinturas en una mesa auxiliar.

Le sorprendió que no hubiera nadie. La biblioteca era un espacio enorme, pero no había rastro de ninguna joven dama a la que pintar. Mientras esperaba su llegada, Hope se aproximó al ventanal y observó la ajetreada vida de los londinenses más distinguidos. Mayfair era el corazón de la vieja aristocracia. Ella vivía a dos millas de allí, pero le gustaba hallarse apartada de esos grandes salones, en una nueva zona en la que nobles y nuevos ricos convivían con más naturalidad.

En el reflejo del cristal, se fijó en unos retratos que ocupaban una de las paredes de la estancia. Se volvió, aproximándose con sana curiosidad a los cuadros. Así podría hacerse una idea del estilo predilecto de los señores Reid. El suyo era menos puntilloso, más dado a captar los retazos de luz y los colores que la precisión inmaculada de la realidad. «Muy francés», había dicho Evelyn. «Valiente y emocional, como tú».

Al acercarse, una sensación fría recorrió el cuerpo de Hope, oprimiéndole la boca del estómago.

Apoyado en la pared, sin colgar con el resto, reposaba el retrato de una chica. Muy joven, de unos trece años, con un recatado vestido de flores, el pelo castaño trenzado, los labios apretados en una mueca de resistencia infantil ante la quietud que exigía posar. Los ojos tristes y verdes estaban fijos en el espectador. La Hope real le devolvió la misma mirada abrumada.

—¿Ya se ha visto? —oyó a su espalda—. Lo he traído de mi pequeña colección privada para que lo viera mi sobrina lady Reid... Es sin duda uno de mis mayores tesoros.

No se movió. Esa voz empalagosa y algo aquejada por la edad tenía la capacidad de dejarla sin fuerzas, débil y manejable. Como si realmente siguiera siendo la niña del retrato. Tal vez tuviera que ver con la condescendencia, con aquel aire entre paternal y provocador que también solía usar su madre con ella.

—¿Se ha quedado sin habla? —continuó lord Swithin, cada vez más cerca—. Lo comprendo. Me ocurrió lo mismo la primera vez que lo vi. Estaba en Whitechapel, en uno de esos agujeros hediondos de los que seguramente proceda su esposo. Y entonces descubrí su retrato. Lord Loughry había tenido a bien empeñarlo por unas libras. Pocas para lo que valía. Pronto me acostumbré a verla cada mañana. Esa mirada... —Sonaba justo detrás de su oído—. Durante estos años, su madre ha hecho un buen trabajo aplacando mi deseo, pero bien sabía que era una mera sustituta. Al final entendió que no iba a darme por vencido. —Notó un dedo que le rozaba la oreja—. Igual que lo entenderá usted.

Por fin logró moverse. Dio un traspié tratando de alejarse de él y apoyó una mano en la pared llena de cuadros para no caer al suelo.

—No se preocupe, no voy a pedirle nada ahora —siguió él con una sonrisa torcida—. Le dije que esperaría al siguiente baile para oír su respuesta y cumplo mis promesas. Todas. —Hizo una pausa amenazadora—. Pero deseaba que antes supiera cómo de fuertes son mis sentimientos, querida niña.

«Querida niña». Solo había una persona en todo el mundo que la llamaba así. Y aunque ya no estuvieran bajo el mismo techo, Hope sintió que no había abandonado su yugo.

—Yo... —balbuceó ella—. Señor, lo siento, pero yo no... no le deseo.

—No se preocupe. Como he demostrado, soy un hombre paciente. —Con un aire despreocupado, se encaminó hacia la puerta—. Si no lo hace, seguro que en un futuro cercano descubrirá cómo fingirlo.

Una vez sola, necesitó unos segundos de respiro para despegarse de la pared. Asqueada, contempló el cuadro con esa imagen aniñada de sí misma.

Con una súbita oleada de cólera, lo tiró al suelo de una patada.

Perdió el equilibrio y tuvo que apoyarse en la pared de nuevo. Jadeaba. Su cuerpo se veía sacudido por leves temblores. Eran la rabia, la frustración y la impotencia disputándose el control de su corazón. Consiguió recomponerse lo bastante como para abandonar la biblioteca, poniendo una pobre excusa, seguramente innecesaria, a un lacayo imperturbable que la acompañó hasta el vestíbulo. Dejaba atrás sus pinturas. No le importaba. Compraría otras. En ese momento solo pensaba en salir de allí, en dejarse atrás a sí misma.

No esperó a que Alisa y Evelyn enviaran el carruaje tras haber llegado a sus respectivas casas. Arrebujándose en la capa, llamó en la acera a un coche de alquiler y masculló al chófer su dirección de Belgrave Square. Ya en el interior del vehículo, protegida del juicio del resto del mundo, se permitió cerrar los ojos. Si al menos hubiera tenido su bastón... «¡Absurdo! ¿Qué hubiera hecho con él? ¿Pegar a lord Swithin como a los matones del Patio Rojo?». Además, estaba sola. Y en casa seguiría sola, porque Cayden no había regresado de Escocia. «Aunque, qué más da. Si estuviera aquí, tampoco a él podría decirle nada... ni pedirle ayuda».

Lloró en un arrebato de ira. Cuando el chófer frenó delante de su casa, se apresuró a limpiarse las lágrimas de la misma forma violenta.

Al bajar los pequeños escalones del coche para recorrer el camino hasta la entrada, sintió que parte de su corazón acababa de congelarse. Apenas era capaz de sentir nada por el resto del mundo, excepto una silenciosa apatía. Era, quizá, la consecuencia de aceptar que no podría escapar a un destino cruel.

Aunque se hubiera casado con un hombre para huir de una

familia atroz, un hombre al que, además, amaba, las acciones pasadas de los Loughry seguían persiguiéndola incluso lejos de su poder.

—Señora, llega pronto —comentó Delabost mientras la ayudaba a quitarse la capa—. ¿Se encuentra bien?

El mayordomo nunca le hacía comentarios semejantes. Hasta parecía que su tono estaba teñido de verdadera preocupación.

—Lady Reid ha cancelado nuestra cita —se limitó a contestar—. Estaré en mi dormitorio. Que nadie me moleste.

—Pero señora... ¡Espere! Hay algo en el salón que debería ver.

Se detuvo en mitad de las escaleras.

—¿Más flores? —preguntó en tono helado.

Se hizo un abrupto silencio.

—Algo así, mi señora.

Se giró, cansada y rabiosa de nuevo, y recorrió los pasillos hasta el salón con la idea de prender fuego a esas asquerosas rosas rojas. Al llegar, abrió de golpe la puerta.

Cayden se giró hacia ella.

Estaba de pie, cerca del escritorio que solía usar ella. Parecía que le había pillado arreglando un ramo de flores. No eran de Swithin. En lugar de voluptuosas rosas, tenía entre sus manos una veintena de lirios del valle.

Hope sabía que su marido desconocía el lenguaje floral que empleaba la aristocracia. Además, aquel mensaje tampoco tenía ningún sentido. Esas flores blancas de delgados tallos verdes simbolizaban volver a empezar. Sinceridad. Dulzura e inocencia.

«Y, teniendo en cuenta qué imagen tiene Cayden de mí, está claro que no asocia nada de eso conmigo».

—¿Qué haces aquí? —le preguntó con frialdad—. No te esperaba hasta mañana.

—He querido venir antes —contestó él. Enseguida le notó algo incómodo, como si no estuviera preparado para verla todavía—. He venido para...

Se calló. Hope, cansada, salvó rápidamente la distancia que los separaba.

—¿Has venido antes para qué?

Hacía días que no lo veía. Por muy molesta y distante que quisiera mostrarse con él, no pudo evitar sentirse algo pequeña y desaliñada teniéndolo más cerca, tan alto e imponente como siempre. Cuando le vio esbozar una leve sonrisa, sintió que se le doblaban las rodillas. Enseguida se lamentó de que su hermético marido fuera tan irresistible. «Si fuera menos atractivo, sería más sencillo seguir enfadada con él».

—¿Y bien? —insistió.

Él todavía se resistió un poco antes de contestar.

—He venido antes para complacerte.

—¿Cómo que... para complacerme?

Cayden desvió la vista a un lado. Luego volvió a la tarea que estaba llevando a cabo antes de que ella le interrumpiera. Había llenado de agua un jarrón de cristal tallado. Colocó las flores dentro y lo movió en el escritorio hasta colocarlo junto a los papeles y sobres de cartas que Hope utilizaba cada día en su correspondencia. Las flores, símbolos del comienzo de la primavera, despedían un olor dulzón y fresco que llenó el aire.

—He pensado en resarcirte. No tuve tiempo antes de casarnos para... ¿cómo lo llamáis? —La miró de reojo, torciendo la sonrisa—. Cortejarte.

Se quedó algo aturdida.

—Espera, ¿esas flores son tuyas?

—¿De quién pensabas que eran?

Hope apartó la vista.

—No lo sé —dijo en voz baja—. No parece algo propio de ti.

Notó cómo un extraño silencio se extendía entre ellos.

—Supongo que no —reconoció él. El tono de su voz reflejaba cierta melancolía. «Igual que si fuera un niño arrepentido»—. ¿Te gustan?

Ante la tibia esperanza en su voz, Hope contuvo una sonrisa.

—Gladys es de Cornualles. Allí tienen por tradición utilizarlas en el Baile de Primavera. —Hope rozó el borde del jarrón, abstraída mientras lo recordaba—. Ella me las regalaba siempre, ya que la fiesta solía coincidir con mi cumpleaños.

Cayden se quedó muy quieto.

—¿Cuándo es tu cumpleaños?

Con reticencia, contestó:

—Fue... hace una semana.

De inmediato se arrepintió de habérselo dicho. En su casa, solo Gladys y Henry habían intentado cada año que ese día resultase un poco más agradable. A escondidas de sus padres, claro. Y Hope se había acostumbrado a mantenerlo tan oculto que no le había comentado a nadie, ni siquiera a Evelyn y a Alisa, que acababa de cumplir veintidós años.

Notó que la mano de Cayden le rozaba la muñeca. En lugar de alzar la cabeza, Hope siguió con la mirada el movimiento de sus dedos. Ascendieron por el brazo con lenta sensualidad hasta llegar a su barbilla y obligarla a levantar el rostro.

—Feliz cumpleaños entonces, señora Dagger.

Los labios de Cayden acariciaron los suyos con suavidad. Al principio. Después, la presionaron con firme exigencia. Pronto, la intensidad del beso la abrumó hasta resultar mareante.

Ella correspondió enseguida. Poniéndose de puntillas, alzó las manos, le agarró del pelo y tiró de él para que no hubiera ni un solo espacio entre ellos. Sintió enseguida como los brazos de Dagger se apresuraban a rodearla para hundirse todavía más en su boca.

Lo deseaba con tal desesperación que la asustaba. Había bastado un roce para despertar todos sus sentidos y transformar su sangre en fuego líquido. Ya sabía cómo podía culminar todo ese placer, qué le esperaba si se dejaba llevar.

Lord Swithin le había insinuado que podía llegar a fingir placer con él. ¿Cómo iba a hacerlo? Qué triste fabricar una pobre mentira, sabiendo la respuesta que Cayden provocaba en ella con un simple beso.

Aunque llamar «simple» a ese acto explosivo era una mentira todavía mayor. Cayden dejaba un rastro de fuego en su boca, y en el camino que siguió esta después al recorrer su mejilla hasta llegar al cuello. Los dos a la vez empezaron a tirar apresuradamente de los botones de sus ropas para liberarse.

Con un bufido de impaciencia, Cayden la tomó por las caderas y la subió al escritorio. Hope se quedó sentada en el borde, con las piernas entreabiertas, mientras él permanecía de pie entre ellas y tomaba su boca de nuevo.

Se estremeció al sentir que le levantaba la falda hasta la cintura. Notó después como sus dedos le recorrían el muslo para bajarle con rapidez la ropa interior. Hope gimió contra sus labios, impaciente, y en cuanto terminó de desnudarla bajo la falda, lo acercó con las piernas para que volviera a encajarse en el hueco entre ellas. Sin embargo, Cayden se separó un poco, rozándole la barbilla con los labios.

—Voy a hacer algo que creo que te complacerá.

—Ya sé qué me complace —gimió ella—. Hazlo.

—No. Algo distinto.

Hope había bajado las manos hacia sus pantalones, intentando desabrocharlos con torpeza, y Cayden la sujetó por las muñecas.

—No tan rápido, Hope, espera...

—Ahora ya sé lo que es —jadeó impaciente—. No me va a doler.

—Claro que no —le susurró él—. ¿Te fías de mí? —Ella dudó un momento, aunque acabó por asentir—. Buena chica.

Tuvo un escalofrío de placer al oír que la llamaba así. Después, observó atónita cómo Cayden se agachaba frente a ella hasta arrodillarse en el suelo. Su rostro estaba a la altura de sus caderas, justo en el borde del escritorio. Con una expresión concentrada, deslizó las manos por sus piernas con deliberada lentitud.

—Espera, espera —farfulló avergonzada—. ¿Qué vas a hacer?

—Besarte.

Ante la sencilla respuesta, se quedó paralizada. Él continuó ascendiendo. Llegó hasta sus muslos y la instó con un gesto a abrir las piernas.

—Besarme... ¿Dónde?

—Aquí.

La decisión en su mirada consiguió que se pusiera aún más colorada.

—Espera, no, ¡para! —exclamó, llevándose las manos a la falda para detener sus avances—. ¡El servicio...! —Cayden la apartó de nuevo—. O Delabost... ¡Podrían oírnos...!

—Si nos oyen —dijo él en voz baja—, es que están espiando detrás de las puertas, y tendrían un grave problema si yo me enterase. —Sintió como sus pulgares la instaban a abrirse de nuevo ante él—. Y si nos oyen mientras trabajan... ya pueden empezar a acostumbrarse.

Al sentirse expuesta, se tapó el rostro con un brazo, aunque Cayden la obligó a que le mirase a la cara. Depositó un beso en la parte interna de su muslo y la llamó luego con voz suave.

—¿Q-qué?

—Quiero que me digas cómo y cuándo sientes más placer —susurró. Tenía una sonrisa maliciosa que hizo que Hope contuviera el aliento—. Por mucho que me esmere, eres la que mejor sabe lo que le gusta.

«Tú», pensó Hope, antes de que el aliento de Cayden le hiciera cosquillas en la piel. Sintió que le pasaba la punta de la lengua por la ingle antes de deslizarse con suavidad entre sus piernas, decidida a saborearla justo en el centro. Hope se retorció, atrapada por la fuerza de sus manos mientras Cayden la sujetaba por las caderas. Notó su respiración entrecortada, sus labios, que recorrían todos los rincones. Parecía satisfecho cada vez que se detenía para alzar la vista y preguntarle, a pesar de que siempre obtenía la misma respuesta:

—¿Sigo?

—Por Dios, sí.

Hope no dejó de rogarle que continuara, que se moviera, que profundizara. Le suplicaba que aumentara o redujera el ritmo, pero no podía parar de retorcerse. Hasta que acabó por no contener sus impulsos y alargó las manos para empujar su cabeza hacia ella.

Pronunció su nombre. Primero en un susurro. Luego en voz alta. Y, por último, en un grito. No le importó hacerlo, ni siquiera gemir y arquearse mientras se dejaba llevar por esa ola que electrificaba sin control todo su cuerpo. Al terminar, jadeó exhausta con los párpados cerrados. Se había agarrado al borde del escritorio para no caer hacia atrás, y la cabeza le daba vueltas tras aquella euforia irresistible.

Sonrió sin querer al sentir que Cayden se levantaba, respirando entrecortadamente, y se colocaba después frente a ella. Las yemas de sus dedos le rozaron la mejilla como si fueran las alas de un insecto.

—¿Bien?

—Bien —resopló ella.

Oyó como se desabrochaba los pantalones y a continuación se apretaba contra su cuerpo. Abrió los ojos de golpe, ya agarrada a sus hombros, y cerró las manos sobre la tela de su camisa cuando entró en ella. Sabía que le aferraba con una necesidad que rayaba en desesperación. Esperaba que no se percatara de cuánto significaba para ella, de lo indefensa y manejable que se sentía en sus brazos.

En esta ocasión, como le había prometido, no dolió. Estaba muy húmeda y excitada, y ya sabía qué podía esperar. Aunque, como descubrió pronto, conocer el desenlace no lo hacía menos impresionante.

Cayden terminó con un gruñido salvaje. Seguido de súbito por el sonido del cristal al romperse.

Los dos se sobresaltaron al oír el fuerte impacto; Hope le clavó las uñas en la espalda, y él la agarró de la cintura en un acto reflejo de protección. Se quedaron unos segundos así, inmóviles, hasta que comprendieron al mismo tiempo la razón detrás de los cristales rotos.

—Te compraré otro jarrón —jadeó Cayden contra sus labios—. Y otras flores.

Se apartó un poco, lo justo para que cruzasen una mirada. Poco a poco, los dos esbozaron la misma sonrisa divertida.

—Espero que Delabost no lo haya oído —susurró Hope—. O vendrá a comprobar qué ha pasado.

—No creo. Me temo que no es lo único que habrá oído.

Hope advirtió como el calor le subía a las mejillas. Aunque, a juzgar por lo encendida que sentía la piel, tampoco se notaría una gran diferencia.

Cayden seguía dentro de ella. Le extrañó notar lo duro que continuaba. Ese detalle no se lo había contado Alisa.

—Y ahora... —empezó a decir.

Se calló. Cayden arqueó una ceja y la estrechó con más fuerza en torno a la cintura.

—¿Y ahora? —Sonrió—. Ahora vamos a subir a un lugar más cómodo para terminar con esto.

Ceñuda, Hope trató de apartarse.

—No lo entiendo. Si tú ya... Es decir, ya hemos termina...

Con un movimiento, Cayden la cogió de las caderas y la alzó del escritorio. Después ajustó mejor su agarre en el aire, manteniendo las piernas de Hope alrededor de él.

—Ah, de eso nada —le dijo al oído—. Créeme, cuando hayamos terminado... lo sabrás.

25

Hope tenía los ojos cerrados, pero sentía la mano de Cayden, que ascendía con suma lentitud por su piel desde la cara interna de la rodilla. Contuvo el aliento cuando las yemas de los dedos se perdieron otra vez entre sus piernas. Hizo amago de darse la vuelta, pero él se lo impidió colocándose a su espalda y aprisionando su cuerpo contra las sábanas.

—Tranquila, no voy a hacerte daño —le dijo al oído. Su aliento hizo cosquillas a Hope en el sensible hueco tras la oreja—. Si lo hago, dímelo, ¿de acuerdo?

Ella asintió, con la cabeza apoyada de lado en la almohada. Pasó los antebrazos por debajo y se agarró a la tela en cuanto Cayden la instó a separar más los muslos. Después sintió como se deslizaba lentamente dentro de ella.

Ya era de noche, y la chimenea arrojaba sobre las paredes y la cama una tenue luz rojiza. La leña casi se había consumido por completo, pero ninguno de los sirvientes había aparecido en el dormitorio para avivar el fuego. Cayden no parecía muy dispuesto a abandonar la cama para encargarse de esa tarea. Y Hope imaginaba que tampoco se lo habría permitido a ella.

Gimió contra la almohada en cuanto él estuvo completamente en su interior. En esa postura, lo sentía más adentro y alzó las caderas para conseguir que encajasen del todo. Oyó satisfecha un gemido gutural a su espalda. Sin embargo, Cayden no empezó a moverse enseguida. Le deslizó la palma abierta por la columna, recorriendo con delicadeza las pecas que, sin que Hope supiera por qué, se había empeñado en memorizar toda la tarde, hasta pasarla por debajo de la almohada y capturar su muñeca. Luego arrastró la mano de Hope hasta esconderla bajo su cuerpo, aprisionado contra el colchón. Tenían los dedos entrelazados, y Cayden los guio hasta su bajo vientre antes de soltarlos.

—¿Qué quieres? —preguntó Hope en voz baja.

—Mientras me muevo, acaríciate... justo aquí.

La chica abrió los ojos de golpe y se giró para lanzarle una mirada confusa por encima del hombro.

—¿Yo?

—Sí, tú.

—Pero... ¿cómo?

Cayden esbozó una sonrisa torcida, y Hope sintió el tirón bajo las costillas.

—Eres una dama bien instruida, y es evidente que aprendes rápido. —Hizo una pausa que aprovechó para inclinarse y besarla en el hombro—. Hazlo como quieras.

Hope se estremeció al notar su aliento en el cuello. Algo más relajada, obedeció. No era la primera vez que sentía el impulso de tocarse a sí misma para calmar las ganas, ese apetito incomprensible que se había despertado en ella desde que lo había conocido. Pero nunca lo había hecho hasta liberarse, y mucho menos delante de él.

Al principio, se acarició con timidez, hasta que el movimiento ondulante de Cayden sobre ella, más lento que en las ocasiones anteriores, la empujó a ser más atrevida. Intentó olvidarse de la imagen que daría desde fuera, desnuda, completamente desinhibida al gemir sin control contra la almohada. A lo largo de esa tarde, había procurado ocultar la prótesis bajo las sábanas, centrar la atención de Cayden en otras partes de su cuerpo, no resultar fea a sus ojos, ni dejar que el deseo se vislumbrase en la expresión de su rostro o en los movimientos de su cuerpo. Esta vez, se obligó a sí misma a dejarse arrastrar. La voz suave de Cayden, a su espalda, la animaba a hacerlo.

Lo cierto es que no entendía el repentino cambio en el comportamiento de su marido. ¿Qué habría ocurrido en los días que había pasado fuera de Londres? ¿Dónde había quedado el Dagger más frío? Un primer pensamiento la llevó a plantearse si MacLeod tendría algo que ver. Pero no, era imposible. Hacía días, mientras esperaban a lord Loughry dentro del coche, Ezra le había dicho que Cayden jamás hablaba de mujeres.

«Entonces... puede que, por su cuenta, haya reunido experiencia estos días».

Esa idea la enfureció. No se consideraba una mujer celosa, y eso que tampoco le faltaban los motivos. Sabía a la perfección que Cayden había recibido ofertas de jóvenes aristócratas casadas con hombres mucho mayores que ellas.

Ofertas para que fuera su amante, no para casarse con él, claro. A eso solo se había atrevido ella.

Cayden la empujó de nuevo y, apretando los dientes, Hope hizo desaparecer aquel hilo de pensamientos. Fuera cual fuera la razón, su marido la deseaba. No la querría fuera del dormitorio, pero sí en su cama. Estuviera o no con otras mujeres, eso le bastaba.

«Mi apellido habrá cambiado», se rio Hope para sus adentros, «pero se ve que mis bajas expectativas, no».

Continuó acariciándose, buscando el clímax, arqueándose para contener a Cayden a la vez, hasta que ya no pudo más. Se retorció contra sus dedos y lanzó un gemido ronco al tiempo que se sacudía en suaves espasmos. Cayden, a su espalda, soltó un suspiro extraño.

—Por fin —le oyó a través del velo del éxtasis—. No sabía cuánto más...

Hope alzó las caderas en respuesta y él se agarró a ellas para moverse a un ritmo más rápido, ya sin reprimirse. Terminó poco después y, exhausto, se dejó caer encima de ella. Aunque hizo amago de apartarse, Hope le chistó para que no lo hiciera.

—Quédate así —susurró, con los labios entreabiertos y húmedos contra la almohada—. Solo un momento.

Notó que asentía contra su hombro y, despacio, salía de ella. Luego se colocó mejor, dejando descansar la cabeza entre sus omóplatos. Aun así, Hope sabía que estaba resistiéndose a tenderse del todo sobre ella. «Como si no hubiera aguantado antes todo su peso...».

Siguieron unos segundos de pacífico silencio. Los mechones de pelo rubio le hacían cosquillas en la piel, y Hope sonrió a escondidas al sentir otro suave hormigueo. Cayden le acariciaba el perfil del cuerpo, arriba y abajo, de forma distraída.

Los brazos de él, relajados, se movieron de pronto para rodearla, aunque en esta ocasión sin tanta prisa.

—¿Hemos terminado? —aventuró Hope en voz baja—. ¿Ahora sí?

Desde fuera parecía tranquilo, pero le dio la impresión de que el ritmo de su respiración se aceleraba un poco.

—Por ahora, sí.

Hope dejó escapar un hondo suspiro y se permitió estirarse bajo el peso de su cuerpo.

—Debe ser hora de cenar ya... —balbuceó amodorrada—, pero no puedo ni moverme.

—Avisaré para que Peggy cocine algo y lo suban a la habitación —le oyó, con la voz amortiguada contra la piel.

Como siempre que estaba relajado, se marcó más su acento *cockney*. Las últimas consonantes desaparecieron, y Hope se estremeció al oírle alargar las vocales.

—Qué bien suena —se le escapó.

La caricia sobre la cadera se detuvo.

—¿El qué?

—Esa forma que tienes de pronunciar —se sinceró—. ¿Aprendiste a hablar así cuando vivías... ya sabes, en el East End?

Se arrepintió en cuanto notó que desaparecía el peso de Cayden. Se dio la vuelta y le vio apoyado en los codos, un poco alzado sobre su espalda, lo justo para no tocarla apenas.

—No lo sé —respondió con gravedad—. Supongo que sí. Como el olor a podrido, todo se pega.

Hope rodó de costado y alargó un brazo para tirar de él e impedir que se moviera.

—Lo siento, no quería sacar a colación tu pasado —se disculpó—. No tenía ni idea de que te desagradaba tanto, de haberlo sabido... No hace falta que me lo cuentes si no quieres.

—No quieres oírlo —dijo él, más suave—. Créeme. Es mejor así.

Tras tragar saliva, Hope le soltó. Fuera lo que fuera lo que había hecho que, a su vuelta, se acercase a ella, acababa de romperse. Sin embargo, y aunque el ambiente se hubiera enrarecido, Cayden no se marchó. Tan solo se deslizó a un lado, hasta tumbarse junto a Hope. En un gesto protector, tiró de las sábanas y mantas para cubrirlos a ambos.

—¿Tienes frío, pajarillo?

—No... —Frunció el ceño—. Espera, ¿cómo que «pajarillo»?

—Llevabas uno antes. —Le señaló el esternón—. Aquí. Y creo que...

Hope le instó con la mirada a que siguiera.

—Me parece que, si fueras un animal —continuó—, serías uno. Es lo que sueles hacer todo el tiempo: no paras quieta, aleteando de un lado a otro de la casa. Te oigo desde el despacho. *Pum, pum, pum.* —Fue dando suaves toques en su pecho—. Serías un pájaro de plumas verdes. Uno muy pequeño.

—¿Pequeño? —Arqueó las cejas—. Nadie diría que soy pequeña. Más bien tú eres grande.

Él sonrió de oreja a oreja con aire provocador.

—Entonces eres un pajarillo solo para mí.

—Tú serías... —Hope fingió meditarlo, aunque en realidad lo tuviera claro— un halcón.

—Vaya. —Una expresión incrédula se dibujó en su rostro—. Qué ave tan señorial. No pega mucho conmigo.

—Claro que sí. —Hope le deslizó un dedo desde la frente, y le cubrió el puente y el tabique recto de la nariz hasta la punta—. Tienes rasgos de halcón. Y eres un cazador implacable. No podrías ser otra cosa.

El aliento de él, irregular de repente, le hizo cosquillas en la palma.

—Yo... —Carraspeó—. Bueno. Gracias.

—De nada.

Hope no podía dejar de mirarlo. La luz del fuego mortecino bañaba la piel de Cayden con un suave tinte dorado. El juego de sombras acentuaba la superficie firme de sus hombros, como si fuera un busto de bronce. Hope paseó el dedo desde la nariz hasta sus labios. Los recorrió, fascinada, para bajar luego hasta el hueco entre las clavículas. Siguió descendiendo después por las depresiones que se formaban entre los músculos de su abdomen. Tal y como había intuido desde el principio, el cuerpo de su marido no tenía nada que ver con el de las figuras delgadas y ociosas de los aristócratas sin oficio, tampoco con las siluetas orondas de los nobles centrados en el placer de comer y beber.

«Creo que, en este sentido, nadie duda que elegí bien».

Al final, le pasó los nudillos por el pecho, deleitándose en la calidez de la piel justo sobre el corazón. Se quedó allí un segundo, tratando de percibir su pulso. Por un momento, le pareció que se había acelerado.

—Hope. —La llamada la despertó, interrumpiendo su recorrido, como si estuviera hipnotizada—. ¿Puedo preguntarte algo?

El tono formal le produjo un punto de ansiedad.

—Claro.

—¿Ya has respondido a la proposición que te hizo ese lord?

Se quedó helada. La mano sobre las costillas se contrajo. Sabía que Cayden había leído el miedo en sus ojos, porque volvió a pronunciarse.

—Puedes responder con libertad, no voy a enfadarme. —Aunque su voz sonó algo hosca al principio, se apresuró a dulcificarla—. Sé que tus padres te reprochaban lo que hacías o, más bien, querías hacer. Yo solo... necesito saberlo.

Todavía algo aturdida, Hope trató de controlar su respiración. ¿Qué debía decirle? Podía soltar toda la verdad, allí, delante de él. Vomitarla de golpe hasta liberarse. Podía hablarle del chantaje de Swithin, sus intenciones, los ramos incansables, las notas breves e insistentes, hasta la amenaza en el baile de los Makepeace y el ultimátum en la biblioteca de lady Reid, justo delante de su retrato.

Le miró a los ojos. Aunque aparentaran calma, en el fondo advirtió cómo se despertaba la llama embrutecida de la ira. Estaba lo bastante familiarizada con ella para reconocerla.

«No puedo decírselo», comprendió. «Intentaría protegerme... e impediría que yo le protegiese a él».

Pero tampoco podía mentirle. Si lo hacía, Cayden descubriría su farsa. Si algo había aprendido durante el tiempo que llevaban casados, es que no se podía engañar a un Dagger con una patraña poco elaborada. Y su implacable carácter competitivo, ese que le había granjeado su posición como hombre de negocios, la obligaría a desvelar la verdad.

Tragó saliva y se obligó a continuar acariciándole el torso, como si en realidad no le importara.

—Todavía no le he respondido.

Ninguno hizo ademán de moverse, aunque Hope percibió que Cayden tensaba la mandíbula.

—Ya veo —dijo en un susurro.

Si no le hubiera prometido hacía menos de un minuto que no se enfadaría, habría jurado que iba a estallar en cualquier momento. Sin embargo, siempre contenido, su marido se limitó a soltar el aire por la nariz. Luego le apartó con suavidad la mano del pecho, agarrándola de la muñeca y dejándola sobre la almohada entre ellos.

—Iré a avisar a Peggy —murmuró sin inflexión en la voz—. Una criada te traerá algo.

—¿Y a ti?

El nudo en la garganta se contrajo al verle incorporarse y abandonar la cama.

—Cuando me has descubierto en el salón, acababa de llegar —se explicó, al tiempo que se acercaba a la cómoda para sacar ropa limpia. Pareció elegirla al azar, con los ojos sobre un punto indefinido mientras se vestía—. Tengo algunos asuntos de trabajo que resolver antes de mañana.

Con prisa, Hope tiró de la sábana para enrollarse con ella y salir de su refugio.

—¿Te vas?

La pregunta quedó suspendida en el aire.

Cayden tenía una mano sobre el pomo. Hope, un pie a escasos centímetros del suelo.

—No me esperes despierta —le contestó con suavidad. Se giró y forzó una sonrisa por encima del hombro—. Duerme tranquila. Debes estar cansada y el baile de mañana será extenuante. Te prometo que esta noche no te molestaré.

Resignada, Hope acabó por asentir. A continuación, se limitó a contemplar cómo se marchaba, preguntándose si ocultarle la verdad a quien amaba era tan correcto como creía, pero, sobre todo, si realmente valía la pena.

Esta vez, llevaba consigo el bastón.

Sabía que era absurdo, pero se sentía más segura con él. Como si no fuera a verse desarmada ante el posible (y probable) enfrentamiento con Swithin.

Sus amigas le habían asegurado que no la abandonarían durante el baile ni un segundo. Pero no quería implicarlas en nada peligroso ni comprometido, al menos si podía evitarlo. Además, su plan de casamenteras seguía en marcha: la temporada no había terminado todavía, y no quería desbaratar los propósitos de Alisa y Evelyn de conseguir un pretendiente. Las dos estaban preciosas a la luz de las lámparas del salón. A su izquierda, Alisa, perfecta como era habitual, vestida de organza púrpura, desoyendo los colores más suaves que, en teoría, debía usar una joven soltera. A su derecha, Evelyn, enfundada en su sempiterno rosa. Aunque, extrañamente, la chica había añadido esta vez un toque verde a su atuendo, en forma de cuentas de jade enredadas en las cintas de su pelo.

A pesar de que la presencia de lord Swithin en el salón la enfurecía tanto como a Hope, Eve se mostraba más contenta.

—Te dije que Cay acabaría por ser quien rompiera el hielo —canturreó tras el abanico de plumas—. Tu dulzura le ha derretido el corazón... Ha tardado un poco más de lo que había apostado, pero...

—¿Cómo que apostado?

—Seis libras, ni más ni menos —contestó Evelyn sin pudor—. En tres meses, fue lo que les dije a mis padres, ¡en tres caería ante ti! Mamá aseguró que medio año. Y mi padre... Bueno, mi padre apostó cincuenta libras a que ya le habías conquistado. Que lo supo en cuanto Cay y yo volvimos a casa después de aquel primer baile en que te solicitó un vals, ¿lo recuerdas?

Hope iba a asentir, pero Alisa la detuvo con un bufido crispado.

—Si ha derretido ese frío corazón, Eve, dime, ¿qué hace con MacLeod al otro lado del salón?

—He sido yo —reconoció Hope—. Le he dicho que deseaba pasar esta velada con vosotras.

—¿Qué? ¿Y eso por qué?

Titubeó antes de contestar.

—Porque ese hombre me dio un ultimátum, ¿no os acordáis? No querría que Cayden estuviera cerca si algo pasase y... tengo la sensación de que, haga lo que haga, no escaparé de la amenaza de Swithin más allá de esta noche.

Alisa se puso rígida en su asiento. Evelyn fue menos sutil.

—¡Por encima de mi cadáver!

Ambas tuvieron que chistarla para que bajase la voz. Ya llamaban bastante la atención sobre el resto de las mujeres sentadas, ya que eran las únicas entretenidas hablando entre sí e ignorando al resto del mundo.

—No os preocupéis —susurró Hope—. Puedo arreglármelas sola.

—Claro que puedes —aseveró Alisa—. Pero eso no quiere decir que vayamos a dejarte hacerlo.

—Porque, tenlo por seguro —añadió Eve—, ni muertas vamos a permitírtelo.

Ignoraba cómo se había ganado dos amigas tan leales. Sin importar cuánto tiempo hubiera pasado, seguía pensando lo mismo que la noche en que se conocieron: que no las merecía en absoluto.

Para distraerse, Hope echó un vistazo al salón de baile, repleto de decenas de parejas que se movían al son de un vals cautivador. Aunque no dirigiese su mirada hacia allí, entre tantos invitados era consciente de dónde estaba lord Swithin. En un rincón, junto a los músicos, esperaba paciente a que bajara la guardia con aquella odiosa corbata de seda roja.

También sabía a la perfección dónde estaba Cayden. Parecía que pudiera percibir su presencia incluso si se ocultaba entre la multitud, como si se hallara conectada a él por lazos invisibles. En ese momento estaba de pie, en la pared opuesta a la que ocupaban las tres amigas, entablando conversación con lord Denning.

Junto a ellos había una figura alta de pelo oscuro que no dejaba de bostezar. Hope detuvo su atención en él. MacLeod pareció advertir enseguida que le observaban y ladeó el rostro. Al descubrirla, le dedicó una sonrisa amistosa. Luego inclinó la cabeza con gesto divertido, señalando a Cayden. Ella le correspondió con un encogimiento de hombros.

Sorprendentemente, Ezra dejó su copa de vino abandonada y, tras intercambiar un par de frases con su amigo, atravesó el salón hacia las tres jóvenes. Hope advirtió de reojo que Alisa se ponía tensa al verle acercarse.

—Señora Dagger, me sorprende su atuendo de esta noche. —Le guiñó un ojo—. Pensé que haría caso a la propuesta de mi carta y llevaría hoy algo más… cómodo.

—¿Qué nota? —oyó que mascullaba Alisa.

—Me temo que el mundo todavía no es tan moderno como usted, MacLeod. —Hope se rio—. Sin embargo, quizá algún día sea posible.

—Hasta que llegue ese momento, ¿le gustaría bailar conmigo?

Evelyn se quedó boquiabierta cuando Hope asintió sin pensárselo dos veces, dejando su bastón en la silla. Con varias miradas de celoso fuego puestas en ellos, ambos se dirigieron al centro del salón, lleno de parejas, para iniciar el siguiente vals.

—Le confieso que, observándolos, no sabría decir quién desea más mi muerte, si Dag o su amiga Chadburn —se rio Ezra en una de las vueltas.

—Tampoco cuál de ellos la mía —contestó Hope con aire arrepentido.

Y, sin embargo, había accedido. Se sentía a gusto en los brazos de aquel noble que no la deseaba en absoluto y al que le importaba tan poco lo que otros pensasen de él.

Por un momento quiso tener la libertad de ser un hombre, uno como MacLeod, despreocupado y disoluto. Decidió comentárselo, tras lo cual Ezra se echó a reír.

—No querría serlo, créame. El don de ser un completo holgazán no es fácil de mantener —bromeó—. Además, no abarque tanto, usted ya es una dama con sus propias virtudes. Dag me ha comentado que es una auténtica artista.

—¿Eso ha dicho? —se extrañó, avergonzada—. Su amigo le ha mentido. Esa afirmación está muy alejada de la realidad...

—Aunque no me haya metido entre sus sábanas, sí que conozco a Dag desde hace más tiempo que usted —contestó él con aire divertido—. Nunca dudo de su buen ojo. Uno de sus odiosos defectos es que rara vez se equivoca. —La música se detuvo y Ezra la tomó del brazo—. ¿Sabe qué? Esta fiesta solo me produce bostezos y, por cómo la he visto junto a sus amigas, igual de rígida que esa Chadburn, se nota que a usted tampoco la complace. ¿O me equivoco?

Hope titubeó antes de contestar.

—No se equivoca. Si por mí fuera, no estaría aquí.

—Pues entonces, no hay más que hablar, ¡huyamos! —La agarró del codo y se inclinó para acercar la boca a su oído—.

He aquí una propuesta que no podrá rechazar: los Denning tienen una increíble colección de cuadros en su sala de pintura. Yo estoy aburrido de verlos, pero seguro que, junto a una artista tan talentosa, los contemplo con otros ojos. ¿Querría echarles un vistazo?

«¿Abandonar un salón y la odiosa presencia de lord Swithin?».

—Me encantaría —respondió Hope. Aunque echó un vistazo por encima de su hombro, primero hacia sus amigas y luego hacia su marido—. Pero no sé si debería...

—Claro que debería —dijo Ezra en voz baja, como si estuvieran confabulando—. A Dag no le viene mal un toque de atención. Ponerlo celoso parece la única manera de avivarlo.

—¿Qué quiere decir?

—Oh, nada —contestó rápidamente—. En cualquier caso, también le servirá para castigarlo. ¿Cómo ha podido dejarla sola toda la semana?

—Tenía trabajo, y entiendo que es su deber... —Bajó la voz como él—. Pero sigo sin estar segura de acompañarle. Si me voy, la señorita Boulanger y lady Chadburn...

—Tampoco les viene mal macerar algo de envidia. Así quizá se den cuenta y sean más amables conmigo. Porque ¿quién no querría disfrutar de mi maravillosa compañía?

A Hope le atraía la idea de huir del ambiente opresivo del baile (y en especial, de Swithin). ¿Qué iba a hacer, si no? ¿Aguantar estoicamente en la butaca, franqueada por sus dos amigas como si fueran perros de presa? Si lo hacía, si evitaba a toda costa moverse, exponerse, atreverse a avanzar sola, acabaría igual de enjaulada que cuando vivía con sus padres.

«Y ya he pasado demasiado tiempo sentada».

Así que, tras recoger su bastón, terminó por acceder. Cuando ambos se alejaban del salón, notó, clavados en la nuca, los ojos de Alisa, de Eve... y de Cayden.

—¿Lo has visto? —renegó Alisa—. ¡La está arrastrando fuera del baile! ¡Qué descarado!

—Bueno, Hope parece estar pasándoselo muy bien —susurró Evelyn con aire soñador, mientras veía a la chica salir del salón—. Y creo que le conviene distraerse.

—Puede, sí, pero *¿con él?* —Alisa abrió el abanico con un brusco movimiento y lo movió delante de su rostro con expresión colérica—. Hope es demasiado amable, por eso le soporta. Si supiera a cuántas damas ha comprometido... Buenas, ingenuas, desesperadas por encontrar el amor... Ojalá no pretenda aprovecharse de Hope, porque le mataré si se atreve a intentarlo.

—Suenas como lo haría Cayden —dijo Evelyn en voz baja, alzando las cejas—. Pero evidentemente no estás enamorada de Hope como él. Así que... ¿detestas a lord MacLeod porque tú fuiste una de esas ingenuas?

El abanico se cerró con la misma brusquedad.

—*Ja*, más quisiera él —siseó—. En esa época, mi tía Juliet no me hubiera permitido acercarme ni a un metro de ese impresentable. Por fortuna, claro.

—Entonces...

—El caballero que me deshonró no era como Ezra MacLeod —reconoció en voz baja—. Pero tenía el mismo bello disfraz. Los hombres como él se aprovechan de su atractivo para conseguir lo que quieren y luego dejan una ola de destrucción a su paso...

—¿Acabas de llamarlo «atractivo»?

Alisa se quedó inmóvil.

—Le detesto... pero no vamos a negar lo evidente.

Evelyn sonrió de lado.

—Muy razonable, coronel Chadburn. —De repente, algo captó su atención—. Oye, ese caballero que sale del salón tras MacLeod y Hope no es...

—Sí es. —Alisa la tomó de la mano—. Lo sabía.

—¿Qué sabías? ¡Ay! ¡Suelta, me haces daño!

—¡¿No te das cuenta?! ¡Lo que te decía! Ese canalla nos ha

engañado a todos —gruñó. Los dedos se retorcieron contra el abanico—. MacLeod se ha ganado la confianza del señor Dagger para poder llevar a su mujer fuera del salón… y ponérsela a lord Swithin en bandeja de plata.

En un gesto dramático (y totalmente innecesario), Evelyn se llevó una temblorosa mano a los labios.

—¡¿Tú crees?!

—Sé que Hope te dijo que no era una buena idea contárselo a su marido, pero… —Alisa bajó la voz— tenemos que advertirle. Tú y yo solas no podremos con MacLeod y Swithin juntos. Sin embargo, si tu primo nos acompañase…

—¡No podemos, Ali! —gimió la otra—. ¡Se lo juré a Hope! Se lo juré por mis mejores vestidos de seda… ¡y por la tumba de mi abuela Josefina, en Père Lachaise!

—Exacto, Eve, *tú* se lo juraste. —Alisa la tomó del brazo y la empujó a levantarse con ella—. *Yo* se lo contaré todo al señor Dagger.

26

Efectivamente, la sala de pintura de los Denning era espléndida, repleta de retratos de los señores de la casa, sus antepasados e hijos, además de escenas campestres, bodegones y paisajes de tormenta. Hope los admiró mientras se preguntaba si algún día sería capaz de crear algo semejante.

Se detuvo delante del retrato del hijo de los Denning, un adolescente rubio de rasgos finos y postura relajada. Se preguntó cómo sería crear algo igual para su marido.

Por un momento, se imaginó el cuadro frente a ella. Casi en penumbra, se centraría en marcar esos afilados rasgos de halcón. Luego, los ojos acerados y fijos en el espectador. Trataría de hacer entrever ese punto salvaje bajo la apariencia de un caballero que no había nacido como tal. Enseguida comenzaron a picarle las yemas de los dedos.

En cualquier caso, no sería la primera vez que lo pintase. Desde que lo había conocido, había dibujado decenas de bocetos de él. De sus manos, su perfil, su espalda, sus brazos, su pelo... Nunca llegaba a crear un retrato completo. Temía no estar a la altura, quedarse corta al reflejar su carácter implacable bajo una falsa máscara de perfección.

Mientras iba imaginando los trazos sobre el lienzo, Ezra le contaba una anécdota subida de tono que implicaba a una de las sobrinas de los Denning. La historia se interrumpió abruptamente cuando oyeron que a su espalda se abría la puerta de la habitación.

—Vaya, lord Swithin… Buenas noches —le saludó Ezra. Le dedicó una expresión aburrida—. Qué extraño verle por aquí. Desconocía que fuera usted un amante del arte.

—Tiene razón, MacLeod. Prefiero a las musas que lo inspiran.

Hope se puso rígida. Notando el súbito cambio en su postura, Ezra la miró de reojo. La agarró del brazo y tiró de ella a la vez que se dirigía de nuevo hacia el recién llegado.

—Ha sido un placer verle, lord Swithin. Ahora, si nos disculpa, le dejaremos rodeado del arte que tanto parece adorar. Nosotros estábamos a punto de regresar al baile…

—Deseo quedarme un instante a solas con la señora Dagger —le cortó Swithin—. Usted puede marcharse si así lo desea.

Ezra frenó en seco. La orden era demasiado directa para no sonar sospechosa. Abrió la boca, dispuesto a replicar, pero Hope se le adelantó.

—Sí —murmuró—. Tiene razón. Lord MacLeod desea marcharse.

Ceñudo, Ezra se giró hacia ella.

—Ah, ¿sí?

—Sí —asintió Hope—. De hecho, se muere por hacerlo. Por lo que sé, en el salón tiene a algunas personas a las que le encanta sacar de sus casillas. —Despacio, se volvió hacia él para lanzarle un guiño cómplice—. Y estoy segura de que lo que más desea ahora es ir en su busca.

Al ver a Swithin, Hope había comprendido a su pesar que Eve tenía razón; no se quitaría de encima a aquel hombre si continuaba evitando el enfrentamiento. No podía propinarle una patada con la pierna de metal, desde luego, pero quizá pudiera mostrarse civilizada como Alisa y rechazarle con elegancia.

En el caso de que esa jugada tampoco bastase, esperaba que MacLeod hubiera entendido el mensaje y avisase a tiempo a alguien para que la ayudara. Sus amigas o su marido, no importaba quién.

«Pero me niego a rendirme ante este hombre sin luchar con uñas y dientes».

En silencio, Ezra dio la impresión de comprender qué quería decir Hope. Asintió con la cabeza y, tras una leve reverencia, se marchó a paso lento. No parecía afectado, aunque Hope le vio dedicarle una mueca de desdén al otro hombre antes de cruzar el umbral y cerrar la puerta.

Ya a solas, Swithin sonrió de oreja a oreja.

—Esperaba que esta noche, por una vez, fuera usted quien se acercase a mí. Se sigue haciendo de rogar, mi querida niña...

—No soy su niña ni la de nadie —le espetó.

—¿No? —El hombre se aproximó a ella y Hope apretó con fuerza el bastón en las manos—. Sin embargo, lady Loughry me decía algo bien distinto cuando me ofrecía sus favores.

Un sudor frío comenzó a recorrerle la piel.

—¿Mi madre...?

—Es una mujer deliciosa —completó él—. Como le dije, fuimos muy buenos amigos. Le encantaban las flores rojas. Confiaba en que madre e hija compartirían el mismo gusto.

Dio otro paso hacia ella. Presa del pánico, Hope no pudo moverse, excepto por el pie que taconeaba frenético contra el suelo.

—Lady Loughry era una dama tan sensible, tan desdichada... —continuó Swithin—. No dejaba de hablar de usted, a todas horas. Al final acabé comprendiendo por qué. No era solo su retrato: es usted. Resulta fascinante. Observa al resto del mundo como un cervatillo asustado, cuando en realidad esconde una resistencia inaudita. Solo vuelve la caza más interesante. Y si consideramos lo de esa pierna... —Sonrió enseñando todos los dientes—. Querida niña, permítame agasajarla como hacía con su madre.

Durante todo el relato, Cayden no movió ni un músculo.

Cuando Alisa terminó, tras resumir lo máximo posible lo

que había ocurrido para centrarse en los rasgos importantes, Evelyn tiró de la manga de su primo. Ni siquiera eso pareció afectarle. Mantenía el mismo semblante serio, casi congelado. Los ojos azules, sin atisbo de vida, estaban fijos en un punto a lo lejos.

—Santo Dios —boqueó Evelyn—, ¡ha perdido la cabeza!

—Sé que todo esto debe ser muy duro para usted, señor Dagger —dijo Alisa entre dientes—. Pero debe acompañarnos. Antes de irse, Hope nos ha dicho que MacLeod la llevaba a la galería de pintura de los Denning... ¡Debemos darnos prisa, Swithin ya debe estar...!

Ahogó una exclamación cuando, de improviso, Cayden la agarró del brazo.

—¡Señor Dagger! —Frunció el ceño—. Suélteme, ¡nos están mirando!

—¿Dónde está?

Alisa soltó un resoplido irritado por la nariz.

—Ya se lo he dicho: su queridísimo amigo la ha arrastrado a la sala de pintura... Dado que no han regresado, asumo que ha hecho a la perfección su papel de cebo y trampa para zorros. Ahora estará apoyado en la puerta cerrada, mientras lord Swithin... —Gimió—. ¡Me está haciendo daño!

Cayden la soltó de repente. La furia de su rostro se había transformado en una confusión crispada.

—Ezra jamás haría eso —titubeó—. Él nunca...

—Pues parece que sí —replicó Alisa—. ¿Qué piensa hacer ahora? ¿Vendrá con nosotras?

—Por supuesto.

Y sin más, echó a andar hacia las puertas del salón. Evelyn dio un saltito y se apresuró a seguir a Alisa, que no había perdido tiempo en recogerse la falda y correr detrás de Cayden.

—Me trae sin cuidado que no tenga usted la culpa —siseó Alisa mientras caminaba y, al mismo tiempo, se acariciaba el brazo—. Porque su incompetencia para demostrarle a Hope que le importaba la ha conducido a esto. Y si le sucede algo, le juro que le partiré en dos como una rama seca.

—No antes de que yo le mate a él.

Alisa arrugó la frente al percibir el tono desapasionado de su voz. Parecía ido, totalmente cegado por la rabia. Se dio cuenta, asustada, de que hablaba en serio.

—Te lo dije —oyó que susurraba Evelyn a su espalda—. Está perdidamente enamorado de ella.

—Lo sé —asintió Alisa con un gruñido—. De igual forma que creo que es el mejor hombre para Hope.

—*Incroyable!* —Evelyn aceleró el paso hasta colocarse justo a su lado mientras avanzaban—. Entonces ¿por qué eres tan dura con él?

—Porque a falta de una, soy la hermana mayor de Hope —escupió, con las mejillas rojas—. Y, en materia de amor, el señor Dagger es, como casi todos los hombres, un incompetente a menos que se le ponga contra las cuerdas.

En ese instante, el mismo señor Dagger dobló la esquina y se chocó contra otro hombre que caminaba, casi corría, en la dirección contraria.

—¡Dag! —MacLeod le agarró de los hombros, respirando de forma agitada—. No tengo mucho tiempo... ¡tienes que venir conmigo!

—¿Qué ha pasado? —preguntó Cayden, con la voz gutural por la cólera—. ¿Dónde está?

—Acompáñame, ¡vam...! —Ezra se volvió y miró detrás de él—. ¿Por qué vienes con ellas?

—Porque me habían advertido sobre ti.

—Erróneamente —aseveró Evelyn—. ¿Hope está bien?

—No lo sé —reconoció Ezra, apurado—, cuando ha llegado Swithin, me ha enviado a buscaros con una indirecta...

—¡Idiota! —exclamó Alisa—. ¡¿La ha dejado sola?!

—No hay tiempo. —Cayden agarró a Ezra del codo y le instó a caminar de un empujón—. ¡Llévame hasta ella!

Solo les separaban un par de metros. Swithin se aproximaba, y Hope tiritaba de miedo. Tenía que pensar en algo. Rápido.

Bajó la vista y contempló sus manos temblorosas. Llevaba guantes blancos hasta el codo. El anular estaba vestido con dos anillos. Uno, la sencilla alianza de su boda. El otro, el de compromiso que Cayden le había regalado. Las tres esmeraldas la observaron con un brillo frío.

Siempre se había preguntado por qué Dagger había elegido una joya con tres piedras engarzadas en lugar de una única más grande. En ese momento, vio en ellas un claro significado: la pieza central no estaba sola. A su lado, la arropaban dos piedras preciosas de igual valor.

La vida había nivelado su mala suerte al recompensarla con dos amigas que le habían permitido sacar a relucir la valentía que guardaba dentro. Dos jóvenes con sus propios problemas que, cuando no tenía nada, la habían apoyado incondicionalmente. La habían ayudado a encontrar una salida para escapar de casa. Le habían ofrecido su comprensión, su amor sin reservas.

No podía defraudarlas.

Alisa y Evelyn siempre la habían considerado valiente. Y, en ese momento, se dio cuenta de que tenían razón. No era un parásito. Tampoco una inútil. Se había resistido a su destino huyendo de una familia cruel. Se había alzado ante la tradición de ser invisible como mujer y, en lugar de esperar sentada una proposición, había atrapado su propia libertad al elegir un marido por sí misma. Uno que, si bien no la quería, la deseaba. Que le había enseñado lo que era un hogar seguro, sin rejas ni cadenas que la ataran.

Y, por encima de todo, siendo tan solo una niña, se había enfrentado a hombres mejor armados que ese caballero ególatra. En comparación, ¿qué daño iba a hacerle lord Swithin? ¿Acaso podía perder algo peor que lo que ya había perdido?

«No perderé nada más a manos de nadie», pensó. «Jamás».

Levantó el bastón hasta sostenerlo delante de su pecho. Después lo alzó como una espada.

—Como se acerque un paso más —gruñó—, no me dejará más opción que golpearle.

Al principio, lord Swithin pareció confuso. El desconcierto, sin embargo, solo le duró un segundo. Al instante siguiente se echó a reír con burla. Con un brusco movimiento, agarró el bastón de Hope por el mango.

—Lo que me figuraba: es usted una dama con garras y dien...

Hope apretó el botón de la empuñadura. El mango se abrió para hacer aparecer el paraguas. Sobresaltado, lord Swithin se echó hacia atrás.

—Se lo he advertido —siseó—. Si se acerca más, tendré que golpearle. Y la empuñadura de mi bastón es del metal más duro. Ya he dejado a un hombre inconsciente con ella... —Sonrió con acritud—. No me tiente a convertirlo a usted en el segundo.

Swithin parpadeó boquiabierto.

—Querida niña...

—Creo que el problema aquí reside en que es usted sordo: no soy una niña, sino una dama —le interrumpió. Trató de imitar el aire distinguido de Alisa—. Y, como tal, deje que le advierta de otra cosa: mi marido, lady Chadburn y la señorita Boulanger están viniendo hacia aquí. Si no desea que le vean siendo humillado por una dama coja con un paraguas, le sugiero encarecidamente que se marche.

Un frío silencio se extendió entre los dos. El hombre entrecerró los ojos.

—¿Cree que lo que digan esos tres parias puede arruinar mi reputación? Más bien destrozará la suya. —Extendió una mano—. Incluso perjudicaría la de su madre. No he dicho nada hasta ahora, pero si llegara a saberse que ella y yo...

—No dirá nada de mi madre si sabe lo que le conviene.

Alzó el paraguas en un gesto de amenaza, con la misma energía con que lo haría Evelyn. Le produjo una satisfacción inmensa verle encogerse.

—Respecto a mí —prosiguió—, nunca he tenido una reputación sin mancha. Mi marido, tampoco, y ya ve hasta dónde ha llegado. Y desde luego, reconozco que está en lo cierto en un punto: no creo que nada de lo que diga arruine la suya. Sin embargo, estoy segura de que muchos de sus conocidos se reirán a su costa. —Hope lo hizo en ese momento—. Tengo la sensación de que es uno de esos caballeros que no soportarían que la mujer de un nuevo rico le pusiera en su sitio. ¡No le dirá nada de esto a nadie si no quiere ser un hazmerreír!

Swithin dio un tambaleante paso atrás.

—¿Y cómo está tan segura de...?

—Porque no estoy sola, señor. Hay testigos.

Siguiendo la mirada de Hope, lord Swithin se dio la vuelta. Desde el umbral, Cayden, Ezra, Alisa y Evelyn los observaban. Por una vez, y sin que sirviera de precedente, todos parecían estar de acuerdo en mostrar la misma cólera.

27

Hope no bajó el paraguas, ni siquiera cuando Cayden se separó del resto del grupo y se situó junto a Swithin. Tenía ambas manos a la espalda, los hombros tensos y la mirada más letal que le hubiera visto jamás.

—Caballero, creo que por esta noche ya ha hablado bastante —dijo con voz calmada—. Le rogaría que hiciera caso a mi mujer y se marchara.

Su aparente contención resultaba más aterradora que la violencia más visceral. Lord Swithin abrió mucho los ojos, pasmado, y se giró hacia Hope con el ceño fruncido.

—¿Va a defenderla? ¡Debería avergonzarse! ¡Su esposa me ha amenazado!

—En mi opinión, usted la ha amenazado antes a ella. —Cayden se inclinó hacia él, solo un poco, pero bastó para que el hombre trastabillara hacia atrás—. Y, por lo que veo, ha sabido defenderse muy bien sola.

Swithin entrecerró los ojos. Aunque le temblaba la voz, consiguió articular:

—Señor Dagger, sabe que esto no le interesa, ¿verdad? Por mucho dinero que acumule, jamás será un caballero como yo ni tendrá mi posición. —Hizo una pausa—. No le conviene tenerme como enemigo.

—Oh, ¿eso cree? A quien no le conviene tenerme a mí como enemigo —siseó Cayden— es a usted. Me importa bien poco cualquier amenaza por su parte. ¿Cómo cree que he amasado una fortuna? Al contrario que los de su clase, no tenía la sangre ni los contactos de mi parte... y, para conseguir lo que he querido, no he usado siempre el esfuerzo ni las buenas palabras. —Swithin tragó saliva—. Tampoco crea que es indispensable para esta sociedad ni para mis propósitos. Nadie lo es. Aunque en algo le daré la razón: no soy un caballero. —Bajó la voz hasta convertirla en un susurro helado—. Lo descubrirá de primera mano si vuelve a acercarse a un metro de mi mujer.

Con una oleada de pánico, Swithin se dio media vuelta para marcharse. Aunque sus pasos fueron rápidos, se vio obligado a detenerse antes de cruzar la puerta. Evelyn, Alisa y Ezra seguían inmóviles, ocupando el umbral. La primera hizo amago de cumplir con el consejo que le había dado a Hope y propinarle una patada, pero su amiga la tomó de la mano y de un tirón las apartó a ambas de en medio.

—No te rebajes a su nivel, Eve —dijo Alisa—. Lord Swithin ya ha tenido bastante, ¿verdad? —Arqueó con elegancia una ceja—. Le deseo un buen trayecto hasta casa, señor. No olvide saludar a lady Swithin de mi parte.

Con las chicas fuera del camino, ya solo quedaba MacLeod bloqueando el paso.

—¿Se aparta? —masculló Swithin.

—Oh, enseguida, milord. Pero deje que le diga antes algo: puede que el señor Dagger no tenga linaje como usted, pero le recuerdo que, a pesar de mis maneras, yo sí. —Esbozó una media sonrisa—. Soy un completo inútil, pero no para cuidar de mis amigos. De hecho, me considero especialmente hábil para esparcir rumores repugnantes y me muero por tener la oportunidad de difundirlos sobre usted. Unos tan detallados y nauseabundos que impedirán su entrada en todos los locales de Londres... —enseñó los dientes al inclinarse—, incluidos los más sórdidos.

Swithin le esquivó con dificultad al tratar de no tocarle y se marchó con tanta prisa que, antes de desaparecer por el pasillo, trastabilló una última vez.

En cuanto se fue, Evelyn se zafó de Alisa y echó a correr hacia Hope.

—¡¿Estás bien, Hoppie?!

Ella bajó el paraguas y, con pulso firme, lo cerró para convertirlo de nuevo en un bastón.

—Sí, tranquila, estoy perfectamente —contestó—. Al final he decidido hacer algo a medio camino de lo que me aconsejasteis...

—Espero que eso signifique que le has dado una patada, ¡y con la pierna izquierda!

—Estoy de acuerdo con Eve.

Hope sonrió a Cayden, aunque él no le devolvió el gesto. Cuando colocó las manos a ambos lados del cuerpo, Hope se dio cuenta de que las tenía cerradas en puños.

—No he llegado a hacerle daño porque él no me lo ha hecho a mí —aclaró—, pero le habría atacado si hubiera seguido insistiendo o no hubierais aparecido. Gracias por venir...

—No nos des las gracias, ¡lo has puesto en su sitio tú solita! —Evelyn se mordió el labio inferior y su amiga se rio al ver algo de ella misma en aquel gesto—. Ojalá hubiéramos estado aquí contigo, ayudándote...

Antes de que continuase, Hope se apresuró a cogerle la mano y acariciarla con el dedo en el que brillaban las esmeraldas.

—Pero Eve... Sí que estabais.

Eve negó enérgicamente con la cabeza hasta que no aguantó más. Algo avergonzada, se restregó los ojos con el dorso de la mano para contener las lágrimas.

—¿Sabes? Algún día querría ser tan valiente como tú.

Hope quiso negarlo enseguida, tal como solía hacer, aunque en el último momento se contuvo. Tenía que dejar de negar lo que era. Si algo le había enseñado esa noche, es que ya era hora de aceptarse a sí misma. Y acababa de demostrar que su fortaleza estaba hecha a prueba de balas.

—Deberíamos volver —propuso Cayden en voz baja—. Al salón de los Denning o a casa, pero es mejor que nos movamos de aquí para no levantar sospechas. —Se dirigió a Hope con suavidad—. Dime, ¿adónde prefieres ir?

—Querría regresar a nuestra casa —contestó Hope—. Si a ti no te importa...

—Haremos lo que quieras, pajarillo. —Él bajó la voz, con los ojos fijos en su rostro—. Siempre.

Se puso colorada y asintió. Más animada, Evelyn la tomó del codo y los tres avanzaron hacia la salida.

Mientras hablaban, Ezra y Alisa habían estado muy juntos, con las cabezas casi unidas intercambiando susurros en la distancia. En cuanto los vieron aproximarse al umbral, dejaron de hablar de forma abrupta.

En señal de deferencia, Ezra se inclinó ante Hope con las cejas alzadas, claramente divertido.

—Menudo espectáculo, señora Dagger. Y esta vez, además, sin pantalones.

—No me hacen falta. —Hope sonrió—. Lo habría hecho hasta desnuda.

MacLeod lanzó una estruendosa carcajada.

—¡Buena forma de distracción, desde luego! ¿También la utilizas con Dag?

Cayden arqueó una ceja.

—Para vencerme ni siquiera le hace falta quitarse la ropa.

Ante las caras coloradas de las tres chicas, Ezra volvió a echarse a reír. Después se colocó junto a su amigo, en la retaguardia del trío de jóvenes, mientras todos se dirigían al vestíbulo de la casa para marcharse.

—Ali, oye, ¿de qué diablos hablabas con MacLeod? —cuchicheó Eve.

—Oh, carece de importancia.

—Si no me lo dices tú —susurró burlona Hope—, lo hará él.

—¡Uf! Está bien. Hablábamos de negocios... —Ante la expresión desconfiada de las otras dos, carraspeó y alzó la barbilla—. Bien, en realidad, yo... Le estaba agradeciendo lo que había hecho por ti, Hope.

—¿En serio?

—Sigue siendo un zafio. No ha sido la amenaza más elegante del mundo, pero... —titubeó— reconozco que ha sido un placer ver el terror en los ojos de ese bastardo.

—¡Un placer, *vraiment*!

Con la misma alegría arrebatadora de siempre, Evelyn se acercó más a Hope cuando llegaban a la puerta principal. En un gesto cómplice, Alisa hizo lo mismo desde el otro lado.

—Creo que todos hemos ayudado a meterle el miedo en el cuerpo a *lord Asqueroso* —se rio Evelyn—, pero en especial nuestra Hope. ¡Estamos orgullosísimas de ti!

—Vaya, Eve —susurró Alisa—, no podrías haberlo expresado mejor.

El paseo en coche fue cálido y ruidoso. El interior nunca había estado tan abarrotado, pero nadie se quejó. Los cinco brindaron con la última botella de vino francés que quedaba en honor del bastón-paraguas que había servido de arma infalible (de nuevo).

Mientras recorrían la ciudad, los ocupantes fueron abandonando uno a uno el carruaje hasta que al final solo quedaron dentro los Dagger.

Por primera vez desde que abandonasen la casa de los Denning, el silencio dominó el espacio entre ellos. Sin embargo, a Hope ya no le resultaba tenso compartir esa calma. Se sentía cómoda sentada frente a su marido, satisfecha consigo misma. Feliz. Le parecía innecesario llenar aquel silencio con palabras vacías. Había sido capaz de amenazar ella sola a su acosador, al antiguo amante de su madre, además, y salir airosa. Sus amigas y Ezra (¿podía considerarlo ya un amigo más?) la habían respaldado. Y Cayden...

Cayden la había apoyado sin dudar un solo segundo.

No hacía falta que dijese nada. Con su actitud, su marido le había demostrado que le importaba al respaldarla y amenazar al mismo tiempo a Swithin.

Una nueva sensación de plenitud le colmaba el pecho: ya no estaba sola en el mundo. Tenía una nueva familia que la valoraba por ser quien era y que le dejaría decidir por sí misma. Por fin había alcanzado la libertad con la que tanto había soñado de niña.

Aunque no sabía que el hombre que tenía delante no pensaba lo mismo: Cayden hacía enormes esfuerzos por morderse la lengua y no romper el silencio. No quería decirle a su mujer lo que sentía en un coche, en mitad de las bulliciosas calles de Londres. Deseaba llegar a casa, abrazarla y decirle todo lo que le quemaba la garganta.

«Ni siquiera sé por dónde empezar», pensó.

En casa, Delabost les dio la bienvenida con gesto agrio, como venía siendo habitual. No preguntó por qué habían vuelto tan pronto del baile de los Denning. Había aprendido que era mejor no saber nada de la extraña vida social de sus jefes.

La pareja subió las escaleras y entró en el dormitorio principal sin mediar palabra. Primero Hope, tarareando una canción. Después Cayden, mudo.

Este cerró la puerta tras de sí y se apoyó en ella para ver a su mujer sentarse en una de las butacas junto al ventanal. La observó con un nudo en la garganta mientras se quitaba los anillos y los zapatos con una sonrisa suave que no iba dirigida a él. Cuando se quedó descalza, Hope se levantó y ensanchó la sonrisa al mirarle.

Dagger sintió aquella punzada el pecho. Tragó saliva. Intentó así hacer descender ese miedo inevitable a perderla. Seguía sin estar acostumbrado.

«Puede que no me acostumbre jamás».

—Lo siento —susurró.

Hope frunció el ceño antes de volver a sentarse.

—¿Por qué pides disculpas?

Cayden suspiró y alzó la vista al techo. Lo hizo para coger fuerzas antes de despegarse de la puerta y avanzar hacia ella. Se arrodilló y, con suavidad, la tomó de las manos. Hope también tragó saliva en un gesto apurado.

—¿Por qué...?

—Te pido perdón por demasiadas cosas. —Los ojos claros apuntaron al vacío con una expresión de desprecio absoluto.

Luego se posaron con crudeza sobre Hope—. Siento lo que has tenido que vivir hoy. Ojalá hubiera sabido antes que ese hombre pretendía lo que pretendía y que tú no lo deseabas...

—¿Creías que yo buscaba ser su amante? —preguntó ella en voz baja.

—No lo sabía. —Cayden le apretó con cariño la palma—. No soy quién para decirte lo que debes hacer o no. Después de lo enjaulada que habías estado con tus padres, no quería ser un nuevo carcelero. Cuando nos casamos, te juré que no lo sería. Así que pensé que, si considerabas aceptar su propuesta, o si ya la habías aceptado, no era cosa mía. Solo deseaba que fueras libre para decidir, por eso me callé y me alejé. —Cabeceó—. Luego intenté que me escogieras. Le pregunté a Ezra cómo podía convencerte de que me eligieras a mí por encima de ese lord...

—Espera. —Las mejillas de Hope se tiñeron de rojo—. ¿Por eso volviste del norte tan...?

Cayden asintió avergonzado.

—Fue un intento... torpe. Pensé que si te dabas cuenta de que yo... —Se calló—. Lo siento. Si hubiera sabido que ese bastardo en realidad te estaba amenazando, habría... Dios, lo habría matado con mis propias manos.

—Lo sé. —Hope cabeceó—. No te conté nada porque no quería causarte problemas. Ni molestarte. Además, parecías tan convencido...

—Nunca me molestas —la interrumpió. Le apretó de nuevo las manos y las acercó hacia su boca—. Jamás.

Le dio un beso en los nudillos. Esa caricia suave hizo que Hope se estremeciera.

—Ahora sé que debería habértelo contado, Cayden —murmuró—. Debería haberte pedido ayuda.

—Si la necesitabas, sí. —Clavó sus ojos en los de ella, provocando que su corazón aleteara con fuerza—. Siempre que me necesites, estaré aquí, pajarillo. Ya no estás sola.

Hope no quería llorar. Ya había llorado demasiado en el pasado, así que asintió con energía en respuesta.

—Lo haré.

—De hecho —añadió él, en tono gélido—, me aseguraré de que ese malnacido no se dirija a ti jamás. Averiguaré todo lo que pueda sobre sus secretos, que los tendrá, y seguramente tan retorcidos como él, por si se le ocurre volver a acercarse a ti o a cualquiera relacionado contigo. Le robaré ese jodido retrato que tiene tuyo. Y también...

—Está bien, está bien. —A Hope se le escapó una breve risa nerviosa—. Dejemos de hablar de lord Swithin, por favor. No merece la pena. Ya no.

Cayden bufó por la nariz, aunque acabó por acceder con un asentimiento. No le había soltado la mano. De hecho, la apretaba todavía con más fuerza.

«Parece querer decir algo y no encontrar las palabras», pensó Hope. Sabía de sobra lo que era sentirse de esa manera, con la rabia enredada en la garganta sin poder verbalizarse, así que esperó con paciencia a que se deshiciese de ella.

Sin embargo, Cayden no se movió durante el siguiente minuto. Tampoco en el que le siguió. Los segundos se sucedieron largos y tensos hasta que la joven se preguntó si le habría dado un ataque. A lo mejor su marido se había quedado arrodillado y mudo para toda la eternidad.

—¿Cayd...?

—No te tengo lástima. —Hope puso los ojos como platos, aún más cuando vio cómo apoyaba la cabeza en su regazo—. Nunca me has dado pena.

—No pasa nada —dijo ella, apresurada—. Entiendo que...

—Me llenaba de rabia lo que habían hecho contigo, cómo te habían tratado los malnacidos de tus padres, y la sociedad entera —siguió él—. Pero tú no. Jamás he sentido lástima por ti. En parte, me recordabas a mí. Y, a la vez, a aquello en lo que me convertí de niño para sobrevivir. —Le notó temblar contra ella—. ¿Sabes que a mí también me... atacaron hombres sin escrúpulos?

Con cautela, Hope preguntó:

—¿Cuándo?

—Cuando mis padres murieron, yo... me vi en la calle. Fui víctima antes que verdugo. Nunca le hice a nadie nada parecido a lo que te hicieron a ti, pero... pero, aun así, no me siento orgulloso de quién era. —Se le quebró la voz—. Saqueé tumbas, robé cadáveres, pegué palizas, protegí a hombres deleznables, arrebaté a otros su sustento para tener algo con lo que malvivir. No tuve una pizca de decencia hasta que los padres de Evelyn aparecieron, me dieron una oportunidad y me sacaron de allí.

Con un nudo en la garganta, Hope le acarició el pelo dorado. Esperaba. Intuía que Cayden no había terminado de soltar lo que le quemaba por dentro.

—Sin embargo, son solo excusas —continuó—. Tras la boda, sentí rabia al ver tu pierna, sí, pero no debería haberte dicho eso aquella noche. Esa maldita noche... —Mascculló un insulto contra la tela del vestido que Hope no entendió. Después alzó la cabeza de forma súbita, provocando que la chica se sobresaltara—. Me expliqué fatal. Maldita sea, fui un insensible. ¡Un completo idiota! Tendría que haber besado palmo a palmo todo tu cuerpo, sin que me importara nada más, hasta que te sintieras lo bastante deseada. Hasta que de verdad vieras lo que significas para mí. El valor que tienes. Lo que siento...

Se trabó. Avergonzado, aspiró y espiró por la nariz antes de fijar sus ojos en ella.

Hope sostuvo con firmeza aquella mirada. Azul contra verde, aunque esta vez no en batalla.

La expresión de Cayden resultaba tan honesta como vulnerable. Hope fue consciente de que ella seguramente reflejaba la misma fragilidad, que no era sino otro tipo de fuerza. Una que requería más valentía que la de la pelea abierta. El coraje de mostrarse tal cual era.

—Aunque no haga falta, señor Dagger, le perdono —susurró—. Y sí, todo. ¿Cómo podría reprocharte nada de lo que hiciste en el pasado para sobrevivir? Cualquiera se habría visto empujado a hacer lo mismo o algo peor. La diferencia es que tú tuviste las agallas para superarlo. Para volver a nacer. —Hizo una pausa, en la que le acarició la mejilla—. Respecto a nuestra noche de bodas... No me conocías, Cay. Yo tampoco a ti. Y fui tan cruel como tú. ¡Como si hubieses podido adivinar cómo me sentía o qué pensaba! ¡Tampoco yo he sido tan sincera como debería! Así que, por supuesto, te perdono esa aparente falta de sensibilidad. ¿Cómo no hacerlo? —Sonrió, arrugando la nariz llena de pecas—. Al fin y al cabo, te perdonaría casi cualquier cosa. Es lo que tiene estar enamorada.

28

Mientras se deleitaba en la cara de asombro de su marido, aprovechó para inclinarse y besarle en los labios. Tal y como había hecho él en el sofá de su casa, al ponerle aquel anillo de compromiso, y en la cama de esa misma habitación, al regalarle la pierna de metal sobre la que se sostenía. Le besó tal y como se había sentido ella los dos días: como si el verdadero regalo fuera la persona que tenía delante y no un pedazo de metal.

Al separarse de su boca, no esperaba que reaccionase con tanta rapidez. Cayden se puso en pie y tiró de Hope para que lo hiciera con él. La chica tuvo que sujetarse con fuerza a sus brazos para mantener el equilibrio, aunque tuviera las manos de Cayden para sostenerla. En un segundo, sobre la cadera; al siguiente, en torno a la cintura. Y después, alrededor de su rostro.

—¿Sabes qué llevo a todas partes desde esa noche en el laberinto?

Aunque Hope conocía la respuesta, preguntó a su vez:

—¿El qué?

Cayden rebuscó en el bolsillo interior de su chaqueta hasta sacar un guante blanco.

—Por tu expresión —murmuró resignado—, sospecho que ya lo sabías.

—Lo encontré en tu despacho —reconoció Hope algo avergonzada—. La mañana tras nuestra noche de bodas.

Él boqueó atónito.

—¿Y por qué no dijiste nada?

—Tenía miedo de que salieras huyendo o que negaras que significaba algo. —Hope se encogió de hombros—. Prefería guardar una pequeña esperanza a que tú...

—Con lo torpe que soy, no sé cómo no te diste cuenta de nada. —Antes de que pudiera decir una palabra, Cayden bajó la voz hasta que fue solo un murmullo—. Por si no te ha quedado claro todavía: no lo guardo por ningún fetiche extraño.

—¿No?

—No. —Sonrió—. Tengo otros, pero querer guardar todo lo que me recuerda a ti no es uno de ellos.

Ella sonrió.

—¿Seguro? ¿Y qué otras cosas guardas que te recuerdan a mí?

—Ya te dije que eras como un pájaro, y dejas tus plumas por todas partes —empezó a decir—. Los testimonios de tu presencia están por toda la casa, así que me guardo en silencio pequeños pedazos de ti. —De repente, parecía turbado—. A veces te dejas pinceles olvidados. Otras, horquillas de pelo. Botones, agujas, cartas que desechas porque te has equivocado en una simple coma al escribirlas. Bocetos que dejas inacabados... Y, bueno... Lo más importante.

Se detuvo. Hope sentía el pulso acelerado bajo sus dedos.

—¿Qué es lo más importante?

La besó, en los labios y sus comisuras, en las mejillas y sus pómulos, sin importar lo poco que durase el contacto, como si lo más importante fuera no dejar un solo retazo de piel sin cubrir. Hope cerró los ojos y permaneció quieta, igual que una estatua de mármol que se limita a ser adorada, mientras Cayden le dejaba aquella hilera de cariño nervioso.

—Tu amigo Ezra tenía razón: somos unos torpes, ¡tal para cual! —Sonrió cuando él le dio un beso justo en el hueco tras la oreja—. Me da rabia haber perdido un tiempo tan valioso. Menudo desperdicio, tener el amor al alcance de la mano y no atraparlo. —Contuvo un jadeo al sentir que su lengua le rozaba el lóbulo—. Deberíamos haber dicho todo lo que pensábamos antes...

—No volverá a pasar —prometió él, sin dejar de tocarla—. Cualquier cosa que quieras decirme, la escucharé. Cualquier cosa que tenga que confesarte, la escupiré. —Le recorrió la línea de la mandíbula con los labios—. Dime que soy un patán cuando me comporte así... es decir, la mayor parte del tiempo. —Hope rio cuando le hizo cosquillas bajo la barbilla con la nariz—. Y yo te diré que eres preciosa siempre que me lo permitas.

—Siempre te lo permito.

Cayden se quedó inmóvil y se alejó lo justo para contemplarla desde arriba. El peinado se le había deshecho, y el pelo castaño le caía suelto y desordenado por la espalda. Tenía las mejillas y la nariz encendidas, los ojos brillantes y entornados, casi adormilados, y las cejas relajadas los enmarcaban con suavidad. El vestido de color plateado, satinado como una perla a la luz, contrastaba con su piel ruborizada, con las pecas que se dibujaban como constelaciones sobre ella. Había notado que desde hacía días las prendas le quedaban menos holgadas y que tenía el rostro más lleno y ovalado. Pero, sobre todo, que era más feliz.

—Eres preciosa.

La mano de Cayden empezó a subir con lentitud por su brazo. Pasó por encima del guante, por encima de la piel del codo y, al final, por encima de la manga del vestido hasta llegar al hombro desnudo. Le cubrió la nuca y la atrajo hacia sí, eliminando por completo la distancia que los separaba. Quería tenerla más cerca. Quería tenerla siempre a su alrededor, rodeándole, pero en ese momento la necesitaba debajo de él, encima de él, a su lado. Dentro. Aunque en realidad era consciente de que hacía tiempo que se había hecho un hueco eterno en su pecho.

La rodeó con los brazos y la estrechó contra él. Hope era mucho más baja, así que sintió sus pechos a la altura de las costillas. Se estremeció. La seda del vestido resultaba suave y fina bajo los dedos. Le recorrió con ellos la espalda, arriba y abajo. A medida que lo hacía, notaba cada línea de su cuerpo. Tras semanas en una casa segura y comiendo como correspondía, la figura de Hope se había rellenado, acentuando sus curvas. Cayden la asió por la cintura y reunió fuerzas para separarse de nuevo de ella.

—¿Quieres pasar esta noche aquí? ¿Conmigo?

Hope se mordió los labios.

—¿Por qué me lo preguntas? No es la primera vez que...

—Puede que, de alguna forma, sí lo sea.

Ella se quedó callada. Lentamente, dijo que sí con la cabeza. Pero Cayden necesitaba oírselo decir. Necesitaba escuchar cómo pronunciaba esa respuesta.

Le posó el pulgar en el labio inferior.

—¿Estás segura?

Si no hacía algo, el deseo que sentía en cada palmo de piel, en las entrañas, en la boca del estómago, explotaría y se lo llevaría con él.

—Sí, quiero.

Cuando Cayden le cubrió la boca con los labios, no fue suave. No podía estar más tiempo separado de ella, aunque en ese momento la distancia apenas fueran unos centímetros.

Mientras iniciaba un beso largo y profundo, sintió que la mano enguantada de Hope subía con suma cautela hasta la parte alta de su espalda. Se detuvo justo en la nuca. La otra mano no tardó en seguirla y, una vez unidas, Cayden notó como se deshacía de los guantes, los tiraba al suelo y le hundía los dedos desnudos en el pelo. Por donde pasaban, Cayden sentía que la piel se le erizaba. Como si las yemas de Hope estuvieran electrificadas. Como si dejaran un rastro de fuego tras de sí. Una hilera de quemaduras cuya huella era un delicioso cosquilleo.

Deseó ese calor en todas partes. Había pasado demasiado frío durante toda su vida. Cuando de niño dormía en las calles del East End, cada noche soñaba con vivir en una mansión revestida de llamas. Era consciente de que la joven que estaba entre sus brazos había abrigado la misma fantasía. Los dos se habían criado en un infierno helado. Solos. Y Cayden sabía que no era el destino lo que les había unido, sino fuerzas más poderosas. La desesperación, la necesidad de cambiar a mejor, de encontrar una hoguera en la que guarecerse. Alguien que sintiera lo mismo. Que les entendiera.

Cayden no creía en Dios (¿cómo, después de todo lo que había vivido?), pero agradeció al cielo que Hope le hubiera propuesto compartir un lugar junto a aquella llama.

Sus labios abandonaron la boca de ella. Descendieron por el cuello con la misma lentitud que había exhibido Hope, aunque él se dirigió hasta el hueco situado encima de las clavículas. Dejó allí un solo beso. En respuesta, Hope emitió un suave gemido. La reacción provocó que Cayden sonriera contra la piel y la notara caliente. Justo como la suya.

Una vez que sabía que su mujer sentía lo mismo, que estaba enamorada de él, no podía parar de sonreír.

«Seguro que parezco un completo idiota», se dijo. «Y lo peor es que no me importa».

Las manos de Hope resbalaron desde su pelo hasta los hombros y se aferraron a ellos como si fuera a caer.

—Otra vez —murmuró.

—¿Quieres que te bese otra vez?

—Todo —gimió—. Otra vez.

En realidad, cualquier cosa que hiciera le empujaba a querer besarla. Todos esos pequeños gestos que había acabado aprendiéndose de memoria. Las manías de morderse los labios, taconear en el suelo, pasarse el pelo por detrás de la oreja, rehuir la mirada, sonrojarse, poner los brazos en jarras o tamborilear con los dedos cuando estaba ante una hoja en blanco, justo antes de ponerse a dibujar, escondiéndole qué creaba.

Por eso obedeció. Mientras la besaba, fue empujándola hasta que se toparon con el borde de la cama. La cogió en brazos para tenderla allí. Después se tumbó encima, con cuidado para no descargar todo el peso de su cuerpo sobre ella. Le mordisqueó el labio inferior y luego le recorrió la línea de la comisura con la lengua. Supo que aquel gesto le provocaba cosquillas, porque Hope no pudo reprimirse y se echó a reír.

—¿Quieres que pare? —le preguntó Cayden con un deje burlón.

—¡Ni se te ocurra! —exclamó ella en mitad de la carcajada—. Solo estoy nerviosa. Me recuerda a mi ataque de risa en nuestra noche de bodas.

Cayden arqueó una ceja.

—Pensé que preferirías olvidar esa noche…

—Jamás. —Acunó su mejilla con la palma de la mano—. Porque me hará recordar por qué no debemos repetirla. Por qué tengo que atreverme siempre a decirte lo que pienso o cómo me siento. —Ladeó la cabeza con timidez—. No quiero que entre nosotros haya acusaciones veladas.

Aunque vaciló, Cayden acabó por sonreír con ella y trazar una vez más con la lengua la sonrisa que perfilaban sus labios.

—En realidad, señora Dagger —susurró provocador—, podría acusarla de algo ahora mismo.

—Ah, ¿sí? ¿De qué?

—De estar volviéndome loco.

Se permitió apartarse lo suficiente para lanzarle una mirada apreciativa. No ocultó lo mucho que la deseaba mientras recorría con los ojos entrecerrados todo su cuerpo. Al verle, la sonrisa de Hope vaciló. Se le había subido el vestido y, sin zapatos, sabía que podía verse la prótesis completa. Extendió un brazo hacia abajo e hizo amago de taparla, pero Cayden la tomó de la muñeca y la empujó contra la almohada.

—No. Quiero verte. —Bajó la voz—. Toda tú.

Descendió hasta arrodillarse a sus pies. Una vez allí tomó la prótesis de metal y la alzó hasta que el vestido resbaló más allá de la rodilla. Hope quiso apartar la mirada, pero fue incapaz, como si estuviera imantada a esa imagen de su marido inclinado sobre ella, con el pelo rubio alborotado, la camisa arrugada, la piel brillante de sudor y fuego.

Contempló en silencio como, tras retirar las medias de seda, Cayden besaba palmo a palmo el metal de su pierna hasta llegar al muslo. A continuación, repitió aquel ritual de devoción con la otra. Las había tratado de la misma forma, como si fueran iguales. Aunque resultara imposible, Hope sintió que también el metal se estremecía ante el contacto de Cayden. Toda ella, en realidad, palpitaba. Su cuerpo respondía a cada caricia de ese hombre como si se tratase de una máquina más de las que construía, una que se activaba solo cuando él lo deseaba.

Aquella sensación se acentuó cuando las manos de él llegaron a su cadera. Despacio, comenzó a quitarle la ropa interior. Luego descendió por su cuerpo, le deslizó las manos por debajo de las nalgas para alzarla. Al contrario que en aquella ocasión sobre el escritorio, esta vez Hope se arqueó para facilitarle las cosas.

Cayden sonrió contra la cara interna de su muslo antes de lamerla.

Hope perdió pronto la noción del tiempo. Apenas podía concentrarse en nada más que en ese único punto de placer entre sus piernas. El único pensamiento consciente en su mente era el deseo de que no terminase.

Aunque terminó, en una oleada de placer a la que, supo, jamás llegaría a acostumbrarse.

Mientras la otra mano de Cayden le subía del todo la falda hasta la cintura, Hope levantó las caderas en su busca y lo rodeó con las piernas. Temía que la prótesis le molestara, así que la apoyó sobre la otra y utilizó su peso para empujarle hacia abajo. Hacia ella.

Sentía el torso de él contra sus pechos. De pronto, le molestaban el corsé, la seda del vestido, el aire, cualquier barrera que se interpusiera entre ellos. Pero no quería perder el tiempo. No podía perder el tiempo.

Cayden pareció pensar lo mismo. Tan húmeda como estaba, se deslizó con un fuerte empujón dentro de ella. Espiró el aire contenido entre los dientes y comenzó a moverse. Cuando se adaptó al ritmo, Hope arqueó la espalda para estar más cerca y Cayden la agarró de las caderas para elevarla.

Toda ella se tensó debajo de él. Se agarró a sus hombros con una súbita fuerza que los sorprendió a los dos.

—Más —susurró.

Le mordió en el hombro, dejando su marca en la piel, y notó como Cayden se estremecía dentro de ella. Al final, con un último movimiento, alcanzó el mismo placer que Hope y se dejó llevar por su propia liberación.

Se derrumbó sobre ella, solo durante unos segundos, antes de rodar en la cama. Lo hizo agarrándola de la cintura, tirando de su cuerpo para arrastrarla y colocarla encima de él.

—Creo que tenemos que hacer algo con toda esta ropa —jadeó con una sonrisa sardónica—. Si no, es posible que nos dé un golpe de calor y Delabost se encuentre mañana una imagen difícil de olvidar.

Mientras Hope reía, Cayden comenzó a desnudarla. Después, fue ella quien le ayudó a desabotonar las prendas del traje que le quedaban, aunque tardó más por el número de veces en que él le apartaba los dedos para besarla.

Aunque Hope intentó tumbarse de nuevo de espaldas, resistiéndose a mantenerse encima, Cayden acabó volviendo a colocarla a horcajadas sobre él. Avergonzada, se tapó los pechos con los brazos cruzados y arqueó las cejas.

—¿Y ahora qué? —preguntó nerviosa.

La sujetó de las caderas con las manos.

—Ahora y siempre —dijo, empujándola contra él—, haz lo que desees.

Aunque Hope tembló, no fue a causa del frío.

29

Temió abrir los ojos por si, una mañana más, él no estaba allí. Por suerte, ni siquiera tuvo que hacerlo para sentirlo cerca.

Como si Cayden hubiera adivinado que acababa de despertar, notó que se aproximaba a su espalda. De costado, la abrazó por detrás, pasando un brazo bajo la almohada y otro por encima de ella hasta apoyarlo en su cadera. Los dedos le acariciaron con suavidad el vientre, jugando a dibujar círculos en torno a su ombligo. Luego le dio un beso en lo alto de la cabeza. Oyó como aspiraba el aire sobre su pelo, despacio, para soltarlo después de forma brusca, como en un suspiro de satisfacción. Parecía relajado.

Justo como no se sentía Hope.

Una bandada de mariposas se disputaba el dominio de su estómago. Era la primera vez que se sentía tan plena y protegida. Y eso quería decir que también cabía la posibilidad de que lo perdiera todo al instante siguiente y la caída fuera peor. La noche anterior podría no haber significado nada.

«Venga, Hope, ya no eres tan tonta», se reprendió a sí misma. «Quedó atrás eso de suponer lo que desconoces y darle alas al miedo».

Abrió los ojos por fin y ladeó la cabeza para observar a Cayden por encima del hombro. Tenía los ojos entrecerrados, todavía medio dormido. El pelo dorado estaba enmarañado y esbozaba una expresión perezosa que le sentaba bien. Suavizaba sus rasgos afilados, haciendo que pareciese más joven.

Aquel aire tranquilo se esfumó en cuanto cruzó la mirada con ella. Enseguida la languidez azul dio paso al deseo. Los dedos abandonaron su vientre y ascendieron hasta rodearle un pecho. Cuando comenzó a dar vueltas con un dedo alrededor del pezón, Hope gimió.

—Buenos días —acertó a decir.

—Sí, muy buenos. —Cayden entornó los ojos sin apartar la mano—. ¿Has dormido bien, pajarillo?

—Sí, aunque no sé cuánto… —Hope hizo ademán de estirar el brazo para coger el reloj de bolsillo de Cayden, sobre la mesilla, pero él la retuvo—. ¿Qué hora es?

—¿Qué importa? —Notó su nariz acariciarle justo en la nuca—. No hay prisa.

Nunca habría imaginado que su marido fuera capaz de decir algo así. El puntual y siempre ocupado jefe de la empresa Dagger, holgazaneando de buena mañana.

«A lo mejor no me he despertado y sigo soñando».

—Ya debe de haberse puesto en pie todo el servicio —balbuceó Hope. Cayden no había dejado de tocarla, esta vez explorando sus curvas hacia abajo, descendiendo hasta más allá de su ombligo—. ¡Cay!

—¿Qué? Ya me levanto todos los días antes incluso de que Peggy entre en la cocina —ronroneó contra su pelo—. Dame un respiro.

Ella sonrió y le dejó hacer, aunque se removió cuando trató de deslizarle una mano entre los muslos.

—Quieto —dijo con suavidad, arrastrando las vocales. Él se detuvo con un gruñido de frustración, pero apartó los dedos sin protestar—. Dime, ¿qué querrías hacer hoy?

—Para empezar, ducharme; apesto como Ezra después de una de sus noches de juego y burdel —rezongó, con la voz ronca de recién levantado—. Podrías acompañarme, ¿qué dices? Ahorraremos agua. —Hope agradeció estar de espaldas a él para que no viera como se sonrojaba—. ¿O prefieres desayunar? ¿Tienes hambre? —Ella se resistió, pero acabó asintiendo con algo de vergüenza—. Entonces comeremos lo que quieras. Pero tendrá que ser aquí.

—¿Aquí? —se alarmó.

—Sí, aquí. En la cama —le aclaró al verla confusa—. ¿Por qué no? Nos pasaremos el día entero en la habitación. Tenemos todo lo que necesitamos... Para eso te has esmerado en llenar cada rincón de esta casa con mil muebles desde que llegaste. —Soltó el aire con complacencia—. Ya es hora de que lo disfrute.

De inmediato, Hope se dio la vuelta y le rodeó el cuello con los brazos. Hasta ese momento, no le había dicho nada sobre su labor de transformar la casa en un lugar más habitable.

—¿Te gusta cómo ha quedado?

—Por supuesto. —Se inclinó para rozar la nariz con la suya—. En especial, que hayas dejado mi despacho intacto.

—Créeme, no ha sido por falta de ganas. —Sonrió con un destello burlón en los ojos—. Delabost y yo estábamos de acuerdo por una vez. Pero él temía que le despidieras si tocábamos un solo papel. Y yo, que te divorciaras de mí.

Cayden se rio con suavidad. Estando tan cerca, Hope notó que la vibración por la risa se extendía también a su cuerpo. Se pegó todavía más a él.

—Podrías quemar ese despacho hasta los cimientos y aun así no te dejaría escapar. —Acercó la boca a su oído—. No creas que vas a deshacerte tan fácilmente de mí, pajarillo.

—¿No? —se burló ella—. Es una pena, ya tenía la excusa perfecta para cuando me cansara de ti...

Lanzó una carcajada de sorpresa cuando, con un súbito movimiento, Cayden la tumbó de espaldas y la aprisionó contra el colchón.

—Qué graciosa —le dijo, sujetándola a la vez por las muñecas—. Después de librarte tú solita de Swithin, ¿ahora quieres deshacerte también de mí?

—Como has dicho, no lo tendré nada fácil —murmuró divertida—. Aunque en realidad nunca me han gustado las cosas fáciles.

—Eso explica por qué decidiste casarte conmigo.

Se miraron un segundo, en un silencio cargado de electricidad. Luego Cayden se inclinó para tomar su boca. Fue un beso lento. Profundo. Ninguno tenía la prisa de la noche anterior, sino más bien el deseo de recrearse lo máximo posible en el contacto entre sus cuerpos.

Al separarse, Cayden suspiró.

—Le diré a Delabost que traiga lienzo y pintura si te resulta aburrido quedarte en la cama conmigo —concedió. Después empujó la cadera contra ella, alzando ambas cejas y componiendo una fingida expresión de enfado—. Lo consideraré un golpe a mi ego, pero lo superaré.

Hope, en lugar de apartarse, abrió las piernas para que encajase mejor en ella.

—¿Por qué no? —Sonrió, repitiendo las palabras de él antes—. Así podría aprovechar para dibujarte. —Ante la expresión de sorpresa de Cayden, soltó una carcajada—. No pongas esa cara, tampoco es que haya dicho que vaya a enseñarle los bocetos a nadie. ¡No te creas el príncipe Alberto!

Cayden entrecerró los ojos antes de inclinarse para besarle el cuello y, de repente, darle un suave mordisco, con lo que arrancó a su mujer otra carcajada.

Hope no recordaba cuándo se había quedado dormida. Habían estado hablando durante horas. Todas aquellas palabras que se había guardado por temor o vergüenza, e incluso prejuicios, se habían acabado derramando sobre las sábanas, a la luz del fuego de la chimenea, de las llamas de las velas que hacían brillar el sudor de sus cuerpos.

Cayden también había sido sincero con ella. Le había dicho tantas veces en la oscuridad que la quería que Hope había acabado teniendo que taparle la boca por vergüenza.

Al final, los dos habían acabado riéndose de sí mismos y del otro hasta prometerse no volver a caer en el silencio. No habría suposiciones entre ellos. De madrugada y sellándolo con un beso, echaron por tierra el trato del laberinto y cerraron uno nuevo: no serían socios ni se comportarían como desconocidos.

Se ayudarían el uno al otro solo porque deseaban hacerlo. Tampoco tratarían de compensar ningún beneficio logrado a través de su matrimonio. Por qué hacerlo, si todo lo que era de uno formaba ya parte del otro. Incluido su corazón.

—He estado pensando en algo mientras dormías —dijo Cayden, con la voz todavía amortiguada contra su garganta—. Es verdad que gracias a ti esta casa ya no parece un edificio abandonado... y creo que deberíamos aprovecharlo.

—¿A qué te refieres?

—Estoy harto de asistir a fiestas de otros. Sé que tú también. —Hope asintió sin entender adónde quería llegar—. Organicemos nosotros una. —Se movió hasta besarla en la nariz—. Aquí.

Se echó a reír, incrédula.

—¿Lo dices en serio? ¿Crees que es buena idea?

—Sí, ¿tú no? Serías una anfitriona estupenda. —Se tumbó de lado, apoyado en un codo. Luego le rodeó la cintura y la acercó más a él—. Yo haría de tu consorte florero. Calladito y obediente, así seré esa noche.

Recordando esas palabras de su aventura en los bajos fondos, Hope sonrió y apoyó la cabeza en su torso. Nunca había sentido que tuviera un refugio, hasta que descubrió el que constituía Cayden cuando la abrazaba y le dejaba escuchar el latido de su corazón contra la mejilla. Acurrucada contra su pecho, aspiró ese aroma tan familiar, esta vez mezclado con el suyo, y acabó por claudicar.

—De acuerdo.

—¿Sí?

—Espero hacerlo bien...

—No lo dudo —aseguró él—. Además, tendrás ayuda. No creo que estés olvidándote de tus dos hadas madrinas —bufó con sorna—. Dios te ampare si te atreves a organizar un baile sin ellas...

«Claro», pensó de pronto, «tengo a Alisa y a Evelyn».

Más tranquila, se incorporó para sentarse en el borde de la cama. Miró hacia la ventana mientras pensaba en lo que tendría que hacer para llevar a cabo un evento así. Desde luego, iba a estar ocupada los días siguientes. Puede que necesitase meses.

En el fondo, tenía ganas de organizar un baile en su propia casa, con la gente que verdaderamente le interesara. Habría notables de la alta sociedad londinense, sí, pero se aseguraría de incluir también a toda clase de políticos, figuras relevantes y artistas. Y gente como Cayden, nuevos ricos con ganas de codearse con la aristocracia.

De esa manera le demostraría a su marido que, a pesar de que su trato ya no tenía sentido, haría lo posible por ayudarle. No porque fuera su deber, sino porque deseaba realmente verle cumplir sus sueños de idealista empedernido, concentrado en llevar la extraña tecnología de Brooks Edevane a todas las clases sociales.

Se volvió al sentir una caricia suave. Los ojos azules de Cayden le recorrían el cuerpo entero mientras una mano ascendía desde su tobillo hasta la rodilla.

—¿Pensando en mi propuesta?

—Sí —respondió ella con timidez.

—¿Cuál de ellas? —En lugar de contestar, Hope se sonrojó—. Ya veo. ¿Qué tal si lo consideras bajo el agua?

Hope asintió, roja hasta la raíz del pelo, y consintió que Cayden la tomara en brazos y la llevara en volandas hasta el baño. La besó con cuidado al dejarla de pie. Mientras él ajustaba la temperatura y la presión del agua con mano experta, Hope contempló su espalda musculosa, todas las poderosas líneas que marcaban su cuerpo.

Entre las sábanas, con los dedos, lo había dibujado la noche entera. Ya solo le quedaba hacerlo sobre el papel. El cosquilleo que se elevaba desde sus piernas hasta su corazón presagiaba una bonita imagen.

—¡Un baile! —Evelyn se levantó de un salto del sofá y comenzó a dar vueltas alrededor del salón—. Tendremos que pensar en una temática. Podríamos utilizar motivos veraniegos... ¡u otoñales, para sorprender! Seda verde y flores rojas... ¡no, puaj, flores rojas no! Espera, podríamos convertirlo en una charada. ¡Adoro las fiestas de disfraces! O, mejor, ¡en un baile de máscaras!

—Eve, estamos aquí para echar una mano a Hope, no para marearla.

—¿Quién ha dicho que la esté mareando? ¡Los grandes eventos se fraguan así! Como en la empresa de mi primo: ¡los consejeros aportan ideas como la lluvia que cae!

—Coge el paraguas entonces —le susurró Alisa a Hope—, me parece que nos va a caer un chaparrón.

La otra soltó una breve carcajada.

Intentaba con todas sus fuerzas no taconear con el pie en el suelo. No estaba nerviosa por el baile; ya no le preocupaba. Sabía que con ambas saldría bien. Acabaría por lograr el equilibrio entre la energía desbordante de Evelyn y la elegancia comedida de Alisa para que la fiesta dejara boquiabiertos a los invitados.

No, lo que la inquietaba era el paquete que había recibido esa mañana de parte de Brooks y que descansaba en su escritorio francés.

Tras coger aire, se levantó y avanzó con el bastón hasta allí. Alisa estaba ocupada pidiéndole a Evelyn que hablara más despacio, así que ninguna de las dos se percató de que al volver a sentarse lo hacía con una caja en el regazo. Tuvo que carraspear y pedir a sus amigas que se sentaran a su lado para que guardaran silencio.

—Tengo un regalo para vosotras. —Las dos alzaron las cejas—. Es algo que he diseñado yo misma y que ha creado Brooks Edevane. Formó parte de mí durante años, por mucho que la odiara... Sin embargo, vosotras hicisteis que me olvidara de ella. Que creyera en mí misma, aunque estuviera atada a ese metal. Por eso quise darle otro significado. —Sonrió—.

Otorgarle el valor que tenéis para mí. Nuevos... nuevos lazos de metal.

—Ábrelo ya, *chérie* —la apremió Evelyn—, ¡antes de que me eche a llorar o me tire por las escaleras!

—O la tire yo —añadió Alisa.

Hope se rio y abrió por fin la caja. Dentro, aguardaban otras tres. Pequeñas, todas de metal, con el símbolo del lazo inscrito en lo alto de cada una. Sacó dos y se las entregó con un nudo en la garganta. La angustia no se deshizo ni siquiera cuando ambas las abrieron y Evelyn pegó un chillido.

—¡Un corazón!

—Uno mecánico —susurró Alisa con admiración.

En realidad, las cajas guardaban dos colgantes iguales. Hechos a partir del metal que antes llevara Hope, habían sido pulidos y transformados en pequeñas joyas de filigrana. Semejantes a una jaula en forma de corazón, se abrían con un botón oculto para que fueran usados como camafeos. Dentro del de Alisa se escondía un rubí. En el de Evelyn, una amatista rosa de Francia.

Evelyn abrazó a Hope y, sin poder hablar, le pidió con un gesto que la ayudara a ponérselo. La joven obedeció con cierta satisfacción. Al terminar, Eve lo contempló fascinada, con una expresión contenida a medias entre la vanidad y la pura ilusión.

Cuando ambas se giraron hacia Alisa, descubrieron con sorpresa que estaba llorando.

—¿Qué ocurre? —se preocupó Hope—. ¿No te gusta?

—No, n-no es eso —hipó con gesto indignado—. Es que has descubierto sobre mí lo que más temía...

—¿El qué?

—Me pierden las cosas brillantes.

—¡Sabía que la estoica Alisa Chadburn tendría una debilidad! —se rio Evelyn—. ¡A partir de ahora te llamaré Lady Urraca!

Mientras Alisa fruncía el ceño con disgusto y se secaba las lágrimas, Hope aprovechaba para sacar la tercera caja y ponerse el último colgante.

El suyo no encerraba dentro ninguna piedra preciosa. Ya contenía lo que más asociaba a ella: el fuerte y tenaz acero.

Fue esa fuerza la que utilizó para ponerse el vestido más espectacular de su armario y viajar en coche hasta la mansión Loughry. Se aferró al corazón mecánico de su cuello durante todo el camino.

Cayden le había ofrecido acompañarla, pero necesitaba hacer aquello sola. Ya tenía su apoyo y el de sus amigas, solo necesitaba recordarlo cuando se enfrentase a las dos personas que más daño le habían hecho en su vida.

El cochero se detuvo delante de la vieja casa. Era espléndida, una enorme mansión reflejo de la opulencia de su familia a principios de siglo. Por fuera nadie podría adivinar la frialdad que contenían sus paredes.

Hope descendió del carruaje con ayuda del bastón y cogió aire antes de atravesar la verja de hierro negro y el jardín delantero que conocía tan bien. Al fin y al cabo, durante años había sido el único paisaje que había contemplado.

Llamó a la puerta tres veces, esperando a la anciana que le abriría. No se equivocó. Gladys apareció con la frente empapada en sudor y aspecto cansado, aunque su expresión cambió de golpe al verla en el umbral.

—¡Señorita, está resplandeciente! —Bajó la voz—. Quería decir: señora Dagger.

—Siempre seré una señorita para usted. —Sonrió—. ¿Están mis padres en casa?

—Sí, seño… rita.

—Bien. —Entró y empezó a quitarse sola el abrigo, el sombrero de plumas y los guantes verdes de terciopelo—. Dígales que les espero en el salón. Ellos ya sabrán en cuál.

No tardaron mucho en aparecer. En cuanto Gladys les abrió y franquearon la puerta, Hope se levantó del sofá.

Quería que la vieran bien, de pie, sin temblar y sosteniéndose con firmeza sobre la nueva prótesis, por mucho que esta no se distinguiera. Había elegido un vestido de color verde esmeralda, un tono rico e intenso que contrastaba con las enormes perlas que tenía por botones delanteros. Les sonrió y extendió la mano, invitándoles a sentarse en el diván frente a ella, como si aquella fuera en realidad su casa.

Perplejo, lord Loughry tardó en reaccionar, pero fue el primero en adelantarse y tomar asiento tras besarla en los nudillos. Beatrice se quedó inmóvil unos segundos y, suspirando, acompañó a su marido en el sofá.

—Gracias por atenderme —dijo Hope en tono serio, sentándose a su vez—. No les entretendré. Mi visita tiene dos únicos propósitos. En primer lugar, quería extenderles una invitación. —Rebuscó en su bolso de mano y sacó una tarjeta—. He organizado un baile en mi casa. Se celebrará en un par de meses, con motivo del fin de la temporada. Pueden asistir si gustan.

—¿Cuál es el otro motivo? —replicó impaciente su madre.

—Las reformas en la finca de campo Loughry casi se han completado —respondió Hope. Trató de usar el mismo tono inflexible y frío que utilizaba su marido cuando hacía negocios—. Les sugiero que vayan al condado y las supervisen personalmente. En mi opinión, creo que a ambos les convendría instalarse allí un tiempo y abandonar la capital. A veces puede resultar demasiado... —dirigió una mirada cómplice a su padre— *absorbente.*

Lord Loughry se puso tenso.

Gracias al detective de Bow Street que había contratado Cayden, Hope conocía sus últimos pasos. Aunque el vizconde no había dejado de visitar los barrios del este de Londres, había rehuido las casas de juego. Se había limitado, de noche, a beber y, de mañana, a asistir a regañadientes a las sesiones del Parlamento. La joven había entendido entonces que lo mejor que podía hacer su padre para evitar la tentación y ayudar a la empresa Dagger en cuestiones políticas era alejarse un tiempo de la ciudad. Al menos, hasta que consiguiera desengancharse del alcohol. Perdonarse a sí mismo.

«Porque, si no, jamás podré perdonarle yo a él».

Al final, lord Loughry, con un suspiro como señal de rendición, se irguió en el asiento. A continuación, alzó la mirada hacia su hija.

Hope se percató de que era la primera vez desde que era una niña que la miraba directamente a los ojos, y además lo hacía sobrio. Sostuvo decidida aquellos ojos castaños, tan cansados y cargados de culpa.

Como era obvio, todavía no le había perdonado. Puede que nunca lo hiciera. Pero se había dado cuenta de que tampoco podía negar lo que ese hombre era para ella ni los cambios que parecía estar esforzándose en alcanzar. Sabía lo duro que era eliminar lo que había enraizado en el corazón, lo complicado que resultaba luchar contra un pasado cargado de malas decisiones.

Pero la vida se basaba en dejar cosas atrás. Solo así podía centrarse en las que verdaderamente daban sentido a su existencia.

—¿Qué opina de mi propuesta —dijo en voz baja—, padre?

Lord Loughry se quedó boquiabierto. Era la primera vez que le llamaba así desde que era una niña.

El vizconde tosió antes de asentir con la cabeza.

—Me parece una gran idea —dijo, con la voz áspera por la falta de sueño—. Hace tiempo que no visito la casa familiar de Loughry… Me vendrá bien el aire del campo.

Aliviada, Hope se dirigió a su madre.

—¿Y usted?

Sabía que Beatrice la miraría a los ojos sin problema; de hecho, la taladraría con ellos, como había hecho durante toda su vida.

Había sido una jueza sin piedad a la que aún no había llegado a comprender del todo. ¿Por qué ese odio hacia su propia hija? Hope no había tenido la culpa de que Swithin se obsesionara con ella. O, más bien, con el retrato de una niña que ya no era. Era consciente de que la había utilizado como chivo expiatorio para librarse de la rabia y el dolor.

Pero eso no excusaba sus acciones. Ni la acercaba tampoco a su perdón.

—¿Es una sugerencia o una orden, querida niña? —preguntó su madre con burla. Después, arqueó elegantemente una ceja—. ¿Por qué habríamos de abandonar esta casa, si puede saberse?

Hope sonrió de medio lado. Después, alzó los dedos para acariciar el corazón mecánico que llevaba colgado entre las clavículas. Lo hizo del mismo modo que su madre rozaba la perla entre las suyas.

—No es ni una sugerencia ni una orden: es una ofrenda de paz —contestó—. Antes no podían abandonar esta casa a falta de otra, pero ahora tienen una propiedad en condiciones que pueden cuidar. Con el dinero que reciben por parte de mi marido y de mí, podrían hacerlo mejor de lo que lo hicieron con esta. —Hizo una sentida pausa—. Tampoco se preocupen por Henry: me ha confirmado que al volver de Eton pasará las vacaciones conmigo. Incluidas las próximas navidades. Además, madre, ¿no cree que a usted esa época festiva en Londres le sentará mal? Todo se llenará de flores de Pascua y ramos de flores rojas. —Su sonrisa era ladina—. Creo que le recordará a cierto amigo que la agasajaba al que es mejor olvidar.

Supo que había entendido la insinuación, porque Beatrice desvió la mirada hacia la chimenea.

Así mejor. Quería que supiera que conocía su secreto. Que era consciente de la verdadera razón por la que, durante años, había sido tan cruel y dura con ella.

No sabía si en ese momento Beatrice Maude la despreciaba más que antes. Ni siquiera si algún día la vizcondesa se arrepentiría de cómo había tratado a su hija. Hope, en el fondo, esperaba con tibia esperanza que acabase pidiéndole disculpas.

Solo que no tenía sentido esperar a que lo hiciera para seguir adelante.

Por eso se levantó con aire digno y esperó a que sus padres la imitasen.

—Estoy ocupada con los preparativos del baile, así que les dejo ya. —Extendió la mano para que lord Loughry volviese a besarle los nudillos y su madre le dedicase una elegante reverencia—. Espero su confirmación de asistencia a la fiesta. Si deciden marcharse antes al campo, háganmelo saber también. El señor Dagger y yo recibiremos cualquiera noticia relacionada con su partida con suma alegría.

Con una expresión de orgullo que fue incapaz de contener, Hope marcó cada uno de sus pasos con un golpe de bastón mientras se dirigía al vestíbulo. Allí la esperaba Gladys, con su abrigo, su sombrero y sus guantes.

Hope había oído las pisadas de Beatrice a su espalda, solo que no había hecho amago de darse la vuelta. Tampoco ocultó el cariño que sentía por el ama de llaves al verla.

—Como siempre, Gladys, muchas gracias. —Le dio un beso en la mejilla tras ponerse aquellas prendas, a pesar de lo incómoda que parecía la anciana delante de lady Loughry—. Ya sabe que mi oferta de trabajar en nuestra casa sigue en pie.

—Sí, señorita —dijo la sirvienta en voz baja.

—Mientras se decide, quería hacerle un regalo. Por todo lo que ha hecho por mí y por los Maude en los años en que ha trabajado para nosotros. —Sacó una caja de metal del bolso y se la tendió—. Hasta puede que con el regalo prefiera retirarse. En cualquier caso, espero que sea de su agrado. Merece esto. —Sonrió—. Esto y mucho más.

No esperó a que Gladys la abriera. Extendió el bastón y salió por la puerta sin mirar atrás. Aunque no se volvió, al menos alcanzó a oír una exclamación ahogada antes de cerrar el viejo portón de madera.

A una parte de ella le hubiera gustado ver la cara de asombro de su madre ante el collar de oro y ochenta perlas que brillaba dentro de la caja.

30

Una fiesta en vuestra casa, Dag?

—Sí.

—¿Para poner punto y final a la temporada?

—Sí.

—¿Con más de cien invitados?

—Eso creo —contestó Cayden—. Aunque, si confirmas tu asistencia, quizá nos cancelen la suya unos veinte.

—Jajá. Últimamente no te reconozco. Hasta tu gancho de izquierda me ha dolido hoy más que otras veces…

—Es que he imaginado que eras lord Swithin.

—Ah, eso lo explica todo. Pero, si es así, te sugiero que no mires en esa dirección. —De inmediato, MacLeod resopló—. Te he dicho que no mirases.

Sin embargo, Cayden no reaccionó como Ezra esperaba. MacLeod sabía que nada en el mundo haría más feliz a su amigo que partirle la cara al antiguo acosador de su mujer. Excepto, obviamente, estar con ella.

Pero Cayden no se inmutó al verlo. De hecho, fue el primero de los dos en sentarse en la butaca del reservado del club y en apoyarse después con indolencia en el respaldo.

—¿Por qué no quieres que le mire? —murmuró—. En realidad, lo que quiero es que él me mire a mí.

Como si hubiera sentido su presencia en la sala, lord Swithin se giró en la silla y lo hizo. Bastó un solo vistazo a la pareja de amigos para que se levantara de la mesa que compartía con otros caballeros. Con la calma que le caracterizaba, Cayden alzó una mano para dedicarle un sencillo gesto de despedida. Aunque a Swithin no le resultó tan inocente, porque huyó del salón casi a la carrera.

—Vaya. Si pretendías demostrar el poder que tienes para hacer que un sesentón se cague encima: enhorabuena, Dag, lo has conseguido.

—Gracias. —Cayden sonrió enseñando los dientes al tiempo que llamaba al camarero—. Creo que a estas alturas ya se habrá dado cuenta de qué falta en su casa.

—¿Qué quieres dec...? —Ezra se calló—. ¿Le has robado el retrato de Hope?

—¿Por quién me tomas? Envié a unos viejos conocidos a su casa un día después de ese maldito baile en que arrinconó a Hope —contestó—. En realidad, conseguirlo no fue nada complicado para un puñado de buenos ladrones del East End. —Sonrió con aire mordaz—. Querría haber sido más brutal al dejarle un mensaje... pero me contuve.

—Porque ella te lo pidió, ¿no? —se rio Ezra.

Cayden asintió.

—En el fondo, espero que algún día ese hombre me dé la oportunidad de enfrentarme a él —dijo, la furia le teñía la voz y sacaba a la luz su acento *cockney*—. Mientras tanto, me contentaré con que tiemble al verme. Además, Hope me ha hecho prometer que solo me pelearé practicando esgrima y pugilismo, como hoy contigo, y cualquier promesa con ella es más importante que calmar la sed de venganza.

—Y porque además te encanta partirme la cara a mí, ¿eh?

—También.

Con las copas por fin llenas, Ezra propuso brindar por ella.

—¿Qué tal le va a mi Dagger favorita, por cierto? ¿Está teniendo problemas para organizar vuestra fiesta?

—Hope tiene mucha ayuda. Tal vez demasiada. —Cayden resopló divertido por la nariz—. El otro día me pidió consejo para imponerse a Eve, a Alisa y a mi tía Bess. La abruman con tantas ideas que apenas le permiten respirar.

—Mi pobre y buena Hope... —cabeceó Ezra—. Entre sus amigas y tú, no sé cómo no huye de Londres. Y mira que le he ofrecido multitud de veces una habitación en mi castillo...

—Tendría que haberte golpeado más fuerte.

MacLeod se echó a reír y volvió a hacer entrechocar las copas.

—A propósito de la fiesta —dijo Cayden—, quería comentarte algo a lo que he estado dando vueltas.

—Sorpréndeme.

—Gracias a mi matrimonio con Hope, ya no hay ningún club de Londres en el que me denieguen la entrada. Y todo el mundo sabe que la antesala al Parlamento son estos salones llenos de humo. —Ezra asintió—. Pero he estado pensando... ¿por qué conformarnos con lo que hay? ¿Por qué no crear nosotros uno?

El noble parpadeó atónito.

—¿Bromeas?

—Tal vez no ahora —siguió Cayden en voz baja—, pero, con el tiempo, me gustaría fundar uno. Al que no solo pudieran acceder las clases altas.

Tras una carcajada, Ezra se acercó la copa a los labios.

—Mi Dag favorito: el reformista revolucionario.

—Hablo en serio.

—Y yo. —El otro sonrió—. Pero, dime, ¿qué tiene que ver eso con la fiesta que vais a celebrar Hope y tú?

Cayden dejó que se hiciera entre ellos un breve silencio.

—Quiero que sirva como prueba —confesó—. Reuniremos a muchas personalidades diferentes. Podríamos descubrir qué opinan de un proyecto así... Si estarían dispuestas a entrar a formar parte. Y en unos años, fundaríamos un espacio más abierto que estos condenados arcones de viejas glorias. Y si el proyecto sale bien, quizá... —se encogió de hombros— querría contar contigo.

MacLeod pareció asombrado de nuevo.

—¿Conmigo? ¿Para qué me necesitarías tú a mí?

—Vamos, Ezra, aquí eres el rey. Te manejas como pez en el agua en estos ambientes. Has nacido para engatusar a los tuyos.

—Su amigo frunció el ceño—. Al menos, reconoce que más que yo. Ya sabes que no soy el mejor en conversaciones triviales, esas que tanto os gustan a los señoritingos de buena cuna...

—Oh, sí, nos encanta discutir sobre el número de botones que debe llevar un chaleco. Nos podemos pasar la noche entera hablando de eso.

—Yo pondría el dinero —continuó Cayden, ignorando su sarcasmo—. Tú, la sangre azul. ¿Qué te parece?

Ezra pareció pensárselo, aunque acabó por apoyarse en la mesa para acercarse a su amigo.

—¿Parecerme? Ya tengo decidida la lista de no admitidos.

Nunca le había esperado tan ansiosa, y eso que ya habían compartido decenas de noches. Dio vueltas por toda la casa, hasta que Peggy se ofreció a prepararle una tila con expresión comprensiva y Delabost mascculló algo entre dientes.

Pero no podía parar. Aquella noche se celebraba el baile y, a pesar de que Cayden le había prometido que estaría allí con suficientes horas de antelación, no podía estarse quieta. Necesitaba que regresara. Necesita enseñárselo.

Miró el reloj que guardaba en el bolsillo, un Dagger igual que el que llevaban encima todos los habitantes de la casa. Las doce y veintiocho, casi la hora del almuerzo. Puntual como siempre, no podía tardar demasiado en llegar.

Por fin se oyó la bocina en la calle. Como un relámpago, Hope corrió cuanto pudo hasta la entrada. Delabost ya había abierto la puerta principal y Cayden sonrió al ver que lo recibía acalorada. No le dio tiempo a quitarse el abrigo y la chistera, y tampoco a sacudir el paraguas y volver a convertirlo en un bastón negro. Hope le echó los brazos al cuello y le besó. El primer lacayo, acostumbrado ya a aquellas muestras públicas de afecto, puso los ojos en blanco y se escabulló con suma discreción.

—No imaginé que estuvieras tan nerviosa —se rio Cayden—. ¿Temes que algo no salga como esperas, pajarillo? ¿Que no aparezca nadie? —Arqueó una ceja—. Tampoco estaría mal. Más comida para mí, menos bailarines con quienes compartirte.

—No es eso —dijo atropelladamente—. Necesito que me acompañes. Necesito darte algo antes de que lo descubras por casualidad o se me escape.

Tiró de él escaleras arriba y recorrieron el pasillo hasta el cuarto que Hope había reformado como estudio de pintura. Otro sueño entre cuatro paredes: una estancia solo para ella. Allí dentro creaba lo que quería sin temor a que la castigasen.

Ante la puerta, frenó en seco, provocando que Cayden se chocara contra su espalda y se le cayera el sombrero de copa al suelo.

—Cierra los ojos —pidió Hope antes de que él replicara. Ante la expresión de extrañeza de su marido, tuvo que repetírselo—: Vamos, Cay, cierra los ojos. ¿Te fías de mí?

La obedeció, todavía reticente.

Hope abrió la puerta con cuidado. Le tomó de las manos para tirar de él y hacerle pasar a la estancia. Tenía forma cuadrada y un gran ventanal que daba a la animada Belgrave Square. Era una de las habitaciones con más luz de toda la casa, por eso la había elegido. Más ordenada que el despacho de Cayden, tenía lienzos apilados en los rincones, un escritorio enorme y una butaca con su caballete junto a la ventana. En él había un dibujo a medio perfilar de tres mujeres jóvenes, pero no fue allí adonde se dirigió Hope.

Le guio hasta un cuadro ya enmarcado, apoyado en la pared izquierda. Al llegar, le colocó delante, alzándose de puntillas para darle un beso en la mejilla.

—Ya puedes abrirlos. —Cayden lo hizo y parpadeó unos segundos para adaptarse a la luz—. No pude darte uno en su momento, así que… feliz regalo de bodas.

Era un retrato. Uno que mostraba a Cayden de pie, apoyado en su butaca preferida con un libro en una mano y la otra perdida en el interior del bolsillo. La luz le envolvía desde la ventana a su derecha, haciendo que brillaran los mechones rubios y dulcificando una expresión que en sí era inflexible y severa. Llevaba una camisa blanca que contrastaba con la piel morena, un traje gris oscuro y un chaleco de un tono más claro por el que asomaba un reloj plateado. El lazo grabado en él destellaba gracias a la luz que incidía en el acero, atrapando la atención del observador.

Aunque de lo que estaba más orgullosa era de su semblante, de cómo había conseguido mostrarle tal como le veía: tan atractivo como distante. Ayudaba el reflejo del sol en sus penetrantes ojos azules, la fuerza inquebrantable que exhibía su barbilla y el brillo inteligente en la mirada. Había capturado aquel espíritu tan implacable que mostraba a los demás y que ella sabía que no era más que una capa de Cayden. Una de tantas. Le hacía recordar que más allá había otras muchas facetas y que había dibujado solo una.

Todas las demás las reservaba para ella, en dibujos que jamás verían la luz. Le hacía sentirse afortunada por conocerlas.

—Parezco... —comenzó él.

Apretó los labios y calló.

—¿Qué?

—Uno de los tuyos.

Hope se mordió el labio inferior para no reír. Por primera vez desde hacía semanas, Cayden dio la impresión de no saber qué hacer ni decir. Otra capa que adoraba: la del joven inseguro y torpe ante las sorpresas.

—No hay «tuyos» ni «míos», ya lo sabes —dijo Hope con suavidad—. No somos diferentes.

—Bueno...

—Bueno, no —le amonestó rápida, lo que le provocó a él una media sonrisa—. ¿Lo que quieres decir en realidad es que te recuerda a uno de esos retratos de aristócratas que se ven en casas señoriales ajenas?

—Sí.

—Entonces he hecho bien mi trabajo. —Le tomó de la

mano y se colocó junto a él para observar el cuadro desde su posición—. Así es como te veo yo: más noble que ningún otro caballero.

Captó de reojo que Cayden apartaba la vista del retrato para posarla en ella.

—Y bien —añadió Hope con un hilo de voz—, ¿te gusta?

Podía estar satisfecha con su trabajo, pero no quería arriesgarse. Los gustos en arte eran muy particulares y había descubierto que su marido en concreto era bastante peculiar.

Una capa más: lo imprevisible que podía llegar a ser, por mucho que ya le conociera mejor que antes.

—Creo —empezó él— que le falta algo.

Hope se giró hacia Cayden con la decepción reflejada en los ojos verdes.

—¿Tú crees?

—Sí —dijo serio—. Faltas tú.

No sabía qué cara había puesto, pero en cualquier caso logró que Cayden se echara a reír de la misma forma liberadora que en el callejón del Patio Rojo.

—¡Cayden Dagger, eres un desagradecido!

—¡Si ya sabes que me encanta! —siguió riéndose.

—¡No lo sé! —refunfuñó Hope—. ¡Por eso necesito que me lo digas!

—Ya me conoces. Estas cosas no se me dan bien. —En un súbito arrebato, la abrazó—. Pero sí, desde luego. Me encanta. Muchas gracias. No lo merezco. —Hope masculló un malhumorado «a lo mejor no» contra su hombro—. Sé que ya tenemos en el salón ese cuadro tuyo de niña, pero… me gustaría tener también uno tuyo, hecho por ti, para mostrárselo a todo el que venga a nuestra casa. —Hizo una pausa—. O uno de los dos.

Hope le rodeó la cintura con los brazos y le estrechó todavía más, apoyando el oído contra su torso para escuchar el latido de su corazón.

Iba rápido. Más de lo normal.

—Nunca he hecho un autorretrato —confesó—. Aunque podría intentarlo.

—Tendrás tiempo para practicar el próximo año. —Hope sintió un beso en lo alto de la cabeza—. Lo que me recuerda que yo también tengo un regalo para ti. En fin, no *exactamente* un regalo, sino algo de lo que deberíamos haber disfrutado hace tiempo.

Hope se separó de él y trazó con un dedo la línea de su mandíbula hasta posarla en aquellos labios que ocultaban, una vez más, un secreto.

«Maldito sea... Hasta en esto tiene que ser mejor que yo».

—¿Tú también escondías algo? —bufó con sorna—. Vamos, Cay, suéltalo.

Él la acalló con un beso. Hope fingió que se resistía, apartándole, hasta que acabó por claudicar y corresponderle. Era incapaz de negarse. Lo había descubierto tras múltiples negociaciones infructuosas, esas en las que su marido se empeñaba en enredarla para que estuvieran juntos, sin importarle que fuese de día o estuvieran lejos de su cama. ¿Así iban a acabar también entonces?

Cuando se separaron, supo que su corazón iba tan rápido como el de él. En su mirada había deseo, pero también algo más. El regalo del que hablaba su marido debía de ser otra cosa.

—No disfrutamos de una luna de miel —empezó a decir Cayden—. Sé que nunca has viajado, así que he pensado que...

—¿Has pensado que...? —le empujó ella.

—He pensado en ofrecerte un trato.

Hope sonrió al recordar cómo, en un jardín, ella había utilizado las mismas palabras.

—¿Y qué trato me ofrece, señor Dagger? —Enarcó una ceja—. Espero que no sean negocios. No tiene nada que invertir... porque todo lo que invierta ya es mío.

Él se rio en voz baja.

—Es una oferta todavía mejor: ¿qué te parece visitar Francia? —Pareció satisfecho al ver que los enormes ojos de Hope se abrían al mismo tiempo que su boca—. España también. Y Grecia. Podremos reponer todo el vino francés que Eve se ha bebido a nuestra costa. —Inclinándose, apoyó la frente en la de Hope mientras esta reía—. Además, de viaje podrás pintar todos los autorretratos que quieras. ¿Qué dices?

—Pero... —dudó— ¿y la Dagger?

—La Dagger puede funcionar sin mí. —Le acarició los labios con el pulgar—. Y tu felicidad es más importante.

Al principio no supo qué decir, así que se concentró en contener las lágrimas. Después se puso de puntillas y le rodeó el cuello con los brazos. Cayden correspondió a aquel abrazo en un cómodo silencio.

Hope no tuvo que darle las gracias ni sentirse en deuda. Tampoco Cayden. La capa más profunda de ambos estaba hecha del mismo material sólido y luminoso. Por suerte, parecía que los únicos capaces de reconocer la del otro eran ellos.

Epílogo

Londres, 1845

Te digo que fue la mejor fiesta de toda la temporada. —Alisa se llevó la taza de té a los labios—. Mi tía Juliet me lo aseguró: todas las damas le comentaron lo mismo en el teatro de Navidad, durante el descanso de la última obra de Boucicault.

Hope sonrió satisfecha, alzando un momento la vista del boceto que estaba haciendo de Alisa con el colgante de corazón, sentada frente a ella en el sofá de su salón.

Era verdad que gracias al baile habían hecho muchos contactos. Entre ellos, notables y miembros de la Cámara, pero también ingenieros, arquitectos, naturalistas y escritores, hombres y mujeres con ideas tan revolucionarias como las de su marido.

Cayden estaba cada vez más cerca de cumplir sus propósitos y construir aquella línea de transporte londinense con la que tanto había soñado. Y más tarde, a saber qué.

Hope se disponía a comentarle a Alisa que, a la vuelta de las fiestas navideñas, hasta su hermano Henry había empezado a hablar entusiasmado de los inventos Dagger en Eton. Sin embargo, no pudo decirle nada al respecto, porque en lugar de eso le rechinaron los dientes.

Otra vez aquel odioso chirrido. Evelyn, arrodillada en la alfombra, fue la única que no pareció acusar el ruido. Seguía concentrada mientras toqueteaba el último invento de Brooks, que ocupaba casi toda la mesa de té. Consistía en una enorme caja de madera y metal con un cilindro en forma de trompeta dorada en la parte superior.

—¿De veras crees que va a funcionar? —tanteó Hope—. Cayden me ha advertido de que solo Brooks sabe utilizarlo.

—Lo sé, mi primo también me ha sermoneado a mí —refunfuñó Eve—. Pero el señor Edevane me explicó cómo lo usaba él. Como no le entendí del todo, porque no paraba de tartamudear, me lo ha prestado para que yo misma lo descubra. Si él es capaz, yo también. ¡No puede ser tan difícil!

—Eve, no seré yo la que ensalce el talento de ningún hombre sobre el tuyo —dijo Alisa—. Sin embargo, mucho me temo que en este caso ese joven tiene conocimientos más extensos de ese aparato infernal que tú. Quizá deberías claudicar.

—¡Nunca! —Evelyn volvió a girar la manivela más pequeña—. Si algo he aprendido desde que las tres nos conocimos, es que no puedo rendirme. Ni en la pretensión de ser más educada ni en la de conseguir un buen marido, ¡o cualquier otra cosa que me proponga! Hope lo hizo: dejó de ser la Cenicienta. ¿Por qué yo no?

—No era la Cenicienta —se rio Hope—. Tengo una madre malvada, no una madrastra. Y, además, dos hadas madrinas. —Hizo una pausa—. O son dos buenas hermanastras… No estoy del todo segura.

Alisa sonrió de medio lado ante la indirecta y se dispuso a dejar la taza encima de la mesa. Por suerte, había terminado de tomarse el té, por lo que el sonido repentino que salió del cilindro hizo que se cayera la porcelana al suelo pero no manchó la alfombra.

—¡Eve, por favor!

—¡Ya está! ¡Escuchad!

De la trompeta de metal comenzó a salir una melodía sencilla. Al principio discordante, hasta que la chica ajustó algunas palancas y el sonido se aclaró.

Era una tonadilla que estaba de moda. No era como escuchar directamente la ejecución de una orquesta, pero se trataba de una interpretación de la que había tocado en esa misma casa en la fiesta que organizaron las tres.

Todas se quedaron en silencio al reconocer la canción. Hope comenzó a golpear el suelo con el pie, al ritmo del vals, mientras que Alisa siguió la parte de los violines con la boca, aunque sus labios permanecieran cerrados.

Satisfecha consigo misma, Evelyn redujo los tacones de sus zapatos rosas, se levantó del suelo de un salto y se colocó en posición para bailar. Empezó a hacerlo sin pareja, bajo la atenta y divertida mirada de sus amigas.

Al cabo de unos segundos, Hope dejó el cuaderno de dibujo a un lado, se puso en pie y se acercó con cuidado a ella. Le dio un par de golpecitos en el hombro para que se volviera y, una vez lo hizo, la tomó repentinamente de la cintura.

—¿Me permite ser su pareja en esta pieza, señorita Boulanger?

Las mejillas de Evelyn se tiñeron de un súbito tono rojo. Tras recuperarse del asombro, balbuceó:

—¿C-cómo es que sabes bailar como un hombre, Hope?

En respuesta, la otra la atrajo más hacia sí y colocó con suavidad la mano izquierda de la chica sobre su hombro derecho.

—Porque, durante una noche, lo fui.

Parecía imposible, pero Eve se puso aún más colorada.

Las dos iniciaron el baile mientras Alisa reía y corregía a una y a otra para que hicieran sus papeles a la perfección. Cuando terminaron, arrancó a aplaudir como si fuera una dama arrogante en el teatro. Sus amigas hicieron una reverencia exagerada ante la ovación.

—¿Lo hemos hecho bien, mi excelentísima lady Alisa Chadburn?

—Los codos deberían haber estado más arriba —dijo imitando la voz ronca de tía Juliet—. Y os mirabais demasiado. Pero en general... ¡nada mal para ser vosotras!

—Sé correcta: nada mal para ser la Coja Loughry —bromeó Hope.

—La Coja Dagger, más bien.

Las tres rompieron a reír. Fue entonces cuando le llegó el turno a Alisa de sorprender a las otras dos. Con calma, se aproximó hasta ellas y tomó a Evelyn de la cintura.

—Ahora me toca a mí.

—¿A t-ti?

—Claro, señorita Boulanger. —Bajó los párpados con ademán seductor—. Siempre me he preguntado cómo sería bailar como un caballero... y no se puede decir que no tenga la altura para hacerlo.

Ya no había ni un pedazo de piel de Evelyn sin cubrir de rosa, lo cual incluía el recargado vestido de lazos que llevaba. Aguantándose las ganas de reírse de su pobre amiga, Hope se hizo a un lado y marcó el ritmo del vals con las manos mientras disfrutaba del baile.

—¡Tienes que practicar para la próxima temporada! —le dijo a Evelyn—. ¡Tendrás que competir con muchas debutantes ansiosas por robarte las parejas de baile!

—Y una de ellas será una gran contrincante —dijo Alisa.

—¿Te refieres a ti?

—Yo estoy de tu parte —le recordó Alisa al tiempo le daba una vuelta—. También buscaré marido, pero no me enfrentaría nunca a una amiga. —Bajó la voz, sutilmente enfadada—. A quien me refería era a la hermana de ese indeseable de MacLeod.

—Ah, sí —recordó Hope—. Heather MacLeod, su hermana pequeña. Ezra me dijo que vendrá a Londres en cuanto empiece la próxima temporada.

—¡Tal vez podría unirse a nosotras! —Evelyn sonrió—. ¡Otra a la que ayudar a cazar un buen marido!

—¡Eve, nada de decir «cazar»!

—¡Pero si es lo que hicimos con Cay!

Hope volvió a reír. Habían pasado muchas cosas desde que había «cazado» al señor Dagger en un jardín. Aunque, según él, ya le había atrapado mucho antes. Qué fácil habría resultado todo si hubiera sabido que, con solo una mirada, había conseguido despertar el interés de un hombre tan impresionante como él.

Un hombre al que, por primera vez en meses, le ocultaba algo.

«En esta ocasión, si se entera del secreto que guardo», pensó, acariciándose el vientre, «no dejará que ponga un pie fuera de Inglaterra. E Eve me matará si no visito su adorado París».

De repente, notó que alguien más las observaba. Era una sensación demasiado habitual para no reconocerla. Vértigo. Expectación. Deseo.

Electricidad.

Al volver la cabeza hacia la puerta, le vio. Como en el retrato que le había hecho, Cayden estaba de pie, imponente bajo el umbral. Los ojos azules clavados en ella irradiaban una intensidad silenciosa.

No pudo evitar el vuelco en el estómago.

Cayden Dagger siempre producía ese efecto en su cuerpo, aunque los nervios iniciales se hubieran visto sustituidos por una confianza incansable que no dejaba de crecer. Aun así, cada vez que la recorría de arriba abajo con la mirada, en una insinuación muda, se le erizaba hasta la piel que no era piel, sino metal.

En aquella ocasión, le resultó fácil adivinar el significado de su penetrante mirada. Con esos ojos afilados, su marido le decía que podía bailar con quien quisiera. Podía hacerlo con sus amigas o con cualquier caballero. Vestida de hombre o de mujer.

No importaba, siempre y cuando reservase para él su último baile.

Agradecimientos

Este libro cuenta una historia de amor, pero no solo uno romántico. También otro clave y esencial: el que te da la amistad.

Mi vida, como escritora y como «plebeya», la han guiado siempre mis amigas. Han sido capaces de iluminar los peores días, de hacerme reír hasta (casi) hacerme pis encima y de convertir en imperecederos momentos absurdos que cada una recuerda a su manera… y que repite un millón de veces con una cerveza en la plaza, una copa de vino blanco en una terraza o una taza de café en una ciudad amurallada.

Conocí a muchas de ellas bien pequeña, cuando solo tenía tres años. Uno de mis mayores orgullos es poder decir que siguen siéndolo, después de tanto tiempo y una separación de seiscientos kilómetros. Mis lucenses, habéis servido de inspiración para crear estos personajes. O, más bien, su amistad. *Graciñas.*

Aunque no solo ellas. Tengo la enorme fortuna de estar rodeada de muchas amigas. Marina Tena, Myriam M. Lejardi, mil gracias por compartir conmigo vuestra creatividad y por aguantar mis audios de rayadas mentales. Y Myriam, tu *beteo* (y tus consejos en escenas *chiqui-bambam*) me ayudó infinitamente. Sé que no quieres que te lo diga más, pero te jodes: gracias.

Mis amigas de Cifuentes también han inspirado esa camaradería que quería mostrar en la novela entre Hope, Evelyn y Alisa. Gracias por apoyarme y hacerme bailar sin vergüenza.

Mi hermana y mi madre han sido mis mejores amigas desde que nací. Ellas me contagiaron la pasión por las novelas, películas y series de época, así que este libro es en gran parte su legado. Además, Andrea, seguro que lo recuerdas: tú y yo fraguamos esta historia encerradas por no-sé-qué pandemia. Sentadas en la alfombra de tu habitación, discutimos hasta qué nombre ponerle a cada una, por eso *Amor y conveniencia* también es hijo tuyo.

A mi tía Jose, mi tía Pepi, mi tía Rosa, lectoras fieles de mis historias, y a mi abuela Pilar, por estar tan orgullosa de mí y hacer las mejores croquetas de huevo del mundo.

Allá donde he estado, he intentado trabar amistad con chicas y mujeres diferentes, empaparme de sus puntos de vista, compartir pasiones y desgracias. En Guadalajara, en la Universidad de Alcalá, en mis campamentos de verano, en Madrid, hasta en Londres. Todas esas amistades, temporales y perennes, han aportado su granito de arena a la historia de Hope y Cayden. Así que, de corazón, gracias.

También quería agradecerle a Isabel, mi agente, toda su labor. Y, por supuesto, a María Terrén, mi editora. Ella puso el foco en los puntos de la historia que podían (y debían) mejorarse, y la novela es como es gracias a lo buena que es en su trabajo (además de ser más maja que el sol).

Por último, y no por ello menos importante, quiero reconocer a los hombres de mi vida, que bajo cualquier circunstancia me alientan. «Mis admiradores»: papá, Santi, Pablo, gracias por una tarea tan aparentemente sencilla, pero difícil, como es estar ahí para mí.

Al final de mis agradecimientos siempre incluyo a alguien más, porque es la pieza fundamental de todo este caos literario: a ti, lectora o lector, gracias por leerme. Gracias a quienes lo hacéis en silencio, a los que me escribís palabras tan bonitas sobre mis historias y a aquellos que hacéis una labor de difusión (de cualquier tipo) para compartirlas. No tendría sentido que escribiera esto si no estuvieseis ahí.

Nos vemos en la próxima…